Christine Drews

PHÖNIX-KINDER

Kriminalroman

BASTEI
LÜBBE
TASCHENBUCH

BASTEI LÜBBE TASCHENBUCH
Band 16 992

1. Auflage: Juli 2014

Dieser Titel ist auch als Hörbuch und E-Book erschienen

MIX
Papier aus verantwortungsvollen Quellen
FSC® C006701

Originalausgabe

Lektorat/Textredaktion: Bettina Steinhage & Lisa Bitzer
Titelillustration: © Christophe Dessaigne/Trevillion Images;
© missbehavior.de
Umschlaggestaltung: Pauline Schimmelpenninck Büro für Gestaltung, Berlin
Satz: Urban SatzKonzept, Düsseldorf
Gesetzt aus der Caslon
Druck und Verarbeitung: CPI – Ebner & Spiegel, Ulm
Printed in Germany
ISBN 978-3-404-16992-4

Sie finden uns im Internet unter
www.luebbe.de
Bitte beachten Sie auch:
www.lesejury.de

Für Emil

PROLOG

Der Lärm der Martinshörner riss ihn aus dem Dämmerschlaf. Er lauschte in den dunklen Raum hinein und versuchte, die Geräusche zu sortieren. Waren es drei oder vier Löschzüge? Mindestens vier, dachte er, und drei Notarztwagen, vielleicht auch mehr. Die Sirenen der Feuerwehr verschmolzen mit denen der anderen Einsatzfahrzeuge zu einer schrillen Melodie. Ein Laie würde den Unterschied nicht hören.

Aber er war ja kein Laie.

Er stand auf und streckte die schmerzenden Glieder. Für seinen Rücken war die billige Matratze die reinste Folter. Langsam ging er zum Fenster und zog den Vorhang zur Seite. Die große Rauchsäule war höchstens einen Kilometer entfernt, schwarz und dick wand sie sich in den Himmel und verwandelte sich dort in diffuse graue Wolken.

In der Hoffnung, etwas von dem rauchigen Aroma einfangen zu können, öffnete er das Fenster und atmete tief ein und aus. Ein wohliger Schauer lief ihm den Rücken hinunter. Wie sehr hatte er das vermisst. Dieser Duft! Dieser wunderbare Duft!

Er beugte sich mit geschlossenen Augen so weit wie möglich aus dem Fenster und sog so viel Luft in seine Lungen, dass sein ganzer Brustkorb schmerzte. Dann öffnete er die Augen wieder und lächelte. Es war nicht nur der Geruch von verbranntem Holz, der ihn glücklich machte. Es war vor allen Dingen der Duft von verbranntem Menschenfleisch, den zu riechen er glaubte und der die Glückshormone durch seinen Körper schießen ließ.

1

Charlotte spürte, wie ihre Unterlippe zu zittern begann, als sie aus dem Wagen stieg. Entsetzt starrte sie auf den vor ihr liegenden Gebäudekomplex. Den linken Block hatte das Feuer verschont, er sah noch genauso aus, wie sie ihn in Erinnerung hatte. Die hellgelb gestrichene Fassade mit den weißen Fenstern, vor denen die roten Geranien blühten, erinnerte an den Namen, den das Haus trug: *Haus Sonnenschein*. Zum Glück war er nicht mit dem anderen Teil der Einrichtung verbunden, denn dort hatte das Feuer seine Spuren in aller Deutlichkeit hinterlassen. Die Flammen waren aus einem Fenster im zweiten Stock nach oben geschlagen und hatten innerhalb kürzester Zeit den Dachstuhl in Brand gesetzt. Auch wenn das Feuer schnell hatte gelöscht werden können, überzogen nun Rauch und schwarz verfärbtes Löschwasser die gesamte Fassade mit einem dreckigen Schmutzfilm. Das Knacken der verbrannten Dachbalken war noch vereinzelt zu hören, und wo Charlotte auch hinschaute, tropfte das allgegenwärtige Löschwasser aus Fenstern und Türen. Ein beißender Gestank lag in der Luft, der ihr sofort in die Nase stieg und das Atmen erschwerte. Charlotte rieb sich über die Augen, die zu tränen begonnen hatten. Verdammter Rauch, dachte sie.

Aber lag es wirklich nur daran?

»Erstaunlich, dass es nicht mehr Opfer gibt«, sagte ihr Kollege Peter Käfer und schaute auf die alten Menschen, die aufgeregt auf dem Parkplatz hin- und herliefen. Schwestern und Pfleger bemühten sich, die Heimbewohner zu beruhigen, und verteilten

Tee und Wasser, während sich mehrere Notärzte um die Patienten kümmerten, die Rauchvergiftungen oder einen Schock erlitten hatten. Charlotte schätzte, dass gut zehn Personen ärztlich betreut wurden, weitere zwanzig waren mit dem Schrecken davongekommen.

»Bisher haben sie nur einen Toten gefunden. Zwei Heimbewohner werden allerdings noch vermisst. Gehen wir rein?«

Käfer wartete die Antwort nicht ab und ging in die verrußte Eingangshalle des Altenheims. Charlotte fuhr sich mit den Händen durch die kurzen braunen Haare und versuchte, sich zu sammeln. Dann folgte sie ihm mit zögernden Schritten. Sie musste schlucken, als sie das Haus betrat, und wurde schlagartig von ihren Erinnerungen übermannt.

Fast ein Jahr lag es zurück, dass sie das letzte Mal hier gewesen war. Damals hatte es im *Haus Sonnenschein* nicht nach Rauch und kalter Asche gerochen, damals war ihr nur der Geruch von Erbsensuppe und Reinigungsmitteln entgegengeweht. Der graue Linoleumboden war nicht mit schmutzigem Löschwasser überzogen, sondern auf Hochglanz geputzt gewesen, und an den weiß getünchten Wänden hatten von Patienten gemalte Aquarelle gehangen. Die meisten bestanden nur aus bunten Farbklecksen, aber bei einigen hatte Charlotte einen Baum oder ein Haus erkennen können. Jetzt lagen viele der welligen Bilder auf dem Boden, vom Löschwasser von den Wänden gerissen und von flüchtenden Patienten zertrampelt. Sie waren unwiederbringlich zerstört. Zeugnisse von Menschen, die auf einer Reise in den ewigen Sonnenuntergang waren, vielleicht die letzten Bilder, die sie noch malen konnten, bevor ihre geistige Kraft sie für immer verließ. War auch ein Bild ihrer Mutter dabei? Sie wusste es nicht. Aber allein die Möglichkeit ließ ihr erneut die Tränen in die Augen steigen.

Charlotte atmete durch den Mund, um den beißenden Gestank von verbranntem Plastik nicht riechen zu müssen. Vorsichtig folgte sie ihrem Kollegen durch das Chaos.

»Das Feuer ist in Zimmer 213 ausgebrochen«, erklärte Käfer gerade. »Ausgerechnet auf der Demenzstation. Der Feuermelder im Zimmer muss defekt gewesen sein, jedenfalls wurde der Brand erst bemerkt, als die Flammen schon aus dem Fenster schlugen. Bis die Feuerwehr da war, brannte leider schon der halbe Dachstuhl.«

Charlotte nickte. Vor einem Jahr war sie durch den gleichen Flur gegangen. Nachdem sie den Fall des verschwundenen kleinen Jungen aufgeklärt hatte, war sie hierhergekommen, um ihre Mutter zu besuchen und endlich mit ihrer Vergangenheit aufzuräumen. Aber sie war zu spät gekommen. Ihre Mutter war nur wenige Tage zuvor gestorben. Jahrzehntelang hatte sie keinen Kontakt zu ihr gehabt. Sie hatte die Erlebnisse ihrer Kindheit vollständig verdrängt, den Tod ihres kleinen Bruders und all die schlimmen Erfahrungen, die sie mit ihrer alkoholkranken Mutter gemacht hatte, in die hinterste Schublade ihres Bewusstseins geschoben und fest verschlossen. All die Jahre hatte sie geglaubt, dass das der beste Weg für sie sei, dass sie gut zurechtkomme, ohne ihre Mutter, ohne ihre Vergangenheit. Aber der Fall des verschwundenen kleinen Jungen hatte ihr in aller Deutlichkeit gezeigt, wie falsch sie gelegen hatte, und sie hatte zum ersten Mal das dringende Bedürfnis verspürt, mit ihrer Mutter zu sprechen, sie zu sehen, zu umarmen. Und dann war sie zu spät gekommen.

Charlotte putzte sich die Nase.

»Ganz schön schwarz, was?« Käfer grinste schief.

»Was meinst du?«

»Na, was aus deiner Nase kommt!«

Er hatte recht. Die verrußte Luft hatte ihre Schleimhäute geradezu verstopft. Sie warf dem Inhalt ihres Taschentuchs einen angeekelten Blick zu und war dennoch froh, dass Peter sie aus den düsteren Gedanken gerissen hatte.

»Ach, die Kollegen Schneidmann und Käfer. Tja, ist leider kein schöner Anblick«, begrüßte sie Dr. Lars Krane, der Pathologe, der zusammen mit der Spurensicherung zum Tatort gekommen war, als Charlotte und Käfer vor Zimmer 213 standen. »Ich hoffe, Sie haben gut gefrühstückt.«

Der Gerichtsmediziner und Berthold Wolske, ein Kollege der Spurensicherung, befanden sich bereits, in weiße Schutzanzüge gehüllt, in dem ausgebrannten Raum und nahmen Proben. Außer ihnen waren noch ein Polizist und ein Feuerwehrmann vor Ort, zur Tatort- und Brandsicherung. In seinem weißen Anzug wirkte Krane noch hagerer als sonst. Sein längliches blasses Gesicht wurde durch die Schutzhaube optisch noch mehr in die Länge gezogen.

»Ich hab einen robusten Magen«, antwortete Käfer und stieg vorsichtig über die Reste einer Kommode, die ihm den Weg versperrten.

Charlotte blieb einen Moment im Flur stehen und blickte den Gang hinunter. Nummer 217, nur ein paar Meter weiter, war das Zimmer ihrer Mutter gewesen. Anders als bei den meisten Demenzkranken auf der Station waren bei ihrer Mutter nicht Alzheimer oder Parkinson oder schlicht das Alter schuld an der schlechten geistigen Verfassung. Es war der jahrzehntelange Alkoholmissbrauch, der ihr Gehirn irreparabel geschädigt hatte. Der Arzt hatte Charlotte damals gesagt, sie könne sich ein paar persönliche Sachen aus dem Zimmer ihrer Mutter holen. Aber sie hatte dort nicht ein Stück gefunden, mit dem sie eine Erinnerung verband. Ihre Mutter hatte keine Fotos aufbewahrt, weder von Charlotte noch von ihren Geschwistern, keine Briefe oder Tagebücher, einfach nichts Persönliches. Als hätte ihre Familie nie existiert. War das auch die Schuld des Alkohols gewesen? Oder hatte ihre Mutter die Vergangenheit genauso verdrängt, wie sie selbst es getan hatte, weil sie anders nicht glaubte, weiterleben zu können? Charlotte würde es niemals erfahren.

»Kommst du?«, fragte Peter Käfer.

Charlotte räusperte sich und betrat, ohne zu zögern, den Raum. »Natürlich. Wer ist das?«, fragte sie und zeigte mit regungsloser Miene auf die menschlichen Überreste, die zusammengekrümmt vor ihr auf dem Boden lagen. Mechanisch krempelte sie sich die Ärmel der weißen Bluse hoch, die von dem kurzen Gang durch das vom Feuer zerstörte Haus schon einiges abbekommen hatte.

»Wahrscheinlich der Bewohner des Zimmers«, sagte der uniformierte Polizist, ein kleiner dicklicher Mann, den sie noch nie gesehen hatte. »Ludger Steinkamp, dreiundsiebzig Jahre alt und seit zwei Jahren Bewohner des Heims.«

Charlotte nickte und starrte auf das, was von Ludger Steinkamp übrig geblieben war.

Auf dem Boden vor ihr lag ein stark verbrannter Leichnam in Embryonalstellung, die Gliedmaßen angezogen, der Körper auf die rechte Seite gedreht. Der Torso war übel zugerichtet, und die Rippen ragten kalkig-weiß aus dem schwarz verkohlten Gewebe. Das Muskelgewebe, die Sehnen und die Haut waren an diesen Stellen vollkommen verschwunden, und an den Knochen klebte eine schmierige Masse. Arme und Beine des Toten waren dagegen in einem vergleichsweise guten Zustand. Hosenbeine und Hemdsärmel waren zwar ebenfalls zu größten Teilen verbrannt, die Haut war schwarz und aufgesprungen und darunter das rosafarbene Fleisch gut zu erkennen, aber die Knochen lagen immerhin nicht frei.

Anders sah es mit dem Schädel aus. Am Hinterkopf klaffte ein großes Loch. Kopf- und Gesichtshaut waren verbrannt, Augen und Nase kaum noch zu sehen, und der Mund des Mannes war weit aufgerissen, die Lippen überdimensional geschwollen.

Charlotte musste schlucken und bemühte sich, mit fester Stimme zu sprechen. »Ist das Loch am Hinterkopf durch Fremdeinwirkung entstanden?«, fragte sie und hielt sich eine Hand vor den Mund, um den aufkommenden Brechreiz zu unterdrücken.

»Kann sein, muss aber nicht«, antwortete Lars Krane ruhig. »Sieht mir eher nach einer klassischen Hitzesprengung aus.«

»Was bedeutet das?«

»In einem heißen Feuer kann ein Schädel einfach platzen. Das ist ja im Grunde ein verschlossener Behälter voller Flüssigkeit und gallertartiger Masse. Und wenn's ordentlich heiß wird, kann das Ganze schon mal explodieren. Schauen Sie hier.« Er zeigte auf die Schultergelenke des Mannes, die durch die verbrannte Haut hindurchstachen. »Das ist eine ganz klassische Hitzesprengung der Gelenke. Würde mich nicht wundern, wenn wir das Gleiche am Schädel hätten. Die Obduktion wird Ihnen da Genaueres sagen können. Ich könnte mir vorstellen, dass wir ein paar schöne Brandhämatome im Gehirn finden, wenn wir die Schädeldecke erst mal richtig öffnen.«

Käfer schüttelte sich, und seine ansonsten immer strahlend blauen Augen sahen plötzlich ganz trüb aus. »Mann, so was gibt's nicht oft hier. Vielleicht ist mein Magen doch nicht so robust«, sagte er und rieb sich nachdenklich über den Bauch.

»Was ist mit seinem Mund?«, fragte Charlotte. »Die Lippen sind so geschwollen ... als wäre er brutal zusammengeschlagen worden.«

»Nein, das ist ein ähnliches Phänomen wie die Gelenksprengung. Die starke Erwärmung des Körpers führt zu fäulnisähnlichen Aufblähungen. Das ist einfachste Physik. Durch die Hitze kommt es zu einer Verkochung und später auch zu einer Verdampfung von Körperflüssigkeiten. Gerade Lippen und Zunge blähen sich dann gewaltig auf. Lassen Sie mich mal nachschauen.« Mit einer Taschenlampe leuchtete er in den Mundraum des Toten und nickte zustimmend. »Ja, ja. Hier sieht es nicht anders aus.«

»Was können Sie uns zur Auffindsituation der Leiche sagen?«, fragte Charlotte. Ihre Hände schwitzten, und sie wischte sie an der dunklen Jeans ab. »Gibt es Hinweise auf ein mögliches Fremdverschulden? Ist der Mann vielleicht gefesselt oder betäubt worden?«

»Zu einer möglichen Betäubung kann ich noch nichts sagen. Da werden Sie aufs toxikologische Gutachten warten müssen. Eine Fesselung halte ich aufgrund der Körperlage aber für unwahrscheinlich«, sagte Krane.

»Warum?«, unterbrach Käfer. »Vielleicht sind die Fesseln einfach verbrannt?«

»Das wäre natürlich möglich. Aber wir haben hier eine charakteristische Stellung des Leichnams infolge einer hitzebedingten Beugekontraktur. Durch das Feuer kommt es zu Muskelkontraktionen, die Gliedmaßen werden zusammengezogen. Daher liegt die Leiche in der sogenannten Fechterstellung.«

Es hatte etwas Beruhigendes, wie nüchtern und wissenschaftlich Krane über die grausamen Details sprach.

»Wenn Hände oder Füße des Opfers gefesselt gewesen wären, hätten sie sich nicht zusammenziehen können, selbst wenn das Seil später verbrannt wäre. Dafür hätte der Körper länger in den Flammen liegen müssen. Aufgrund der Verbrennungsspuren schätze ich den direkten Kontakt mit dem Feuer aber auf höchstens dreißig Minuten.«

»Verstehe. Was ist das?« Charlotte zeigte auf die schmierige Masse, die an den Rippen des Toten klebte und auch auf dem Boden zu sehen war.

»Fett.«

»Von …?« Sie zeigte auf den verbrannten Körper.

Krane nickte. »Genau. Von dem Toten. Ist bei der Hitze geschmolzen. Wieder eine klassische Verkochung des Gewebes.«

»Himmel.« Käfer strich sich erneut über den Bauch.

Charlotte bemühte sich, den Geruch von verbranntem Menschenfleisch auszublenden, den der Leichnam intensiv verbreitete, und versuchte, so analytisch wie möglich zu denken. »Sehe ich das richtig, dass der Torso stärker gebrannt hat als der Rest des Körpers?«

»Absolut richtig. So wie sich das Feuer im Zimmer ausgebreitet hat, würde ich sogar davon ausgehen, dass der Oberkörper des Toten der Brandherd war«, sagte Krane und deutete auf die Reste eines Vorhangs, der offenbar über dem Leichnam gehangen hatte. »Die Flammen haben dann vom Oberkörper aus die Vorhänge erfasst. Die müssen sofort lichterloh gebrannt haben. Und dann ging es vermutlich sehr schnell. Das ganze alte Zeugs hier brennt ja wie Zunder.«

»Der Oberkörper als Brandherd«, murmelte Käfer nachdenklich und fuhr sich mit der Hand durch die dunklen, leicht gelockten Haare.

»Das ist natürlich nur eine vorläufige Einschätzung«, sagte Krane. »Für die Details werden Sie sich noch ein bisschen gedulden müssen.«

»Wenn es aber tatsächlich so war, wie konnte so etwas ohne Fremdeinwirkung passieren? Ich meine, wenn mein Oberkörper Feuer fängt, dann unternehme ich dagegen doch etwas. Dann versuche ich doch, die Flammen zu ersticken oder ins Bad zu laufen oder wenigstens um Hilfe zu rufen«, gab Käfer zu bedenken.

»Aber nicht, wenn du dement bist«, sagte Charlotte. »Vielleicht wollte er eine Kerze anzünden, und sein Hemd hat dabei Feuer gefangen. Durch den Schock war er nicht in der Lage, etwas dagegen zu unternehmen, bis es schließlich zu spät war.«

»Ist durchaus möglich«, sagte Krane. »Am besten warten Sie die Obduktion ab, dann wissen Sie genau, ob es eine Kerze, eine Zigarette oder vielleicht Franzbrantwein war, was dem armen Mann so eingeheizt hat.«

Charlotte nickte. »Gut. Sind irgendwelche persönlichen Gegenstände vom Feuer verschont worden?«

»Ja, in dem Schrank war ein alter Safe. Jeder x-beliebige Einbrecher hätte den zwar geknackt, aber das Feuer hat es nicht ganz geschafft. Die Kollegen machen Ihnen eine Liste mit allen Dingen, die wir finden.«

»Danke.«

»Gibt es irgendwelche Zeugen?«, fragte Käfer den uniformierten Polizisten. »Patienten aus den Nachbarzimmern, die irgendwas beobachtet haben?«

»Na ja, das wird vermutlich schwierig. Wir sind hier auf der Demenzstation. Ich befürchte, die meisten Patienten sind keine Topzeugen.«

»Großartig.« Käfer seufzte.

»Jakob Boßmann ist der Pfleger hier«, fuhr der Polizist fort. »Er war für Ludger Steinkamp zuständig.«

»Wo finden wir ihn?«

»Hier«, sagte plötzlich eine männliche Stimme hinter ihnen.

Charlotte drehte sich um und sah einen jungen Mann in der Tür stehen, den sie auf höchstens zwanzig schätzte. Er war groß und hager, trug sein kurz geschnittenes dunkelblondes Haar zur Seite gescheitelt und hatte sympathische Lachfältchen um die Augen. Sie erkannte ihn sofort wieder, während er sie gar nicht richtig wahrzunehmen schien.

»Ich bin Jakob Boßmann«, sagte er und hielt sich entsetzt die Hand vor den Mund, als sein Blick auf die Leiche fiel. »Mein Gott, das ist so furchtbar.« Mit blasser Miene drehte er sich zur Seite.

»Können wir uns irgendwo unterhalten?«, fragte Charlotte. »Vielleicht an der frischen Luft?«

Boßmann nickte.

»Ich werde in der Zeit die Angehörigen informieren«, sagte Käfer. »Falls es denn welche gibt.«

»Herr Steinkamp war verheiratet und hatte einen Sohn und eine Tochter«, sagte der Pfleger mit leiser Stimme. »Die Heimleitung wird Ihnen die Adressen geben können. Erdgeschoss, Zimmer 101.«

Käfer nickte ihm zu und machte sich auf den Weg zur Heimleitung, während Charlotte und Boßmann nach draußen gingen.

Als sie auf dem großen Parkplatz standen, atmete Charlotte tief durch. Endlich frische Luft, dachte sie, obwohl sie den Brandgeruch immer noch in der Nase hatte. Nach wie vor standen einige Bewohner auf dem Parkplatz, während die Pfleger und Schwestern versuchten, etwas Ordnung in das Chaos zu bringen.

»Lassen Sie uns ein paar Schritte gehen.«

»Okay.«

»Wir haben uns schon mal unterhalten«, sagte Charlotte und fügte auf Boßmanns fragenden Blick hinzu: »Vor einem knappen Jahr. Sie haben mich zu meiner Mutter gebracht.«

Boßmann hatte sie damals in den Verabschiedungsraum des Altenheims begleitet. Langsam war Charlotte durch den vom Neonlicht hell erleuchteten Flur gegangen. Es war kalt gewesen, und das weiße Licht hatte diesen Eindruck noch verstärkt. Als sie dann den Verabschiedungsraum betraten, konnte sie zuerst kaum etwas sehen. Bis auf zwei dicke Kerzen gab es keine Lichtquelle in dem Raum. In der Mitte des Zimmers konnte sie nur schemenhaft die Umrisse einer Person erkennen, die zugedeckt auf einer Bahre lag. Obwohl Charlotte schon unzählige Male eine Leiche gesehen hatte, war es an diesem Tag doch etwas anderes. Sie merkte, wie ihr Herz zu rasen begann, und hatte angestrengt versucht, ruhig ein- und auszuatmen und sich darauf zu konzentrieren, nicht in Tränen auszubrechen.

»Ja, ich erinnere mich«, riss Boßmann sie aus ihren Gedanken. »Ihre Mutter war viele Jahre bei uns. Eine nette Frau.«

Charlotte war überrascht. Für einen Moment überlegte sie, Boßmann über ihre Mutter auszufragen, verwarf den Gedanken dann aber schnell. Der Tote aus Zimmer 213 hatte jetzt Vorrang.

»Seit wann arbeiten Sie hier?«, fragte sie, während sie auf eine kleine Bushaltestelle zugingen.

»Seit fünf Jahren«, sagte Boßmann.

An der Bushaltestelle saß eine alte Dame auf einem der metallenen Sitze unter dem Dach aus Plastik und schaute immer wieder erwartungsvoll die Straße hinunter. In diesem Moment kam eine Krankenschwester an Boßmann und Charlotte vorbeigeeilt. Schnurstracks ging sie auf die alte Frau zu, beugte sich zu ihr hinunter und sprach kurz und eindringlich auf sie ein. Dann nahm sie die Frau am Arm und führte sie freundlich lächelnd wieder zurück zu den anderen.

»Dürfen die Patienten alleine Bus fahren?«, fragte Charlotte und schaute der alten Dame nach.

»Hier hat noch nie ein Bus gehalten«, antwortete Boßmann. »Die Heimleitung hat die Bushaltestelle bauen lassen.«

»Und warum, wenn kein Bus hält?«

»Demenzkranke Patienten sind häufig unruhig und wollen raus, nach Hause oder ins Büro, so wie früher. Bevor die Haltestelle gebaut wurde, irrten viele von ihnen ziellos durch die Gegend, und wir hatten alle Mühe, sie heil und gesund wiederzufinden«, erklärte der Pfleger. »Die Bushaltestelle gibt den Kranken etwas Vertrautes. Mit einem Bus sind sie früher selbst ins

Büro oder zum Einkaufen gefahren. Und seitdem es die Haltestelle gibt, hat kein Patient das Gelände mehr verlassen. Alle halten hier an und warten auf den Bus. Dass der nie kommt, ist egal. Das vergessen die Patienten ja wieder.«

»Verstehe. Wie weit war die Demenzerkrankung bei Ludger Steinkamp denn fortgeschritten?«, fragte Charlotte.

»Schon recht weit. Er brauchte Hilfe beim Anziehen und Essen, litt unter Inkontinenz und zunehmender Orientierungslosigkeit. Aber im Gegensatz zu vielen anderen Patienten war er recht lebensfroh und meistens gut gelaunt. Das kommt bei der Erkrankung nicht oft vor.«

Charlotte und Boßmann setzten sich auf die Bank an der Bushaltestelle.

»Hat er häufig Besuch bekommen?«

»Nein, praktisch nie. Seine Tochter war vielleicht einmal hier. Seine Frau und seinen Sohn habe ich nie gesehen.«

»Sollte er denn jetzt zu Ostern zu seiner Familie? Oder war er Weihnachten zu Hause?«

»Nein. Seitdem er bei uns ist, hat er das Haus eigentlich nicht mehr verlassen.«

»Wissen Sie, warum sich die Familie nicht um Ludger Steinkamp gekümmert hat?«, fragte Charlotte. »Hat er Ihnen mal was erzählt, vielleicht von Familienstreitereien oder Eheproblemen?«

Jakob Boßmann zuckte mit den Achseln. »Nein. Es ist aber auch nicht so ungewöhnlich, dass demente Patienten wenig Besuch bekommen. Für viele Angehörige sind die Zusammentreffen mit den Erkrankten nur schwer zu ertragen. Und je nach Verfassung vergisst der Patient es ja auch ganz schnell wieder. Wir haben einige Bewohner, die keinen Besuch mehr bekommen.«

Charlotte nickte nur und dachte an ihre Mutter, die sie nie im

Heim besucht hatte. Genauso wenig wie ihre beiden Geschwister es getan hatten. Die Wahrscheinlichkeit war groß, dass Agnes Schneidmann genau wie Ludger Steinkamp nie Besuch bekommen hatte. Und obwohl Charlotte genau wusste, dass nicht sie es gewesen war, die ihre Mutter im Stich gelassen hatte, sondern dass ihre Mutter keine Verantwortung für sie und ihre Geschwister hatte übernehmen wollen, plagte sie das schlechte Gewissen.

Sie schüttelte den Gedanken ab und versuchte, sich zu konzentrieren. »War Herr Steinkamp Raucher? Dürfen die Patienten im Haus überhaupt rauchen?«

»Nein. Wir haben extra einen Rauchersalon, der von den Pflegekräften kontrolliert wird. Es wäre zu gefährlich, wenn die Patienten auf ihren Zimmern qualmen würden. Soviel ich weiß, war Herr Steinkamp aber auch Nichtraucher.«

»Kerzen gibt es vermutlich auch nicht auf den Zimmern, oder?«

»Natürlich nicht. Aber bei allen Vorsichtsmaßnahmen können wir natürlich nicht immer verhindern, dass einer der Patienten Streichhölzer oder ein Feuerzeug besitzt und damit womöglich auf seinem Zimmer zündelt. Manche wollen nur ein paar alte Briefe oder Fotos vernichten, und schon piept der Rauchmelder.«

»Verstehe. Können Sie sich erklären, warum der Rauchmelder bei Herrn Steinkamp nicht anschlug?«

Boßmann zuckte mit den Achseln. »Nein. Normalerweise werden die regelmäßig kontrolliert. Keine Ahnung, was da schiefgelaufen ist.«

»Wer führt die Kontrollen durch?«

»Hermann Diekötter, unser Hausmeister.«

Charlotte ließ sich von Boßmann den Namen buchstabieren und machte sich eine Notiz, den Hausmeister später zu befragen.

»Wie kam der Verstorbene mit den anderen Patienten zurecht? War er beliebt bei den anderen Bewohnern, oder hatte er womöglich Feinde?«

»Das kann man schwer sagen. Demente Patienten leiden häufig unter Stimmungsschwankungen – dabei ist es übrigens egal, woher ihre Demenz kommt. Mal mögen sie jemanden, mal verabscheuen sie ihn. Das ist bei allen gleich, egal, ob Alzheimer oder schlaganfallbedingte Demenz, um mal zwei Beispiele zu nennen. Das Einzige, was mir bei Herrn Steinkamp auffiel, war seine besondere Vorliebe für die weibliche Nachbarschaft. Er war ein alter Charmeur, wenn Sie wissen, was ich meine. Ich glaube, der hat in seinem Leben nie was anbrennen lassen.« Jakob Boßmann biss sich auf die Unterlippe. »'tschuldigung. Das war wohl nicht der passende Ausdruck.«

Hinter sich hörte Charlotte ein Knacken, aber bevor sie sich umdrehen konnte, hörte sie einen Ruf aus der Richtung des Altersheims. »Jakob? Kannst du mal bitte kommen?«, rief eine Schwester vom Parkplatz herüber.

»Kann ich gehen?«, fragte er Charlotte.

»Danke, fürs Erste genügen mir die Informationen. Gehen Sie ruhig. Ich weiß ja, wo ich Sie finde.«

Der junge Pfleger nickte ihr zu und ging zurück zu seinen Kollegen, die alle Hände voll zu tun hatten, die Heimbewohner im unbeschädigten Teil des Hauses unterzubringen. Während ein Pfleger versuchte, die alten Leute in einer Reihe aufzustellen, sie durchzuzählen und dann ins Gebäude zu bugsieren, war die Schwester vollends damit beschäftigt, die aus dieser Ordnung ausbrechenden Patienten wieder einzufangen.

Charlotte nahm ihr Handy aus der Tasche und wählte Käfers Nummer.

»Ich versuche, noch etwas aus den alten Leutchen hier rauszukriegen«, sagte er. »Ist nicht gerade einfach, die sind alle ziemlich durch den Wind.«

»Hast du die Angehörigen von Steinkamp erreicht?«

»Ja, zum Teil. Die Tochter ist gerade auf dem Weg zur Mutter, den Sohn hab ich nicht erwischt.«

Sie verständigten sich darauf, gemeinsam zu Maria Steinkamp zu fahren, und Peter Käfer versprach, in ein paar Minuten auf den Parkplatz zu kommen.

Charlotte machte das Handy aus und ging zurück zum Parkplatz. Als sie vor dem Wagen stehen blieb, drehte sie sich noch mal irritiert um. War da jemand? Da hatte sich doch irgendwas bewegt, oder nicht? Aber so aufmerksam sie auch schaute, sie konnte nichts Ungewöhnliches erkennen.

Charlotte zuckte mit den Schultern und schloss das Auto auf. Aber ein Gefühl des Unbehagens blieb.

2

Sie hatte Mühe, sich auf den Verkehr zu konzentrieren. Seit einer Stunde verspürte Annette Steinkamp einen stechenden Schmerz in der Magengegend. Ein Gefühl, als zöge sich ihr Magen zusammen wie ein Ballon, aus dem man die Luft gelassen hatte. Sie konnte keinen klaren Gedanken mehr fassen, seitdem dieser Kommissar in ihrem Laden angerufen hatte. Es war das irritierende Gefühl von Freude und Erleichterung, das ihr so falsch vorkam und sie belastete.

Annette fuhr von der A1 ab und bog auf die Bundesstraße Richtung Steinfurt, die auch nach Horstmar führte. Seit sieben Jahren führte sie die kleine Patisserie in Münster, die nicht nur wegen ihrer Nähe zum Prinzipalmarkt gut lief. Annette wusste, dass sie eine gute Konditorin war. Mit elf Jahren hatte sie ihren ersten Kuchen gebacken, und wenig später waren ihre Törtchen sogar in der Cafeteria der Schule verkauft worden. Heute hatte sich die Qualität ihrer süßen Leckereien längst in der Stadt herumgesprochen, und seit drei Jahren schrieb sie mit dem *Petit Törtchen* schwarze Zahlen. Ein Erfolg, an den ihr Vater niemals geglaubt hatte.

»Wieso studierst du nicht?«, hatte er sie gefragt, als sie nach dem Abitur ihre Ausbildung zur Konditorin anfangen wollte. »Du hast hervorragende Noten. Aber anstatt BWL zu studieren und was Richtiges zu lernen, willst du so einen Quatsch machen.«

Er hatte sich geweigert, sie während der Ausbildung finanziell zu unterstützen, und auch später, als sie sich selbstständig machte, blieb er skeptisch. Ihre Mutter hatte ihr heimlich Geld zugesteckt und ihr geholfen, wo sie nur konnte. Eine Hilfsbereitschaft, die sie ihrem strengen Vater lieber verschwiegen hatten.

Sie fuhr in den Kreisverkehr und nahm die letzte Ausfahrt nach Horstmar. Es hatte noch in Münster zu regnen begonnen, und inzwischen goss es wie aus Kübeln. Hätte es ein paar Stunden vorher so geregnet, hätte es den Brand vielleicht nicht gegeben, dachte sie und lächelte. Sofort biss sie sich auf die Unterlippe. »Er war immerhin dein Vater!«, sagte sie laut zu sich und fuhr durch den Ortskern, vorbei an den schmucken Burgmannshöfen und der beeindruckenden Kirche, die Horstmar bei den Fahrradtouristen so beliebt machte. Als sie in die kleine Straße bog, die zu ihrem Elternhaus führte, hatte sie Mühe, noch etwas zu erkennen. Die Scheiben ihres alten Rovers beschlugen schnell. Deshalb hatte sie immer ein Frottierhandtuch auf der Rückbank, um sich wenigstens ein bisschen Sicht zu verschaffen.

Während sie über die Scheibe wischte, fuhr sie die Einfahrt zu ihrem Elternhaus hoch und parkte den alten Rover neben einem schwarzen BMW, den sie noch nie zuvor gesehen hatte. Der hellblaue Beetle ihrer Mutter stand wie immer unter dem Carport, den ihr Vater in den Achtzigerjahren zusammen mit dem großen Anbau hatte errichten lassen und der das weiß geklinkerte Walmdachhaus noch protziger aussehen ließ. Annette dachte daran, dass früher nur sein Mercedes Coupé unter dem Dach hatte stehen dürfen, niemand sonst hatte dort geparkt. Glücklicherweise hatte er das goldfarbene Coupé zu Schrott gefahren, kurz bevor er ins Pflegeheim kam.

Mechanisch warf Annette einen Blick in den Rückspiegel und kontrollierte ihren Pferdeschwanz, zu dem sie ihr schulterlanges braunes Haar gebunden hatte. Der Kajalstift, mit dem sie die grünen Augen betonte, war etwas verschmiert. Als hätte sie geweint. Hatte sie aber nicht. Annette wischte ihn weg und dachte, dass sie nicht aussah wie eine trauernde Tochter. Und sie stellte mit einem lakonischen Lächeln fest, dass sie das ja auch beim besten Willen nicht war. Sie schnappte sich ihre Handtasche und stieg aus. Schnellen Schrittes eilte sie durch den Regen zur Haustür.

»Schatz, da bist du ja!« Ihre Mutter ging auf sie zu und nahm sie in den Arm.

»Hallo, Mama.« Annette drückte sie kurz an sich, zog dann die nassen Stiefel aus und stellte sie in die Ecke. »Alles okay?«, fragte sie und sah ihre Mutter prüfend an. Beruhigt stellte sie fest, dass sie in dem perfekt geschminkten Gesicht keine Spuren von Tränen finden konnte. Genau wie Annette hatte sie die grauen Haare zu einem Pferdeschwanz gebunden. Sie trug ein rotes, vermutlich sehr teures Kleid und eine goldene Kette um den Hals, und wie immer dachte Annette, dass ihre Mutter ausgesprochen gut aussah.

»Ja. Zwei Polizisten sind hier. Sie warten im Wohnzimmer. Komm rein, Schatz.«

Annette folgte ihrer Mutter in das großzügige Wohnzimmer, das ihr früher als Kind immer so riesig vorgekommen war. Nach wie vor empfand sie den Raum als viel zu groß, aber heute störte sie vor allen Dingen die Einrichtung, die auf den fürchterlichen Geschmack ihres Vaters zurückging. Hauptsache teuer. Der Couchtisch bestand aus einer riesigen Glasplatte, die von zwei Elefantenstoßzähnen getragen wurde, und den sie als Kind noch nicht mal hatte berühren dürfen. Er wurde von drei großen Sofas flankiert, die in dunklen Farben wild gemustert waren und auf denen sie mit Björn manchmal heimlich herumgehüpft war, damals, als sie noch klein waren und sich ihre Streitigkeiten nur darum drehten, wer am höchsten springen konnte. Zum Glück waren sie nie erwischt worden.

Zwischen den Sofas standen drei knallrote kleine Sessel, auf denen sie früher ebenfalls nicht sitzen durften, weil die Polster zu empfindlich waren. Dasselbe galt für den roten Ohrensessel und die schwarze Chaiselongue. Sie standen vor einer riesigen Bücherwand, die ihrem Vater (und vermutlich auch den seltenen Besuchern) das Gefühl vermitteln sollte, er besäße so etwas wie eine Bibliothek. Annette konnte sich allerdings nicht daran erinnern, ihn jemals mit einem Buch in der Hand gesehen zu haben.

In dem roten Ohrensessel, in dem nur ihr Vater Platz nehmen durfte, saß jetzt eine schlanke Frau mit kurzen dunklen Haaren. Sie stand auf, um Annette zu begrüßen. Annette schätzte die Frau auf Mitte dreißig, vielleicht auch ein bisschen älter, und staunte über ihren sehnigen Unterarm, der zum Vorschein kam, als sie ihr die Hand reichte. Sie schien eine Menge Sport zu treiben.

»Guten Tag, Charlotte Schneidmann, Kripo Münster. Mein Beileid.«

Annette schüttelte ihr die Hand und nickte.

»Das ist mein Kollege, Hauptkommissar Peter Käfer.«

»Wir haben telefoniert. Noch mal mein Beileid«, sagte der Mann und schüttelte ihr ebenfalls die Hand.

Annette musterte ihn. Im Gegensatz zu seiner Kollegin wirkte er weniger drahtig und durchtrainiert, aber trotzdem schlank. Wie alt mochte er sein? Keine vierzig, dachte Annette, dafür hatte er zu wenig Falten. In erster Linie waren es aber seine strahlend blauen Augen, die ihr sofort auffielen. Selten hatte sie ein solch strahlendes Blau gesehen.

»Danke.«

»Haben Sie Ihren Bruder inzwischen erreichen können?«, fragte Kommissar Käfer.

»Ja. Er müsste gleich hier sein«, sagte Annette. »Wissen Sie schon mehr über die Umstände, wie mein Vater ums Leben kam?«

»Bisher noch nicht. Wir wissen nur, dass er bei dem Brand starb. Wann haben Sie Ihren Vater zum letzten Mal gesehen?«, fragte Charlotte Schneidmann.

Annette zuckte mit den Schultern. »Weiß ich nicht genau. Vor einem Jahr vielleicht.«

Die Kommissarin warf ihrem Kollegen einen bedeutungsvollen Blick zu.

Natürlich, dachte Annette. Jetzt bin ich wieder die Rabentochter, die ihren pflegebedürftigen Vater nie besucht hat.

»Gibt es einen Grund, warum Sie ihn nicht häufiger gesehen haben?«

»Ist das wichtig?«

»Vielleicht«, sagte die Kommissarin. »Im Moment kann alles wichtig sein.«

Annette setzte sich seufzend und suchte nach den richtigen Worten.

»Meine Tochter ist beruflich stark eingespannt«, kam ihre Mutter ihr zu Hilfe. »Sie hat ein eigenes Geschäft, was sehr zeitintensiv ist. Und durch die Erkrankung meines Mannes konnte man ihn nicht einfach mal so zwischendurch besuchen.«

»Warum nicht?«, fragte der Kommissar. »Er hat Sie doch noch erkannt, oder?«

»Ja, schon. Glaube ich jedenfalls. Aber Alzheimer ist eine Krankheit, die auch oder vielleicht sogar in erster Linie die Angehörigen belastet. Das war für uns alle nicht leicht. Zuerst hat er nur häufiger was vergessen, Sachen durcheinandergebracht und rechts mit links verwechselt. Doch dann wurde es immer schlimmer. Manchmal konnte er richtig aggressiv werden.«

»Als wenn das an der Krankheit lag«, unterbrach Annette sie empört. »Die Krankheit hat ihn doch eher milde gestimmt.«

Kommissar Käfer sah sie überrascht an, aber Annette wich seinem Blick aus.

Klar, dachte sie. Die kommen hier hin und denken, sie müssen eine traurige Nachricht überbringen, und dann ist keiner traurig. An deren Stelle würde ich mich auch wundern.

Während die Kommissare ihre Mutter nach dem genauen Krankheitsverlauf ihres Vaters befragten, dachte Annette daran, wie die letzte Begegnung mit ihm verlaufen war. Wie sie ihm den dicken Wintermantel gebracht hatte, den er bei seinem Auszug nicht hatte mitnehmen wollen, weil er sich sicher war, im Winter wieder zu Hause zu sein. Wie sie ins Pflegeheim kam und sein Zimmer betrat.

»Papa?«, hatte sie vorsichtig in das leere Zimmer gerufen.

»Ich bin hier!«

Annette hatte die Badezimmertür geöffnet und gesehen, wie ihr Vater mit heruntergelassenen Hosen vor der Toilette stand und versuchte, seine Windel mit der Klobürste in die Schüssel zu stopfen. Dabei hatte er so energisch und ernsthaft ausgesehen, als würde er gerade eine wichtige Aufgabe erledigen.

Sie erinnerte sich noch genau daran, wie sie ihrem Vater die Klobürste aus der Hand gerissen hatte. »Was machst du denn da?«

»Wieso?«, hatte er gefragt. »Das muss doch ins Klo! Das muss doch weg!« Seine Stirn hatte sich in Falten gelegt, und in seinen Augen hatte Annette die aufkommende Verzweiflung sehen können.

»War das etwa falsch?«, hatte er sie leise und unsicher gefragt, und Annette hatte ihm dann schweigend eine neue Windel angezogen und ihn zum Waschbecken geführt. Sie hatte seine Hände gewaschen und ihn dann aus dem Badezimmer gebracht, unfähig, auch nur ein Wort zu sagen. Sie hatte gespürt, dass sie Mitleid mit ihrem Vater bekam, und das hatte sie auf jeden Fall verhindern wollen. Nur weil er krank war, wollte sie ihm nicht einfach verzeihen. Wortlos hatte sie ihren Vater dem Pfleger übergeben und ihn danach nie wieder besucht.

»Können Sie mir das Verhältnis zu Ihrem Vater beschreiben?«, fragte die Kommissarin und riss sie aus der Erinnerung.

»Es gab kein Verhältnis. Er war nur auf sich fixiert.«

Annette hörte, wie ihre Mutter schwer ausatmete.

»Tut mir leid, Mama, aber so war es doch. Wenn irgendetwas nicht so lief, wie er es wollte, hat er uns alle zusammengebrüllt und …« Ihr versagte die Stimme.

»War Ihr Vater ein gewalttätiger Mann?«, fragte Charlotte Schneidmann.

Annette liefen jetzt doch erste Tränen über die Wangen, aber sie schüttelte den Kopf. Ihre Mutter drückte sie an sich.

»Ist ja gut, mein Schatz, jetzt ist ja alles gut. Nein, mein Mann war nicht gewalttätig. Er hat uns nie geschlagen«, sagte sie. »Er war halt sehr streng …«

»Streng!« Annette schüttelte verärgert den Kopf. »Zu dir war er doch auch so. Zu seiner eigenen Frau!«

Ihre Mutter guckte betreten zu Boden.

»Warum haben Sie sich das gefallen lassen?«, fragte die Kommissarin.

Für einen Moment sagte niemand etwas.

»Sie können sich das nicht vorstellen«, sagte Annette dann leise. »Er konnte Sachen sagen, die genau ins Herz trafen. Keiner hat gewagt, sich ihm zu widersetzen.«

»Was hat Ihr Mann beruflich gemacht?«, fragte der Kommissar ihre Mutter.

»Mein Mann war früher Schadensregulierer für eine Versicherung. Meistens hat er von zu Hause aus gearbeitet«, antwortete sie.

»Sie können sich nicht vorstellen, wie er war«, flüsterte Annette und wischte sich die Tränen weg. »Es war für uns alle eine riesige Erleichterung, als er ins Pflegeheim kam. Ich weiß, das klingt hart, aber es war so. Sie wissen nicht, wie das ist, wenn man von seinem eigenen Vater nur Kälte und Ablehnung erfährt.«

Annette stiegen wieder die Tränen in die Augen, und sie bemerkte überrascht, dass auch Charlotte Schneidmann berührt wirkte.

In dem Moment hörte sie die Haustür ins Schloss fallen. An dem metallischen Klackern erkannte sie sofort ihren Bruder Björn, der Metallplättchen unter seinen Absätzen trug, genau wie ihr Vater. Angeblich sollte das die teuren Ledersohlen schützen. Aber Annette war sich sicher, dass beide es nur aus einem Grund taten: damit jeder schon von Weitem wusste, wer im Anmarsch war.

»Wer hat denn hier die Einfahrt so zugeparkt?«, hörte Annette die verärgerte Stimme ihres Bruders. Wenig später erschien Björn mit angesäuerter Miene in der Tür. »Gehört Ihnen der BMW? Schon mal was von Privatparkplatz gehört?«

»Sind Sie Björn Steinkamp?«, fragte der Kommissar und ging überhaupt nicht auf Björns Bemerkung ein.

»Wer will das wissen?«

»Käfer, Kripo Münster. Das ist meine Kollegin Charlotte Schneidmann.«

»Und was wollen Sie hier? Ich dachte, der Alte hatte einen Unfall. Müssen dafür gleich die Bullen kommen?«

Björn ließ sich auf die Chaiselongue fallen und legte seine Füße auf das edle Leder. Von seinen nassen Schuhen tropfte es, und Annette sah ihrem Bruder an, wie sehr er diesen Frevel genoss.

Er hat wirklich viel Ähnlichkeit mit ihm, dachte sie. Das markante Gesicht mit dem ausgeprägten Kinn, die gerade Nase und die hohen Wangenknochen hatte er eindeutig von seinem Vater geerbt. Genau wie seinen Charakter. Jahrelang war jedes Gespräch zwischen ihr und ihrem Bruder schon nach wenigen Sätzen zu einem handfesten Streit ausgeartet. Waren es am Anfang noch normale Geschwisterrivalitäten gewesen, harmlose Streitigkeiten über die Höhe des Taschengelds oder die Wahl des Fernsehprogramms, artete es schon bald in ein gegenseitiges Runtermachen der übelsten Sorte aus. Unglücklicherweise war Björn darin immer besser gewesen als sie. In der Regel war es Annette, die schließlich heulend den Raum verlassen und vor den Gemeinheiten ihres Bruder geflohen war. Zumindest früher. Heute sprachen sie gar nicht genug miteinander, um sich derart streiten zu können.

»Ihr Vater ist bei einem Zimmerbrand gestorben. Und ja, dafür müssen die Bullen kommen«, sagte die Kommissarin ruhig.

»Dass er ausgerechnet jetzt über den Jordan geht«, ärgerte sich Björn.

»Junge«, sagte ihre Mutter vorwurfsvoll. »Wie redest du denn?«

»Ach, Gottchen, nun tu mal nicht so! Wir wissen doch alle, dass er sein Testament noch ändern wollte. Und jetzt nippelt er vorher ab. Das ist doch scheiße.«

»Björn ...« Annette schüttelte den Kopf. Ihr Bruder konnte so ein Widerling sein. Sie musste sich zurückhalten, wollte sie doch keinen Streit vor den Kommissaren anfangen.

»Was hat es mit dem Testament auf sich?«, fragte der Kommissar.

»Wie ich eben schon sagte, mein Vater wurde durch seine Erkrankung etwas milder. Ursprünglich wollte er sein gesamtes Vermögen der Stadt Horstmar vermachen«, erklärte Annette. »Aber kurz nachdem er mit seinem Wagen verunglückte und dann ins Heim kam, hat er angedeutet, das Testament zu unseren Gunsten zu ändern. Mir war das egal. Ich wollte eh nichts von seinem Geld.«

»Na klar«, sagte Björn spöttisch. »Du hättest natürlich das

Erbe ausgeschlagen. Schwachsinn. Hör bloß auf, dich hier als Sauberfrau darzustellen! Ich weiß noch, wie angepisst du warst, als Papa dir kein Geld für die Ausbildung geben wollte. Du warst doch schon immer scharf auf seine Kohle! Im Gegensatz zu mir willst du es bloß nicht zugeben.«

»Er hätte das Testament in seinem Zustand doch eh nicht mehr ändern können! Das hätte vor keinem Gericht der Welt Bestand gehabt.«

»Offiziell war er immer noch geschäftsfähig«, entgegnete Björn. »Sind noch persönliche Unterlagen von meinem Vater im Heim?«, fragte er dann die Kommissare. »Oder ist alles zerstört worden?«

»Ein paar Dinge scheinen das Feuer überstanden zu haben«, sagte Charlotte Schneidmann kühl, die von dem plötzlichen Ausbruch zwischen den Geschwistern überrascht schien. »Wir haben aber noch keine Übersicht.«

»Dann verschaffen Sie sich die doch bitte schnell«, fiel Björn der Kommissarin ins Wort. »Vielleicht hat er sein Testament ja doch noch geändert und es irgendwo bei sich aufbewahrt.« Er zog eine Packung *Gaulouises Blondes* heraus und steckte sich eine in den Mund.

»Bitte nicht im Haus«, sagte ihre Mutter.

»Ja, ja, ja. Ihr könntet ja alle spontan Lungenkrebs bekommen. Mann!«

Er stand auf und öffnete die Terrassentür. Noch bevor er richtig draußen war, hatte er die Zigarette angezündet und demonstrativ eine Wolke ins Wohnzimmer geblasen. Mit einem lauten Knall machte er die Tür hinter sich zu.

Während die Kommissare ihre Mutter darüber informierten, dass es zunächst eine Obduktion geben würde, bevor der Leichnam beerdigt werden konnte, beobachtete Annette ihren Bruder. Er hatte ihnen den Rücken zugewandt, saß auf dem großen grauen Findling, den ihr Vater vor einigen Jahren mit einem gewaltigen Aufwand in den Garten hatte bringen lassen, und rauchte. Dann sah sie, wie seine Schultern zuckten und er sich immer wieder mit der Hand über das Gesicht fuhr.

Weinte er? Ihr Bruder, Björn Steinkamp? Nein, das konnte nicht sein. Das war ein Ding der Unmöglichkeit.

Und doch sah es so aus.

»Wir melden uns, sobald es etwas Neues gibt«, sagte Kommissar Käfer da plötzlich.

Die beiden Beamten verabschiedeten sich, und als sie vor dem Haus standen, konnte Annette durchs offene Fenster hören, wie der Kommissar sagte: »Scheint so, als wenn der Tote nicht besonders nett war.«

Nein, dachte Annette. Ganz im Gegenteil.

3

Charlotte hatte ihn wieder am Altenheim abgesetzt und war zu einer Verabredung gefahren, die, wie Käfer wusste, schon seit Wochen mit knallroter Signalfarbe in ihrem Terminkalender im Büro umkringelt war. Er wollte noch schnell den Hausmeister befragen, um eine fahrlässige Wartung der Brandschutzmelder auszuschließen, bevor auch er für heute Feierabend machte.

Abgesehen von dem dunklen Kastenwagen der Spurensicherung waren ein hellgrüner Passat und ein weißer Van die einzigen Fahrzeuge, die noch auf dem Parkplatz standen, der inzwischen menschenleer war. Es wurde langsam dunkel, wahrscheinlich saßen die alten Herrschaften im unversehrten Teil des Hauses gerade beim Abendbrot. Zum Glück war der Brand in einem separaten Flügel ausgebrochen, sodass im intakten Gebäude keine Einsturzgefahr bestand.

Käfer machte einen kleinen Bogen, um nicht durch das Löschwasser zu gehen, das auf dem Parkplatz eine große Pfütze gebildet hatte. Charlotte muss es schwergefallen sein, heute hierherzukommen, dachte er. Er selbst war es gewesen, der damals bei den Recherchen um den verschwundenen kleinen Jungen auf die Adresse von Agnes Schneidmann gestoßen war. Nach all den Jahren, in denen Charlotte das Trauma mehr oder weniger erfolgreich verdrängt und ihre Mutter nicht gesehen hatte, schaffte sie es endlich, ihre Ängste zu überwinden und sich auf den Weg zu machen, um einen Neuanfang zu wagen. Und dann war sie zu spät gekommen. Wie ungerecht das Leben doch manchmal sein konnte.

Käfer dachte an Annette Steinkamp. Auch sie hatte nun keine Möglichkeit mehr, sich mit ihrem Vater zu versöhnen. Aber hatte sie das überhaupt gewollt? Sie schien sehr unter ihm gelitten zu haben, hatte dabei aber nicht verbittert gewirkt. Im Gegenteil. Ihr Gesicht wirkte offen und sympathisch, und obwohl sie geweint hatte, wirkten ihre Augen auf eine ganz ungewöhnliche Art auf ihn. Waren sie grün oder blau? Auf jeden Fall waren sie schön, so viel stand fest.

Käfer schüttelte über sich selbst den Kopf. Mit was für Fragen beschäftigte er sich hier eigentlich?

Er betrat das Altenheim und wandte sich an eine der Schwestern, die gerade damit beschäftigt war, die Scherben auf dem Boden zusammenzufegen.

»Wo finde ich denn den Hausmeister ...« Er zog den Zettel hervor, den Charlotte aus ihrem Notizbuch gerissen hatte. »... Hermann Diekötter?«

»Der ist oben, im zweiten Stock, wo es passiert ist«, antwortete die Schwester. »Die Feuerwehr hat gesagt, dass wir mit dem Aufräumen anfangen können. Ist das nicht in Ordnung?«

»Doch, doch. Wenn die Feuerwehr das gesagt hat, dann stimmt das.«

Er zwinkerte der Schwester freundlich zu und ging ins Treppenhaus, da der Fahrstuhl aus Sicherheitsgründen gesperrt worden war. Der Geruch nach Verbranntem wurde mit jeder Stufe durchdringender und hinterließ einen schalen Geschmack auf der Zunge. Widerlich. Zum Glück hatte er noch ein Kaugummi in der Tasche, sodass wenige Sekunden später eine Welle künstlicher Pfirsicharomen durch seinen Mund schwappte.

Auf dem Flur, der den Flammen und dem Löschwasser ebenfalls zum Opfer gefallen war, herrschte noch reges Treiben. Die Kollegen von der Spurensicherung packten gerade ihre Sachen zusammen, der Pfleger Jakob Boßmann wischte vor Zimmer 213 den Boden, und am Ende des Ganges konnte Käfer einen Mann in einem grauen Hausmeisterkittel sehen, der zusammen mit zwei Schwestern dabei war, die von Löschwasser durchnässten Sitzkissen eines Sofas vom Polster zu hieven.

»Na, Feierabend?«, fragte er Berthold Wolske von der Spurensicherung, der gerade seinen Koffer zuklappte.

»Ja, wir sind fast durch. Dr. Krane ist schon weg. Ich schicke Ihnen dann eine Liste mit den Gegenständen, die das Feuer überlebt haben.«

»Wissen Sie, ob ein Testament oder ein vergleichbares Schriftstück gefunden wurde?«

In diesem Moment kamen zwei Kollegen aus der Gerichtsmedizin mit einem Zinksarg den Gang entlang.

»Können wir?«, fragte der eine und wies mit dem Kinn auf die sterblichen Überreste von Ludger Steinkamp.

»Ja«, sagte Wolske. »Ihr könnt ihn mitnehmen.«

Die beiden Männer breiteten eine Plastikfolie auf dem Boden aus und legten den Leichnam vorsichtig darauf.

»Was für 'ne Sauerei«, murmelte der eine dabei leise.

»Also?«, fragte Käfer noch mal.

»Ach so, Schriftstücke.« Der Kollege schien sich zu sammeln. »Ja. Also nein. Kein Testament. Die einzigen Papiere, die das Feuer überstanden haben, waren in diesem kleinen Safe da hinten.« Wolske wies auf einen zerstörten Wandschrank, in dem ein kleiner Tresor zu sehen war. »Die Sachen liegen da vorne auf dem Tisch. Ein gerahmter alter Stich und ein paar Männermagazine. Das war's.«

»Männermagazine?«

»Harmloses Zeug. Playboy, Penthouse, so'n Kram. Hat er wahrscheinlich vor den Schwestern versteckt.«

»Und was ist das für ein alter Stich?«

»Keine Ahnung. Ich glaube, von Horstmar. Ich hab ihn mir

noch nicht so genau angesehen. Scheint mir nicht mehr im besten Zustand zu sein.«

»Also doch vom Feuer angegriffen?«

»Nee, nee. Moment.«

Wolske ließ die Kollegen von der Gerichtsmedizin vorbei, die den geschlossenen Zinksarg aus dem Zimmer trugen, und ging zurück zum Klapptisch, der von der Spurensicherung in der Mitte des Raums aufgebaut worden war. Ein altes angeschmortes Radio stand dort, und noch einige Gegenstände mehr, die Käfer auf die Schnelle aber nicht einordnen konnte. Mit einem einfachen Bilderrahmen in der Hand kam Wolske wieder zu ihm. Hinter dem Glas war ein verblichener alter Kupferstich zu sehen, der die Stadt Horstmar im 19. Jahrhundert zeigte.

»Sehen Sie? Völlig unversehrt. Das Glas, der Rahmen, alles ist heile. Aber bevor das Bild gerahmt wurde, muss es einiges mitgemacht haben. Sehen Sie hier die Knickfalten? Sieht fast so aus, als hätte es jemand jahrelang in der Hosentasche rumgetragen. Wer weiß das schon. Das ist jedenfalls alles, was an Papieren überlebt hat. Die Kollegen packen es nachher zusammen und bringen es ins Präsidium.«

»Alles klar. Wissen Sie, warum der Rauchmelder nicht anschlug?«

»Die Batterien fehlten.«

»Ach. Sind sie gewaltsam entfernt worden?«

»Nein. Der Melder ist jedenfalls nicht aufgebrochen worden. Vielleicht hat jemand auch nur vergessen, neue einzusetzen. So geht es mir jedenfalls immer. Ich will bei meinen zu Hause schon seit Monaten die Batterien auswechseln, aber irgendwie verschwitze ich es dauernd.«

»Verstehe. Danke. Bis später dann.«

»Nee, bis morgen. Ich geh jetzt nämlich nach Hause. Ich brauche dringend eine Dusche. Dieser Geruch macht mich fertig. Brandleichen sind echt nicht mein Fall.«

Käfer grinste ihm verständnisvoll zu und klopfte dann Jakob Boßmann aufmunternd auf die Schultern, der neben ihm stand und eine pechschwarze Brühe aus seinem Wischmopp wrang. »Sie sollten auch mal Feierabend machen.«

Boßmann nickte nur müde, und Käfer ging zu dem Mann in dem grauen Kittel, der niemand anderes als der Hausmeister sein konnte. Er schätzte ihn auf Ende fünfzig, ein untersetzter Mann mit einem rundlichen Gesicht, der seine Haare seitlich über die Halbglatze gekämmt hatte.

»Sind Sie Hermann Diekötter?«, fragte er den Mann.

»Ja, Moment«, ächzte Diekötter und ließ stöhnend ein fast zwei Meter großes Sitzkissen fallen. Dann wandte er sich an die Frauen, die neben ihm standen. »Das hat keinen Zweck, Schwester. Die Kissen haben sich vollgesogen, die sind viel zu schwer. Wir versuchen es morgen noch mal. Dann sind sie vielleicht schon etwas getrocknet.«

Die beiden Schwestern wischten sich den Schweiß von ihren Gesichtern und verließen den Flur, nicht ohne vorher noch ein paar zerbrochene Blumentöpfe und Vasen einzusammeln.

»So, jetzt bin ich ganz Ohr. Ja, ich bin Hermann Diekötter. Sie sind doch einer der Polizisten, die heute schon den ganzen Tag hier herumlaufen, oder?« Er trocknete sich die Hand an seinem Kittel ab und reichte sie Käfer lächelnd.

»Ja, Kommissar Käfer, Kripo Münster. Sie sind für die Wartung der Feuermelder verantwortlich, richtig?«

»Ja, das stimmt. Als Hausmeister bin ich hier praktisch das Mädchen für alles. Aber ich will mich nicht beklagen, es ist ein schöner Job. Die meisten Patienten sind wirklich ganz liebe Leute.«

Er nickte freundlich einem älteren Mann zu, der gerade an ihnen vorbeiging.

»Sie dürfen hier noch gar nicht sein, mein Lieber«, sagte Diekötter zu dem Patienten. »Hier ist noch alles gesperrt, ja?«

Freundlich schob er den Alten in die andere Richtung des Flures. Der Mann machte ein irritiertes Gesicht, sagte aber nichts.

»Da können Sie hingehen. Ja? Prima, bis später.«

Der alte Mann wich dem Hausmeister aus, als dieser ihm gerade freundlich auf die Schulter klopfen wollte, und verschwand schlurfend im Gang.

Diekötter lachte. »Ja, lieb sind sie. Manchmal ein bisschen durcheinander, aber wirklich liebe Leute.«

»Warum hat der Feuermelder in Zimmer 213 nicht funktioniert?«

Der Hausmeister machte urplötzlich ein nachdenkliches Gesicht. »Das frage ich mich schon die ganze Zeit. Aber ich weiß es nicht. Ich kann mir das überhaupt nicht erklären. Erst letzte Woche habe ich alle Batterien auf dieser Etage ausgetauscht.«

»Es wurden aber keine Batterien im Feuermelder von Zimmer 213 gefunden.«

»Ich habe aber welche reingetan. Das weiß ich genau.«

»Könnte es sein, dass Sie das in der Hektik vielleicht vergessen haben?«

Der Hausmeister schüttelte energisch den Kopf. »Nein. Das ist unmöglich. Ich weiß, was ich tue. Und ich weiß, welche Verantwortung ich hier habe. Die alten Leutchen liegen mir wirklich am Herzen. Wenn sie durch mein Verschulden in Gefahr kommen würden – nein, das würde ich mir niemals verzeihen. Ich bin da wirklich sehr sorgfältig.«

»Müsste es nicht ein Notsignal geben, wenn die Batterien fehlen?«

»Nein. Die Dinger sind so konstruiert, dass sie sofort anfangen zu piepen, sobald etwas mit den Batterien nicht stimmt. Aber wenn sie komplett ohne Energie sind, können sie natürlich auch keinen Ton mehr von sich geben. Das ist aber nie der Fall, weil ich die Batterien ja regelmäßig wechsele.«

»Ist es eigentlich einfach, die Batterien zu entfernen?«

»Na ja. Sie brauchen eine Leiter und einen Schraubenzieher. Dann geht es. Besonders schwer ist es jedenfalls nicht.«

»Verstehe. Kannten Sie den verstorbenen Ludger Steinkamp?«

»Ach, wie man die alten Leutchen hier halt so kennt. Letzte Woche war ich, wie gesagt, noch in seinem Zimmer und habe die Batterien ausgetauscht.«

»Haben Sie sich mit ihm unterhalten?«, fragte Käfer und drehte sich kurz um. Er meinte, etwas gehört zu haben. Es hatte so geklungen, als hätte jemand etwas umgeworfen. Aber hinter ihm war nichts zu sehen.

»Na ja, so'n bisschen. Mit den Leuten hier auf der Station kann man ja nicht mehr viel reden. Aber ich versuche natürlich trotzdem immer, einen kleinen Schwatz mit ihnen zu halten. Den Pflegern fehlt dafür ja meistens die Zeit, und die alten Herrschaften sind so dankbar, wenn man mit ihnen spricht. Ich mache das gerne.«

»Worüber haben Sie sich denn unterhalten?«

»So über dies und das halt. Herr Steinkamp hat gerne über Frauen geredet. Ich glaube, der war ein ganz schöner Weiberheld. Ich habe ihm das natürlich von Herzen gegönnt.« Diekötter lächelte immer noch.

Warum lächelt er eigentlich die ganze Zeit?, dachte Käfer. Immerhin hatte es einen schweren Brand mit einem Toten gegeben. So viel Grund zur guten Laune gab es da nun wirklich nicht.

»Okay«, sagte Käfer. »Für heute sind wir wohl fertig.«

Er drehte sich erneut um. Irgendwie hatte er das Gefühl, beobachtet zu werden. Wahrscheinlich bin ich unterzuckert, dachte er und rieb sich gedankenverloren über den Bauch. Wenn ich nicht bald was esse, fange ich noch an zu halluzinieren.

Diekötter nickte freundlich und verabschiedete sich.

Käfer sah auf die Uhr. Es war schon nach acht. Der Supermarkt bei ihm um die Ecke hatte schon zu, sein Kühlschrank war leer, und sein Magen knurrte. Wahrscheinlich war das das Geräusch, das ihn dauernd irritierte. Er würde sich sein Abendbrot mal wieder an der Pommesbude holen müssen.

Während er den inzwischen leeren Flur Richtung Treppenhaus zurückging, suchte er seine Hosentaschen nach Bargeld ab. Er hatte nie ein Portemonnaie dabei, meistens aber ein paar Euros in der Tasche. Als er an dem mit Polizeiband abgesperrten Zimmer 213 vorbeiging, hielt er kurz inne. Jetzt hatte er aber wirklich etwas gehört, oder? Was war das für ein Geräusch? Waren das Schritte?

»Hallo?«, rief er in das dunkle Zimmer hinein. »Ist da jemand?«

Nichts zu hören. Wahrscheinlich knackt es nur im verbrannten Gebälk, dachte Käfer, oder ich dreh langsam durch vor Hunger und Überarbeitung.

Dann steckte er eine Hand in die Hosentasche und zog erfreut einen Zehn-Euro-Schein hervor. Das Abendessen war gerettet.

4

Charlotte rieb sich müde die Augen und unterdrückte ein Gähnen. Verstohlen sah sie auf die Uhr. Gleich halb neun. War das nicht viel zu spät für die Kinder? Wieso musste die Generalprobe eigentlich ausgerechnet jetzt stattfinden? Sophie kam im Sommer erst in die zweite Klasse, ihr siebter Geburtstag lag keine zwei Wochen zurück. Für Charlottes Geschmack gehörte sie längst ins Bett.

»Wir machen noch mal den Part mit der Schneckenparade, dann ist für heute Schluss«, rief die Lehrerin. Vorn auf der Bühne stand ein Dutzend Schüler, alle in mehr oder weniger gelungenen Schneckenkostümen. Sie stellten sich in einer langen Reihe auf und begannen unter den Klängen der klavierspielenden Lehrerin singend über die Bühne zu marschieren.

Charlotte saß mit ein paar anderen Frauen auf unbequemen Klappstühlen im Publikum. Sie hatte Bernd schon vor Wochen versprochen, Sophie zur Generalprobe zu begleiten. Er selbst war auf einer Lehrerkonferenz und konnte seine Tochter nicht zu den Proben fahren. Und Sophies Mutter war mit ihrem neuen Freund verreist.

»Dein Einsatz als Stiefmutter ist also gefragt«, hatte Bernd zu ihr gesagt, und bei diesem strahlenden Lächeln hatte sie unmöglich Nein sagen können.

Stiefmutter. Das Wort gefiel ihr gar nicht. Und sie wollte auch nicht Sophies Stiefmutter sein. Höchstens so etwas wie eine coole ältere Freundin oder so.

»Das war's für heute! Danke an euch und danke an alle Mütter, die so geduldig gewartet haben.«

Die Horde Kinder sprang von der Bühne und rannte zu den Frauen. Sophie kam fröhlich zu Charlotte gelaufen. Ihre hellblonden Zöpfe flogen dabei wild um ihren Kopf herum. »Wie hat dir mein Lied gefallen?«

»Super.«

»Ich glaube, ich werde später mal ein großer Star. Entweder Sängerin oder Schauspielerin. Auf jeden Fall ein Superstar.«

»Ganz bestimmt.«

»Das war ein toller Tag«, brabbelte Sophie vergnügt weiter, während sie die Aula verließen und auf den vom Laternenlicht erleuchteten Parkplatz gingen. »Heute Nachmittag hat mich Paul dreimal gefangen, und bei den Proben war ich die Beste.«

Charlotte überlegte, was sie dazu sagen sollte, entschied sich dann aber, den Mund zu halten und nur freundlich zu nicken.

»Hattest du auch so einen tollen Tag?«

»Nicht ganz so toll.«

»Hast du einen Verbrecher gefangen?«, fragte Sophie aufgekratzt.

»Nein, nur eine total verbrannte Leiche gefunden.« Charlotte biss sich auf die Lippen. Das hätte sie sich sparen können.

»Was?«

»Vergiss es«, sagte sie schnell. »Du hast dein Lied wirklich ganz toll gesungen. Ich bin mir sicher, dass du mal eine großartige Sängerin wirst. Sing doch noch mal! Wie ging das gleich?«

Charlotte summte hilflos eine Melodie. Sophie sah jetzt gar nicht mehr fröhlich aus.

»Nun mach doch nicht so ein entsetztes Gesicht«, sagte Charlotte betont fröhlich. »Ich weiß, dass ich nicht singen kann. Wie geht das Lied denn nun richtig?«

Doch Sophie schwieg. Wortlos kletterte sie auf die Rückbank

von Charlottes Auto und schnallte sich an. »Warum war die Leiche verbrannt?«, fragte sie, als Charlotte den Wagen vom Parkplatz lenkte.

Charlotte seufzte. »Wahrscheinlich war es ein Unfall«, sagte sie schließlich. »Aber erzähl doch lieber, wie das bei eurer Theater-AG so abläuft.«

Aber Sophie hatte keine Lust, über ihre AG zu reden.

»Es muss ein Unfall gewesen sein«, sagte sie stattdessen. »Was soll es denn sonst gewesen sein? Glaubst du etwa, ein Mensch könnte einen anderen einfach so anzünden?«

»Nein, natürlich nicht.«

»Was war das für ein Mensch?«

»Ein alter Mann.«

»Siehst du«, sagte Sophie und wirkte nun etwas beruhigter. »Dann kann es erst recht nur ein Unglück gewesen sein. Kein Mensch zündet doch einen freundlichen alten Opi an.«

So freundlich war der wohl nicht, dachte Charlotte, sagte aber: »Da hast du bestimmt recht.«

»Wie ist das, wenn man verbrennt?«

»Sophie! Nun lass uns mal von was anderem sprechen.«

»Ich will das aber wissen! Wie fühlt sich das an, wenn man brennt? Das muss doch furchtbar wehtun!«

»Ich weiß es nicht«, sagte Charlotte. »Aber die meisten Menschen ersticken vorher.«

»Was ist Ersticken?«

Nein, jetzt ist Schluss, dachte Charlotte. Die Kleine würde die ganze Nacht Albträume haben, und Bernd würde ihr was erzählen, wenn er rausbekäme, worüber sie mit seiner siebenjährigen Tochter gesprochen hatte.

Charlotte hielt an einer roten Ampel und drehte sich zu Sophie um. »Wenn du größer bist, erkläre ich dir alles, versprochen. Aber jetzt reden wir über was anderes, ja?«

Die Ampel sprang auf Grün. Im Rückspiegel sah Charlotte, wie Sophie fieberhaft nachdachte.

»Okay. Ich erzähl dir gleich von meiner Theater-AG. Aber vorher will ich noch eins wissen: Was ist, wenn es kein Unfall war? Wenn jemand den armen Opi angezündet hat?«

Charlotte zögerte kurz und sagte schließlich: »Dann war es Mord.«

»Bei Aktenzeichen XY werden aber die meisten Leute erschossen.«

»So was guckst du dir an?« Charlotte ertappte sich bei dem Gedanken, dass es dann ja nicht so schlimm war, dass sie Sophie versehentlich von der Brandleiche erzählt hatte.

»Manchmal. Heimlich, wenn Mama mit ihrem neuen Freund ihre Ruhe haben will. Hm.« Sophie kratzte sich nachdenklich am Kopf. »Wenn jemand den armen Opi aber extra angezündet hat, muss er ihn ganz schön doof gefunden haben.«

Stirnrunzelnd lehnte sich das Mädchen zurück. Dann kramte sie ein Bonbon aus ihren Jackentaschen, steckte es sich in den Mund und begann, von ihrer Theater-AG zu erzählen.

5

Als Käfer am nächsten Tag ins Präsidium kam, war er bester Laune. Er hoffte auf einen ruhigen Arbeitstag. Wahrscheinlich würde der Gerichtsmediziner heute bekannt geben, dass Ludger Steinkamp beim Hantieren mit einer Kerze oder Ähnlichem Feuer gefangen hatte und an den Folgen leider verstorben war. Der Hausmeister hatte vermutlich vergessen, die Batterien zu erneuern, was auch seine übertriebene Freundlichkeit erklären würde, die seinem schlechten Gewissen geschuldet war. Alles in allem ein sehr tragisches Unglück, aber kein Fall für seine Abteilung. Wenn heute nicht noch irgendetwas Absonderliches passierte, könnte er in aller Ruhe den Papierkram fertigmachen und später zu Annette Steinkamp fahren und ihr sagen, dass der Fall abgeschlossen sei. Vielleicht konnte er dann noch einen Kaffee mit ihr trinken. Das wäre ihm eh lieber als eine Zeugenbefragung, dafür war ihm die junge Frau Steinkamp nämlich viel zu sympathisch gewesen.

Der Vormittag verlief genauso, wie er es sich vorgestellt hatte. Er schrieb ein paar Protokolle und verdrückte dabei sein zweites Frühstück, erledigte einige Anrufe und sprach noch mal mit dem Altenheim, und zwischendurch blieb sogar noch etwas Zeit, um ein wenig mit Charlotte zu plaudern, die von den nächtlichen Albträumen von Bernds Tochter erzählte.

Dann kam der Anruf aus der Pathologie.

»Definitiv kein Unfall«, sagte Dr. Krane am anderen Ende der Leitung. »Der Körper des Toten weist unterschiedlich starke Verbrennungen auf. Wir haben an verschiedenen Stellen Spuren eines

Brandbeschleunigers gefunden. Deshalb ist der Rumpf auch stärker verbrannt als der Rest des Körpers.«

»Soll das heißen, der alte Mann wurde mit einer brennbaren Flüssigkeit übergossen und angezündet?«, fragte Käfer fassungslos.

»Das trifft es ziemlich genau, ja.«

»Kann es sein, dass er das selbst gemacht hat? Haben wir es mit einer Selbsttötung zu tun?«

»Unwahrscheinlich«, sagte Krane. »Nein, eigentlich ausgeschlossen, da er an verschiedenen Stellen unterschiedlich stark verbrannt ist. Ich würde eher vermuten, jemand hat ihn peu à peu angesteckt. Das kann er nicht selbst gemacht haben.«

»Was ist mit dem Loch im Kopf?«

»Hitzesprengung, wie ich es vermutet hatte. Es gibt keine Risse im Schädel, die auf einen Schlag hinweisen. Außerdem hat er ein großflächiges Brandhämatom über der rechten Hirnhalbkugel. Also keine Fremdeinwirkung.«

»Hm. Er wurde also nicht niedergeschlagen. Heißt das, er war bei Bewusstsein, als das Ganze passierte?«

»Das kann ich Ihnen nicht sagen. Aber warum sollte sich jemand die Mühe machen und ihn langsam in Brand stecken, wenn er nichts davon merkt? Hätte er ihn nur töten wollen, hätte er es auch einfacher haben können.«

»Ich nehme an, Sie wissen noch nicht, was für ein Brandbeschleuniger benutzt wurde?«

»Natürlich nicht. Das toxikologische Gutachten dauert bekanntlich etwas länger.«

Käfer bedankte sich und legte auf.

Charlotte sah ihn erwartungsvoll an. »Also doch Mord?«, fragte sie, und Käfer nickte.

»Und was für einer. Der arme Mann ist bei lebendigem Leib gegrillt worden.«

Er schilderte Charlotte, was Dr. Krane ihm gesagt hatte.

»Das hört sich ja fast so an, als hätte jemand Ludger Steinkamp zu Tode gefoltert«, sagte Charlotte nachdenklich. »Der Mann muss doch furchtbare Schmerzen gehabt haben. Warum hat denn keiner seine Schreie gehört?«

»Ich habe eben noch mit dem Altenheim gesprochen. Die Singpaten waren im Haus.«

»Die was?«

»Singpaten. Leute, die ins Altenheim kommen und mit den Bewohnern musizieren und singen. Nach dem Motto: Die rüstigen Alten kümmern sich um die weniger Fitten. Und das stand gestern den ganzen Nachmittag auf dem Programm. Der Musikraum liegt in dem unversehrten Teil des Gebäudes, weit weg von Zimmer 213. Fast alle Heimbewohner waren dort und haben ordentlich Krach gemacht.«

»Und keiner hat Ludger Steinkamp vermisst?«

»Nein. Als sein Pfleger ... wie hieß der noch mal?«

»Jakob Boßmann.«

»Genau. Als der ihn abholen wollte, hat Steinkamp ihm gesagt, dass er schlecht geschlafen habe und müde sei. Er wollte sich lieber hinlegen.«

»Wir müssen mit diesen Singpaten sprechen«, sagte Charlotte. »Außerdem natürlich mit allen Angestellten und Bewohnern des Heims.«

»Und natürlich mit Steinkamps Angehörigen. Ich werde als Erstes zu Annette Steinkamp fahren«, sagte Käfer.

»Dann übernimm doch auch gleich den Bruder und die Witwe. Ich kümmere mich ums Altenheim.«

Charlotte stand auf und packte Handy und Portemonnaie in ihre Tasche. Dann sah sie Käfer stirnrunzelnd an.

»Warum foltert jemand einen hilflosen alten Mann zu Tode?«, fragte sie, und Käfer wusste, dass sie sich gleich selbst die Antwort geben würde. »Eigentlich gibt es dafür nur zwei Gründe: Entweder war es Rache, oder jemand wollte etwas aus Ludger Steinkamp herauskriegen.«

»Oder jemand wollte ihn einschüchtern und ist zu weit gegangen«, sagte Käfer, als im selben Moment Charlottes Telefon klingelte.

Ohne ihm zu antworten, nahm sie den Hörer ab. »Schneidmann?«

Käfer beobachtete, wie sich ihre Augen erst weiteten und dann zu wütenden Schlitzen verengten, während sie der Person am anderen Ende der Leitung schweigend zuhörte.

»Sie können sich Ihre Entschuldigungen sparen«, sagte sie schließlich mit säuerlicher Stimme. »Ich glaube, Sie wissen selber, wie unprofessionell das ist. Sehen Sie zu, dass die Sachen wieder auftauchen, sonst haben Sie ein Disziplinarverfahren am Hals!« Charlotte knallte den Hörer auf. »Vollidioten!«, fluchte sie wütend.

»Was ist passiert?«

»Gestern haben es die lieben Kollegen nicht mehr geschafft, die persönlichen Gegenstände von Ludger Steinkamp vom Tatort wegzuschaffen. Und heute fehlt die Hälfte.«

»Wie bitte?«

»Ja. Die Sachen lagen auf einem Tisch, und das Zimmer war nur durch ein Absperrband gesichert. Und das auf einer Demenzstation, als wenn sich geistig verwirrte Menschen von einem Plastikband aufhalten lassen.«

»Soll das heißen, die alten Leutchen sind einfach so in das Zimmer marschiert und haben sich dort selbst bedient?«, fragte Käfer.

»Genau *das* soll es heißen. Das verkohlte Radio von Steinkamp wurde schon auf dem Zimmer einer alten Dame sichergestellt. Wie die Elstern sind die am Tatort ein- und ausgegangen und haben alles Mögliche mitgenommen. Die Kollegen suchen jetzt das ganze Haus ab.«

»Gut. Dann haben sie den Rest wahrscheinlich auch schnell.«

»Trotzdem ist das unmöglich«, ärgerte sich Charlotte. »So was darf doch nicht passieren!«

»Stimmt. Aber ich glaube, die wollten gestern alle einfach nur nach Hause. So eine Sache erleben die doch auch nicht jeden Tag. Warte mal ab, wenn du gleich da bist, haben sie bestimmt schon alles wiedergefunden.«

»Wollen wir's hoffen«, sagte Charlotte und schnappte sich ihre Tasche, um sich auf den Weg zum Altenheim zu machen.

6

Ganz ruhig saß er am Tisch und strich über das helle Kiefernholz. Warm und glatt fühlte es sich an. Er musste daran denken, wie es knacken und knistern würde, wenn es in Flammen aufging. Kiefernholz brannte gut. Sehr gut sogar.

Vom Tisch aus brauchte er nur den Arm auszustrecken, um an die Anrichte zu gelangen, die er damals in dem Secondhand-Kaufhaus günstig bekommen hatte. Sie roch immer noch ein bisschen muffig, er hatte den jahrzehntealten Geruch nie ganz aus ihr herausputzen können. Aber heute störte ihn das weitaus weniger als sonst.

Seine Küche war klein, eigentlich musste er nicht aufstehen, wenn er irgendwas brauchte. Auch den Kühlschrank konnte er vom Tisch aus öffnen. Eine praktische Sache, gerade wenn man nicht mehr der Jüngste war.

Auf der Anrichte stand die Kerze aus gerolltem Bienenwachs. Sie war noch in Cellophan gewickelt, denn er hatte sie nicht ausgepackt, nachdem er sie auf dem Weihnachtsmarkt gekauft hatte. Wie lange lag das zurück. Bald war schon Ostern. Überall im Münsterland wurden jetzt die Scheiterhaufen für die Osterfeuer aufgeschüttet. Und jedes Mal, wenn er an einem dieser Holzhaufen vorbeifuhr, fühlte er die Erregung. Er fuhr deswegen oft an ihnen vorbei, suchte immer häufiger ihre Nähe. Manchmal dachte er, er würde eine Erektion bekommen, wenn er vor einem Scheiterhaufen stand, aber das passierte nie. Gott sei Dank. Sonst hätte er sich selbst noch für verrückt gehalten. Aber ein einfaches Feuer war schließlich nicht das, was ihn reizte. Auf den Geruch kam es an. Auf diesen ganz bestimmten Geruch.

Langsam wickelte er die Kerze aus der Folie. Er lächelte, als er das Cellophan knistern hörte. Es war genau das gleiche Knistern.

Er stellte die Kerze vor sich auf den Tisch, ohne weiter auf den Geruch zu achten, den das Bienenwachs verströmte. Es war nicht der Geruch, den er mochte und der ihn glücklich machte.

Streichhölzer, dachte er und verspürte kurz aufkommende Panik. Er hatte weder Streichhölzer noch Feuerzeug in seiner Wohnung. Seit damals machte er um solche Dinge einen Bogen. Zu groß war die Angst, wieder rückfällig zu werden. Heute wusste er, dass das Quatsch war. Er hatte alles unter Kontrolle.

Er streckte seinen Arm aus und nahm den Toaster von der Anrichte. Das Kabel war so lang, dass er das Gerät ohne Probleme auf den Tisch stellen konnte. Er drückte die Taste nach unten und wartete, bis die Drähte rot glühten. Dann nahm er die Kerze und hielt den Docht an einen der Drähte. Er musste aufpassen, das Wachs schmolz rasend schnell und tropfte in den Toaster hinein. Zu viel davon, und sein Frühstück würde morgen nach Kerze schmecken.

Dann brannte der Docht. Vorsichtig, als wäre die Kerze eine zerbrechliche Glasfigur, stellte er sie auf den Tisch. Minutenlang starrte er in die kleine flackernde Flamme. Wie schön sie war. So hell und rein. Nichts war so sauber und klar wie das Feuer.

Aber er wusste, dass ihm das nicht reichen würde. Wäre die Sache im Altenheim nicht gewesen, hätte er es vielleicht noch länger unterdrücken können. Doch jetzt fühlte er sich wie wachgeküsst, jetzt konnte er nicht mehr darauf verzichten. Er wollte den Geruch wieder genießen können, und zwar sofort.

Den wunderbaren Duft von verbranntem Menschenfleisch.

Er streckte seine Hand aus und hielt sie über die Flamme. Er spürte die Wärme, die sich in eine immer stärkere Hitze wandelte. Jetzt musste er durchhalten und dem Reflex widerstehen, die Hand von der Flamme zurückzuziehen. Noch ein bisschen, nicht mehr lange, dann war es geschafft. Er glaubte zu hören, wie seine Haut aufplatzte, und spürte den Schmerz. Trotzdem zwang er sich, bis zwanzig zu zählen, bevor er die Hand zurückzog.

Eine schwarze, Zwei-Euro-Stück-große Brandwunde prangte auf der Innenseite seiner Hand. Das blutige Fleisch war durch den Ruß zu sehen, die Haut an den Seiten der Wunde sah fast knusprig aus.

Er hielt sich die Hand direkt vor sein Gesicht, so als wäre sie ein Fremdkörper und nicht seine eigene. Dann schloss er die Augen und atmete tief ein. Er schnupperte gierig an seiner verbrannten Haut und spürte, wie seine Hose spannte.

7

Nach zweimaligem Klopfen betrat Charlotte das Zimmer der Pflegeleitung. Johannes Funke, der Leiter von *Haus Sonnenschein*, saß an seinem Schreibtisch und telefonierte. Am Vortag waren sie sich schon mehrfach über den Weg gelaufen, und jetzt winkte er Charlotte herein und signalisierte ihr, Platz zu nehmen.

»Wir können Ihnen da wirklich keine Auskunft geben«, sagte er ins Telefon. »Ich bin mir sicher, dass die Polizei noch eine Pressemitteilung herausgeben wird.«

Er wirkte angespannt. Seine grauen Haare standen kreuz und quer vom Kopf ab, als würde er dauernd mit der Hand hindurchfahren. Unter seinen Augen waren dunkle Ringe, und er sah so aus, als habe er nicht besonders viel Schlaf bekommen. Was vermutlich auch stimmte. Geduscht hat er heute Morgen auch nicht, dachte Charlotte. Jedenfalls lag ein muffiger Geruch in der Luft.

»Nein, wirklich, ich kann Ihnen nicht mehr sagen. Auf Wiederhören.« Funke legte auf und stöhnte. »Diese Zeitungsfritzen machen mich noch wahnsinnig. Den ganzen Vormittag klingelt schon das Telefon. Westfälische Nachrichten, Bildzeitung, selbst von der NOZ rufen sie an. Als hätte ich nichts Besseres zu tun.«

»Ich befürchte, es wird noch schlimmer werden«, sagte Charlotte und fügte mit Blick auf sein fragendes Gesicht hinzu: »Wir müssen davon ausgehen, dass es sich nicht um einen unglücklichen Unfall handelt.«

»Suizid?«

»Nein. Im Moment gehen wir von einem Verbrechen aus.«

Nun fuhr sich Funke tatsächlich mit der Hand durch die Haare. »Um Himmels willen! Das ist eine Katastrophe.« Er sah auf und blickte Charlotte an, als wäre sie gerade erst zur Tür hereingekommen: »Wollen Sie einen Kaffee?«

»Nein, danke.«

Funke nahm die beigefarbene Thermoskanne, die vor ihm auf dem Schreibtisch stand, und goss etwas Kaffee in seine Tasse. »Ein Verbrechen«, sagte er dabei. »Du meine Güte! Wissen Sie schon, was genau passiert ist?«

»Nein. Wir wissen nur, dass es jemanden gegeben haben muss, der für den Tod von Ludger Steinkamp verantwortlich ist.«

Charlotte drückte sich bewusst vage aus. Je weniger Informationen ihr Gegenüber hatte, desto mehr musste er sich an die Fakten halten. Zeugen neigten sonst schnell dazu, ins Spekulieren zu verfallen.

»Aber wer macht denn so was? Haben Sie schon einen Verdächtigen?«

»Nein. Ich hoffe, dass Sie mir bei der Aufklärung des Falles helfen können. Herr Steinkamp lag ja auf der Demenzstation. Wissen Sie, ob er Probleme mit anderen Bewohnern hatte? Gab es Streit oder Rivalitäten?«

»Ach, unter dementen Patienten gibt es häufiger mal Streit. Aber das kann man nicht immer so ernst nehmen. Alzheimer oder Demenz verändern den Charakter. So ist das nun mal leider.«

»Wie äußert sich das?«, fragte Charlotte.

»Es kommt darauf an, wie weit die Krankheit fortgeschritten ist«, sagte Funke. »Im fortgeschrittenen Stadium ist das Kurzzeitgedächtnis des Alzheimerpatienten praktisch zerstört. Der Patient lebt von diesem Zeitpunkt an fast ausschließlich in der Vergangenheit. Dabei nimmt er Personen von früher ganz real wahr, verwechselt beispielsweise die ihn pflegende Ehefrau mit der längst verstorbenen Mutter. Die Menschen und Ereignisse, die in seiner Kindheit oder Jugend prägend waren, begleiten den Patienten dann auf diesem letzten Lebensabschnitt. Und dabei kann es natürlich automatisch zu Verwechselungen kommen, wodurch auch mal ein Streit entstehen kann.«

»Wenn er also zum Beispiel eine Pflegerin mit seiner Exgeliebten verwechselt und sie dann anfeindet«, überlegte Charlotte.

»Genau. Solche Sachen passieren ständig. Und die Patienten können dann durchaus auf ein gewisses Aggressionspotenzial zurückgreifen. Ausrasten geht halt meistens noch ganz gut.« Funke lachte kurz auf und nippte an seinem Kaffee. Mit angewiderter Miene schob er ihn von sich weg.

»Halten Sie es für möglich, dass ein dementer Patient in gewisser Weise noch planvoll handeln kann? Könnte er zum Beispiel den logischen Schluss ziehen, dass er erst einen Brandschutzmelder ausschalten muss, bevor er unbemerkt ein Feuer legen kann?«

Funke sah sie an, als hätte sie etwas vollkommen Absurdes gesagt. »Nein. Natürlich nicht. Keiner unserer Patienten ist auch nur in der Lage, einen Brandschutzmelder überhaupt als solchen zu erkennen. Für die ist das irgendein kleiner Kasten, der an der Decke hängt. Wenn überhaupt.«

»Verstehe. Mit welchen Bewohnern hatte Ludger Steinkamp am meisten zu tun? Sowohl im positiven als auch im negativen Sinne?«

»Soviel ich weiß, hatte er fast nur was mit den Frauen auf der Station zu tun. Gut, die sind natürlich auch deutlich in der Überzahl, insofern war er immer so etwas wie ein Hahn im Korb«, sagte Funke.

»Eine Art Frauenheld?«

»Na ja, wenn Sie so wollen. Jakob Boßmann wird Ihnen da

aber mehr sagen können. Der weiß auch genau, mit wem Herr Steinkamp zu tun hatte.«

»Gut. Dann brauche ich eine Liste von diesen Singpaten. Mit Anschrift.«

»Moment, die kann ich Ihnen sofort ausdrucken.«

»Was sind das für Leute?«, fragte Charlotte, während Funke im Computer die Adressliste suchte.

»Das sind zwölf Senioren, die sich immer abwechseln. Vier oder fünf von ihnen kommen einmal die Woche zu uns«, sagte er. »Ein paar von ihnen können ein Instrument spielen, Klavier, Gitarre oder Geige. Zwei animieren die Bewohner dann meistens zum Mitsingen, und einer dirigiert. Da ist dann immer eine super Stimmung. Musik lieben halt alle. So, da hab ich sie.«

Der Drucker brummte, und kurz darauf gab Funke ihr das Dokument. »Das ist die Zukunft der Altenpflege. Wenn Sie alt sind, wird es kaum noch junge Leute geben, die Sie pflegen können. Dann heißt es: Alles, was gesund und alt ist, kümmert sich um alles, was krank und alt ist.«

»Klingt doch gar nicht so schlecht«, fand Charlotte.

»Ja, solange es nicht um die körperliche Pflege geht. Oder können Sie sich vorstellen, wie eine Fünfundsiebzigjährige einen Neunzigjährigen in die Badewanne hebt?«

»Stimmt. Ich brauche außerdem noch eine Liste vom gesamten Personal hier. Von der Reinigungskraft bis zum Pfleger.«

Funke runzelte die Stirn. »Glauben Sie etwa, dass einer meiner Leute etwas damit zu tun hat?«

»Ich glaube gar nichts. Aber ich muss mit allen sprechen.«

»Das sind gute Leute. Alle. Die kümmern sich, so gut sie können. Obwohl viele von ihnen es nicht gerade leicht haben.«

»Ich will nur mit ihnen sprechen.«

Etwas widerwillig gab Funke ihr schließlich die Personalliste.

Charlotte verabschiedete sich und wollte ihre Befragung in dem Stockwerk beginnen, in dem der Tatort lag. Funke wies sie darauf hin, dass alle Zimmer auf diesem Flur geräumt und die Patienten übergangsweise im Ostflügel des Hauses untergebracht wären.

Als Charlotte dort ankam, sah sie Berthold Wolske von der Spurensicherung, der mit zwei Kollegen nach den vermissten Gegenständen aus Zimmer 213 fahndete.

»Wir sind dran, wir sind dran«, sagte er zu Charlotte, bevor sie überhaupt den Mund aufmachen konnte.

Wenigstens hat er ein schlechtes Gewissen, dachte sie. Sie überlegte, wo sie mit ihrer Befragung anfangen sollte, und entschloss sich, mit Frau Hoppe zu beginnen. Sie hatte das Zimmer direkt neben Steinkamp bewohnt und außerdem das verkohlte Radio vom Tatort mitgehen lassen. Ihre Tür stand offen, und Charlotte hörte Stimmen aus dem Zimmer.

»Ich werde sterben«, sagte eine alte Frau. Das musste Frau Hoppe sein.

»Ja. Aber heute noch nicht.« Eine junge Männerstimme. War das Jakob, der Pfleger?

»Aber lange bleibt mir nicht mehr.«

»Nein, Frau Hoppe«, sagte der junge Mann, und Charlotte war sich nun sicher, dass es der Pfleger war. »Allzu lange wird es nicht mehr dauern. Aber ein bisschen bleiben Sie noch bei uns, ja?«

»Werde ich in den Himmel kommen?«

»Natürlich kommen Sie in den Himmel, Frau Hoppe«, sagte Jakob. »Wenn nicht Sie, wer dann?«

Charlotte rührte der Satz. Der junge Pfleger schien wirklich genau zu wissen, wie man mit den alten Leuten umging. Sie klopfte an den Türrahmen. »Hallo, darf ich kurz stören?«

Die alte Dame sah sie stirnrunzelnd an. »Agnes? Was machst du denn hier?«

Charlotte hatte das Gefühl, als hätte ihr jemand mit der Faust in den Magen geboxt. Sie schnappte nach Luft und musste sich im Türrahmen festhalten.

Hatte sie wirklich Agnes zu ihr gesagt? War sie eine Freundin ihrer Mutter gewesen? Konnte sie ihr vielleicht etwas über sie erzählen? Wusste sie, wer die Person Agnes Schneidmann gewesen war, wie ihre letzten Wochen, Tage, Stunden gewesen waren? Hatte ihre Mutter ihr vielleicht etwas von ihr selbst, von Charlotte, erzählt? Von ihr, von Stefan und den Geschwistern?

Tausend Fragen rasten ihr durch den Kopf, in einem Tempo, dass ihr schwindelig wurde. Nur mühsam konnte sie die Fassung wahren. Zum Glück kam Jakob Boßmann ihr zu Hilfe.

»Die Dame ist von der Polizei, Frau Hoppe. Sie müssen sie verwechselt haben«, sagte er schnell und sah Charlotte besorgt an. »Alles okay?«, fragte er, und sie nickte wortlos.

Schon immer hatte sie viel Ähnlichkeit mit ihrer Mutter gehabt. Als Kind hatten ihr alle bescheinigt, dass sie ihr wie aus dem Gesicht geschnitten sei. Aber dass diese fremde Frau sie für ihre tote Mutter hielt, hatte sie wirklich aus dem Konzept gebracht.

»Sie sieht der Agnes so ähnlich«, fuhr Frau Hoppe fort. »Nur viel freundlicher. Die Agnes ist ja eine entsetzliche Person.«

»Schon gut, Frau Hoppe, schon gut«, versuchte Boßmann die alte Dame zu unterbrechen, die aber unbeirrt weitersprach.

»Eine verbitterte alte Kuh. Rennt immer nur mit einer leichenbitteren Miene herum. Da muss sie sich doch nicht wundern, dass sie immer alleine ist. Wer will denn so eine heiraten? Aber ohne Familie – nein, das ist natürlich auch kein Leben.«

Charlotte wusste genau, dass sie besser nicht nachfragen sollte, aber sie konnte nicht anders. »Hat Agnes Schneidmann Ihnen erzählt, dass sie alleinstehend ist?«, fragte sie mit schwacher Stimme.

»Allerdings. Sie nennt sich ja selbst eine alte Jungfer. War wohl immer allein, kein Mann, keine Familie, da ist absolut niemand in ihrem Leben.«

Bis auf ihre vier Kinder, dachte Charlotte und musste schlucken.

»Aber fragen Sie sie doch selbst! Ich hab sie eben noch beim Kaffee getroffen.«

Für einen Moment herrschte Stille. Frau Hoppe nickte Charlotte aufmunternd zu, während der Pfleger sie mit betretener Miene ansah. Ihr selbst wurde schlagartig schlecht.

Nach Sekunden, die Charlotte wie Stunden vorkamen, fing sie sich wieder. »Ich komme nachher noch mal zu Ihnen«, sagte sie und wandte sich ab.

Sie ertrug das nicht mehr. Sie ertrug das Gerede der dementen Frau nicht und auch nicht die mitleidigen Blicke des Pflegers. Und sie ertrug es nicht, dass ihre Mutter sie offensichtlich vergessen hatte. Sie und ihre Geschwister waren noch nicht mal mehr eine Erinnerung aus der Vergangenheit gewesen, als ihre Mutter starb.

Sie dachte daran, wie einsam ihr Leben noch vor einem knappen Jahr gewesen war, als flüchtige Affären zu ihrem Alltag zählten. Und wie glücklich sie sich jetzt fühlte, eine feste Beziehung zu haben und durch Bernd Teil einer echten kleinen Familie zu sein. Noch nie war ihr das so bewusst wie in diesem Moment.

8

Natürlich hätte er erst zu der Witwe fahren können, aber es sprach auch nichts dagegen, zunächst mit Annette Steinkamp zu sprechen. Ihr Geschäft lag ohnehin auf dem Weg. Wenn er zu Maria Steinkamp nach Horstmar fahren würde, musste er an dem Laden fast vorbei. Also konnte er auch gleich dahin fahren.

Käfer schaltete in den zweiten Gang und drosselte das Tempo. Auf dem Prinzipalmarkt war wie immer jede Menge los. Touristengruppen drängten sich auf dem mittelalterlichen Platz, der wie die gesamte Stadt von Studenten überfüllt schien. Er musste höllisch aufpassen, damit er keinen der unzähligen Radfahrer über den Haufen fuhr, die pausenlos die Straße überquerten und dabei jede Verkehrsregel missachteten.

Käfer sah sich suchend um und fand schließlich die kleine Gasse, in der das *Petit Törtchen* lag. Er stellte seinen Wagen auf einen halb legalen Parkplatz, bei dem er aber nur mit den Hinterreifen auf einem Fahrradweg stand, und stieg aus.

Als er das Geschäft von Annette Steinkamp betrat, fühlte er sich augenblicklich wie zu Hause. Der dunkle Holzboden erinnerte ihn an die alte Bauerndiele seiner Großeltern, in der er früher so gern gespielt hatte. Die Wände waren hüfthoch mit demselben Holz verkleidet, und darüber schloss sich eine rosa-weiß gestreifte Tapete an. Über der Kasse hing ein gerahmter Kupferstich, der irgendwie nicht richtig zum Rest der Einrichtung passte. In den Regalen und auf dem Tresen standen unter gläsernen Kuchenglocken die schönsten Petits Fours, die Käfer je gesehen hatte. Das jedenfalls empfand er, als ihm der Duft von Marzipan und Schokolade in die Nase strömte. In einer zweiten Vitrine standen kleine Kunstwerke, aus Teig und anderen Süßigkeiten geformte Gebäude aus Münster. Er erkannte die Lambertikirche, an der sogar kleine Schokoladenkäfige hingen, genau wie beim Original. Auf das historische Detail, dass dort mal Leichen ausgestellt worden waren, darauf hatte Annette bei ihrer Interpretation zum Glück verzichtet. Das Fürstbischöfliche Schloss hatte sie ebenfalls aus Teig gebaut, genau wie den Prinzipalmarkt. Die kleine Konditorei erinnerte an eine Zuckerbäckerei aus dem Schlaraffenland.

Hinter dem Tresen stand Annette Steinkamp. In ihrer rosaweiß gestreiften Schürze sah sie einfach umwerfend aus. Sie drehte sich um und rief ihrem Mitarbeiter, der hinter ihr in einer kleinen Backstube arbeitete, die Anweisungen für eine Lieferung zu: »Und zehnmal Marzipan kommt noch dazu. Dann reicht es.«

Dann wandte sie sich Käfer zu und lächelte ihn auf eine Art und Weise an, dass ihm ganz komisch wurde.

Denk daran, warum du hier bist, ermahnte er sich.

»Hallo, Frau Steinkamp.«

»Hi.«

Was für ein Lächeln ... Ihre Zähne blitzten strahlend weiß zwischen den fein geschwungenen Lippen hervor, und sie hatte diese wunderbaren Grübchen in der Wange, wenn sie lächelte.

Sag was, jetzt sag doch was!

»Na?«

Annette Steinkamp sah ihn verwundert an, und Käfer biss sich auf die Lippen.

Na? Oh Mann! Was soll das denn? Was soll sie denn darauf antworten? Meine Fresse, bist du aus der Übung ...

Er räusperte sich und versuchte, möglichst förmlich weiterzusprechen. »Ähm ... also, ich bin hier, weil ... Ich muss mir ein möglichst genaues Bild von Ihrem Vater machen. Dafür brauche ich so viele Informationen, wie Sie mir nur geben können«, sagte er. Dann erzählte er ihr von dem Obduktionsergebnis und den Resten des Brandbeschleunigers, die der Gerichtsmediziner an der Leiche hatte sicherstellen können.

»Es hat ihn also jemand umgebracht«, sagte Annette, ohne dass ihre Stimme sich dabei veränderte. »Das wundert mich nicht. Ein Mann wie mein Vater muss unzählige Feinde gehabt haben.«

»Denken Sie an jemanden Bestimmtes?«

Annette zuckte mit den Achseln. »Nein. Aber er hat meine Mutter andauernd betrogen. Vielleicht wollte sich irgendein Ehemann rächen? Oder eine Exgeliebte?«

»Die Art und Weise, wie Ihr Vater starb, zeugt von äußerster Brutalität.«

»Zu der eine Exgeliebte nicht fähig ist, meinen Sie?«

»Frauen morden in der Regel anders«, sagte Käfer und erwischte sich bei dem Gedanken, dass eine Frau wie Annette Steinkamp bestimmt nie jemanden umbringen könnte.

Reiß dich zusammen!

»Na ja, wie auch immer«, seufzte sie und begann, ein gutes Dutzend kleiner Schokoladentörtchen auf einer Etagere neu zu arrangieren. »Dann war es vielleicht keine Ex, sondern irgendjemand anders. Ich bin mir sicher, dass genug Leute einen Grund hatten.«

»Gab es denn jemanden, der ihn offensiv angefeindet hat? Wurde er bedroht?«

»Das weiß ich nicht. Gute Freunde hatte er jedenfalls keine.«

»Hatte er gar keinen Freundeskreis?«

»Meine Mutter hat ihre Freundinnen. Und da gab es dann früher auch mal so Abende, wo die mit ihren Männern zu uns nach

Hause zum Essen kamen. Aber ehrlich gesagt kam das eher selten vor. Möchten Sie eins?«, fragte sie und reichte ihm ein Schokoladentörtchen, das mit weißen Marzipanblüten aufwendig verziert war. »Oder mögen Sie nichts Süßes?«

»Doch, doch, und wie!« Etwas zu eilig griff er nach dem süßen Kunstwerk und biss hinein.

Der Marzipan schmolz ihm auf der Zunge und gab eine butterweiche Masse feinsten Biskuits frei, der von einer leichten Sahnecreme ummantelt war. Im Inneren des Törtchens wartete ein flüssiger Schokoladenkern darauf, dem Naschenden die Sinne zu vernebeln. Es war unglaublich lecker, und Käfer konnte nicht anders, als ein seufzendes »Mmmm« von sich zu geben.

»Oh Mann«, sagte er mit vollem Mund. »Das ist das Beste, was ich je gegessen habe. Ehrlich. Es ist köstlich.«

Annette lächelte, aber es war ein trauriges Lächeln, wie er fand.

»Ich packe Ihnen ein paar ein«, sagte sie und nahm eine Pappschachtel aus dem Regal. »Mein Vater hat in seinem ganzen Leben kein Einziges meiner Petits Fours probiert. Nicht mal einen Krümel davon.«

»Wie dumm von ihm«, sagte Käfer. »Und warum nicht?«

»Weil es nicht seinen Vorstellungen entsprach. Hätte ich BWL oder Jura studiert, hätte ich mir vielleicht ein wenig Anerkennung verdient, aber Kuchenbacken fand er einfach nur lächerlich für seine Tochter. Und er hat keine Gelegenheit ausgelassen, mir das vorzuwerfen.«

Käfer wollte etwas Tröstendes sagen, besann sich aber schweren Herzens auf seine Arbeit. »Er selbst war Versicherungsgutachter. War er von Haus aus vermögend?« Er dachte an das große Haus, das die Steinkamps bewohnten.

»Nein. Meine Großeltern waren ganz normale Leute.«

»Und Ihre Mutter?«

»Kam ebenfalls aus bescheidenen Verhältnissen. Sie war finanziell komplett abhängig von meinem Vater. Sonst hätte sie ihn wahrscheinlich auch viel früher verlassen. Nein, mein Vater hatte ein Händchen für Finanzen, das muss man ihm lassen. Ich weiß nicht, was er gemacht hat, Aktien, Fonds, keine Ahnung. Aber es hat funktioniert.«

»Verstehe. Wir müssen die Vermögensverhältnisse Ihres Vaters überprüfen. Kreditunterlagen, Bankpapiere, alles, was uns Auskunft über seine finanzielle Situation gibt.«

»Das müsste alles bei uns zu Hause sein. Meine Mutter wird Ihnen da helfen können.«

»Gut. Hatte er irgendwelche kostspieligen Hobbys? Pferdewetten, Kasino – so etwas?«

»Nicht, dass ich wüsste. Aber auch da wird meine Mutter mehr wissen.« Annette Steinkamp seufzte. »Ich weiß eigentlich nicht viel über meinen Vater.«

Sie erzählte Käfer, dass sie bereits im Alter von zehn Jahren auf ein Internat gekommen war. Ihr Vater hatte darauf bestanden, sie in eine fast zweihundert Kilometer entfernte Einrichtung zu stecken, obwohl es im nahen Münster ebenfalls exzellente Schulen gab. Die zwanzig Kilometer von Horstmar nach Münster hätte sie jeden Tag mit dem Bus zurücklegen können, während die Fahrt zum Internat zwei Stunden gedauert hatte. Jedes zweite Wochenende war sie dann nur noch nach Hause gekommen.

»Ich habe meine Mutter damals wahnsinnig vermisst. Ich war fast krank vor Heimweh. Aber mein Vater hat das gnadenlos durchgezogen«, sagte sie. »Wahrscheinlich habe ich mich deshalb auch später in Münster niedergelassen. Ich wollte endlich in meiner Heimat Wurzeln schlagen.«

»Und Ihr Bruder?«

»Der kam zwei Jahre später, als er zehn war, auch aufs Internat«, sie lachte bitter auf. »Aber natürlich nicht auf dasselbe.

Sonst hätten wir ja womöglich Quatsch gemacht. Nein, Björn wurde schön nach Bayern abgeschoben. Der hat durch die ganze Geschichte echt einen Knacks gekriegt.«

»Wie war das Verhältnis zwischen Ihrem Bruder und Ihrem Vater?«

»Verkorkst. Aber irgendwie anders als bei mir. Ich hab es irgendwann geschafft, mich von meinem Vater zu lösen. Nicht nur räumlich, sondern auch emotional. Irgendwann war er mir einfach egal. Aber Björn ... nein, das war anders. Mein Vater hat immer einen wahnsinnigen Druck auf ihn ausgeübt. Als Björn noch ein kleiner Junge war, hat er ihm immer gedroht, dass er in die Käfige an der Lambertikirche kommt, wenn er nicht artig ist.«

Käfer dachte daran, wie er nach Münster gezogen war und an einer Stadtführung teilgenommen hatte, um seine neue Heimat besser kennenzulernen. Die Lambertikirche mit ihren Käfigen hatten ihn besonders beeindruckt, und er konnte sich genau daran erinnern, wie ein Kind in seiner Gruppe zu weinen anfing, als der Stadtführer ihnen erklärte, was es mit den Käfigen auf sich hatte. Die zu Tode gefolterten Wiedertäufer wurden darin für die Stadtbevölkerung ausgestellt.

»Was für eine Erziehungsmethode«, sagte er.

»Ja. Björn hatte über Jahre Albträume, und manchmal glaube ich, dass er bis heute einen Bogen um die Kirche macht. Aber trotzdem. Auf eine gestörte Art und Weise hat er Vater irgendwie doch bewundert. Er hat ihn gehasst und gleichzeitig geliebt. Deshalb hat er wahrscheinlich auch BWL studiert. Er wollte alles richtig machen. Schikaniert hat mein Vater ihn aber trotzdem weiter.«

»Warum war Ihr Vater so?«

»Sie glauben gar nicht, wie oft ich mich das gefragt habe. Heute stelle ich mir die Frage nicht mehr. Es ist egal. Jetzt sowieso.«

Annette wich seinem Blick aus, und Käfer spürte, wie sehr sie das alles doch noch berührte.

»Was passierte, als damals die Krankheit bei ihm diagnostiziert wurde?«

»Zuerst brachte er nur Sachen durcheinander, verwechselte Namen und wurde immer vergesslicher. Er vergaß, dass ich diesen Laden hatte – und damit vergaß er auch, mich deshalb zu beschimpfen, was er sonst immer tat, wenn ich meine Mutter besuchte. Sein geistiger Verfall ging schnell. Es dauerte nur ein paar Monate, und aus dem gut gekleideten Mann im goldenen Mercedes Coupé wurde ein Windel tragender Pflegebedürftiger. Als er ins Heim kam, war das wie eine Befreiung für uns.«

Käfer nickte verständnisvoll und dachte für einen kurzen Moment an seine eigenen Eltern, die er als sehr herzlich in Erinnerung hatte. Die Glocke der Ladentür riss ihn aus seinen Gedanken, als ein Mann das Geschäft betrat.

»Guten Tag«, sagte Annette zu dem neuen Kunden. »Ich bin gleich bei Ihnen.« Sie reichte Käfer die Pappschachtel mit den Törtchen und sah ihn dann an. »Die Arbeit ruft.«

Er nickte. »Natürlich. Ich melde mich.«

Käfer verabschiedete sich und verließ das *Petit Törtchen*. Als er an dem Mann, der gerade hereingekommen war, vorbeiging, sah er dessen weiß bandagierte Hand und registrierte die gelbe Wundflüssigkeit, die auf der Innenseite der Hand durch den Verband sickerte. Ohne weiter darüber nachzudenken, zog er die Tür hinter sich zu und ließ Annette mit dem Fremden allein.

9

Als Charlotte ins Büro kam, hatte sie Kopfschmerzen. Käfer hatte die Beine auf den Tisch gelegt und sich in seinem Schreibtischstuhl zurückgelehnt. Auf seinem Bauch thronte eine rosa-weiß gestreifte Pappschachtel, aus der er irgendetwas Süßes herausfischte und sich genüsslich in den Mund schob. Dabei wirkte er ausgesprochen zufrieden.

»Was ist los?«, fragte er schmatzend. »Du siehst fertig aus.«

»Danke. Charmant wie eh und je«, stöhnte Charlotte und ließ sich auf ihren Stuhl fallen.

»War nicht so gemeint. Alles in Ordnung?«

»Ja, ja. Alles okay. Die Befragung im Altenheim war nur etwas anstrengend.«

»Kann ich mir vorstellen. Gibt's was Neues?«

»Einige Sachen aus Steinkamps Zimmer sind wieder aufgetaucht. Eine gewisse Frau Hoppe hat sich das Radio genommen, ein anderer Patient die Männermagazine. Ein paar Dinge fehlen noch, aber die Kollegen sind guter Hoffnung, bald alles wieder zusammenzuhaben.«

»Gut. Und sonst?«

»Steinkamp war nicht unbeliebt. Nach dem, was seine Angehörigen erzählten, hatte ich jede Menge Geschichten über einen fiesen alten Mann erwartet. Fehlanzeige. Mit den Schwestern und Pflegern gab es kaum Probleme. Oder besser gesagt: nicht mehr Probleme als mit den anderen Bewohnern auf der Station.«

»Wie kam er mit den Patienten klar?«

»Weiß ich nicht.« Charlotte rieb sich die Schläfen. »Einerseits klang das alles ganz positiv. Anderseits geht bei denen aber auch so viel durcheinander. Ich weiß nicht, wie viel man davon für bare Münze nehmen darf. Die sehen manchmal auch Tote im Zimmer stehen und erzählen dir was vom Zweiten Weltkrieg oder sonst was aus der Vergangenheit. Die Gedankensprünge sind manchmal so schnell, dass man kaum mitkommt.«

Sie dachte daran, wie sie gemeinsam mit Boßmann in das Zimmer von Herrn Wittig gegangen war, das direkt neben dem von Frau Hoppe lag. Das Zimmer war leer gewesen, und nachdem Boßmann den alten Mann gerufen hatte, hörte Charlotte seine fröhliche Stimme aus dem angrenzenden Bad: »Bin gleich so weit!«

Als Charlotte und Boßmann das Badezimmer betreten hatten, balancierte Herr Wittig auf dem Rand der Badewanne und versuchte, die Kacheln an der Wand mit einem Waschlappen sauber zu machen.

»Herr Wittig! Was machen Sie denn da? Kommen Sie runter!«, hatte der Pfleger gesagt und versucht, den Mann vorsichtig von der Badewanne zu heben. »Wenn Sie stürzen, kann ich Sie nicht auffangen. Dann tun Sie sich gewaltig weh!«

»Sofort«, hatte der Mann gesagt und emsig weitergeputzt.

Boßmann hatte ihn schließlich einfach von der Badewanne runtergezogen und zurück in sein Zimmer geführt.

»Der DAX geht bestimmt bald wieder hoch«, hatte Herr Wittig dabei gesagt. »Und wenn nicht? Verkaufen, ja, verkaufen. Hab ich den Miller-Fonds schon verkauft?«

Boßmann hatte nur genickt, und Charlotte hatte sich schnell verabschiedet. Mit diesem Mann war keine vernünftige Zeugenbefragung möglich gewesen.

»Der Hausmeister hat ja angedeutet, dass Steinkamp ein alter

Frauenheld war. Lief da was? Vielleicht mit dieser Frau Hoppe oder so?«

»Ich hab mit dem Pfleger darüber gesprochen«, sagte Charlotte und erzählte Peter, was Boßmann ihr über männliche Alzheimerpatienten gesagt hatte, die im Zuge ihrer Erkrankung häufig einen stark ausgeprägten Sexualtrieb entwickelten. »Ein Schamgefühl kennen sie leider nicht mehr. Insofern ist es wohl nicht selten, dass sich einer der alten Herrschaften an die Patientinnen oder Schwestern ranmacht.«

»Aber eine Beziehung oder eine Affäre hatte er nicht?«

»Konnte mir jedenfalls keiner mit Sicherheit bestätigen. Boßmann hat ihn zwar ein paar Mal im Zimmer von Frau Hoppe angetroffen, fand das aber nicht weiter ungewöhnlich.«

Charlotte suchte eine Aspirin aus ihrer Handtasche und löste sie in einem Glas Wasser auf. »Ich glaube aber auch nicht an eine Eifersuchts- oder Beziehungstat unter den Patienten«, fuhr sie fort, nachdem sie einen großen Schluck getrunken hatte. »Dann wäre er erschlagen oder erstochen worden. Aber jemanden bei lebendigem Leibe anzünden? Nein. Wie ich die Bewohner kennengelernt habe, kriegen die so was gar nicht mehr hin. Zumal der Brandschutzmelder ja ausgeschaltet war. Das schafft ein Demenzpatient nicht. Sagt zumindest Johannes Funke, der Leiter der Einrichtung.«

»Okay. Lass uns noch mal genau überlegen, wie die Tat abgelaufen sein könnte. Bei der Obduktion sind nur an den Beinen des Toten Rückstände von verbrannter Kleidung gefunden worden. Steinkamp muss also mit nacktem Oberkörper auf seinem Stuhl gesessen haben«, sagte Käfer. Er legte die Schachtel vorsichtig auf dem Schreibtisch ab, kam zu ihr herüber und stellte sich hinter Charlotte. »Der Täter stand vielleicht so hinter Steinkamp.«

»Warum steht er nicht vor ihm? Am Brustkorb hatte er doch

die stärksten Verbrennungen, da fing alles an. Das hätte der Täter doch gut von vorne machen können.«

»Aber dann hätte Steinkamp ja gesehen, wie er den Brandbeschleuniger über ihn schüttet.«

»Du meinst, dann hätte er sich gewehrt? Ich weiß nicht. Boßmann hat mir gesagt, dass viele der Patienten überhaupt nicht mehr in der Lage sind, Gefahren zu erkennen.«

Charlotte dachte an Herrn Wittig, der auf dem rutschigen Badewannenrand balanciert war.

»Okay. Er gießt den Brandbeschleuniger entweder von hinten oder von vorn über Steinkamp, entscheidend ist, dass er ihn nicht sofort anzündet. Jedenfalls nicht komplett. Laut Obduktionsbericht hatte er an mehreren Stellen Brandherde, bevor der Oberkörper irgendwann später vollständig in Flammen stand. Sagen wir mal, ich gieße hier was drüber.« Käfer berührte sie an der Schulter. »Zünde es an und ersticke die Flamme dann wieder.«

»Oder sie geht von alleine aus.«

»Oder das. Aber warum mache ich das?«

»Vielleicht will ich das Opfer möglichst lange quälen«, überlegte sie. »Feuer eignet sich dafür besonders gut. Es löst eine Urangst in uns aus. Strafen mit Feuer gehörten schon immer zu den gefürchtetsten.«

»Und keiner konnte seine Schreie hören, weil alle anderen im Musiksaal waren.«

»Oder er gar nicht geschrien hat. Wenn er unter Schock stand, ist das durchaus möglich.«

»Wir sollten uns als Nächstes diese Singpaten vornehmen. Der Täter muss doch gewusst haben, dass die Station leer war und die Singpaten alle Patienten mit in den Musiksaal genommen haben. Alle bis auf Steinkamp.«

Charlotte nickte. »Ja, aber das haben viele gewusst. Die Schwestern, die Pfleger. Steinkamp hatte sich ja ganz normal abgemeldet. Er hatte früher schon öfter keine Lust, beim Musizieren mitzumachen. Insofern war das nicht ungewöhnlich.«

»Aber keiner konnte wissen, dass er ausgerechnet an diesem Nachmittag keine Lust dazu haben würde, denn manchmal machte er eben doch bei den Singpaten mit. Die Tat muss also relativ spontan passiert sein.«

Charlotte stand auf und ging zur Flipchart. Mit einem dicken schwarzen Edding schrieb sie »Singpaten« auf das noch weiße Papier.

»Die wussten auf jeden Fall, dass Steinkamp nicht mit ihnen musizieren wollte«, sagte sie und schrieb »Pflegepersonal« daneben. »Dann natürlich das Personal und die Patienten. Letztere würde ich aufgrund ihrer Erkrankung erst mal nicht zum Täterkreis zählen.«

»Doch, schreib sie dazu«, warf Käfer ein. »Du hast doch bisher nur mit den Patienten von der Demenzstation gesprochen. Es gibt in dem Heim aber bestimmt noch fittere Bewohner. Mit denen müssen wir auch sprechen.«

»Stimmt.« Charlotte schrieb »Patienten« auf die Flipchart und daneben, in kleinerer Schrift: »Besucher«.

»Der Pflegeleiter recherchiert für uns, welche der Patienten an dem Nachmittag Besuch bekommen haben und ob zum Tatzeitpunkt Lieferanten auf dem Gelände waren«, erklärte sie.

»Richtig. Fehlt noch der Sohn, Björn Steinkamp.«

»Und die Frau und die Tochter.« Charlotte schrieb die Namen der Familie auf das Papier.

»Ich glaube, die können wir rausnehmen«, entgegnete Käfer.

»Wieso? Die Frauen haben ihr Leben lang unter dem Mann gelitten. Ein Motiv hätten sie in jedem Fall.«

»Annette Steinkamp war an dem Nachmittag in ihrem Laden.«

»Sagt sie. Haben wir aber noch nicht überprüft.«

Käfer murmelte etwas vor sich hin, was Charlotte nicht verstand.

»Und wenn Steinkamp wirklich noch sein Testament geändert hat, könnte hier ein Motiv für eine mögliche Folter liegen. Vielleicht wollte jemand den alten Mann zu einer Unterschrift zwingen oder von ihm wissen, wo das Testament ist, damit er es vernichten oder ändern kann. Das wären alles Motive, die zu den Familienangehörigen führen.«

»Okay, okay. Überprüfen wir die Alibis der Steinkamps. Ich werde mir die Angehörigen vorknöpfen, für den Rest brauchen wir Unterstützung. Ich trommel mal die Kollegen zusammen, damit wir die Zeugenbefragungen verteilen können. Wenn wir uns die Leute alle selbst vornehmen, sind wir ja wochenlang beschäftigt.«

Als Käfer das Büro verlassen hatte, ließen ihre Kopfschmerzen langsam nach. Die Tablette wirkte. Charlotte nahm die Fotos vom Tatort, die vor ihr auf dem Schreibtisch lagen, und betrachtete die verbrannten Überreste von Ludger Steinkamp. Was war in Zimmer 213 passiert? Sie konnte und wollte sich immer noch nicht vorstellen, wie der alte Mann nach und nach verbrannt war. Was für ein bestialischer Mord.

Charlotte griff zum Telefon und wählte die Nummer der Gerichtsmedizin. »Ich frage mich, ob der Täter sein Opfer tatsächlich gefoltert hat«, sagte sie, nachdem sie Dr. Krane begrüßt hatte. »Oder gibt es noch eine andere Erklärung, warum der Leichnam so unterschiedlich stark verbrannt ist?«

»Die verschiedenen Brandherde können daher kommen, dass der Mann mit Brandbeschleuniger bespritzt wurde, an einigen Stellen Feuer fing, diese wieder gelöscht wurden, und er dann an weiteren Stellen zu brennen anfing, bis die Sache eskalierte«, sagte Krane. »Dafür sprechen auch die Verbrennungen an den Handinnenflächen des Opfers.«

»Das heißt, der alte Mann hat versucht, die Flammen auszuschlagen, während sein Mörder immer mehr Brandbeschleuniger auf ihn spritzte?«

»So könnte es gewesen sein. Die Ruß-Aspiration zeigt außerdem deutlich, dass er während des Brandes noch lebte«, erklärte er weiter. »Man kann anhand des Lungengewebes sehr gut erkennen, dass er die heißen Gase tief eingeatmet hat. Er ist also definitiv verbrannt und nicht erstickt.«

»Sagen Sie mir Bescheid, wenn Sie wissen, was für ein Zeug der Täter benutzt hat.«

»Natürlich.«

Charlotte bedankte sich und legte auf. Ein alter Mann schlägt panisch die Flammen auf seinem Körper aus, während der Täter immer mehr brennbare Flüssigkeit auf ihn spritzt. Das war keine Handlung im Affekt. Wer zu einer solchen Brutalität bereit ist, muss ungewöhnlich gefühlskalt sein, dachte sie. Oder er musste Ludger Steinkamp wahnsinnig gehasst haben.

10

Seufzend durchsuchte Annette den Sekretär ihres Vaters. Nachdem dieser merkwürdige alte Mann mit der verbundenen Hand gegangen war, hatte sie den Laden zugemacht und war zu ihrer Mutter gefahren, um sie bei dem ganzen Papierkram zu unterstützen, der bei einem Todesfall eben so anfiel.

Irgendwie war ihr der Mann im Laden bekannt vorgekommen, aber sie konnte sein Gesicht nicht einordnen. Kam er aus Horstmar? Vielleicht hatte sie ihn schon mal auf der Straße gesehen. Komisch war er in jedem Fall gewesen. Törtchen für eine Totenfeier hatte er bestellen wollen, allein *das* war schon ungewöhnlich gewesen. Sie hatte es jedenfalls noch nie erlebt, dass ihre handgefertigten Petits Fours auf einem Beerdigungskaffee angeboten wurden. Aber dazu war es dann ja auch nicht gekommen. Er hatte sich nämlich einfach umgedreht und wortlos den Laden verlassen, als sie ihm ihre Preise genannt hatte.

»Es ist so lieb, dass du mir hilfst.«

Annette hatte gar nicht gehört, wie ihre Mutter ins Zimmer gekommen war.

»Tee?« Sie stellte ihr eine Tasse auf den Sekretär, den zu Lebzeiten ihres Vaters nie jemand anrühren durfte.

»Danke, Mama. Das Familienstammbuch muss hier doch irgendwo sein. Aber außer den ganzen alten Zeitungen kann ich nichts finden. Warum hat Papa bloß so viele Zeitungsartikel aufbewahrt?« Annette hielt einen ganzen Stapel alter Zeitungsausschnitte in der Hand.

Ihre Mutter zuckte ratlos mit den Schultern. »Das weiß ich nicht. Ich wusste noch nicht mal, dass er welche gesammelt hat. Was sind das denn für Artikel?«

Annette wollte sie gerade durchschauen, als ihr ein Foto in die Hände fiel. Sie legte die Zeitungen zur Seite und schaute sich das Bild genauer an. Es zeigte sie zusammen mit ihrem Bruder und ihren Eltern vor einem reich geschmückten Weihnachtsbaum. »Weihnachten 1985«, las sie von der Rückseite ab.

»Kannst du dich noch daran erinnern?«, fragte sie ihre Mutter.

Auf dem Foto stützte sich Annette auf einem teuren Rennrad ab, und Björn hielt eine goldene Uhr in die Kamera. Sie sahen beide relativ ernst aus, während ihre Eltern freundlich lächelten.

»Ja«, sagte ihre Mutter. »Das Foto hat Papa mit Selbstauslöser gemacht. Erst beim vierten Mal klappte es. Weißt du noch? Er hat fürchterlich getobt.«

Annette nickte. »Stimmt. Er hat die Kamera irgendwann gegen die Wand geschmissen.«

»Tja ... Nicht das einzige missglückte Weihnachtsgeschenk, das ich ihm gemacht habe.«

Für einen Moment sagten sie beide nichts, und Annette fragte sich, ob ihre Mutter wohl das Gleiche dachte wie sie. Weihnachten war immer schrecklich gewesen. Sie konnte sich an keinen Heiligen Abend erinnern, der schön oder harmonisch gewesen war. Zwar hatten sie und Björn immer viele Geschenke bekommen, aber die Stimmung war stets von den kalten und bissigen Kommentaren und wütenden Ausbrüchen ihres Vaters zerstört worden. Ihre Mutter hatte es dabei meistens besonders schlimm getroffen. Mit den Worten: »Ich weiß nicht, ob die an deinem faltigen Hals überhaupt aussieht«, hatte Vater ihr mal eine teure Perlenkette geschenkt und dann die ganze Zeit breit gegrinst, als

Mama mit den Tränen kämpfte und versuchte, sich mit zittrigen Händen die Kette um den Hals zu legen.

Mit einem Mal überkam Annette das Gefühl der Dankbarkeit. Plötzlich wurde ihr klar, dass ihre Mutter die ganzen Gemeinheiten auch deswegen ertragen hatte, um ihren Kindern ein möglichst schönes Familienleben vorzugaukeln. Was wäre passiert, wenn sie gegen jede Boshaftigkeit aufbegehrt hätte? Vermutlich wäre dann alles noch schlimmer geworden. Vermutlich hätte es dann an Weihnachten noch mehr Streit, Gebrüll und schlechte Stimmung gegeben, als es ohnehin schon der Fall war.

Oder nicht?

»War er eigentlich immer so?«, fragte Annette leise. »Du kannst dich doch nicht in so einen Mann verliebt haben. Er muss doch mal anders gewesen sein.«

»Ja, sicher. Aber damals ging alles so schnell, und er konnte sehr charmant sein, ja, das konnte er. Dieses Cholerische – ich weiß nicht. Ich weiß nicht, wann das kam.«

»Hast du nie daran gedacht, ihn zu verlassen?«

»Doch. Unzählige Male.«

Ihre Mutter brauchte nicht weiterzusprechen. Annette wusste genau, warum sie es nie geschafft hatte, eine Trennung durchzuziehen. Die Angst vor der boshaften und gemeinen Auseinandersetzung, die eine Scheidung automatisch mit sich gebracht hätte, verbunden mit einem finanziellen Abstieg, hatten sie jede Demütigung ertragen lassen. Manchmal hatte Annette den Eindruck gehabt, dass ihre Mutter irgendwann selbst geglaubt hatte, nichts wert zu sein und die Erniedrigungen vielleicht sogar verdient zu haben. Oder tat sie ihr damit unrecht? War ihre Mutter gar nicht so schwach, wie sie es immer gedacht hatte?

»Jetzt ist es ja vorbei«, sagte sie und holte tief Luft.

Annette nickte.

»Ich werde die Sachen im Schlafzimmer durchsehen, vielleicht finde ich das Familienstammbuch da«, fügte ihre Mutter hinzu und verließ das Zimmer.

Annette brauchte einen Moment, um sich zu sammeln. Als Teenager wäre sie fast daran zerbrochen, dass der Mann, der ihr Vater, ihr Beschützer sein sollte, ein Soziopath und Tyrann war. Sie hatte nicht nur unter seiner Art gelitten, sondern auch unter der Angst, womöglich Teile von seinem schlechten Charakter geerbt zu haben. So wie Björn, der manchmal ähnlich gefühlskalt und gehässig sein konnte wie Steinkamp senior. Unzählige Bücher hatte sie über Empathie und Verhalten, über Vererbung und Soziopathie verschlungen. Heute, als erwachsene Frau von fast zweiunddreißig Jahren, wusste sie, dass sie nicht so war wie er. Bis auf seine Nase hatte sie nichts von ihm geerbt.

Ihr Blick fiel auf den Stapel Zeitungsartikel, der vor ihr auf dem Sekretär lag. Das Papier war gelblich verfärbt, Schrift und Fotos verrieten sofort, dass die Ausschnitte recht alt waren. »25. März 1977«, murmelte Annette und las die Überschrift: »Zweihundert Jahre alter Bauernhof brennt bis auf die Grundmauern nieder.«

Sie überflog den über drei Jahrzehnte alten Artikel, in dem über einen schweren Brand in Horstmar berichtet wurde. Personen kamen damals nicht zu Schaden, aber der historische alte Hof war vollständig zerstört worden. Die Polizei vermutete von Anfang an Brandstiftung, hatte aber keine Spur, die sie verfolgen konnte.

Der zweite Artikel stammte aus dem Winter 1978 und war ebenfalls ein Bericht über einen abgebrannten Bauernhof, genau wie der dritte und alle anderen auch. Der jüngste Bericht war 1984 veröffentlicht worden und unterschied sich von den anderen in zwei entscheidenden Punkten: Bei den vorherigen insgesamt sieben Bränden war es nie zu Personenschäden gekommen, genauso wenig wie über die ganzen Jahre ein Täter ermittelt werden konnte. Doch jetzt las Annette: »Vater und Mutter starben, als sie versuchten die beiden fünf- und siebenjährigen Söhne aus den Flammen zu retten. Noch in derselben Nacht konnte die Polizei den dringend Tatverdächtigen Fritz O. festnehmen, gegen den die Beweislage laut Polizeiangaben erdrückend sein soll.«

Nachdenklich sah Annette auf die Zeitungsartikel. Komisch, wieso hatte ihr Vater die aufbewahrt? Sie ging ins Schlafzimmer und fragte ihre Mutter, ob sie etwas über die Brände wusste.

»Oh ja, daran erinnere ich mich«, antwortete sie. »Dein Vater war damals als Schadensregulierer für die Sache zuständig. Außerdem war die Brandserie natürlich in aller Munde. Jeder sprach darüber, besonders als es die vielen Toten gab. Schrecklich. Zum Glück haben sie den Brandstifter gekriegt. Irgendein verrückter Pyromane.«

Als Annette wieder am Sekretär ihres Vaters saß, überlegte sie, ob sie den Kommissar mit den strahlend blauen Augen anrufen sollte. Peter Käfer hatte darum gebeten, falls ihr noch etwas einfallen sollte, was mit dem Tod ihres Vaters zu tun haben könnte. Aber hatte das etwas damit zu tun? Vielleicht hatte er die Artikel einfach nur aufbewahrt, weil er an den Fällen gearbeitet hatte. Doch seltsam kam es ihr schon vor, dass er als Versicherungsgutachter für eine der spektakulärsten Brandanschläge in der Geschichte des Münsterlands zuständig gewesen war und nun selbst dem Feuer zum Opfer gefallen war.

11

Die Ermittlergruppe bestand aus vier Kollegen, die Charlotte aufmerksam zuhörten. Carsten Hammersbach gehörte zu den erfahrensten Kripobeamten. Er stand kurz vor der Pensionierung und war einer der sorgfältigsten Ermittler, die Käfer kannte. Frank Subotik hatte die Polizeischule dagegen erst vor einem knappen Jahr abgeschlossen. Er war hoch motiviert und voller Energie und somit die perfekte Ergänzung zu Hammersbach. Mit Henry Schwarzer und Sven Pauly hatten Charlotte und er noch nicht zusammengearbeitet. Aber auch sie hatten einen guten Ruf im Kommissariat. Käfer war zufrieden mit seiner Einsatzgruppe.

Detailliert erklärte Charlotte den Kollegen den Fall, als sein Handy plötzlich klingelte. Es überraschte ihn selbst, dass er ihre Nummer sofort auf dem Display erkannte, obwohl er sie höchstens dreimal angerufen hatte. Er drehte sich von seinen Kollegen weg und ging ein paar Schritte in den hinteren Teil des Raumes, bevor er den Anruf annahm. »Hallo?«

»Herr Käfer? Hier ist Annette Steinkamp. Ich sehe gerade die Unterlagen meines Vaters durch, und dabei ist mir etwas aufgefallen. Ich weiß nicht, ob es wichtig ist ...«

»Schießen Sie los!«

Sie erzählte ihm von einer Reihe Zeitungsartikel, die Ludger Steinkamp aufbewahrt hatte. »Mein Vater hat sich in dieser Zeit auf die Schadensregulierung von Brandschäden spezialisiert. Ich weiß nicht, ob Sie damit etwas anfangen können, aber ich fand es irgendwie merkwürdig, dass er nun ausgerechnet selbst bei einem

Brand ums Leben kommt, wo er sich in seinem Berufsleben so viel mit Feuerschäden beschäftigt hatte. Oder interpretiere ich da zu viel hinein?«

»Nein, nein, Sie haben vollkommen recht. Das ist ein bemerkenswerter Zufall«, sagte er. »Es muss nichts bedeuten, zumal die Fälle ja recht lange zurückliegen. Aber überprüfen sollten wir die Sachen unbedingt. Ich werde gleich mal zu Ihnen rauskommen und mir die Artikel anschauen. Wie lange kann ich Sie noch bei Ihrer Mutter antreffen?«

»Ich bin noch den ganzen Nachmittag hier.«

»Sehr gut. In einer halben Stunde bin ich da.« Käfer verabschiedete sich und drückte das Handy aus.

»Zusammenfassend kann man also sagen: schwierige familiäre Situation, keine Probleme in seiner neuen Umgebung und ein relativ großer Kreis an Personen, die befragt werden müssen«, schloss Charlotte gerade ihre Ausführungen.

Käfer stellte sich neben sie. »Ich schlage folgende Arbeitsteilung vor: Hammersbach und Subotik kümmern sich um die Singpaten, Schwarzer und Pauly um die Patienten. Und Pauly, beaufsichtigen Sie bitte auch die Sicherstellung der fehlenden Gegenstände aus dem Zimmer des Opfers«, sagte er. »Ich will, dass das jetzt in einer Hand ist. Charlotte und ich nehmen uns noch mal die Familie und das Personal des Altenheims vor.«

»Bei allen Befragungen bitte immer die Todesursache im Hinterkopf behalten: Der Tote wurde auf brutale Weise verbrannt«, sagte Charlotte. »Das muss man erst mal können und wollen. Hass kann ein zentrales Motiv sein, aber auch Rache kommt infrage. Eine Tat im Affekt scheidet mit großer Wahrscheinlichkeit aus.«

»Übrigens hat sich Steinkamp früher als Versicherungsgutachter auf Brandschäden spezialisiert«, warf Käfer ein. »Gerade bei der Befragung der alten Leute also bitte darauf achten, ob es in der Vergangenheit mögliche Verbindungen zum Opfer gab. Vielleicht finden wir einen Zusammenhang zu einem Brand von früher.«

»Sie meinen, es könnte die späte Rache von jemandem sein, dessen Haus er damals falsch begutachtet hat?«, fragte Pauly, und Käfer hörte deutlich die Zweifel in der Stimme des Kollegen.

»Im Moment wissen wir noch nichts über die Fälle, an denen er damals gearbeitet hat. Aber sollte unter den Befragten jemand sein, der einmal Haus und Hof bei einem Brandanschlag verloren hat, wäre das natürlich interessant für uns. Ich fahre jetzt zum Haus von Steinkamp und hole mir ein paar Unterlagen. Dann wissen wir vielleicht mehr.«

Charlotte verteilte an die Kollegen die Listen mit Namen und Adressen der Singpaten und der Altenheimbewohner. Murmelnd gingen die Männer in ihre Büros zurück und machten sich an die Arbeit.

»Ich fahre mit zu Steinkamps«, sagte sie. »Das Haus liegt nicht weit von Boßmanns Adresse, und ich will noch mal in Ruhe mit ihm sprechen, ohne dass einer der Patienten dazwischenfunkt. Er war derjenige, der mit Steinkamp in den letzten Jahren am meisten zu tun hatte. Vielleicht hat der alte Mann ihm in seinem verwirrten Zustand Dinge anvertraut, die uns weiterhelfen können.«

»Dann mal los.«

Die Fahrt vom Präsidium bis nach Horstmar dauerte keine zwanzig Minuten. Seitdem die Bundesstraße zweispurig ausgebaut war, stellte der Verkehr kein Problem mehr dar. Obwohl er selbst erst seit einigen Jahren im Münsterland lebte, waren auch für ihn die Veränderungen in dem alten Burgmannsstädtchen offensichtlich. Der Ort hatte kaum noch eigene Infrastruktur. Ein einziger Lebensmittelladen war noch da, und bis auf ein kleines Schuhgeschäft gab es sonst keine Einkaufsmöglichkeiten mehr.

Als sie durch den Ort fuhren, konnte Käfer keine Gastwirtschaft sehen, nur eine Eisdiele lud die Fahrradtouristen und Bewohner zum Verweilen ein. Das kleine Städtchen hatte sich im Laufe der Jahre von einem unabhängigen Ort in ein verschlafenes Nest verwandelt, in das die Menschen nach Feierabend fuhren, wenn sie ihre Arbeit und Einkäufe in Münster erledigt hatten. Schade eigentlich, dachte Käfer. Denn Horstmar war ausgesprochen hübsch, wie er fand.

»Willst du noch mit rein, oder soll ich dich gleich bei Boßmann rauslassen?«, fragte er Charlotte, als sie an der Kreuzung waren, an der es links zu den Steinkamps und rechts zur Adresse von Jakob Boßmann ging.

Charlotte sah auf die Uhr. »Er hat erst um drei Schluss, hat er gesagt. Vielleicht ist er noch gar nicht da. Ich komme noch mit. Ich würde sowieso ganz gerne ein Foto von Steinkamp haben, eins von früher, als er noch jünger war.«

»Warum?«, fragte Käfer und bog links ab.

»Viele demente Patienten leben vollständig in der Vergangenheit. Die können sich morgens im Spiegel nicht selbst erkennen, aber wenn man ihnen eine alte Fotografie zeigt, auf der sie zwanzig oder dreißig Jahre alt sind, dann erkennen sie sich sofort wieder. Ich könnte mir vorstellen, dass jemand auf ein altes Bild reagiert, der mit dem Bewohner Ludger Steinkamp aus dem Nachbarzimmer vielleicht nichts anfangen konnte.«

»Verstehe. Vielleicht erfahren wir so tatsächlich noch etwas Tatrelevantes.«

Wenig später öffnete ihnen Maria Steinkamp die Tür. Sie war ganz in Schwarz gekleidet, lächelte aber freundlich, als sie ihn und Charlotte hineinbat.

»Ich wusste nichts von den Zeitungsartikeln«, sagte sie, als Annette Steinkamp Käfer die alten Ausschnitte gab. Im Gegensatz zu ihrer Mutter trug sie keine Trauerkleidung, sondern die

Jeans und die helle Bluse, die sie schon am Morgen im Geschäft angehabt hatte.

»Hat Ihr Mann denn ausschließlich Brandschäden bearbeitet?«, fragte Charlotte.

»Auf dem Gebiet war er jedenfalls ein Experte. Die Brandruinen aus der Zeitung hat er alle bearbeitet. Aber ich muss Ihnen gestehen, dass ich gar nicht so viel Einblick in die Arbeit meines Mannes hatte. Sein Arbeitszimmer war für uns alle immer tabu, und er hat nie viel erzählt.«

»Ich würde mich gerne einmal in seinem Zimmer umsehen«, sagte Käfer.

»Ja, natürlich. Kommen Sie.«

Sie folgten Maria Steinkamp durch die helle Eingangshalle und stiegen die weitläufige Wendeltreppe hinauf in den ersten Stock. An den Wänden hingen Ölgemälde von Stillleben und Burglandschaften. Käfer war kein Kunstexperte, aber die Bilder sahen wertvoll aus.

»Sammelte Ihr Mann Kunst?«, fragte er.

»Früher hatte er häufiger mal was gekauft. Die letzten Jahre aber nicht mehr.«

Sie gingen durch den oberen Flur, von dem an jeder Seite vier Türen abgingen. Hinter der letzten Tür auf der rechten Seite lag das Arbeitszimmer von Ludger Steinkamp. Wie der Flur war auch dieses Zimmer mit einem dicken hellen Teppichboden ausgelegt. Vorm Fenster stand ein antiker Sekretär, davor ein großer Schreibtischstuhl aus dunkelbraunem Leder. Ein üppig verzierter Schrank mit Löwenfüßen stand an der Wand, ihm gegenüber hing ein großes Gemälde, das einen der vier Burgmannshöfe in Horstmar zeigte.

Käfer ging zum Schrank. Er war verschlossen.

»Haben Sie einen Schlüssel dafür?«

Maria Steinkamp schüttelte den Kopf. »Leider nein.«

»Dann werden wir den Schrank aufbrechen müssen.«

»Geht das nicht auch anders? Der ist ziemlich wertvoll. Ich möchte nicht, dass er kaputtgeht.«

»Ein Schlüsseldienst wird das können. Da bleibt alles ganz, bestimmt.«

»Es stehen kaum persönliche Dinge in diesem Raum«, sagte Charlotte zu Frau Steinkamp. »Keine Fotos oder Erinnerungsstücke.«

»Nein, mein Mann hatte für solche Sentimentalitäten nichts übrig.«

»Der Sekretär, der Schrank ...« Charlotte strich über das edle Holz. »Das sieht alles sehr wertvoll aus.«

»Ja. Mein Mann liebte Antiquitäten.«

»Wie konnte er sich das alles leisten? Von seinem normalen Gehalt als Versicherungsgutachter hätte er das doch nicht bezahlen können, oder?«

Maria Steinkamp sah zu Annette, und Käfer spürte, dass sie unsicher war. Vielleicht hatte sie sich diese Frage früher selbst schon gestellt, vielleicht hatte sie aber auch immer die Augen davor verschlossen, weil ihr die Annehmlichkeiten des Wohlstands wichtiger waren als die Frage, woher er kam.

»Mein Vater hatte ein gutes Händchen, wenn es ums Geld ging«, sagte Annette. »Wir haben nie viel davon mitbekommen, aber ich weiß, dass er an der Börse recht erfolgreich war. Er hat immer viel spekuliert und auch eine Menge gewonnen.«

Käfer bemerkte, wie Charlotte nachdachte. Sie runzelte die Stirn und nahm dann ihr Notizbuch aus der Tasche. »Sagt Ihnen der Name Wittig etwas?«, fragte sie. »Herbert Wittig?«

»Natürlich«, antwortete Maria Steinkamp. »Er war vor vielen Jahren Leiter der hiesigen Sparkasse. Nach seiner Pensionierung wurde die Filiale geschlossen und durch einen Geldautomaten ersetzt. Aber das liegt auch schon bald zwanzig Jahre zurück.«

»Hatte Ihr Mann etwas mit ihm zu tun?«

»Es ist möglich, dass er seine Finanzgeschäfte bei ihm abgewickelt hat. Wieso fragen Sie?«

»Er bewohnte das Zimmer neben ihm.« Charlotte notierte sich etwas in ihrem Notizbuch. »Könnten Sie mir ein Foto von Ihrem Mann geben, das ihn in jungen Jahren zeigt? Vielleicht eines, auf dem er dreißig oder vierzig ist?«

»Ja, einen Moment.« Maria Steinkamp verließ das Zimmer.

Käfer nahm sein Handy und telefonierte kurz mit dem Präsidium.

»Wie wird es nun weitergehen?«, fragte Annette, als er fertig war.

»Ein Schlüsseldienst wird innerhalb der nächsten Stunde hier sein und den Schrank öffnen. Ich werde mir die Sachen dann genau ansehen und wahrscheinlich einiges mit aufs Präsidium nehmen. Sie müssen in der Zeit nicht hierbleiben, wenn Sie nicht wollen.«

»Doch, doch, kein Problem.« Annette lächelte ihn an.

Käfer warf einen kurzen Blick zu Charlotte, und als er sah, wie konzentriert sie die Unterlagen in dem Sekretär durchschaute, erwiderte er Annettes Lächeln.

»Die Petits Fours waren übrigens fantastisch«, sagte er mit etwas gedämpfter Stimme. »Eine Geschmacksexplosion, wie man sie sich besser nicht vorstellen kann. Ehrlich, der totale Wahnsinn!«

Errötete sie ein bisschen? Es sah fast so aus.

»Ich bin morgen früh wieder im Laden«, sagte sie dann und schaute ihn dabei so intensiv an, dass er befürchtete, gleich selbst rosige Wangen zu bekommen. »Wenn Sie also noch Nachschub brauchen, können Sie sich gerne welchen holen.«

»Sehr gerne.«

In diesem Moment kam Maria Steinkamp wieder zurück und

reichte Charlotte ein Foto. »Hier. Auf dem Bild müsste er ungefähr vierzig Jahre alt sein. Ist das okay?«

»Ja, danke«, sagte Charlotte. »Hast du Kartons dabei?«, fragte sie dann Käfer.

»Klar. Im Kofferraum.«

»Gut. Die Unterlagen aus dem Sekretär müssen alle mit. Wie ich das auf den ersten Blick sehe, sind auch Bankpapiere bei. Die müssen wir in Ruhe durchgehen.«

»Möchten Sie einen Kaffee oder einen Tee?«, fragte Maria Steinkamp.

»Ich nicht, aber der Kollege bestimmt«, sagte Charlotte, während Käfer nickte und »Einen Kaffee, bitte« sagte.

Käfer und Charlotte gingen zum Wagen.

»Kannst du das allein machen?«, fragte sie, als er die leeren Kartons aus dem Kofferraum nahm. »Dann geh ich solange zu Boßmann, bis der Schrank auf ist.«

»Ja klar, kein Problem.«

»Du kannst dich ja noch ein bisschen mit Annette Steinkamp unterhalten.«

Was sollte denn der Unterton? Und das süffisante Grinsen?

»Bis später«, sagte er betont gleichmütig und ging wieder ins Haus.

12

Schon in der von Unkraut überwucherten Einfahrt konnte Charlotte eine Frau singen hören. Oder eher lallen – die einzelnen Wörter konnte sie kaum verstehen. Ob das Jakob Boßmanns Mutter war? Oder seine Frau oder Freundin? Jedenfalls hörte es sich so an, als wenn die Frau volltrunken wäre. Und Charlotte wusste genau, wie sich so etwas anhörte.

In einem hölzernen Unterschlag vor der Haustür stapelten sich alte Zeitungen und leere Flaschen. Stimmen drangen aus dem Küchenfenster, das einen Spaltbreit offen stand.

»Wo bist du die ganze Zeit gewesen?«, hörte Charlotte die Frau lallen. »Hast du was zu trinken mitgebracht?«

Sie hörte keine Antwort, aber offensichtlich musste Jakob Boßmann die Frage verneint haben, denn nun klang die Stimme der Frau viel panischer als vorher. »Aber ... aber ... Wieso denn nicht? Jakob, Junge, wieso denn nicht? Ich hab doch kaum noch was, du hast doch versprochen, mir was mitzubringen!«

»Mama, ich ...«

Also doch seine Mutter, dachte Charlotte.

»Nenn mich nicht Mama!«, sagte die Frau mit schriller Stimme, um sofort wieder in ein flehendes Wimmern zu verfallen. »Gehst du noch mal in den Ort? Gehst du noch mal einkaufen? Bitte, ja? Bringst du mir was zu trinken mit, ja? Junge? Ja?«

»Entschuldige, *Ines*«, hörte Charlotte Jakob Boßmann nun in scharfem Tonfall sagen. »Aber ich bin müde und habe Hunger.«

Charlotte atmete tief durch. Wie lebte man mit einer alkoholkranken Mutter? Sie wusste es nicht, war sie nach dem Tod ihres kleinen Bruders doch nur noch bei Pflegeeltern aufgewachsen. Jahrelang hatte sie versucht, ihre Vergangenheit zu verdrängen, einfach nicht mehr nachzudenken über ihre Kindheit und über ihre Mutter. Aber natürlich war ihr längst klar, dass so etwas auf Dauer nicht funktionierte. Nicht ohne Grund hatte sie Psychologie studiert und sich dann für eine Laufbahn bei der Polizei entschieden. Sie erinnerte sich noch genau, wie ihr Professor im ersten Semester sagte, die meisten Studenten würden sich für sein Fach entscheiden, weil sie ihre eigenen Probleme aufarbeiten wollten. Der Saal hatte gelacht, keiner wollte sich eingestehen, dass das stimmte. Aber natürlich stimmte es, jedenfalls in ihrem Fall. Sie wollte verstehen und abschließen, einen Neuanfang machen und fortan nur noch auf der Seite des Glücks stehen. Sie wollte einfach nicht länger mit der Schuld leben, die ihre Mutter ihr nach Stefans Tod in die Schuhe geschoben hatte.

Charlotte überlegte umzukehren. Es schien nicht der richtige Zeitpunkt zu sein, um sich mit Jakob Boßmann ungestört zu unterhalten. Da hatten sie ja im Altenheim mehr Ruhe gehabt.

»Ist noch Brot da?«, hörte sie den jungen Mann da sagen.

»Ich bin nicht deine Hausangestellte. Jetzt beweg deinen Arsch in den Ort und geh einkaufen!«

Nein, das war definitiv nicht der richtige Zeitpunkt. Charlotte drehte sich um und wollte gehen, als die Haustür geöffnet wurde.

»Frau Schneidmann …«

»Ja, hallo. Ich hatte ja gesagt, dass ich eventuell noch mal bei Ihnen vorbeischaue.«

»Ich hab die Klingel gar nicht gehört.«

»Nein, ich wollte auch gerade gehen. Ich dachte, der Zeitpunkt ist vielleicht nicht so günstig. Können Sie morgen früh aufs Präsidium kommen?«

»Da muss ich arbeiten. Aber jetzt geh ich eh noch mal in den

Ort, ich muss zum Supermarkt. Wenn Sie Lust haben, können wir ja ein Stück zusammen gehen«, sagte Jakob.

»Gut.«

Eine Frau tauchte im Türrahmen auf. Die Augen waren blutunterlaufen, die Haare fettig und ungepflegt. Ihr Gesicht war aufgedunsen und ihre Haut faltiger, als man es bei ihrem Alter vermuten würde. Charlotte schätzte sie auf Mitte fünfzig, allein vom Teint her hätte sie aber auch siebzig sein können.

»Du stehst hier ja immer noch rum!«, fuhr die Frau Jakob Boßmann an.

Jakob nickte nur müde. »Kommen Sie«, sagte er zu Charlotte, und die beiden gingen die Einfahrt hinunter Richtung Ort.

»Ihre Mutter?«, fragte Charlotte.

»Ja. Es ist nicht einfach mit ihr.«

»Das kann ich mir vorstellen. Alkohol zerstört die Seele.«

Sie gingen auf die Hauptstraße, die zum Ortskern führte.

»Ich weiß.«

Für einen Moment liefen sie schweigend nebeneinander.

»Warum ziehen Sie nicht aus?«, fragte Charlotte dann und bereute die Frage sofort. Es musste doch nicht jeder weglaufen und verdrängen, schalt sie sich. Vielleicht kam man besser mit der Katastrophe klar, wenn man ihr jeden Morgen ins Gesicht schaute. Etwas unternahm, um das Elend zu mindern.

»Wissen Sie, was man als Pfleger verdient? Da kann man sich keine großen Sprünge leisten. Das Haus gehört meiner Mutter. Hier kann ich mietfrei wohnen. Und vielleicht wird sie irgendwann ja doch noch mal trocken.«

»Wie ist das eigentlich mit Alkoholikern im Altenheim?«, fragte sie. »Dürfen die Spirituosen auf dem Zimmer haben?« Sie dachte an die Flüssigkeit, mit der Steinkamp überschüttet worden war. Als Brandbeschleuniger kam Hochprozentiger durchaus infrage.

»Alkohol ist im ganzen Haus verboten. Wir können natürlich nicht ausschließen, dass einer der Bewohner etwas versteckt hält, aber die Patienten, von denen wir wissen, dass sie ein Alkoholproblem haben oder hatten, die haben wir natürlich besonders im Auge. Und zum Glück kenne ich ja die meisten Tricks der Trinker.«

Boßmann räusperte sich. Dann fügte er hinzu: »Ihre Mutter zum Beispiel. Ich habe regelmäßig ihr Zimmer kontrolliert.«

Charlotte musste schlucken. »Hat sie bis zum Schluss getrunken?«, fragte sie dann.

»Nein. Sie war trocken, aber stark rückfallgefährdet. Ich habe sie einmal dabei erwischt, wie sie eine Flasche Klosterfrau Melissengeist von einer anderen Patientin austrinken wollte. Selbst Parfum musste man vor ihr in Sicherheit bringen.«

Mein Gott, dachte Charlotte und fühlte eine Mischung aus Scham und Mitleid gegenüber ihrer Mutter, die sie so wenig gekannt hatte.

»Und Steinkamp?«

»Ob er getrunken hat? Nein. Mit Alkohol hatte er nichts am Hut.«

»Wie war das Verhältnis zwischen Herrn Steinkamp und Herrn Wittig?«

»Normal. Nicht anders als zu den anderen. Die haben nicht besonders viel zusammen gemacht oder so.«

»Wer wusste alles davon, dass Herr Steinkamp an dem Nachmittag nicht mit in den Musiksaal wollte?«

Boßmann dachte kurz nach und erzählte ihr dann, wie der Nachmittag abgelaufen war. Wie immer war er mit zwei Singpaten von Zimmer zu Zimmer gegangen, um die Bewohner zum Musizieren abzuholen. Charlotte notierte sich die Namen der Paten, Frau Wide und Herr Habert. Die kleine Karawane aus Patienten und Betreuern war dann in das andere Gebäude gezogen, in dem der Musiksaal lag. Die Patienten wussten zu dem Zeitpunkt also auch, dass Steinkamp nicht mitmachen wollte – falls sie das überhaupt realisierten. Als sie in den Musikraum kamen, war der Hausmeister noch dabei, Klappstühle aus dem Keller zu holen und aufzubauen. Boßmann hatte ihm dann mitgeteilt, dass er für Herrn Steinkamp keinen Stuhl holen müsse.

»Was passierte dann?«

»Herr Habert setzte sich ans Klavier, und die restlichen Singpaten verteilten Instrumente an die Patienten. Triangeln, Trommeln, Glockenspiel, so was halt. Und dann ging es los.«

»Wo waren Sie und der Hausmeister währenddessen?«

»Herr Diekötter ist wieder an die Arbeit gegangen. Ich habe mich hinten in den Raum gesetzt und gewartet, bis die Musikstunde zu Ende war.«

»Wann war das?«

»Normalerweise dauert es immer anderthalb Stunden. Dann wollte ich gemeinsam mit den Singpaten die Patienten in den Speiseraum begleiten, wo Kaffee und Kuchen auf sie warteten. Aber so weit kam es dann ja nicht. Diesmal brach nach vielleicht fünfundvierzig Minuten der Alarm aus.«

»Hat jemand von den Singpaten oder den Bewohnern in der Zeit den Raum verlassen?«

»Nein. Jedenfalls nicht allein, das wäre mir aufgefallen. Ich habe zwei Patienten zur Toilette begleitet, aber sonst hat meines Wissens keiner den Raum verlassen.«

»Welche Patienten waren das?«

»Frau Hoppe und Frau Sandholz.«

Charlotte notierte sich die Namen. »In dieser Zeit hätte aber jemand den Raum verlassen können, ohne dass Sie es bemerkt hätten.«

»Theoretisch ja. Aber die Singpaten sind angewiesen, niemanden aus dem Raum zu lassen, wenn keine Pflegekraft anwesend ist. Und daran halten sich eigentlich auch immer alle.«

»Sie selbst waren also auch die ganze Zeit da?«

»Bis auf die Pinkelpausen, ja. Ich selbst musste allerdings auch mal. Aber sonst war ich da.«

»Wie leicht können eigentlich Fremde auf das Gelände, beziehungsweise ins Haus kommen?«

»Nun, auf das Gelände kann eigentlich jeder ziemlich einfach kommen«, sagte Boßmann und erklärte dann, dass der Zugang zum Inneren des Hauses überwacht werde. Von der zentralen Eingangshalle gingen die einzelnen Stationen ab. Jeder Besucher musste sich am Empfang anmelden und wurde erst dann durchgelassen. Charlotte erinnerte sich, dass es bei ihr genauso gewesen war, als sie vor einem Jahr ihre Mutter besuchen wollte.

»Es wäre schon schwierig, sich einfach so durchzuschleichen. Dafür müsste man sich ganz schön gut auskennen«, gab Boßmann zu bedenken.

»Gibt es irgendwo eine Videoüberwachung?«

»Nein.«

In dem Moment fuhr ein Wagen mit der Aufschrift »Schlüsselnotdienst« mit überhöhter Geschwindigkeit an ihnen vorbei. Da sie nur noch wenige Meter vom Supermarkt entfernt waren, verabschiedete sich Charlotte von Boßmann und ging zurück zum Haus der Steinkamps.

Frau Wide, Herr Habert, der Hausmeister und Boßmann selbst – das waren also die vier Personen, die gewusst hatten, dass Steinkamp unmittelbar vor dem Mord allein auf der Station gewesen war. Und bis auf den Hausmeister schienen alle ein Alibi zu haben.

13

Er schob den Einkaufswagen durch den Baumarkt, bis er am Regal angekommen war. Grillanzünder, Kohle, Spiritus – ja, hier war er richtig. Er packte drei große Flaschen der leicht entflammbaren Flüssigkeit in den Wagen und nahm dann die Grillanzünder in die Hand. Nachdem er die Gebrauchsanweisung studiert hatte, legte er auch diese in den Einkaufswagen. Früher war er ohne solche Hilfsmittel ausgekommen. Da hatte es gereicht, unter das trockene Stroh ein paar Zeitungen zu legen und sie mit einem Streichholz anzuzünden. Es war so einfach gewesen. Manchmal waren die Flammen so schnell hochgeschlagen, dass er es kaum noch raus geschafft hatte. Aber heute schlossen die Landwirte ja jede Scheune ab, da kam man nicht mehr so einfach rein.

Er musste grinsen, als er an die Explosion im Getreidesilo dachte. Was für eine Sprengkraft! Eine Bombe war nichts dagegen. Staubexplosionen waren einfach herrlich. Klar, für die Schweine im angrenzenden Stall war es dumm gelaufen. Die Hälfte von ihnen hatte es buchstäblich zerrissen. Andererseits wären sie ja eh geschlachtet worden.

Er kicherte. Es war eine tolle Zeit gewesen. Und er freute sich darauf, dass es bald wieder losging.

Nach dem Bezahlen packte er die Sachen in den Rucksack, der jetzt schwerer war, als er erwartet hatte, und so war er etwas wackelig auf den Beinen, als er auf sein Mofa stieg. Das hält dich fit, dachte er, frische Luft ist immer gut.

Er gab Gas und fuhr vom Parkplatz. Nach wenigen Hundert

Metern hatte er das Industriegebiet hinter sich gelassen und fuhr durch die Feldwege des Münsterlands. Wo er auch hinschaute, überall sah er die Scheiterhaufen, die für die anstehenden Osterfeuer aufgebaut worden waren. Um sich die Zeit zu vertreiben, stellte er sich vor, wie jemand auf der Spitze des Scheiterhaufens stand und angsterfüllt darauf wartete, in Flammen aufzugehen, gefesselt an einen Pfahl und mit panisch aufgerissenen Augen. Zuerst würde das Feuer die Füße erreichen und dann langsam an den Beinen entlang nach oben wandern. Die Haut würde erst Blasen werfen, dann aufplatzen und schwarz verbrennen. Spätestens, wenn die Flammen sich durch den Oberkörper fraßen, wäre der Spaß vorbei und der Verbrennende würde das Bewusstsein verlieren.

Manchmal bedauerte er es, dass er nicht im Mittelalter lebte und nie eine Hexenverbrennung würde erleben können. Für die Inquisition wäre er genau der Richtige gewesen.

14

Nach fünf Minuten hatte der junge Mann das Schrankschloss geknackt und verabschiedete sich wieder. Im Inneren waren vier Regalböden angebracht. Auf den beiden oberen standen Aktenordner, während auf den beiden unteren die Papiere unsortiert herumlagen.

Käfer überflog die Ordnerrücken. »März 1977, Wiedemannhof«, las er laut.

»Das muss einer dieser Brände gewesen sein«, sagte Annette. »In einem der Zeitungsartikel wurde darüber geschrieben.«

Charlotte, die rechtzeitig von Boßmann zurückgekommen war, um der Öffnung des Schrankes beizuwohnen, suchte den passenden Artikel aus dem Stapel heraus, der vor ihr auf dem Sekretär lag.

»Richtig, der Wiedemannhof«, sagte sie, nachdem sie den Artikel überflogen hatte. »Im nächsten geht es um den Schürmannhof…«

Käfer nahm den nächsten Ordner heraus. »Hier, Oktober 1978. Ja, das scheinen alles seine Gutachten zu sein. Aber das sind bestimmt zwanzig Ordner.«

»Lass uns erst mal die einpacken, die zu den Zeitungsartikeln passen«, sagte Charlotte und sah die anderen Artikel noch mal durch. »Also: Wiedemann, Schürmann, Stendal … Moment, wen haben wir hier? Ah, Schliebs, Menkens, Wolff, Becker und der Mergenhof. Das sind die acht Anwesen, die bei der großen Anschlagsserie damals abgebrannt sind.«

Käfer packte alle Ordner in die Kiste. »Hier sind noch drei Ordner mit der Aufschrift ›Umgehungsstraße‹. Auf den anderen steht ›Immobilien‹, ›Finanzen‹, ›Steuer‹. Die müssen wir alle durchsehen.« Er wandte sich an Annette. »Ich schicke Ihnen nachher noch ein paar Kollegen vorbei, die den Rest abholen.«

»In Ordnung. Ich werde heute Nacht bei meiner Mutter bleiben. Ich glaube, ein bisschen Gesellschaft tut ihr ganz gut.«

Von unten hörte Käfer Maria Steinkamp gut gelaunt aus der Küche singen. Moralischen Beistand braucht die frischgebackene Witwe jedenfalls nicht, dachte er, und Annette schien seine Gedanken lesen zu können.

»Ich merke einfach, dass ich mehr über meinen Vater erfahren möchte«, sagte sie leise. »Ich kannte immer nur seine negative Seite. Ich möchte herausfinden, wie er früher war und wie er zu dem Menschen geworden ist, den ich kannte. Ich hoffe, dass meine Mutter mir da einiges erzählen kann.«

»Das verstehe ich gut.« Käfer lächelte sie an.

»Wenn ich Ihnen einen Tipp geben darf«, sagte Charlotte, die gerade versuchte, den Karton mit den Aktenordnern zu schließen, »sprechen Sie doch mal mit Jakob Boßmann. Wenn man einen dementen Menschen so nah erlebt, wie er Ihren Vater die letzten Jahre, dann lernt man ihn auf eine ganz besondere Art kennen. Und durch eine Alzheimererkrankung tauchen manchmal wieder Wesenszüge auf, die der Patient früher immer versteckt hat. Wenn Sie möchten, dann gebe ich Ihnen seine Nummer. Er wohnt nicht weit von hier.«

»Danke, das ist eine gute Idee.«

Charlotte schrieb etwas auf einen Zettel. »Es gibt viele Gründe, warum Menschen sich verändern«, sagte sie, während sie Boßmanns Nummer aus ihrem Handy auf den Zettel übertrug. »Ein traumatischer Schicksalsschlag, der Verlust eines geliebten Angehörigen – all das kann verbittern und verändern.«

Käfer wusste genau, wovon Charlotte sprach. Sie musste im Kindesalter den traumatischen Tod ihres kleinen Bruders verarbeiten, der in der Badewanne ertrunken war, als sie auf ihn hatte aufpassen sollen. Ihre Mutter hatte Charlotte die Schuld für diese Tragödie gegeben und war daran zerbrochen. Und Käfer wusste, wie sehr Charlotte bis heute unter diesen Erlebnissen litt.

»Man wird nicht als schlechter und kaltherziger Mensch geboren«, fuhr sie fort. »Wir sind soziale Wesen und auf die Gemeinschaft mit anderen angewiesen. Das liegt in unserer Natur. Wäre der Mensch herzlos und asozial, hätte er nicht überleben können.«

»Vielleicht in der Steinzeit. Heute aber schon.«

»Das stimmt. Dennoch liegt es nicht in der menschlichen Natur, böse zu handeln. Wir werden als Nesthocker geboren, wir brauchen die Nähe und Zuneigung anderer Menschen zum Überleben.«

Annette Steinkamp sah sie nachdenklich an. »Aber gibt es nicht in jedem von uns Gut und Böse?«

»Vielleicht, ja. Doch ich glaube daran, dass es einen externen Einfluss braucht, wodurch das Böse übermächtig wird. Manchmal kann es sogar etwas Körperliches sein. Ein Tumor kann das Gehirn zum Beispiel so schädigen, dass der Patient seine gute Seite völlig verliert«, fuhr Charlotte fort. »Auch ein traumatisches Erlebnis kann jemanden stark in eine Richtung beeinflussen. Irgendetwas hat Ihren Vater verändert.«

»Ich habe keine Ahnung, was das gewesen sein soll«, sagte Annette.

»Vielleicht finden Sie es heraus.« Charlotte nickte ihr aufmunternd zu. »Vielleicht aber auch nicht. So oder so werden Sie Ihren Frieden damit machen, da bin ich mir sicher.«

Annette lächelte und schob sich den Zettel mit der Telefonnummer in die Hosentasche.

Käfer löste sich von ihrem Anblick, sah auf die lose Papiersammlung auf den unteren Regalböden und seufzte. Es würde eine Heidenarbeit werden, sich einen Überblick in diesem Chaos zu verschaffen. Er nahm den ersten Stapel Papiere heraus und versuchte, die krakelige Handschrift zu entziffern. »Das sind Briefe«, sagte er. »Oder Tagebucheinträge. Handgeschrieben und kaum lesbar.«

»Zeig mal her.« Charlotte nahm einen Zettel vom Stapel. »Keine Anrede. Scheint so, als wenn er mehrfach den gleichen Satz angesetzt hätte und dann nie zu Ende geschrieben hat. ›Schule‹ ... nein, Moment ... ›Schuld‹ – das hier könnte ›Schuld‹ heißen, oder?«

»Ich kann da kaum was erkennen. Am besten geben wir die Sachen gleich zum Schrifti. Der soll uns das anständig transkribieren.«

»Schrifti?« Annette Steinkamp sah ihn erstaunt an.

»Mein Kollege meint den Schriftsachverständigen«, erklärte Charlotte.

»Was allerdings keiner aussprechen kann«, grinste Käfer.

Er machte die Kiste noch mal auf und legte die lose Zettelsammlung oben drauf. Dann ging er zum Schrank zurück und nahm einen weiteren Stapel Papiere, um sie in die Kiste zu legen. Darunter auch einige alte Fotos. Schwarz-Weiß-Aufnahmen aus den Vierziger-, vielleicht auch Fünfzigerjahren. Eines zeigte eine Gruppe Schulkinder, die Mädchen mit langen Zöpfen, die Jungs in kurzen Knickerbockerhosen. Dann ein paar Aufnahmen, die etwas später gemacht wurden. Teenager waren darauf zu sehen, junge Frauen im Petticoat, Männer mit glänzender Tolle.

»Ist das Ihr Vater?«, fragte Käfer und zeigte auf einen jungen Mann, der mit anderen jungen Leuten auf einer Picknickdecke saß. Käfer schätzte sie allesamt auf achtzehn, höchstens zwanzig Jahre. Sie machten einen sehr vergnügten Eindruck.

»Ja«, sagte Annette. »Das ist er. Wie entspannt und glücklich er auf dem Foto aussieht.« Sie runzelte die Stirn und kniff ihre Augen zusammen, als könnte sie etwas auf dem Bild nicht richtig erkennen.

»Kennen Sie jemanden von den anderen Personen?«

»Ich weiß nicht ... Die Aufnahme ist ein bisschen unscharf, und außerdem war das ja lange vor meiner Zeit. Zuerst dachte ich, der Mann mit dem Bart hier käme mir bekannt vor.« Sie zeigte auf einen jungen Mann, der hinter Ludger Steinkamp stand. »Aber nein, vielleicht täusche ich mich auch. Mama? Kannst du mal eben kommen?«, rief Annette durch die offene Tür.

Kurz darauf schaute sich auch Maria Steinkamp das Foto an. »Das war, bevor ich meinen Mann kennengelernt habe«, sagte sie. »Nein, von den Leuten kenne ich niemanden.« Sie ging zum Fenster und öffnete es. »Ich lüfte mal durch, wenn Sie nichts dagegen haben.«

»Natürlich.«

Annette Steinkamp studierte immer noch konzentriert das Foto. Käfer ließ sie dabei nicht aus den Augen. Hatte sie vielleicht doch jemanden erkannt?

Von draußen war ein Scheppern zu hören, als wäre jemand gegen eine Mülltonne gestoßen. Maria Steinkamp sah irritiert aus dem Fenster. Als sie nichts Ungewöhnliches zu sehen schien, drehte sie sich wieder zur Zimmermitte um.

»Fällt Ihnen noch irgendetwas auf?«, fragte Käfer erneut.

Annette Steinkamp schüttelte bedauernd den Kopf.

»Wir werden das Foto mitnehmen. Vielleicht finden sich in den anderen Akten Hinweise, die im Zusammenhang mit den Personen hier stehen.«

»Hallo?«, rief Maria Steinkamp in dem Moment irritiert aus dem Fenster. Sie hatte sich wieder umgedreht und beugte sich nun nach draußen. »Hallo, Sie!«

»Wer ist da?«, fragte Käfer und ging zu ihr, um ebenfalls einen Blick aus dem Fenster zu werfen. Aber er sah nicht mehr als einen dunklen Schatten, der gerade hinter der Hecke verschwand.

»Keine Ahnung. Da stand jemand hinter dem Carport und starrte auf unser Haus. Aber vielleicht habe ich mich auch getäuscht. Wahrscheinlich war es nur ein Spaziergänger.«

Aufmerksam suchte Käfer mit seinen Augen den Platz vor dem Haus ab. Aber er konnte niemanden mehr sehen.

15

Annette legte sich ins Bett und deckte sich zu. Sie war unruhig und spürte, dass sie nicht würde schlafen können. In ihrem alten Kinderzimmer roch es noch genau wie früher. Das war aber auch das Einzige, was sich nicht verändert hatte. Bis auf ihr altes Bücherregal war von den Möbeln von früher nichts mehr da, die bunte Blümchentapete war durch eine weiße ersetzt worden, und anstelle der dunkelroten Vorhänge hingen nun graue Jalousien vorm Fenster. Der Raum sah aus wie ein modernes Hotelzimmer, hell, nüchtern, ohne Herz. Nichts erinnerte an das alte Mädchenzimmer, das sie mit Pferdepostern zugepflastert hatte und in dem sie in voller Lautstärke Right Said Fred gehört hatte, um sich vom Ärger mit ihrem Vater abzulenken. Natürlich nur mit Kopfhörern, sonst wäre der Ärger ja noch größer geworden. Nur der Geruch von früher, der war immer noch da. Und ihre alten Bücher. Ihr Schulatlas, alle Bände vom Nesthäkchen und das antiquarische Buch über die Wiedertäufer standen auch noch da, wo sie immer gestanden hatten.

Nachdem die Kommissare gegangen waren, hatte sie sich mit ihrer Mutter ins Wohnzimmer gesetzt und versucht, mit ihr über die Vergangenheit zu sprechen. Sie war enttäuscht gewesen, wie wenig ihre Mutter preisgeben wollte oder konnte. Wie konnte das sein? Wie konnte man den Menschen, mit dem man den größten Teil seines Lebens verbracht hatte, so wenig kennen? Auch wenn ihre Mutter viele Erklärungen dafür hatte, richtig verstehen konnte Annette es nicht.

Er sei immer ein bisschen ein Fremder für sie geblieben, hatte ihre Mutter gesagt. Als sie ihn kennenlernte, war sie gerade von ihrer großen Liebe verlassen worden und hatte sich Hals über Kopf in die neue Beziehung gestürzt. Kurz darauf wurde sie schwanger, und die beiden heirateten. Später habe er ihr immer vorgeworfen, ihn mit einer Schwangerschaft in die Ehe gedrängt zu haben, erzählte ihre Mutter und vermutete, dass er deshalb so war, wie er war.

Quatsch, dachte Annette. Ihr Vater war zum Zeitpunkt ihrer Geburt bereits vierzig Jahre alt gewesen, ein gestandener Mann, der sich nicht einfach zu etwas hätte drängen lassen. Und auch wenn ein unehelich gezeugtes Kind Ende der Siebzigerjahre sicherlich noch für viel Gerede im ländlichen Münsterland gesorgt hätte, so waren es doch nicht mehr die prüden Fünfziger gewesen, in denen solche Frauen von der Dorfgemeinschaft geächtet wurden. Nein, sie glaubte nicht, dass die Ehe oder die Geburt von ihr und Björn ihren Vater so verändert hatten. Die Ursachen für seine Kaltherzigkeit musste sie in der Zeit davor suchen, glaubte Annette.

Aber die Zeit vor der Eheschließung ihrer Eltern lag ziemlich im Dunkeln. An ihre Großeltern väterlicherseits konnte sich Annette kaum erinnern. Ihr Opa starb, als sie vier Jahre alt war, und ihre Oma zwei Jahre später. Vor ihrem inneren Auge sah sie zwei weißhaarige alte Leute auf einer Gartenbank sitzen, die ihr ab und zu Süßigkeiten zusteckten und nach 4711 und Zigaretten rochen. Ihr Vater hatte nie Geschichten aus seiner Kindheit erzählt, und auch ihre Mutter wusste nicht viel darüber zu berichten.

»Aber als verliebtes Paar tauscht man sich doch aus und erzählt sich alles Mögliche aus alten Zeiten.«

»Du verstehst das nicht, Schatz«, hatte ihre Mutter geseufzt. »Als wir uns kennenlernten, arbeitete er gerade an dieser großen Brandserie. Er musste ständig Interviews in Zeitungen geben und war fast schon ein bisschen prominent hier in der Gegend. Er hat praktisch von nichts anderem gesprochen als von seiner Arbeit. Und dann warst du ja schon unterwegs. Wir mussten die Hochzeit organisieren, eine Wohnung finden ... Wir hatten nie so eine Phase, in der wir stundenlang auf dem Sofa saßen und uns nur unterhalten haben.«

»Haben Oma und Opa denn nie was erzählt?«

»Wir hatten nur wenig Kontakt zu ihnen. Ihr Verhältnis zu deinem Vater war nicht sehr herzlich.«

»Wie konntest du einen dir so fremden Menschen heiraten? Und auch noch eine Familie mit ihm gründen? Ich verstehe das nicht.«

»Ach, Liebling ...« Ihre Mutter sah traurig aus. »Es war damals keine leichte Zeit für mich. Georg, meine große Liebe, und ich waren verlobt. Die Hochzeit war schon geplant, und dann brannte er mit dieser zwanzigjährigen Austauschstudentin durch. Ich war schon dreiunddreißig, alle lachten und spotteten, dass ich als alte Jungfer enden würde. Und das hier, auf dem Land. Du kannst dir nicht vorstellen, wie das früher war. Dann kam dein Vater. Jeder kannte ihn, alle begegneten ihm mit Respekt – und damit auch plötzlich mir! Hätte ich ihn schwanger verlassen ... Nein, das hätte ich nicht ertragen.«

Annette wollte noch etwas erwidern, und es lag ihr auf der Zunge zu sagen, dass sie doch besser das Gerede im Dorf ertragen hätte, als jahrzehntelang in einer Ehehölle zu leben. Aber sie schwieg. Wie konnte sie darüber urteilen?

»War er eigentlich nie anders zu dir?«, fragte sie dann und dachte an die intimen Momente, die ein Ehepaar doch eigentlich haben sollte. Zwischen ihren Eltern musste es doch irgendwann einmal so etwas wie Zärtlichkeit gegeben haben.

»Als er krank wurde«, sagte ihre Mutter, »da war er manchmal anders.«

»Wie anders?«

»Ich weiß nicht. Es schien fast so, als wenn er meine Nähe gesucht hätte. Er verwechselte immer mehr Dinge und fand sich immer schlechter zurecht. Da nahm er manchmal einfach meine Hand, als wollte er sich an mir festhalten. Das hat er früher nie getan. Je vergesslicher er wurde, umso häufiger kam so etwas vor. Und mit seinem Gedächtnis ging es rapide bergab. Einmal kam er zu mir und wollte, dass ich die ganze Familie versammle. Er wollte uns etwas mitteilen, sagte er, etwas Wichtiges, das alle betrifft. Aber als ich fragte, um was es denn gehe, hatte er es schon wieder vergessen.«

»Hat er es gemerkt? Ich meine, hat er registriert, dass er es nicht mehr sagen konnte?«

»Ja. Er hat sich an mich geschmiegt und ganz leise geweint.«

Dass ihr Vater zu einer solchen Gefühlsregung fähig gewesen war, überraschte Annette. Zwar hatte auch sie ihn bei ihrem letzten Treffen milder erlebt als jemals zuvor, aber dass er sich so hilflos an ihre Mutter wandte, passte nicht in das Bild, dass sie von ihm hatte. Da waren die anderen Geschichten passender.

»Diese Krankheit ist unberechenbar«, erzählte ihre Mutter weiter. »Plötzlich hast du ein hilfloses Kleinkind an deiner Seite, das von einer Sekunde auf die andere einen Tobsuchtsanfall bekommt. Natürlich war Papa schon immer cholerisch, aber das war anders.« Sie nickte in Richtung Terrasse. »Erinnerst du dich noch an den Sprung in der Scheibe?«

Annette nickte. Es war vor etwa anderthalb Jahren gewesen. Sie hatte den gewaltigen Riss in der großen Scheibe an der Terrasse bei einem Besuch sofort bemerkt. Ihre Mutter hatte damals behauptet, sie sei beim Staubsaugen unglücklich dagegengestoßen. Annette hatte sich zwar gewundert, das Ganze aber nicht weiter hinterfragt.

»Dein Vater hat in seinem Sessel vor dem Fenster gesessen,

einen Nussknacker in der Hand«, erzählte ihre Mutter nun. »Neben ihm auf dem Tisch stand eine Schale mit Pralinen. Er muss sie für Nüsse gehalten haben, jedenfalls zermatschte er eine Praline nach der anderen mit dem Nussknacker.« Mama sah plötzlich ganz traurig aus. »Ich hab das zuerst gar nicht mitbekommen, hörte ihn aus der Küche immer nur fluchen. Schließlich rief er, dass die Nüsse alle faul wären und man sie nicht mehr knacken könne. Als ich zu ihm kam, war er von oben bis unten mit Schokoladenmasse beschmiert.« Sie atmete tief durch. »Als ich ihn sauber machte, begriff er langsam. Er brachte kein Wort über die Lippen, grummelte nur, wurde dann immer lauter. Schließlich flippte er völlig aus. Schrie Dinge, die ich nicht verstand, und schmiss den Nussknacker mit voller Wucht gegen die Scheibe. Minutenlang tobte er wie ein Verrückter.«

»Mein Gott. Das muss ja furchtbar für dich gewesen sein.«

»Ja. Aber für Papa auch. Am Ende saß er wimmernd in seinem Sessel und weinte hemmungslos. Er hatte realisiert, dass sein Verstand ihn im Stich ließ. Und es war schwer für ihn.«

Annette hatte ähnliche Ausraster am eigenen Leib erlebt. Auch wenn sie nie einen fürsorglichen und liebevollen Vater kennengelernt hatte, so hatte er sie in ihrer ganzen Kindheit doch nie geohrfeigt oder geschlagen. Daher war es für Annette damals ein Schock gewesen, als ihr Vater scheinbar aus heiterem Himmel zuschlagen wollte. Sie erinnerte sich noch genau. Es war ein heißer Nachmittag im August, und Annette trug eine Sonnenbrille und eine Baseballkappe, als sie ihre Eltern auf der Terrasse der Villa begrüßte. Panisch schlug ihr Vater um sich, als sie sich zu ihm runterbeugte, um eine Serviette aufzuheben, die ihm von den Knien gerutscht war, und rief immer wieder: »Weg! Geh weg!« Hatte er sie nicht erkannt? Annette hatte sich ratlos an den Tisch gesetzt und nicht gewusst, wie sie auf den Ausbruch reagieren sollte. Ihr Vater dagegen hatte sich nach dem Aussetzer wieder seinem Kuchen gewidmet, als wäre nichts gewesen. Wenig später war er ins *Haus Sonnenschein* gezogen.

Annette streckte sich müde und dachte an die Fotos, die Peter Käfer heute im Schrank gefunden hatte. Es waren die ersten Aufnahmen, die sie von ihrem Vater als jungem Mann gesehen hatte. Kinder- oder gar Babyfotos von sich hatte er nicht aufbewahrt.

Sie zog die Daunendecke mit dem gestärkten Bezug höher und fixierte einen Punkt an der Wand. Diese Augen ... kalt, irgendwie stechend. Sie hätte die Augen nicht beschreiben können, wusste nicht, ob sie hell oder dunkel waren. Dafür war die Schwarz-Weiß-Aufnahme viel zu undeutlich gewesen. Aber die Augen von dem Mann, der neben ihrem Vater auf dem Foto zu sehen gewesen war, kamen ihr nach wie vor irgendwie bekannt vor. Wer war das? Die jungen Leute auf dem Bild wirkten wie Freunde, aber weder sie noch ihre Mutter hatten einen davon erkannt. Der Mann mit dem durchdringenden Blick hatte von hinten seine Hände auf die Schultern ihres Vaters gelegt, die beiden wirkten vertraut. Sein Gesicht war von einem dichten Vollbart bedeckt, sodass Annette nicht viel von ihm hatte erkennen können. Nur seine Augen stachen hervor, und sie war sicher, diese Augen schon mal gesehen zu haben. Nur wo?

Wenn du die ganze Nacht darüber grübelst, schläfst du nie ein, dachte Annette. Sie überlegte, aufzustehen und die Zimmertür abzuschließen, und musste im selben Augenblick den Kopf über sich schütteln. Sich einzuschließen wegen eines uralten Fotos war wirklich zu dumm.

Annette drehte sich zur Seite und machte die Augen zu. In dem Moment wurde ihr klar, warum sie die Tür abschließen wollte.

Sie hatte Angst.

16

Käfer rieb sich müde die Augen. Wie spät war es? Auf jeden Fall spät genug, um Feierabend zu machen, so viel war sicher. Er schaute auf sein Handy, es war schon nach zehn Uhr. Charlotte war vor einer guten halben Stunde gegangen, und eigentlich hatte er sich vorgenommen, heute noch so viele von Steinkamps Ordnern durchzuarbeiten wie nur möglich. Aber jetzt war er wirklich müde, und den ganzen Aktenberg würde er sowieso nicht mehr schaffen.

»Den einen noch«, sagte er zu sich und klappte den Ordner mit der Aufschrift ›Finanzen‹ auf. Neben den Bränden war vor allen Dingen das offensichtlich große Vermögen des Toten für ihre Ermittlungen interessant.

Käfer hatte recherchiert, dass ein Versicherungsgutachter in Nordrhein-Westfalen heute im Durchschnitt dreieinhalbtausend Euro verdiente, maximal sechstausend. Und das brutto. Wenn er davon ausging, dass die Gehälter früher ein vergleichbares Niveau hatten, dann war es kaum vorstellbar, dass Steinkamp nur durch Sparen und dem Jonglieren von einigen Aktien ein solches Vermögen hatte anhäufen können. Immerhin hatte er ein Leben in einer überdurchschnittlich großen Villa geführt, teure Kunstwerke und Möbel, Autos und jede Menge Luxusgüter gekauft. Nein, selbst wenn er in den Achtzigerjahren auf eine besonders erfolgreiche Aktie spekuliert hatte, konnte sich Käfer nicht vorstellen, dass er mit einer derartig geringen Ausgangssumme einen so hohen Gewinn erzielen konnte.

Andererseits: In Zeiten der Internetblase, zu Beginn des neuen Jahrtausends, sind solche Gewinne durchaus gemacht worden.

»Mal gucken, worauf der alte Steinkamp gesetzt hat«, seufzte Käfer und nahm sich eine schier endlos lange Liste mit den Aktienportfolios des Toten vor.

Lange brauchte er nicht zu suchen. Neben Standardpapieren von der Deutschen Bank und Siemens, deren Gewinne und Verluste stets im überschaubaren Bereich lagen, gab es nur eine Aktie, die ihm sofort ins Auge sprang. Bei Bamberger & Fieger hatte Steinkamp 1984 zum ersten Mal investiert – sechs Monate nach dem letzten großen Brand, den er begutachtet hatte.

»Immerhin 50 000 Mark«, murmelte Käfer. Die musste man erst mal netto übrig haben. Nur wenige Monate später schlug Steinkamp wieder zu und kaufte für 100 000 Mark nach. Dabei hatten die Aktien bis dahin nur Verluste gemacht. Über vier Prozent im Vergleich zu seinem ersten Kauf. Warum hatte er noch mal so viele nachgekauft?

»Wow«, entfuhr es Käfer. Sein Blick war einige Zeilen weiter nach unten gerutscht. »Der Mann hatte wirklich ein Händchen für die Börse.«

Nur zwei Wochen nach seinem letzten Kauf der Bamberger & Fieger-Aktien waren diese scheinbar urplötzlich um zwölf Prozent gestiegen. Und wenige Wochen später noch mal um weitere neun Prozent. Das Niveau hielten die Papiere fast ein Jahr relativ konstant, zwischendurch investierte Steinkamp immer wieder kleinere Summen im vierstelligen und unteren fünfstelligen Bereich, bis er noch einmal richtig zuschlug und Aktien für 120 000 Mark kaufte.

»Wo hatte der nur die Kohle her?«, murmelte Käfer.

Und was war das überhaupt für ein Unternehmen? Er googelte Bamberger & Fieger, fand aber nur einen Eintrag, in dem über die Insolvenz der Firma 1992 berichtet wurde. Es handelte sich dabei um ein mittelgroßes Straßenbauunternehmen, das durch Fehlinvestitionen in die Pleite geraten war.

Wenige Jahre zuvor hatte es Ludger Steinkamp aber noch zu einem vermögenden Mann gemacht. 1986, kurz nachdem die Bamberger & Fieger-Aktien noch mal um elf Prozent gestiegen waren, verkaufte Steinkamp alle seine Wertpapiere und wurde auf einen Schlag um 900 000 Mark reicher.

Komisch, dachte Käfer und verglich das Portfolio mit den Kontoauszügen aus dieser Zeit. Die Aktien hatte Steinkamp eindeutig abgestoßen, aber er fand über die Summe keinen Eingang auf seinem Konto. Es war auch keine gestaffelte Zahlung vorgenommen worden – von dem Aktiengewinn war einfach nichts zu finden.

Er nahm sich noch mal das Aktienportfolio vor. Als Überweisungsempfänger war auf dem Auszug nur eine Nummer angegeben worden, und es war nicht die Bankverbindung des Toten. Dann fiel ihm auf, dass die Transaktionen der Aktien von Siemens und der Deutschen Bank von einem anderen Konto getätigt worden waren als die der Bamberger & Fieger-Aktien. Er verglich die Kontonummern. Ja, die Standardwerte liefen ganz normal über Steinkamps Konto, aber bei den anderen tauchte sein Name überhaupt nicht auf. Nur die Nummer, die Käfer schon als Überweisungsempfänger für die Auszahlung aufgefallen war, die war bei jeder Transaktion verzeichnet.

Was steckte hinter dieser Nummer? Ein ausländisches Konto? Oder eine unbekannte Person? Oder war Steinkamp am Ende gar erpresst worden?

17

»Gute Nacht, Sophie.«

Charlotte hörte das Schmatzen eines dicken Gute-Nacht-Kusses.

»Kann Charlotte noch mal kommen?«

»Schatz, es ist wirklich schon spät. Morgen ist der letzte Schultag vor den Osterferien. Da musst du doch fit sein.«

»Bitte, Papa, nur ganz kurz.«

Charlotte hörte, wie Bernd mit seiner Tochter herumalberte. Dem Lachen und Quieken nach zu urteilen, wurde er gerade durchgekitzelt. Es war nicht zu übersehen – und zu überhören –, wie sehr Sophie die Zeit mit ihrem Vater genoss.

Charlotte dachte an ihren eigenen Vater, der die Familie für eine jüngere Frau verlassen und sich nie wieder gemeldet hatte. Dass Bernd trotz der Scheidung ein so enges und gutes Verhältnis zu seiner Tochter hatte, rechnete sie ihm hoch an.

Sie saß in seinem Wohnzimmer und hatte es sich mit einer großen Tasse Pfefferminztee in der Hand in dem abgewetzten Ledersessel gemütlich gemacht. Sie war müde und abgespannt, aber dennoch froh, hier zu sein. Sophie war süß, sie mochte die Kleine, auch wenn das Mädchen manchmal ganz schön anstrengend sein konnte. Zuerst hatte sie überlegt, zu sich nach Hause zu fahren und ein heißes Bad zu nehmen. Es war ein langer Tag gewesen, und eigentlich wollte sie nur ihre Ruhe. Aber komischerweise konnte sie hier besser abschalten als allein in ihrer Wohnung.

Mit zerzausten Haaren kam Bernd zurück ins Wohnzimmer. »Sie sagt, sie muss dich dringend noch mal sehen.«

»Ich bin viel zu kaputt, um mich auch so vermöbeln zu lassen.«

»Sie sprach von *reden*.«

»Schon klar.«

Bernd lachte, als Charlotte theatralisch stöhnend ihre Tasse auf den schwarz lackierten Couchtisch stellte und übertrieben leidend über das knarzende alte Parkett in Sophies Zimmer ging. Das kleine Mädchen hatte sich in ihre rosafarbene Pony-Bettwäsche eingekuschelt und sah Charlotte mit erwartungsvollen Augen an.

»Sophie«, sagte Charlotte freundlich tadelnd. »Weißt du, wie spät es ist?«

»Nein. Aber in der Küche hängt eine Uhr.«

»Das war eine rhetorische Frage.«

»Was ist eine rhetorische Frage?«

»Nicht so wichtig. Was gibt es denn?«

»Ich hab noch mal an den brennenden Opi gedacht.«

»Sophie, wir wollten doch nicht mehr darüber sprechen. Jetzt aber gute Nacht.«

»Der Lasse aus der 2B hat gesagt ...«

Na super. Jetzt bespricht sie meinen Fall schon mit ihren Klassenkameraden. Charlotte musste gegen ihren Willen schmunzeln.

»... dass er schon mal einen Film über einen Feuerteufel gesehen hat. Und da habe ich gedacht, vielleicht war es ja auch ein Feuerteufel, der den armen Opi angesteckt hat. Und vielleicht kommt der auch zu mir und steckt mich an.«

»Du musst dir keine Sorgen machen, Sophie«, versuchte Charlotte so beruhigend wie möglich zu sagen und setzte sich zu ihr ans Bett. »Niemals würde irgendjemand so etwas Böses machen. Ganz bestimmt nicht.«

»Was ist ein Feuerteufel?«

»So werden Pyromanen manchmal genannt.«

»Pyro-was?«

»Pyromanen. Das sind Menschen, die dauernd Feuer legen müssen.«

»Warum müssen sie das?«

»Weil sie den Drang danach verspüren.«

»Das verstehe ich nicht.«

»Das ist auch schwer zu verstehen«, sagte Charlotte. »Du musst es dir wie eine Krankheit vorstellen, wie einen schlimmen Husten, den man nicht unterdrücken kann.«

›Verminderte Intelligenz, Impulskontrollstörungen und körperliche Defizite zeichnen die fast ausschließlich männlichen Pyromanen aus‹, ging es Charlotte durch den Kopf, und sie wunderte sich darüber, wie fest sich dieser Satz in ihr Gehirn gebrannt hatte. Sie hatte ihn früher, zur Vorbereitung auf ihr Diplom, bestimmt hundertmal aufgesagt und war in ihrer Psychologie-Prüfung dann doch nicht danach gefragt worden.

»Eine Krankheit, die einen zwingt, Menschen anzuzünden?«, fragte Sophie erstaunt.

»Nein, nicht Menschen. Irgendetwas. Mülltonnen, Autos, alles Mögliche. Aber so etwas kommt zum Glück sehr selten vor.«

»Gibt es eine Medizin dafür?«

»So etwas Ähnliches, ja. Und jetzt mach die Augen zu. Gute Nacht.«

»Wenn der Feuerteufel kommt, brauchen wir ihm also nur die Medizin zu geben, und dann legt er hier kein Feuer mehr, ja?«

»Es wird nichts passieren, Sophie, ich verspreche es dir. Gute Nacht.«

Charlotte versuchte, schnell aus dem Zimmer zu kommen, bevor Sophie ihr eine weitere Frage stellen konnte. Aber ihre Eile war unbegründet, denn das Mädchen wünschte ihr nur eine gute Nacht und war dann still.

»Was hatte sie denn noch?«, fragte Bernd, als sich Charlotte zu ihm aufs Sofa setzte.

»Sie macht sich immer noch Sorgen. Ich hätte ihr nichts von meinem Fall sagen dürfen.«

»Ja, das würde ich auch sagen. Du hättest ruhig noch zehn Jahre warten können, bevor du ihr Geschichten über verbrannte Leichen erzählst!«

Er sah sie streng an. War er sauer? Ja, ein bisschen. Sie konnte es ihm nicht verübeln. Wenn Sophie heute Nacht Albträume bekam, ging das eindeutig auf ihre Kappe. Charlotte versuchte, so schuldbewusst wie nur möglich zu gucken.

»Du hast total recht. Es war wirklich doof. Tut mir leid.«

Zum Glück heiterte sich seine Miene schnell wieder auf. »Sie wird es verkraften. Aber eines sag ich dir: Wenn es Probleme deswegen gibt, musst du es allein ausbaden!« Bernd nahm sie in den Arm.

»Was machen wir jetzt?«, fragte sie leise und küsste seinen Hals. »Meinst du, sie schläft schon?«

Er grinste sie schief von der Seite an. »Meistens schläft sie schnell ein. Wieso?«

»Nur so«, sagte sie und küsste ihn weiter.

»Nur so hört sich gut an …«

Als er ihre Bluse aufknöpfte und langsam mit dem Kopf nach unten wanderte, merkte Charlotte, dass sie sich nicht auf ihn konzentrieren konnte. Sie war abgelenkt. Sophie hatte etwas gesagt, was ihr einfach nicht mehr aus dem Kopf gehen wollte. Feuerteufel. Das Wort war auch in einem der Artikel über die alte Brandserie aufgetaucht. Es war durchaus anzunehmen, dass ein krankhaft veranlagter Pyromane die Brände damals gelegt hatte. Und hier auf dem Land, wo jeder jeden kannte, war es nicht unwahrscheinlich, dass Steinkamp den Täter gekannt hatte. Gleich morgen früh wollte sie herausfinden, was aus dem Brandstifter von damals geworden war. Es konnte nicht schaden, sich mal mit ihm zu unterhalten. Vielleicht war er noch im Gefängnis? Nein, unwahrscheinlich. Obwohl er sich unter anderem für den vierfachen Mord an der Bauernfamilie hatte verantworten müssen, müsste er nach dreißig Jahren längst wieder in Freiheit sein. Hauptsache, er lebt noch, damit ich mit ihm sprechen kann, dachte sie und konnte dann doch den Fall für eine Weile vergessen, als Bernd sie dort berührte, wo sie es so sehr mochte.

18

Als sie am nächsten Tag ins Präsidium kam, saß Käfer schon über den Akten, die sie aus Steinkamps Haus mitgenommen hatten.

»Du siehst müde aus«, sagte sie.

»War 'ne kurze Nacht.« Er erzählte ihr, was er über die finanziellen Verhältnisse von Ludger Steinkamp herausgefunden hatte.

»Es gibt also entweder ein geheimes Nummernkonto oder einen unbekannten Dritten«, überlegte Charlotte.

»Sieht fast so aus. Woher er aber das ganze Geld hatte, um die Aktienkäufe überhaupt tätigen zu können, habe ich noch nicht herausgefunden.«

»Vielleicht hat er gespielt?«

»Wäre theoretisch möglich. Aber was ist mit dem unbekannten Konto?«

»Wir müssen Frau Steinkamp fragen, ob ihr Mann häufiger alleine im Ausland unterwegs war. Wenn er zum Beispiel in Monte Carlo Tausende im Kasino gewonnen hat, hatte er da vielleicht auch ein Konto.«

»Ja, das müssen wir checken.«

»Gibt es noch eine andere Verbindung zu den Bränden, außer dass er erst nach dem letzten Anschlag mit seinen Aktienkäufen begann?«

»Vielleicht. Das hier habe ich eben gefunden«, sagte er und schob ihr die Akte über den Tisch. »Fritz Ostermann ist damals durch einen entscheidenden Hinweis von Steinkamp verhaftet worden. Er hat seine Zeugenaussage abgeheftet. Da unten steht sie.«

»›Mir ist der Beschuldigte aufgefallen, als ich am Tag des Brandes in der Nähe des Hofes unterwegs war. Ich sah, wie er in verdächtiger Weise in die Scheune ging, die wenig später lichterloh brannte. Ich bin sofort zur nahe gelegenen Telefonzelle gerannt und habe die Feuerwehr verständigt. Ludger Steinkamp, 24. 4. 1985‹«, las Charlotte laut vor.

»Ein paar Seiten weiter ist ein Schreiben von der Staatsanwaltschaft, in der er zur Zeugenvernehmung vor Gericht geladen wird.«

»Was ist aus diesem Fritz Ostermann geworden?«

»Er bekam lebenslänglich und ist nach fünfzehn Jahren aus der JVA Münster entlassen worden.«

Charlotte sah sich die Unterlagen genau an. Eine Urteilsbegründung fand sie nicht, über die Gründe für Ostermanns Brandstiftung stand nirgendwo etwas.

»Hat sich der Mann zu seinen Taten geäußert?«, fragte sie. »War er psychisch krank?«

»Das konnte ich noch nicht endgültig klären. Bisher weiß ich nur, dass er in der JVA mehrere Therapien gemacht hat. Wogegen weiß ich noch nicht, aber es wäre natürlich naheliegend, dass sie was mit seinen Taten zu tun haben.«

»Oder mit Drogen und Alkohol, wie so oft. Hast du schon mit den Therapeuten in der JVA gesprochen?«

Käfer zog die Augenbrauen hoch. »Sorry, meine Liebe, ich hab heute Morgen zwar schon 'ne Menge geschafft, aber falls du mal auf die Uhr schauen möchtest: Wir haben gerade mal halb zehn. Ich konnte leider noch nicht alle abtelefonieren.«

Sie lachte. »Dann helfe ich dir jetzt mal ein bisschen«, sagte sie und griff zum Telefon. Nach einigem Hin und Her wurde sie mit dem medizinischen Leiter der JVA verbunden. Charlotte hatte noch nie mit Dr. Manfred Fels zu tun gehabt, aber der Mann war ihr sofort unsympathisch.

»Wie soll ich Ihnen das so einfach beantworten«, sagte er schlecht gelaunt, nachdem sie ihm ihr Anliegen vorgetragen hatte. »Der Mann ist seit über zehn Jahren draußen. Glauben Sie etwa, da hätte ich noch die ganzen Details im Kopf?«

»Vielleicht könnten Sie nachschauen«, schlug Charlotte vor und versuchte, höflich zu bleiben.

»Ja, aber das dauert. Ich hab hier auch noch andere Dinge zu tun. Außerdem gibt es ja auch noch die ärztliche Schweigepflicht, ich weiß gar nicht, ob ich Ihnen überhaupt etwas sagen kann.«

»Herr Fels –«

»Dr. Fels.«

»Natürlich. Herr Dr. Fels, ich stelle Ihnen diese Fragen nicht aus Spaß. Selbstverständlich ist mir die ärztliche Schweigepflicht bekannt, aber Sie sollten wissen, dass diese unter gewissen Bedingungen aufgehoben ist.«

»Nur dann, wenn meine Aussage eine weitere schwere Straftat verhindern kann.«

»Ganz recht. Und wir haben den begründeten Verdacht, dass unser Tatverdächtiger genau solche Straftaten plant.«

Käfer sah sie erstaunt an, aber jetzt war sie in Fahrt.

»Und deshalb ist es wichtig, dass Sie mir schnellstmöglich alle Informationen über den pathologischen Verlauf Ostermanns zukommen lassen, außerdem brauche ich seine Anschrift und den Namen seines Betreuers«, sagte Charlotte, und inzwischen war jede Höflichkeit aus ihrer Stimme verschwunden. »Wenn das nicht möglich ist, werde ich mich leider an Ihren Vorgesetzten wenden müssen, und ich verspreche Ihnen, dass sich Ihre Laune dann nicht bessern wird.«

Für einen Moment herrschte am anderen Ende der Leitung Stille. Käfer sah Charlotte fragend an, aber sie verdrehte nur die Augen. Was dachte sich dieser Dr. Fels eigentlich? Ihm sollte doch wohl klar sein, dass die Ermittlungen in einem Mordfall mit möglicher Tatbeteiligung eines gefährlichen Brandstifters Vorrang vor der alltäglichen Arbeit eines Gefängnistherapeuten hatten.

»Und? Herr *Doktor?*«, fragte Charlotte nach einer gefühlten Ewigkeit.

»Ich gucke ja gerade schon im Computer nach! Ich maile Ihnen die Datei gleich.« Ohne sich zu verabschieden, legte er auf.

»Arschloch«, sagte Charlotte. »Wie kann man am frühen Morgen schon so eine Laune haben?«

Käfer zuckte nur ratlos mit den Schultern. »Was erwartest du dir eigentlich von einem Gespräch mit Fritz Ostermann? Glaubst du, er hat sich jetzt an Steinkamp gerächt?«

»Vielleicht. Ich weiß es nicht. Aber der Mann ist seit 1999 wieder auf freiem Fuß. Eine späte Rache scheint irgendwie keinen Sinn zu ergeben. Das hätte er ja schon viel früher erledigen können.«

»Vielleicht gab es dafür vorher keine Gelegenheit?«

»Oder er wusste bis dahin nicht, wer ihn bei der Polizei angezeigt hat?«

Ein Signalton verriet Charlotte, dass sie eine neue Mail bekommen hatte. »Ohne ein Wort dazuzuschreiben«, sagte sie, als sie die Mail von Dr. Fels öffnete. »Der schickt mir die Dateien kommentarlos zu.«

»Keine gute Kinderstube.«

Charlotte klickte die Datei auf und las sich die Akte von Fritz Ostermann konzentriert durch. Nachdem er festgenommen worden war, hatte er die Taten relativ schnell gestanden. Aus seinem Geständnis ging hervor, dass er sich über den Tod der Landwirtsfamilie betroffen zeigte und diesen sehr bedauere. Es sei nie seine Absicht gewesen, Menschen zu verletzen. Diese Aussage bezweifelten sowohl die Staatsanwaltschaft als auch seine Therapeuten in der JVA. Auch bei den anderen Bränden waren Menschen verletzt worden, und häufig genug grenzte es fast an ein Wunder, dass niemand zu Tode gekommen war.

Ostermann habe die Brände stets so gelegt, dass er von einem größtmöglichen Schaden ausgehen musste, schrieben die Psychologen in ihrem ersten Gutachten. Er habe durch das Feuer bewusst Fluchtwege verbaut und die Bewohner durch das Legen mehrerer Brandherde regelrecht in die Falle getrieben. Daher hielten sie Ostermann für einen triebhaften Pyromanen, der durch das Feuer ein Gefühl von Macht erlebe, wodurch er auch sexuell stimuliert werde. Je größer der Schaden sei, den er anrichte, desto größer sei auch die Befriedigung, die er daraus zog. Insofern sei von einer echten Betroffenheit wegen der getöteten Familie nicht auszugehen.

Im Gutachten wurde aber auch beschrieben, dass die Psychologen Fritz Ostermann für therapierbar hielten. Charlotte sah, dass er zahlreiche Psychotherapien in der Haft durchlaufen hatte. Überall wurde er als kooperativ beschrieben. Wegen einer leichten Schizophrenie erfolgte parallel eine medikamentöse Behandlung, die dafür sorgte, dass sich seine Verfassung weiterhin verbesserte. Zum Zeitpunkt der Entlassung galt Ostermann als ungefährlich, bekam aber die Auflage, sich weiterhin regelmäßig bei seiner Betreuerin zu melden.

»Eine Renate Haas«, sagte Charlotte, nachdem sie Käfer über Ostermanns Vergangenheit informiert hatte. »Mit ihr sollten wir auch sprechen. Aber erst mal fahre ich zu Fritz Ostermann.«

»Okay. Ich gehe die Akten noch weiter durch, dann werde ich mal mit dieser Frau Haas telefonieren.«

Charlotte nickte ihm zu und verließ das Büro. Als sie in ihren Wagen stieg, überlegte sie kurz, ob sie auf das Gespräch mit einem krankhaft veranlagten Pyromanen vorbereitet war. Es lag lange zurück, dass sie sich mit pathologischer Brandstiftung beschäftigt hatte, und auch das war nur in der Theorie der Fall gewesen. Mit Mördern und anderen Gewaltverbrechern hatte sie schon unzählige Male gesprochen, aber mit Brandstiftern? Sie nahm sich vor, mit Fritz Ostermann nicht anders umzugehen als mit den üblichen Verdächtigen. Schließlich war er nicht nur ein ehemaliger Pyromane. Er war auch ein vierfacher Mörder.

19

Annette saß mit ihrer Mutter im Esszimmer und kämpfte sich durch einen Stapel Papiere. Für die bevorstehende Beerdigung war immer noch eine Menge zu tun, und einige wichtige Schriftstücke schienen wie vom Erdboden verschluckt.

»Es kann doch nicht so tragisch sein, dass das Familienstammbuch weg ist«, sagte Annette. »So was muss doch häufiger vorkommen. Ich bin mir sicher, dass das kein Problem ist.«

Ihre Mutter nickte und blätterte durch einen Prospekt mit Särgen, den der Bestatter ihnen dagelassen hatte. Annette fand es befremdlich, wie sie so dasaß, ab und zu an ihrem Kaffee nippte und auf einen der Särge zeigte. »Wie findest du den?«, sagte sie, als wenn es sich um ein neues Auto handelte.

»Schlicht und schwarz. Der ist gut.«

»Welche Innenausstattung wollen wir nehmen?«

»Die einfachste, Mama. Welche Lieder sollen denn bei der Trauerfeier gesungen werden?«

»Gar keine. Dein Vater hatte mit Religion nichts am Hut, da brauchen wir bei der Trauerfeier auch nicht so zu tun, als wenn er sich was aus einem Ave Maria gemacht hätte.«

»Recht so, Mutter!« Björn war unbemerkt ins Zimmer gekommen. Er hatte die unangenehme Angewohnheit, ohne zu klopfen oder zu klingeln einfach irgendwo reinzuplatzen. Grinsend setzte er sich an den Tisch und schnappte sich Annettes Kaffeetasse. Ohne zu fragen, trank er davon.

Annette ignorierte ihn einfach. Sie hatte beim besten Willen keine Lust, sich jetzt mit ihrem kleinen Bruder zu streiten. Das hatte sie schon oft genug getan.

»Ich würde auch den Leichenschmaus streichen«, schlug Björn vor. »Vater hatte eh keine Freunde. Es wäre nur Geldverschwendung.«

Klang er bitter? Annette sah ihm an, dass er möglichst cool wirken wollte, aber seine Stimme verriet, dass da noch etwas anderes war.

»Wir wollen ihn würdevoll verabschieden«, sagte ihre Mutter. »Das gehört sich so. Außerdem hatte er durchaus ein paar Freunde.«

»Ach ja? Wen denn?«

»Von früher welche ... und die Nachbarn.«

»O Gott, die Nachbarn. Na, die werden sich freuen.« Björn schüttelte den Kopf. »Ist das Testament eigentlich inzwischen aufgetaucht?«

»Björn!«

»Ich frag ja nur. Papas Kohle ist doch das einzig Interessante.« Björn schluckte. Für einen Moment schwiegen sie.

»Klar hatten wir kein gutes Verhältnis zu ihm«, sagte Annette dann mit gesenkter Stimme. »Aber sein Geld hat mich nie interessiert. Ich hab mich immer nur gefragt, warum er so ist.« Und ob er mich nicht doch geliebt hat, fügte sie in Gedanken hinzu. Wie oft hatte sie darüber nachgedacht, hatte nach Entschuldigungen für sein Verhalten gesucht und sich immer wieder eingeredet, dass er sie tief in seinem Innersten bestimmt liebte. Sie war doch seine Tochter. Er musste sie doch gemocht haben. Nur zeigen konnte er es nie.

»Das Testament eures Vaters liegt beim Notar«, sagte ihre Mutter nun ruhig. »Er hatte kein zweites, Björn. Ich bin mir sicher, dass es kein anderes gültiges Testament gibt. Wem er was vererbt hat und ob er wirklich die Stadt als Haupterben eingesetzt hat, weiß ich aber nicht. Und jetzt möchte ich euch bitten, dieses Thema bis nach der Beerdigung ruhen zu lassen.«

»Wieso? Wir sind doch unter uns ...«

»Ich meine es ernst, Björn.« Die Stimme ihrer Mutter wurde strenger. »Euer Vater war ein schwieriger Mensch, das weiß wahrscheinlich niemand so gut wie ich. Aber ich möchte, dass wir dieses Kapitel mit Anstand und Würde zu Ende bringen.«

Und damit das Gesicht wahren, dachte Annette. Das hatte ihre Mutter schließlich ihr Leben lang gemacht. Was war das bloß für eine Ehe gewesen, die ihre Eltern geführt hatten?

»Bis du eigentlich froh, dass er tot ist?«, fragte sie ihre Mutter leise, und Björn grinste breit.

Ihre Mutter ließ die Kaffeetasse sinken und fuhr sich mit beiden Händen durchs Gesicht. »Man sollte niemals froh darüber sein, wenn ein Mensch stirbt«, antwortete sie ausweichend.

»Ich weiß. Aber das habe ich nicht gefragt.«

Ihre Mutter seufzte. Dann runzelte sie die Stirn, sie schien unter den Bergen von Papier etwas entdeckt zu haben, legte einige zur Seite und zog schließlich einen Briefumschlag hervor.

»Für Björn«, las sie von dem Umschlag ab und sah ihren Sohn erstaunt an. »Das ist die Schrift deines Vaters. Er hat dir einen Brief geschrieben.«

Annette spürte einen Stich in der Magengegend, während Björn mit einem überlegenen Lächeln im Gesicht den Umschlag an sich nahm. Ihm hatte Papa einen Brief hinterlassen. Ihr nicht.

20

Vom Präsidium aus musste sie durch die halbe Stadt fahren, bis sie endlich vor einem trostlosen Wohnblock stand. Wie viele Klingelschilder waren das? Zwanzig? Dreißig? Es dauerte eine Weile, bis sie das richtige gefunden hatte.

Ein alter Mann öffnete ihr wenig später die Wohnungstür. Er hatte dichtes weißes Haar und braune, fast schwarze Augen, die einen merkwürdigen Kontrast zu seinem ansonsten so mild wirkenden Gesicht bildeten. Freundlich lächelte er Charlotte an.

»Schneidmann, Kripo Münster«, stellte sie sich vor und zeigte ihren Ausweis. »Sind Sie Fritz Ostermann?«

»Ja. Was kann ich für Sie tun?«

»Ich muss Sie in einer dringenden Angelegenheit sprechen. Kann ich reinkommen?«

»Natürlich. Ich habe mir gerade einen Tee gemacht. Wollen Sie auch einen?«

»Danke.«

Sie folgte ihm in ein kleines Wohnzimmer. Die Möbel passten nicht zueinander, waren abgenutzt und schäbig. Die Sessel waren an den Armlehnen zerschlissen, über dem Sofa lag eine billige Synthetikdecke. Aber der Raum war ordentlich und sauber. Fritz Ostermann goss ihr eine Tasse Tee ein, und Charlotte setzte sich auf einen der Sessel.

»Kennen Sie Ludger Steinkamp?«

Ostermann kratzte sich nachdenklich am Kopf. »Steinkamp, Steinkamp ... Hm, ja, ich glaube, da klingelt etwas.«

»Das ist der Mann, durch dessen Zeugenaussage Sie damals verhaftet werden konnten.«

»Ach so, ja, natürlich. Natürlich erinnere ich mich an den.«

»Er hat vor Gericht gegen Sie ausgesagt.«

»Ja, das hat er. Zum Glück, muss ich heute sagen.«

»Zum Glück? Haben Sie keinen Groll oder Hass gegen diesen Mann gehegt?«

»Nein. Heute weiß ich, dass ich damals krank war. Und meine Krankheit hat so viel Unglück gebracht ... Gott sei Dank konnte mir geholfen werden. Durch die Psychotherapien habe ich gelernt, was bei mir alles schieflief. Warum wollen Sie das wissen?«

»Ludger Steinkamp ist am Montag ermordet worden.«

Ostermann machte ein bestürztes Gesicht. »Das tut mir leid.«

»Haben Sie Ludger Steinkamp seit der Gerichtsverhandlung noch mal gesehen?«

»Nein.«

»Wo waren Sie letzten Montag in der Zeit von 15 bis 18 Uhr?«

»Diesen Montag? Äh, da war ich bei meiner Betreuerin, glaube ich ... und dann irgendwann hier.«

»Was heißt *irgendwann?*«

»Irgendwann später halt. Ich hab nicht auf die Uhr geschaut. Tut mir leid.«

»Dann werde ich das mit Ihrer Betreuerin klären.«

»Ja, die wird es bestimmt wissen. Warten Sie. Es muss so gegen vier gewesen sein. Da habe ich mir am Kiosk unten noch was geholt, und da liefen gerade die Vier-Uhr-Nachrichten. Das weiß ich noch genau.«

»Gut. Ich überprüfe das. Haben Sie ein Auto?«

»Nein. Wovon sollte ich das denn bezahlen.«

»Verstehe. Wie ist das eigentlich mit Ihnen und dem Feuer ... Was geht in Ihnen vor, wenn Sie heute Streichhölzer oder ein Feuerzeug in die Hand nehmen?«

»Das mache ich nicht. Sie müssen sich das vorstellen wie bei einem trockenen Alkoholiker. Der nippt ja auch nicht an einer Bierflasche. Und genauso mache ich einen großen Bogen um Streichhölzer oder Feuerzeuge. So etwas wie früher will ich wirklich nie wieder erleben, das können Sie mir glauben.«

»Ja, das kann ich mir vorstellen.«

»Mein ganzes Leben ist dadurch kaputtgegangen. Nach dem Knast habe ich keine Arbeit mehr gefunden, und jetzt bin ich arm. Na ja, ich will mich nicht beschweren. Das, was ich angerichtet habe, war schließlich viel schlimmer.«

Er starrte ins Leere, und Charlotte empfand für einen Moment Mitleid mit ihm. Keine Frage, er hatte schwere Schuld auf sich geladen. Aber sie stellte es sich auch furchtbar vor, mit einer solchen Last zu leben.

»Wissen Sie noch, wie das mit dem Zündeln bei Ihnen anfing? Können Sie sich noch an Ihren ersten Brand erinnern?«

Ostermann nickte langsam. Er sah traurig aus.

»Wann war das?«

»Ich war noch ganz klein.« Seine Stimme brach ab, und er blickte zu Boden. »Tut mir leid, es fällt mir schwer, darüber zu sprechen. Um genau zu sein, habe ich erst nach fünf Jahren Therapie zum ersten Mal darüber reden können.« Er lächelte traurig. »Ich war noch ein Kind und hatte einen Wohnungsbrand ausgelöst.« Ostermann schüttelte sich. »Ich würde die Vergangenheit so gerne ungeschehen machen. Sie können sich gar nicht vorstellen, wie es ist, mit solchen Schuldgefühlen durchs Leben zu gehen ...«

Doch, das kann ich, dachte Charlotte, nickte aber nur.

»Wussten Sie, dass es einen schweren Brand im Altenheim *Haus Sonnenschein* gab?«

»Ja, davon habe ich in der Zeitung gelesen. War das etwa Brandstiftung?« Ostermann sah sie geschockt an. »Um Himmels willen! Ist dabei etwa Herr Steinkamp verstorben?«

»Ja.«

»Jetzt verstehe ich Ihre Fragen auch.« Ostermanns Gesichtszüge fielen förmlich zusammen. Er sah mit einem Mal tieftraurig aus. Mit leiser, brüchiger Stimme sprach er weiter. »Sie glauben, ich hätte etwas damit zu tun, stimmt's? Ich verstehe. Wer einmal Scheiße gebaut hat, baut immer wieder Mist. So denken doch die meisten. Sie auch, oder?«

»Wenn Ihre Betreuerin und der Kioskverkäufer Ihr Alibi bestätigen können, sehen Sie mich nicht wieder«, sagte Charlotte freundlich.

Ostermann rieb sich über die Augen. Weinte er?

»Ja, fragen Sie die. Aber trotzdem ... Die Schuld wird immer an mir kleben. Ich werde das nie los.«

Charlotte verabschiedete sich und verließ die Wohnung. Als sie die Einfahrt entlang zu ihrem Auto ging, dachte sie an Stefan, ihren kleinen Bruder, und an die Schuldgefühle, die sie heute noch verspürte.

21

Käfer nahm sich seufzend die nächste Akte. Eigentlich hatte er gedacht, dass die Versicherungsakten besser zu lesen wären als die Bankordner. Aber das Gegenteil war der Fall. Er hasste es, sich Seite für Seite durch Juristendeutsch und Kostenvoranschläge zu kämpfen. Teilweise kam es ihm so vor, als wenn die Sachen bewusst kompliziert umschrieben wären. Da war ja jeder Krankenbericht vom Arzt besser zu verstehen. Um den Überblick nicht zu verlieren, machte er sich zu jeder Akte Notizen.

Im ersten Ordner ging es um den Brand von 1977. Steinkamp hatte den Schaden, der durch das Feuer auf dem Bauernhof entstanden war, auf 650 000 Mark geschätzt. Auf den alten Fotos vom Tatort konnte er eindeutig erkennen, dass das zweihundert Jahre alte Bauernhaus bis auf die Grundmauern niedergebrannt war. Laut Gutachten waren auch die Ställe und Melkanlagen nicht verschont geblieben, weshalb der Schaden so groß ausgefallen war. Jede Menge Fotos lagen dem Bericht bei, auf denen verbrannte Balken und zerstörte Mauern zu sehen waren.

Er nahm die zweite Akte von dem Brand aus dem Jahr 1978. Ein Teil des Hauses war hier stehen geblieben, dafür hatte es die große Scheune erwischt, in der die Trecker und andere teure Geräte gestanden hatten. Hier hatte Steinkamp den Schaden auf 570 000 Mark geschätzt. Auch hier waren wieder jede Menge Fotos dabei, die das Ausmaß der Zerstörung dokumentierten.

Der nächste Fall war ein Brand in einem Getreidesilo mit einhergehender Mehlstaubexplosion, durch die der halbe Schweinestall zerstört worden war. Das Wohnhaus blieb unversehrt, aber sämtliche hundertachtzig Schweine kamen um oder mussten danach notgeschlachtet werden. Stall und Silo waren ebenfalls zerstört. Insgesamt hatte Steinkamp hier eine Summe von 350 000 Mark veranschlagt.

So weit schien alles in Ordnung zu sein. Irgendwie fand Käfer es komisch, dass die Versicherungen die Schäden so anstandslos bezahlt hatten. Wenn er daran dachte, was die bei ihm immer für ein Theater machten! Aber hier fand er nur zwei Briefe, in denen die Versicherungen um eine nochmalige Nachprüfung des Schadens baten, bevor sie den geschätzten Betrag überwiesen.

Käfer fuhr sich durch die Haare und griff zum Telefon. Nach zweimaligem Klingeln hatte er seinen Kollegen Thomas Carstens am Apparat, der für die Wirtschaftsdelikte im Präsidium zuständig war. In knappen Worten schilderte er ihm den Fall.

»Weißte, was ich nicht kapiere? Wenn mir ein Fahrrad gestohlen wird, macht die Versicherung einen Riesenaufstand, bevor sie den Schaden zahlt. Wenn sie es überhaupt tut. Nach dem zweiten geklauten Rad haben die sich schon geweigert. Aber bei dieser Brandserie waren das enorm hohe Summen, und die wurden alle beglichen. Hätte die Versicherung dafür nicht einen zweiten Gutachter abstellen müssen?«

»Nicht, wenn die Fälle klar und eindeutig waren. Wenn von einem Haus nur noch die Grundmauern stehen und der Schaden anstandslos dokumentiert wird, gibt es ja nicht viel zu überlegen. Und da es erwiesenermaßen Brandstiftung von einem Dritten war, also nicht vom Besitzer selbst, muss die Versicherung in solchen Fällen zahlen.«

»Das heißt, eine Versicherung stellt sich vor allen Dingen dann quer, wenn sie den Verdacht hat, dass Versicherungsbetrug vorliegt?«

»Nicht nur. Wenn du bei dem Beispiel mit deinem Fahrrad bleibst: Es werden so viele Räder geklaut, da würde jede Versicherung kaputtgehen, wenn sie die alle bezahlen müsste. Bei größeren Sachen wie Hausbränden wird immer erst geschaut, ob der Versicherte sein Heim nicht selbst angesteckt hat. Wenn das nicht der Fall und die Brandursache eindeutig zuzuordnen ist, sprich das Haus nicht fahrlässig oder selbst verschuldet in Flammen aufging, zahlt die Versicherung in der Regel. Wichtig ist, wie gesagt, dass alles einwandfrei dokumentiert ist.«

»War das früher einfacher als heute?«

»Das könnte sein. Du darfst nicht vergessen, dass es damals nicht so viele Experten auf dem Gebiet gab. Ich könnte mir gut vorstellen, dass euer Toter der Einzige in dieser ländlichen Region war. Sein Wort hatte somit durchaus Gewicht.«

Käfer bedankte sich und legte auf. Alles musste lückenlos dokumentiert sein, hatte Carstens gesagt. Käfer sah sich noch mal die Fotos an. Der zerstörte Stall, in dem die teuren Geräte standen, das Gerippe eines abgebrannten Trecker war sogar noch zu erkennen. Und hier, das musste die Melkanlage sein, so stand es jedenfalls in der Bildunterschrift. Er hatte nicht den Eindruck, als würden Steinkamps Gutachten Fehler enthalten. Im Gegenteil, alles schien akribisch dokumentiert und festgehalten worden zu sein.

Käfer rief Charlotte auf dem Handy an. »Ich komm hier nicht weiter«, sagte er. »Ich habe jetzt Steinkamps Gutachten von damals durchgearbeitet.«

»Und?«

»Das scheint alles einwandfrei zu sein. Soweit ich das beurteilen kann jedenfalls. Aber kann ich das überhaupt? Die Fotos und Gutachten sind fünfunddreißig Jahre alt und älter. Wie soll ich das von meinem Schreibtisch aus richtig einschätzen? Ich muss mit diesen Leuten persönlich sprechen und hätte dich gerne dabei.«

»Ich bin noch unterwegs«, antwortete Charlotte, und so verabredeten sie sich auf dem Hof, der Ostermanns Brandanschlägen damals als Erster zum Opfer gefallen war.

22

Charlotte steckte ihr Handy wieder in die Tasche und wandte sich an den gelangweilten jungen Mann, der in dem Kiosk hinterm Tresen saß und auf einen kleinen Fernseher starrte, aus dem Werbung plärrte.

»Kennen Sie die meisten Bewohner hier?«, setzte sie ihre Befragung fort.

»Nur vom Sehen.«

»Sagt Ihnen der Name Fritz Ostermann etwas?«

»Natürlich. Der alte Fritz von gegenüber.«

»Ja, ein älterer Mann, Anfang siebzig, weißes Haar.«

»Ja, ja sicher. Mit dem quatsch ich doch dauernd. Der kommt fast jeden Tag und holt sich 'ne Zeitung.«

»Wissen Sie, ob er am Montag gegen 16 Uhr hier war?«

»Montag? Definitiv. Da war nämlich Zahltag. Übers Wochenende schreibt er meistens an und zahlt dann montags. Er kommt immer so um die Zeit. Ich glaube, der pennt morgens bis in die Puppen und steht erst nachmittags auf. Mach ich später auch, wenn ich alt bin.«

»Ist Ihnen am Montag an dem Mann irgendetwas aufgefallen? Wirkte er anders als sonst, vielleicht abgehetzt oder verschwitzt?«

»Nö. Der war so wie immer. Aufgefallen ist mir jedenfalls nichts.«

»Kein Ruß? Kein Brandgeruch?«

»Kann mich nicht erinnern.« Er starrte wieder auf den Fernseher.

»Danke.« Charlotte wollte zu ihrem Wagen gehen, hielt aber auf halber Strecke inne. Ostermann hatte kein Auto und war gegen 16 Uhr hier am Kiosk gewesen, wie er gesagt hatte und wie es der junge Mann auch bestätigte. Das Feuer wurde irgendwann nach 15 Uhr gelegt – wann genau, war noch nicht festzustellen. Wie lange brauchte Ostermann zu Fuß von hier bis zum Altenheim? Waren es fünf Minuten? Oder zehn? Hätte er es theoretisch schaffen können?

Charlotte sah auf die Uhr und marschierte los. Die paar Minuten würde Käfer noch warten können. Ostermann war in einer guten körperlichen Verfassung und in der Lage, in einem sportlichen Tempo zu gehen. Und dasselbe tat sie nun auch. Sie ging den Bürgersteig entlang und folgte der Straße bis zu einem kleinen Park, durch den sie nach kurzem Überlegen marschierte. Sie überquerte eine Wiese, musste sich am Ende kurz orientieren, folgte dann einem kleinen Trampelpfad durch das Ende der Grünanlage und stand nach genau zwölf Minuten nur wenige Meter von der falschen Bushaltestelle des Altenheims entfernt.

Obwohl sie sehr sportlich war, hatte sie das schnelle Gehen außer Atem gebracht. Einen älteren Herrn würde so eine Strecke noch viel stärker anstrengen. Das passte nicht zu der Aussage des jungen Mannes im Kiosk, dem an Ostermann nichts aufgefallen war. Nein, wenn er am Tatort gewesen sein sollte, dann konnte er nicht zu Fuß gelaufen sein.

In dem Moment kam ein glatzköpfiger Greis mit trippelnden Schritten auf die Bushaltestelle zu. Er ging mit nach vorn gebeugtem Oberkörper, seine linke Körperhälfte zitterte, und seine Mimik war wie erstarrt. Schweißgebadet ließ er sich auf die Bank fallen und schien nach dem Bus Ausschau zu halten, der niemals kommen würde.

Charlotte war wie gelähmt. Wie oft hatte ihre Mutter wohl an dieser Haltestelle gesessen? Hatte allein und verwirrt in die

Ferne geschaut, bis sie irgendwann von einem Pfleger zurückgebracht wurde?

Sie musste schlucken. Ihr war sofort klar, dass sie den Mann dort nicht allein lassen konnte, dafür wirkte er viel zu klapprig. Musste Käfer halt noch ein paar Minuten warten. Freundlich ging sie auf ihn zu und sprach ihn an.

»Der Bus kommt heute nicht«, sagte sie lächelnd.

»Ich weiß«, antwortete der Mann stockend und versuchte, Charlotte anzulächeln. »Bei mir geht's hier oben noch«, sagte er und zeigte mit seiner zitternden Hand auf die Stirn. »Mein Problem heißt Parkinson.« Jetzt grinste er schief. »Sind Sie nicht eine von den Polizisten?«

»Ja, das stimmt. Ich bin Charlotte Schneidmann von der Kripo.«

»Wusste ich's doch. Ich hab Sie nach dem Brand doch im Haus gesehen. Ich bin Theo Bisling.« Er reichte ihr seine zittrige Hand, die völlig verkrampft war. Vorsichtig erwiderte sie seinen Händedruck. »Wissen Sie schon, wer das Feuer gelegt hat? Im Heim wird ja so einiges getratscht.«

»Ach ja? Was erzählt man sich denn so?« Charlotte ließ sich neben Theo Bisling auf der Bank nieder.

»Der Hermann soll's gewesen sein.«

»Welcher Hermann?«

»Hermann Diekötter, unser Hausmeister. Er hasst die Bewohner. Und das beruht durchaus auf Gegenseitigkeit.«

»Warum? Was haben Sie denn gegen den Mann? Der wirkte doch eigentlich ganz freundlich.«

»Ach, das ist ein widerlicher Typ. Er behandelt uns, als wären wir Minderbemittelte. Sind wir aber nicht. Auch nicht die Bewohner der Demenzstation. Die haben durchaus noch ihre klaren Momente. Einige von ihnen jedenfalls. Aber auch wenn nicht, muss man sie doch mit Respekt behandeln, oder nicht?«

»Natürlich.«

»Eben.«

Theo Bisling erzählte ihr von einem Streit, den er vor ein paar Wochen mit dem Hausmeister gehabt hatte. Er hatte zufällig beobachtet, wie Diekötter mit Ludger Steinkamp sprach, der seinen Stock verloren hatte. »Schön aufheben, alter Junge, und jetzt das Händchen ganz fest um den Griff. Brav, alter Junge, brav. Und jetzt mal ein bisschen die Restzellen aktivieren und mehr aufpassen, gell? Nicht mehr so viel den alten Mädchen aufs Popöchen glotzen, du notgeiler Trottel, lieber aufs Gehen konzentrieren«, hatte er zu ihm gesagt. Theo Bisling war zufällig Zeuge dieser Szene geworden und hatte sich einen heftigen Streit mit Diekötter geliefert. Auch wenn sich der Geist der Patienten auf das Niveau eines Kleinkindes zurückentwickelte und sie irgendwann nicht mehr konnten als ein Baby, sollte man sie doch mit Respekt behandeln, fand Bisling, und Charlotte konnte ihm nur recht geben.

»Aber anstatt sich zu entschuldigen, hat er sich nur über mich lustig gemacht«, regte Bisling sich auf, und sein Zittern wurde immer stärker. »Steinkamp war auch stocksauer, konnte das aber nicht mehr so äußern.«

»Hat Diekötter in erster Linie Ludger Steinkamp so behandelt?«

»Nein. Er ist zu allen Bewohnern so. Außerdem sind wir uns sicher, dass er aus unseren Zimmern was mitgehen lässt. Ständig fehlt irgendetwas, wenn er da war.«

Er zitterte jetzt so stark, dass sein linker Arm unkontrolliert hin und her schlug, und Charlotte hatte Angst, dass er ihr gleich von der Bank fallen könnte.

»Kommen Sie, ich helfe Ihnen zurück«, sagte sie und reichte ihm ihre Hand. Theo Bisling nahm sie dankbar und hakte sich dann bei ihr unter. Langsam gingen sie auf das Haus zu, und

Charlotte war erstaunt, wie anstrengend es für sie war, diesen steifen und zittrigen Mann zu stützen.

»Wie gut kannten Sie Ludger Steinkamp eigentlich?«, fragte sie.

»Nur ein bisschen. Alter Großkotz ... puh ... Wollte nie viel mit dem zu tun haben.« Theo Bisling konnte nur noch stoßweise sprechen, so sehr strengte ihn das Gehen an.

»Warum nicht?«

»Hat dauernd von seinem Vermögen gefaselt. Betont, wie reich er ist. Dabei war der doch 'ne ganz arme Sau.« Er keuchte jetzt förmlich. »Hat nie Besuch bekommen. Und das hat der auch gemerkt. Was hilft das ganze Geld, wenn man mutterseelenallein ist?«

»Hat er Ihnen mal erzählt, wie er so reich geworden ist?«

»Der hat viel ... palavert ... wie raffiniert und ... geschickt er ... doch war ... Was für ein ... ausgefuchster ... Hund er sei.«

Charlotte konnte ihn kaum noch verstehen, so abgehackt und keuchend sprach Theo Bisling nun.

»Angeblich hatte er ganz viel Geld irgendwo gebunkert ... Nein, wirklich, ein schrecklicher Angeber.«

»Abgesehen von dem Streit – wie kam er mit Hermann Diekötter sonst zurecht?«

»Weiß nicht ... Der Steinkamp ... war ja ... auf einer anderen Station ... als ich. Aber ... fragen ... Sie ... Diekötter ... doch mal selbst ... Da!«

Zitternd zeigte er auf den Hausmeister, der neben dem Eingang das ramponierte Namensschild des Heimes abschraubte. Theo Bisling war nun völlig erschöpft und brachte kaum noch eine Silbe über die Lippen. Er war schweißgebadet und zitterte am ganzen Körper.

Charlotte war sich unsicher, was sie jetzt machen sollte – ihn weiter mit sich ziehen, bis sie drinnen waren, oder eine Pause einlegen?

In diesem Moment kam eine Schwester aus der Eingangstür heraus auf sie zugeeilt und nahm ihr die Entscheidung ab. »Herr Bisling, was machen Sie denn hier? Kommen Sie, Sie müssen sich ausruhen.«

»Alles Gute, Herr Bisling«, sagte Charlotte, doch der alte Mann konnte nicht mehr antworten. Seine Schüttellähmung war nun so stark, dass er Charlotte nur noch zunicken konnte und sich wortlos in den Rollstuhl fallen ließ, den die Schwester ihm brachte.

»Kann ich Sie noch mal kurz sprechen?«, fragte Charlotte den Hausmeister, der immer noch mit dem Schild beschäftigt war.

»Sicher, sprechen Sie«, sagte er stöhnend und versuchte mit aller Kraft, eine Schraube aus der Wand zu drehen. Schließlich hatte er es geschafft und wandte sich ihr zu. Sofort setzte er ein, wie sie fand, übertrieben freundliches Lächeln auf.

»Hat Ludger Steinkamp Ihnen gegenüber mal etwas von seinem Vermögen erzählt?«

»Nee, der hat immer nur von den Weibern gesprochen, der alte Draufgänger.« Er biss sich auf die Unterlippe. »'tschuldigung, so sollte ich wohl nicht über ihn sprechen.« Diekötter wandte sich zur Eingangstür. »Ich muss kurz rein, meine Bohrmaschine liegt noch offen rum. So was geht hier nicht.«

Charlotte folgte ihm ins Foyer. »Wo waren Sie eigentlich, nachdem Sie am Montag die Stühle in den Musiksaal gebracht haben und die Singpaten mit ihrem Programm anfingen?«

»Wo ich da war? Keine Ahnung. Wissen Sie, wie viel ich hier zu tun habe? Ich muss immer irgendwo 'ne Birne austauschen oder 'ne Kachel wieder an die Wand kleben. Hier geht doch dauernd was kaputt. Und am Montag ... Halt, warten Sie, da fällt es mir wieder ein. Ich habe die defekten Stühle aus dem Musiksaal repariert. Da lösen sich schon mal die Sitzschalen ab. Ich habe drei oder vier Stühle in meine Werkstatt geschleppt und in Ordnung gebracht.«

Sie standen vor dem Aufenthaltsraum, auf dem Boden lag eine Bohrmaschine.

»Kann das jemand bezeugen?«

Der Hausmeister sah sie mürrisch an. »Verstehe. Sie wollen mein Alibi. Keine Ahnung, ob das jemand bezeugen kann. Ich lauf doch nicht durch die Flure und rufe: ›Schaut alle her, ich gehe in die Werkstatt!‹ Aber irgendeine Schwester oder ein Pfleger läuft mir hier natürlich immer über den Weg.« Er bückte sich und zog das Kabel aus dem Stecker. Dann wickelte er es um die Bohrmaschine.

Charlottes Blick fiel in den Aufenthaltsraum. Zwei alte Frauen saßen vor einem Fernseher und schauten – ja, was schauten sie da eigentlich? Es waren Aufnahmen aus einem Park, extrem langsam gedreht, ohne einen Schnitt. In dem Film passierte fast gar nichts, es gab keinen Off-Kommentar und keine Musik. Ein Spaziergänger ging mit einem Hund durchs Bild, dann blieb die Kamera an einem Baum hängen und zoomte langsam zum Ast, bis ein Eichhörnchen zu sehen war.

»Ratte! Ratte! Ratte!«, rief die eine Frau und klatschte vergnügt in die Hände. Die andere zeigte keinerlei Reaktion.

Diekötter schien Charlottes erstaunten Blick bemerkt zu haben. »Eichhörnchen ist ein schwieriges Wort, deshalb sagt sie Ratte«, erklärte er, und seine Stimme klang verächtlich. »Das ist kein normales Fernsehen. Das sind extra gedrehte Videos. Irgend so ein Steven Spielberg für Demente ist darauf gekommen.« Er lachte. »Aber es ist keine schlechte Idee. In den Filmen passiert nicht viel, nur langsame Bilder, die jeder von denen kennt. Nicht dieses typische Krachbumm, was normalerweise in der Glotze läuft. Dabei sind die alten Herrschaften früher manchmal fast ausgeflippt, das war zu viel für die. Ein Spektakel war das ... Wie im Affenhaus. Die konnten nicht mehr unterscheiden, ob im Film gekämpft wurde oder direkt vor ihnen im Raum.« Er lachte wieder. Diesmal klang es abfällig. »Sie können sich nicht vorstellen, was sich hier manchmal abgespielt hat. Einmal ist ein Opa mit einem Stuhl in der Hand auf den Fernseher losgestürmt und hat versucht, den Filmbösewicht eigenhändig k.o. zu schlagen. Die Kiste war danach völlig im Eimer. Auf Dauer wird das dann ganz schön teuer.«

»Pissen! Pissen! Pissen!«, rief die Frau jetzt, und Charlotte schaute irritiert auf den Bildschirm. Ein Fahrradfahrer radelte gerade langsam durchs Bild.

»Und was meint sie jetzt?«

»Jetzt muss sie pissen. Aber darum kümmer ich mich ganz sicher nicht.« Er drehte sich suchend um und winkte hektisch eine Schwester zu sich. »Die soll sich mal beeilen. Ich habe keinen Bock, die Sauerei nachher wegzumachen. Brauchen Sie mich noch?«

»Nein, danke«, sagte Charlotte nachdenklich.

Ihr Handy piepte. Käfer hatte ihr eine SMS geschickt: *Wo bleibst du? Hab was Interessantes entdeckt. Warte am Wiedemannhof auf dich.*

23

Als sie im Auto saß, atmete sie tief durch. Mit unruhigen Händen hatte Björn den Briefumschlag aufgerissen und dann ratlos ein altes Schwarz-Weiß-Foto hochgehalten. Ein großes Haus war auf dem verblichenen Bild zu erkennen, vor der Tür standen einige Personen und strahlten in die Kamera. In der Mitte stand eine Frau und hielt stolz eine Urkunde hoch, die ihr offenkundig von dem Mann neben ihr überreicht worden war. Es sah so aus, als stünden sie vor einem Geschäft, vielleicht eine Bäckerei. Annette glaubte, auf dem Schild einen Kuchen erkannt zu haben, war sich aber nicht sicher. Das Foto sah sehr alt aus, vielleicht stammte es aus der Zeit des Zweiten Weltkriegs, vielleicht war es aber noch älter. Weder ihre Mutter noch ihr Bruder oder sie selbst hatten eine Ahnung, wo das Bild aufgenommen worden war und wer die Leute waren. Ihr Vater hatte keine Bemerkung auf die Rückseite oder einen beiliegenden Zettel geschrieben. Aber er hatte den Umschlag eindeutig an Björn adressiert. Nicht an sie.

Annette startete den Wagen und fuhr die Einfahrt hinunter. Vielleicht hatte er ihr ja auch etwas hinterlassen, etwas, von dem sie noch nichts wusste. Den rätselhaften Umschlag hatte ihre Mutter ja auch nur durch Zufall gefunden. Wer wusste schon, was ihr dementer Vater noch alles im Haus versteckt hatte, bevor er ins Altenheim gekommen war?

»Warum ist dir das eigentlich so wichtig?«, fragte sie sich laut. Hatte sie nicht mit ihrem Vater abgeschlossen? Noch vor wenigen Tagen war sie sicher gewesen, sich emotional von ihm gelöst zu haben. Die jahrelange Kaltherzigkeit verletzte sie nicht mehr, sie war fertig damit, davon war sie überzeugt gewesen. Hatte sie sich bloß etwas vorgemacht?

Sie lenkte den Wagen auf die Bundesstraße und gab Gas. Vielleicht war es gar nicht möglich, mit dem eigenen Vater einfach abzuschließen. Als Kind ist man eben doch von Natur aus verdammt dazu, seine Eltern zu lieben, dachte sie. Und auch, wenn sie es sich jahrelang nicht eingestanden hatte, natürlich hatte auch sie ihren Vater geliebt. Immer. Sonst hätte sie auch kaum so sehr unter seiner abweisenden und herablassenden Art gelitten. Vielleicht fand sie erst jetzt, nach seinem Tod, den Mut, nach den Ursachen für sein Verhalten zu suchen. Denn jetzt konnte er sie nicht mehr zurückweisen und verletzen.

Vielleicht bin ich auch erst jetzt bereit dazu, dachte Annette. Es war an der Zeit, sich mehr mit ihrem Vater zu beschäftigen, das spürte sie ganz genau. Sie würde nie ihre Ruhe finden, wenn sie nicht herausfand, was sich im Leben ihres Vaters abgespielt hatte, welche Geheimnisse er vor ihr und ihrer Familie verborgen hatte, weshalb er sich zeit seines Lebens immer so herzlos verhalten hatte. Sie war fest entschlossen, genau das jetzt zu tun. Jetzt, wo er nicht mehr da war, würde sie anfangen zu suchen. Und sie wusste auch schon, wo diese Suche ihren Anfang nahm.

Sie hatte lange überlegt, Jakob Boßmann anzurufen. Aber dann war es ihr irgendwie unpassend vorgekommen, am Telefon ein so privates Gespräch zu führen. Sie kannte den jungen Mann doch kaum und fand es daher angemessener, ihn in der Umgebung zu treffen, in der er ihren Vater kennengelernt und gepflegt hatte. Würde man dort nicht viel ungezwungener über ihn reden können? Sie glaubte schon. Deshalb wollte sie seine Mittagspause nutzen und ihn zum Essen in die Cafeteria im *Haus Sonnenschein* einladen.

Auf dem Parkplatz vor dem Altenheim fuhr sie in die letzte

freie Parkbucht. Überall standen Autos und Kleintransporter von verschiedenen Bauunternehmen, die den Schutt wegräumten und die Schäden inspizierten, damit die Wiederinstandsetzung des zerstörten Wohntrakts bald beginnen konnte.

Von der Schwester am Empfang erfuhr sie, auf welchem Flur Jakob Boßmann arbeitete, und wenig später ging sie suchend und durch alle offenen Türen in die Zimmer guckend durch den Gang.

Ein Mann in einem grauen Kittel stand auf einer Leiter und reparierte einen Fenstergriff. Der Hausmeister, dachte Annette und sprach ihn an.

»Heute werde ich ja nur von jungen Frauen angesprochen«, grinste er und musterte sie auf eine Art, die Annette abstoßend fand. »Sie suchen also unseren Lieblingspfleger?«

»Wenn er das ist, ja.«

»Oh ja, das ist er. Die alten Herrschaften lieben ihn. Kein Wunder. Der verzichtet ja lieber auf seine Pause, als den Alten einen Wunsch auszuschlagen. Jakob betont immer, wie wichtig der persönliche Kontakt für die Patienten ist. Aber wenn Sie mich fragen, ist der für den Jungen genauso wichtig. Der hat schon ein ganz schönes Päckchen zu tragen, der arme Kerl. Der braucht auch mal 'n bisschen Dankbarkeit.«

Annette überlegte, ob sie den geschwätzigen Hausmeister fragen sollte, was er damit meinte, aber das musste sie gar nicht.

»Seine Mutter säuft, müssen Sie wissen«, fuhr der Hausmeister fort und wischte sich den Schweiß von der Stirn. Vorsichtig stieg er von der Leiter. »Das ist die größte Trinkerin weit und breit. Die hat immer Standgas.« Er lachte gehässig. »Na, eigentlich ist das gar nicht so lustig«, sagte er dann und popelte mit seinem Finger im rechten Ohr.

Annette fand den Mann widerlich und hatte keine Lust, sich weiter mit ihm zu unterhalten.

»Er hat mir auf der letzten Weihnachtsfeier mal ausführlich erzählt, wie das zu Hause bei ihm abgeht.«

»Aha. Wo finde ich Herrn Boßmann denn nun?«

»Die Alte hat mittags meistens schon zwei Promille intus.«

Er ignorierte sie einfach. Na super.

»Eigentlich dürfte er seine Mutter ja gar nicht mehr allein lassen, aber was soll der Junge machen? Er muss ja arbeiten. Aber im Wohnzimmer sind wohl überall schon Brandlöcher, weil die Alte dauernd mit 'ner Zigarette in der Hand vorm Fernseher einschläft. So passieren die Unglücke. Nee, nee, der Junge ist nicht zu beneiden. Der hat es wirklich nicht leicht.«

»Das tut mir leid. Wo kann ich ihn denn nun finden?«

»Dritte Tür links, bei Frau Jonas. Sehen Sie, da kommt er schon.«

Annette drehte sich um und sah Jakob Boßmann aus dem Zimmer kommen. Als sie auf ihn zuging, fiel ihr auf, wie blass er war.

»Einen Moment, bitte«, sagte er, als sie ihn gerade ansprechen wollte. Er nahm sein Handy, wählte eine Nummer und sagte: »Ist Pastor Nölker noch im Haus? Ja, Frau Jonas ... nein, es dauert nicht mehr lange. In Ordnung. Okay, bis gleich.« Seufzend drückte er das Handy aus. »Entschuldigen Sie.«

»Ein Todesfall?«

»Nein, aber der Sterbeprozess hat schon begonnen.«

»Hoffentlich kommt schnell ein Arzt.«

»Bei einer dreiundneunzigjährigen Alzheimerpatientin im Endstadium? Nein. Die Atmung ist schon sehr flach, teilweise nur noch ein gurgelndes Röcheln. Da braucht kein Arzt mehr zu kommen. Zum Glück ist der Pastor im Haus. Das ist gut. Frau Jonas ist sehr katholisch.«

Annette spürte, wie berührt Jakob Boßmann war.

»Das ist bestimmt nicht leicht, wenn man dauernd jemanden gehen lassen muss«, sagte sie.

Er nickte. »Manchmal ist es nicht einfach. Aber für Frau Jonas ist es Zeit. Sie ist schon lange bettlägerig und hat nur noch an die Decke gestarrt. Und dann die ganzen Druckgeschwüre ... Da kam man gar nicht mehr gegen an. Jetzt hat sie bald ihren Frieden.«

Er holte tief Luft und sah Annette dann zum ersten Mal richtig an. »Tut mir leid, was rede ich denn hier? Haben Sie mich gesucht?«

»Ja, ich würde mich gerne mit Ihnen unterhalten. Darf ich Sie zum Essen einladen?«

Er sah sie überrascht an. Wahrscheinlich kommt es nicht gerade häufig vor, dass er von einer Besucherin zum Essen eingeladen wird, dachte Annette.

»Dafür habe ich leider keine Zeit«, sagte er entschuldigend. Dann lächelte er. »Aber einen Kaffee, den würde ich jetzt gerne trinken.«

Gemeinsam gingen sie ins Erdgeschoss und setzten sich in die Cafeteria.

»Nächste Woche Dienstag wird wahrscheinlich die Beerdigung meines Vaters sein«, begann Annette, nachdem sie einen Tisch in einer ruhigen Ecke gefunden hatten. »Und während der ganzen Vorbereitungen stelle ich immer wieder fest, dass ich ihn überhaupt nicht kannte.«

»Ja, das kenne ich. Manchmal lebt man einfach aneinander vorbei.«

»Der Vater, den ich kenne, war ein kaltherziger und cholerischer Mann. Und ich bin mir sicher, dass er auch andere Seiten gehabt haben muss, früher, als er jung war. Er kann nicht immer so gewesen sein. Und ich frage mich, ob Sie mir vielleicht ... Ich meine, durch seine Erkrankung, ist er dadurch vielleicht ...«

Ihre Stimme brach ab. Plötzlich kam ihr die ganze Unterhaltung sinnlos vor. Was erwartete sie von dem Pfleger eigentlich? Was sollte er ihr schon erzählen?

»Sie haben recht«, sagte Jakob Boßmann in dem Moment. »Alzheimer bringt bei vielen Menschen Seiten zum Vorschein, die sie in gesunden Tagen nicht zeigen wollten. Es ist gut möglich, dass das bei Ihrem Vater auch so war.« Er sah auf die Uhr. »In einer halben Stunde muss ich wieder oben sein. Soll ich Ihnen solange erzählen, wie ich Ihren Vater kennengelernt habe?«

Annette nickte. Und dann begann Jakob Boßmann zu erzählen.

24

Charlotte lenkte den Wagen auf den großen Innenhof, in dem ein angeketteter Hund laut bellte. Das Wohnhaus lag auf der linken Seite. Offensichtlich war damals nach dem Brand gar nicht erst versucht worden, es in dem alten Stil wieder aufzubauen, dachte sie. Stattdessen hatte man sich für einen zeitgemäßen Klinkerbau entschieden, der so auch in jeder Siedlung stehen konnte. In das Haus schien nicht viel investiert worden zu sein. Der Klinker war schlecht verfugt und für ihren Geschmack viel zu rot, er sah billig aus, genau wie die Tür aus hellem Kunststoff und die Wellblechabdeckung des Vordachs. All das bildete einen starken Kontrast zu der historischen Stallanlage, die in einem großzügigen, von dunklen Holzbalken getragenen Bau untergebracht war. Das Gebäude bestand aus dicken roten Backsteinen und einem massiven zweiflügeligen Holztor, über dem in verschnörkelter Schrift die Zahl »1780« in den Balken geschnitzt war. So muss ein Bauernhof aussehen, fand Charlotte.

Käfer stand neben dem Holztor und hatte eine Akte in der Hand, die er aufmerksam zu lesen schien. Sie stieg aus und ging auf ihn zu. »Sorry für die Verspätung.«

»Kein Problem.« Er wirkte in Gedanken versunken. »Guck mal hier.« Käfer zeigte ihr einige Fotos in der Akte, auf denen ein vollkommen abgebranntes Gebäude zu sehen war.

»Ist das der Wiedemannhof nach dem Brand damals?«

»Ja. Genauer gesagt, das soll die Melkanlage des Wiedemannhofs sein. Und jetzt schau mal hier.«

Er öffnete die Holztür einen Spalt, und Charlotte konnte einen Blick in die Scheune werfen. »Eine Melkanlage«, stellte sie fest. »Und?«

Käfer zog sie ein Stück in das Gebäude hinein. Der Raum war gekachelt, es gab mehrere Buchten, in denen die Tiere gemolken werden konnten und die mit Stahlrohren verbunden waren. Wie eine Art Milchpipeline, dachte Charlotte, die dann in den großen Stahltanks endete. Käfer zeigte auf die Tanks.

»Schau mal.« Er wies auf eine Prägung im Tank. »1965« war dort zu lesen.

Charlotte zog fragend die Augenbrauen hoch. »Die Melkanlage ist von 1965. Aber die Fotos ...«

»Ganz genau. Ich hab mich heute durch die Akten von Steinkamp gearbeitet und mir jeden Fall vorgenommen, den er damals begutachtet hat. Er hat die Brandschäden sehr penibel dokumentiert, von jedem gibt es Fotos. Unter anderem eben auch diese von der zerstörten Melkanlage auf dem Wiedemannhof nach dem Brand von 1977.«

Er sah sie triumphierend an und wies noch mal vielsagend auf die eingestanzte Jahreszahl im Tank.

»Vielleicht haben die Tanks das Feuer überstanden?«, überlegte Charlotte.

»Habe ich zuerst auch gedacht. Aber dann hab ich mich hier einmal genauer umgeschaut. Auch die Milchrohre und die Pumpmaschinen sind uralt. Die stammen alle aus den Sechzigerjahren. Und das Beste ist hier ...«

Käfer ging ein paar Schritte weiter in den Raum und öffnete eine Tür, die zu einem Büro oder Arbeitszimmer führte.

»Käfer, das dürfen wir nicht«, zischte Charlotte. »Wir haben keinen Durchsuchungsbefehl.«

»Geht ganz schnell. Wirf nur einen Blick rein. Du brauchst den Raum gar nicht zu betreten.«

Seufzend lugte Charlotte durch die Tür. Sie sah in ein kleines Büro. An den Wänden klebte eine grüne Blümchentapete, an der die gerahmten Fotos von prämierten Milchkühen hingen. Die Bilder waren datiert von 1963 bis 1999.

»Guck dir mal die Herta an!«, sagte Käfer.

Charlotte blickte suchend über die Tierporträts, bis sie das Foto mit der Unterschrift »Herta, Milchchampion 1977, ausgezeichnet am 6. Juni 1977« fand.

»Und jetzt guck mal, wo die alte Kuh auf dem Bild steht. Direkt vor dem Scheunentor.«

Ja, Käfer hatte recht. Die Aufnahme war vor der Melkanlage gemacht worden. Herta trug auf dem Foto ihren Siegerkranz, das Bild war also eindeutig nach dem Brand gemacht worden. Im Hintergrund konnte man schwarze Rußspuren erkennen, als habe die Scheune tatsächlich gebrannt. Aber bei Weitem nicht in dem Ausmaß, wie es in dem Gutachten beschrieben wurde.

»Ich bin zwar kein Versicherungsexperte, aber ich hab den ganz starken Verdacht, dass Steinkamp in seiner Zeit als Gutachter beschissen hat«, sagte Käfer. »Die Melkanlage ist jedenfalls nicht zerstört worden. Obwohl er es in seinem Gutachten angegeben hat.«

»Stimmt. Aber wieso ist das keinem aufgefallen?«

»Er hat das immer sehr gut begründet. Außerdem liegen jedem Gutachten die Aussagen der Landwirte bei. Alle haben die Schäden angegeben, die er mit diesen Fotos und seinem Gutachten dokumentiert hat. Es gab überhaupt keinen Grund, an seinen Angaben zu zweifeln, zumal die Polizei intensiv nach einem Täter suchte, der nicht aus dem Umfeld der Opfer stammte. Gegen die Bauern gab es nicht den geringsten Verdacht.«

Sie gingen aus der Scheune, und Charlotte war froh, dass sie niemand bemerkt hatte.

»Zeig noch mal die Fotos.«

Käfer gab ihr die Bilder. Verbrannte Balken, zerstörte Fenster, ein völlig verrußter Tank, aufgeplatzte Rohre und eine verkohlte Melkmaschine waren darauf zu sehen.

»Es sieht wirklich so aus, als wäre die Melkanlage zerstört worden. Andererseits ... Betrachtet man die einzelnen Elemente separat, könnten die verrußten Balken und die kaputten Fenster auch woanders herstammen, der Tank könnte mit Ruß beschmiert worden sein, die Rohre müssen nicht zwingend von der Milchpipeline stammen, und die Melkmaschine ... Tja, vielleicht war die wirklich kaputt.«

»Vielleicht haben sie die aber auch manipuliert.«

»Aber wenn die Melkanlage nicht brannte, hätte das doch irgendjemandem in der Nachbarschaft auffallen müssen, oder nicht?«

»Ich sage ja nicht, dass sie gar nicht gebrannt hat. Ich sage nur, dass sie nicht so ausbrannte, wie Steinkamp es in seinem Gutachten behauptet hat. Wenn das Haupthaus in Flammen stand, aber in der Melkanlage nur ein kleines, unbedeutendes Feuer vor sich hin kokelte, wäre das leicht zu vertuschen gewesen. Guck dich mal um. Bis zum nächsten Nachbarhof sind es doch mindestens zwei Kilometer.«

»Stimmt. Wir müssen unbedingt herausfinden, ob das hier ein Einzelfall war oder ob er bei allen Gutachten beschissen hat. Und was er dafür bekommen hat. Er wird das wohl kaum für einen feuchten Händedruck gemacht haben.«

»Vielleicht hat er mit den Bauern gemeinsame Sache gemacht«, schlug Käfer vor. »In diesem Fall kann das kaum anders sein. Der Wiedemann muss was gewusst haben.«

»Fragen wir ihn doch mal.«

»Hoffentlich lebt der überhaupt noch. Fünfunddreißig Jahre sind eine lange Zeit.«

Charlotte ging auf die Haustür zu. Ein Schäferhund, der nur

wenige Meter neben ihnen vor einer Hundehütte an seiner Kette zog, fing an zu bellen.

»Ich dachte, Kettenhunde sind verboten«, murmelte Käfer.

Charlotte zuckte nur mit den Achseln. Sie wusste, dass hier auf dem Land manchmal andere Regeln galten, und es war ihr sehr recht, dass der Hund an die Kette gebunden war, anstatt sie gleich womöglich anzufallen.

»Halt die Klappe, Hasso«, hörte Charlotte eine unfreundliche Männerstimme von innen rufen, nachdem sie geklingelt hatte.

Die Stimme klingt nicht mehr ganz jung, dachte sie. Vielleicht hatten sie Glück.

Die Tür öffnete sich, und ein älterer Mann stand vor ihnen. Charlotte schätzte ihn auf Mitte siebzig.

»Was ist?«

»Schneidmann, Kripo Münster. Das ist mein Kollege Kommissar Käfer. Dürfen wir reinkommen?«

»Nein.«

»Gut. Dann müssen Sie uns hier ein paar Fragen beantworten. Sind Sie Klaus Wiedemann?«

»Ja. Und?«

»Sie haben schon hier auf dem Hof gelebt, als er 1977 abbrannte?«

Der Mann sah sie misstrauisch an und nickte langsam.

»Die Versicherungssumme, die damals an Sie ausgezahlt wurde, war viel höher als der tatsächlich entstandene Schaden.«

»Wer behauptet denn so einen Mist?«

»Keine Sorge, deshalb sind wir nicht hier«, sagte Charlotte schnell.

Der erschrockene Gesichtsausdruck von Klaus Wiedemann war nicht zu übersehen. Er fühlt sich ertappt, dachte sie.

»Versicherungsbetrug ist nach wenigen Jahren verjährt. Sie haben absolut nichts zu befürchten.«

»Ich weiß überhaupt nicht, wovon Sie sprechen.« Wiedemann nahm einen dicken Stock, der auf den Treppenstufen vor seiner Haustür lag, und warf ihn wütend in Richtung des immer noch kläffenden Hundes. »Halt endlich die Fresse, Hasso!«

»Wie meine Kollegin sagte, die alte Geschichte interessiert uns nicht. Wir sind nicht hier, um Sie deshalb strafrechtlich zu verfolgen. Wir wollen nur wissen, wie das damals abgelaufen ist. Haben Sie mit dem Gutachter fifty-fifty gemacht?«

»Ich weiß überhaupt nicht, was Sie meinen!«

»Wir meinen, dass der Gutachter Ludger Steinkamp damals den Schaden nach dem Brand wesentlich höher geschätzt hat, als er tatsächlich war«, sagte Charlotte. »Und das wird er doch nicht ohne Gegenleistung gemacht haben.«

Klaus Wiedemanns Augen verengten sich. »Ich habe keine Ahnung, wovon Sie sprechen«, presste er hervor. »Und jetzt sehen Sie zu, dass Sie Land gewinnen! Scheren Sie sich von meinem Grundstück. Oder ich hetze Hasso auf Sie!«

»Wir können Sie auch aufs Präsidium laden und …«

»Ach, lecken Sie mich doch am Arsch!« Wiedemann knallte wütend die Tür zu.

25

Eigentlich wollte er längst auf seiner Bank sitzen und den Bauern zuschauen, wie sie immer mehr Holz und Geäst aufeinanderhäuften, damit das Osterfeuer auch richtig schön brannte. Das hatte er schließlich immer so gemacht. Bis auf die Zeit, in der er es nicht konnte, hatte er Jahr für Jahr auf derselben Bank gesessen und dem Scheiterhaufen beim Wachsen zugesehen. Und dabei hatte er sich die schönsten Dinge vorgestellt. Na ja, vielleicht ging es später ja noch. Jetzt musste er sich erst einmal um die Wunde kümmern.

Er setzte sich an den Küchentisch und wickelte den feuchten Verband von seiner Hand. Die Brandwunde sah eitrig aus, und wenn er Pech hatte, würde er zum Doktor gehen müssen. Das wollte er nicht. Er hielt nichts von Ärzten. Was konnten die schon? Blöde Fragen würden sie stellen, wie es passiert war und so. Wozu sollten diese Fragen bloß immer gut sein? Als würde es etwas an der Wunde ändern, nur weil so ’n blöder Kurpfuscher dann wusste, wie sie entstanden war. Und sobald es kompliziert wurde, wussten die dann doch nicht mehr weiter. Da konnte er sich besser selbst helfen.

Er nahm eine Stecknadel und erhitzte sie über der Flamme seines Feuerzeugs, bis sie rot glühte. Er wartete einen Moment und stach dann die gelben Eiterblasen auf seiner Handinnenfläche auf. Eiter muss fließen, dachte er und wusste für einen Moment nicht, ob er den Schmerz genießen sollte oder nicht. Er ärgerte sich, dass er für sein Spiel mit der Kerze keine andere Körperstelle gewählt hatte. Die Wunde schmerzte ihn doch ordentlich, und er befürchtete, dass sie ihn bei seinem Vorhaben einschränken könnte. Er tupfte die milchige

Flüssigkeit mit einem Taschentuch ab und wickelte sich einen frischen Verband um die Hand.

Als ich am Tag des Brandes im Gebüsch vor dem Altenheim gehockt habe, hätte ich es nicht für möglich gehalten, dass ich heute so ideale Bedingungen haben würde, dachte er, als er fertig war. Wenn er keine Fehler machte, dann würden die Bullen niemals auf ihn kommen. Und er würde keine Fehler machen, oh nein, das würde er nicht. Keiner war so gut wie er. Er lächelte in sich hinein und freute sich wie schon lange nicht mehr.

Ein paar Sachen würde er vorher noch erledigen müssen, dann würde es endlich losgehen. Er konnte es kaum noch abwarten.

26

Charlotte hatte sich in Käfers Wagen gesetzt und studierte aufmerksam die Akten, die er schon im Präsidium durchgearbeitet hatte.

»Den liebenswürdigen Herrn Wiedemann laden wir auf jeden Fall vor. Wenn die anderen Landwirte auch so sind, wird das ja ein toller Nachmittag«, sagte Käfer, während er sich auf den Fahrersitz gleiten ließ, doch Charlotte schien ihm gar nicht richtig zuzuhören.

»Okay, wenn ich das richtig sehe, machten beim Schürmannhof vor allen Dingen die zerstörten Gerätschaften in der abgebrannten Scheune die Schadenshöhe aus. Zwei Trecker, ein Mähdrescher, da hat man ja gleich ein paar Hunderttausend zusammen. Auf diesem Foto ist eindeutig ein abgebrannter Trecker zu sehen ... Aber was ist das hier?«

Sie reichte ihm ein Bild, das laut Überschrift den verbrannten Mähdrescher zeigen sollte.

»Ja, das könnte alles Mögliche sein. Die Scheune ist jedenfalls ein ganzes Stück vom Haupthaus entfernt. Vielleicht kann Ostermann sich erinnern, wo er damals das Feuer gelegt hat. Wir sollten ihn noch mal genau dazu befragen. Glaubst du, er hat was mit dem Mord an Steinkamp zu tun?«

»Irgendwie nicht. Der Ostermann ist ein armes Schwein«, sagte sie. »Ich kann mir nicht vorstellen, dass er Steinkamp umgebracht hat. Der macht mir nicht den Eindruck, als wenn er zu so einer Tat noch fähig wäre.«

»Hat er ein Alibi?«

»Er hat eins angegeben, aber ich habe es erst in Teilen überprüft. Bisher scheint es zu stimmen.«

»Vielleicht hat Steinkamp damals bei den Bränden mit Ostermann gemeinsame Sache gemacht?«

»Hm.« Charlotte schien nachzudenken. »Er war ein pathologischer Brandstifter, der rein triebhaft gehandelt hat. Geld war niemals sein Ansporn. Außerdem: Wenn er die Taten mit Steinkamp geplant hätte, dann hätte er das vor Gericht doch sagen können, um seinen Kopf aus der Schlinge zu ziehen oder zumindest die Strafe zu verringern.«

»Stimmt.«

»Wenn wir mit unserem Verdacht allerdings richtigliegen und Steinkamp ein betrügerischer, bestechlicher Gutachter war«, sagte Charlotte, »dann dürfte er natürlich jede Menge Feinde gehabt haben.«

»Ja. Vielleicht hat er die Bauern auch abgezockt? Jedenfalls wissen wir jetzt, woher er das enorme Startkapital für seine Börsenspekulationen hatte.«

»Später sollte sich einer von uns noch mal um Hermann Diekötter kümmern.«

»Den Hausmeister?«

»Ja. Ein Patient hat mir erzählt, wie unbeliebt er ist und dass er aus den Patientenzimmern schon mal etwas mitgehen lässt. Keine Ahnung, ob das stimmt. Aber falls er bei Steinkamp im Zimmer etwas über die Brandserie gefunden hat ...«

». . . hätte er damit den alten Mann erpressen können.«

»Genau. Daran habe ich auch gedacht. Er findet irgendetwas in Steinkamps Zimmer und versucht, den alten Mann damit unter Druck zu setzen.«

»Und dabei übertreibt er und bringt ihn versehentlich um.«

»Ist nur so eine Idee. Aber wir sollten es überprüfen. Dafür müssen wir herausfinden, über welche Vermögenswerte Steinkamp überhaupt noch verfügt hat. Immerhin war er ja stark dement.«

»Gut. Ich kümmere mich nachher darum. Irgendwie fand ich den Hausmeister ja von Anfang an komisch. Dieses Dauergegrinse …«

»Ja. Fahren wir jetzt erst mal zum Schürmannhof. Vielleicht erfahren wir dort etwas. Ich fahre hinter dir her.«

Charlotte öffnete die Beifahrertür. Genervt verzog sie das Gesicht, als sie beim Aussteigen bemerkte, dass auf dem Sitz Reste eines Schokocroissants gelegen hatten, die nun an ihrer Hose klebten. Mit spitzen Fingern kratzte sie die schmierige Masse von dem hellen Stoff.

»Das ist echt ekelhaft, Peter. Wenn du schon dauernd was Süßes in dich hineinstopfen musst, dann mach das doch wenigstens wie ein erwachsener Mann und nicht wie ein Kleinkind!«

»Sorry.« Er sah sie gar nicht an, sondern schaute auf die Karte des Navigationsgeräts. »Der Schürmannhof ist nicht weit von hier. Hinter den Windrädern beim Herrenholz müsste er sein.«

Käfer startete den Wagen und fuhr los. Im Rückspiegel sah er, wie Charlotte ihm folgte. Er lenkte seinen Wagen vom Feldweg auf die Landstraße, und schon nach wenigen Minuten konnte er hinter einem kleinen Wäldchen vier Windräder sehen. Er erinnerte sich noch an die Diskussion, die damals in der Presse geführt wurde, als die weißen Riesen in die Landschaft gebaut werden sollten. Es hatte einen Aufschrei in der Bevölkerung gegeben, bei dem zwar immer betont wurde, wie wichtig eine umweltfreundliche Energiegewinnung war, aber bei dem auch in jedem Nebensatz darauf hingewiesen wurde, dass diese Windparks doch bitte nicht vor der eigenen Haustür entstehen müssten. Der Protest der Anwohner hatte nichts genützt, heute standen sie da.

Als Käfer aus dem Auto stieg und auf das Bauernhaus zuging, das im Schatten des riesigen Windrades lag, konnte er die Anwohner, die sich damals so lautstark beschwert hatten, schlagartig besser verstehen. Das ständige Wechselspiel von Licht und Schatten, das durch die großen Rotorenblätter verursacht wurde, nervte ihn schon nach wenigen Augenblicken. Von dem monotonen Summen, das die Luft erfüllte, mal abgesehen.

Charlotte hatte hinter ihm geparkt und folgte ihm. Noch bevor sie klingelten, öffnete ihnen ein junger Mann die Haustür. »Ich hab Sie erwartet«, sagte er und wich ihrem Blick aus. »Der alte Wiedemann hat mich vorgewarnt. Ich soll die Tür nicht aufmachen, hat er gesagt. Aber das hilft ja wohl auch nicht.« Er klang bedrückt.

»Nein, vermutlich nicht.«

Der junge Mann lächelte verlegen und reichte Charlotte und ihm die Hand. »Dachte ich mir. Thorsten Schürmann. Kommen Sie rein.«

Sie folgten ihm ins Haus, gingen durch einen hellen Flur in ein ebenso helles Wohnzimmer, in dem ein großes dunkelblaues Ledersofa mit zwei passenden Sesseln vor einem gläsernen Couchtisch stand. Eine Schrankwand aus Kiefernholz rundete Käfers ersten Eindruck ab. Das Wohnzimmer sah aus, als käme es direkt aus dem Versandhauskatalog.

»Sie kommen also wegen der alten Sache von damals, richtig?«

»Ja. Wir würden uns gerne mit Ihnen über die Brände unterhalten. Falls Sie uns überhaupt etwas darüber sagen können.«

Er nickte. »Es ist mir natürlich unangenehm, darüber zu sprechen, aber selbstverständlich werde ich Ihre Fragen beantworten. Ich habe schließlich nichts mit der Sache zu tun. Ich war damals zwei, als das passierte, und mein Vater ist lange tot. Außerdem hat er den Hof nicht selbst angezündet, also meiner Meinung nach war das gar kein richtiger Versicherungsbetrug. Der Wiedemann hat halt irre Angst vor dem Gerede im Dorf. Er hat früher schon häufiger gesagt, dass es ihm am liebsten wäre, wenn der Gutachter von damals endlich das Zeitliche segnet. Der hätte ihn eh nur abgezockt. Na ja, ich kann das alles nicht beurteilen.« Er zuckte mit den Schultern. »Wollen Sie einen Kaffee?«

»Nein, danke. Können Sie uns erzählen, was damals passiert ist?«, fragte Charlotte.

»Nur grob. Ich kenne die Geschichte ja auch nur aus Erzählungen. Mein Vater hat sie Weihnachten immer zum Besten gegeben, wenn er einen sitzen hatte.« Thorsten Schürmann lächelte verlegen und schlug die Augen nieder. »Manchmal schmückte er sie so aus, dass er richtig Ärger mit meiner Mutter bekam. Na, Sie können sich das ja vorstellen.«

»Und was hat Ihr Vater nun erzählt?«, hakte Käfer nach.

Thorsten Schürmann seufzte und schien sich zu sammeln. »Hoffentlich kriege ich das noch alles richtig zusammen. Damals war dieser irre Feuerteufel unterwegs, ständig brannte es irgendwo. Die ganze Gegend war in Angst und Schrecken. Uns hatte es ja auch erwischt. Und dann kam dieser Typ von der Versicherung. Mein Vater hat immer gesagt, der Kerl habe ihn quasi dazu überredet, bei der Sache mitzumachen. Der hat ihm wohl lang und breit erklärt, wie die Versicherungen ihre Mitglieder abzocken. ›Was glaubst du, womit die ihre tollen Hochhäuser alle bezahlen?‹, hat mein Vater später zu mir gesagt. ›Mit unseren Versicherungsgeldern.‹« Thorsten Schürmann sah sie entschuldigend an. »Das war einfach 'ne andere Generation. Na ja, auf jeden Fall hat dieser Typ meinen Vater davon überzeugt, dass es absolut niemandem wehtun würde, wenn er den Schaden etwas großzügiger berechnet.«

»Wissen Sie, wie das damals abgelaufen ist?«

»Nein, nicht genau. Ich weiß nur, dass sie einen uralten, verrotteten Trecker noch nachträglich zum Brandopfer gemacht haben. Ach ja, und irgendwelche Rechnungen müssen gefälscht worden sein. Meine Mutter hat jedenfalls häufig geschimpft, dass er Urkundenfälschung begangen hat.«

»Wie ist das dann abgelaufen? Hat Ihr Vater den Gutachter bar bezahlt?«

»Das weiß ich leider nicht. ›Ich hab dem seinen Mercedes finanziert‹, hat mein Vater immer gesagt. Aber wie das genau war, kann ich leider nicht sagen.«

»Gibt es noch Kontoauszüge von damals?«, fragte Käfer.

»Oh, das weiß ich nicht. Es wäre durchaus möglich, mein Vater hat eigentlich alles aufbewahrt, und wir haben sein Arbeitszimmer bisher so gelassen, wie es war. Ich schau mal nach, Moment.«

Thorsten Schürmann ging aus dem Raum.

»Okay. Er hat also abkassiert«, überlegte Käfer mit gedämpfter Stimme. Er wollte nicht, dass Schürmann ihn im Nebenzimmer hörte. »Wenn wir davon ausgehen, dass Steinkamp große Mengen Bargeld ins Ausland geschafft und sein Mörder davon Wind bekommen hat ...«

»Dann wollte er ihn vielleicht dazu zwingen, eine Vollmacht zu unterschreiben«, unterbrach ihn Charlotte.

»Ja, das ist denkbar. Aber hätte die bei einer Bank überhaupt Gültigkeit gehabt? Der Mann war immerhin schwer an Alzheimer erkrankt.«

»Entmündigungen gibt es nicht mehr. Die Zeiten haben sich geändert. Und wieso sollte ein Bankangestellter in Luxemburg oder der Schweiz etwas von Steinkamps Erkrankung wissen?«

»Stimmt.« Käfer schaute nachdenklich aus dem Fenster, an dem Licht und Schatten der Windräder vorbeiflogen.

»Das passt irgendwie nicht«, sagte Charlotte. »Eine Unterschrift hätte der Täter doch auch anders kriegen können, dafür wäre diese extreme Brutalität nicht nötig gewesen. Steinkamp war kurz vor seinem Ende doch vermutlich gar nicht mehr in der Lage, seine Unterschrift unter irgendeinen Wisch zu setzen.«

»Ich habe den ganzen Vormittag die Akten durchforstet. Vielleicht habe ich was übersehen, aber ich kann mich nicht erinnern, irgendwo Unterlagen über ein Auslandskonto gesehen zu haben«, sagte Käfer. »Vielleicht hat er die Unterlagen versteckt. Und der Mörder wollte das Versteck wissen.«

»Vielleicht hat er sie auch mitgenommen ins Heim. Sind seine persönlichen Sachen eigentlich alle wieder da?«

»Ich hab noch nichts von den Kollegen gehört. Kläre ich nachher.«

»Vielleicht müssen wir aber noch mal in eine andere Richtung denken«, überlegte Charlotte. »Schürmann junior hat eben gesagt, dass der alte Wiedemann sich von Steinkamp abgezockt fühlte. Ich kann mir nicht vorstellen, dass der alte Mann Steinkamp umgebracht hat, aber vielleicht gibt es unter den Bauern jemanden, der einen ähnlichen Groll gegen ihn hatte. Jemanden, der jetzt Geld braucht und noch etwas von dem alten Kuchen abhaben wollte.«

»Ja, du hast recht. Wir sollten die finanzielle Situation der Bauern überprüfen.«

Mit einem großen Ordner in der Hand kam Thorsten Schürmann zurück ins Zimmer. »Also, die Akten sind auf jeden Fall noch da. Lassen Sie mich mal gucken.«

Er blätterte den Ordner durch, in dem zahllose Kontoauszüge abgeheftet waren. »Puh, wann mag das gewesen sein? So Anfang ’79, schätze ich. Meine Güte, was hat der alles aufbewahrt …« Schürmann blätterte und blätterte, bis er schließlich nickte. »Hier, schauen Sie.«

Er drehte den Ordner zu Charlotte und Käfer. Drei Abbuchungen von jeweils 20 000 Mark waren in einem Zeitraum von drei Monaten vermerkt.

»Das könnte es doch sein, oder?«, fragte Schürmann. »Theoretisch könnte er damit auch irgendwas für den Hof gekauft haben, damals wurde ja noch viel bar bezahlt. Von wegen Skonto und so. Kann man sich heute ja gar nicht mehr vorstellen.« Er lächelte. »Aber es könnte auch der Mercedes von dem Versicherungsmann sein.«

»Wie geht es dem Hof heute?«, fragte Käfer. »Also, aus finanzieller Sicht?«

»Ganz gut. Wir haben uns auf Mais spezialisiert, und dank der ganzen Biogasanlagen steigt der Bedarf ständig. Das habe ich dem Wiedemann damals ja auch geraten, aber der schwört auf seine paar Milchkühe. Tja. Unser Hof steht in jedem Fall besser da.«

Charlotte und Käfer bedankten sich und verließen das Haus. Nachdenklich gingen sie über den Hof.

»Das scheint unsere Theorie zu bestätigen«, sagte Käfer. »Andererseits nimmt es die Landwirte aber auch aus der Schusslinie.«

»Ja, scheint so, als sei der Versicherungsdeal damals relativ fair abgelaufen. Wenn er wirklich ›nur‹ 60 000 Mark kassiert hat, hat er die Bauern jedenfalls nicht abgezockt.«

»Das sehe ich genauso. Die haben doch alle von der Nummer profitiert.«

»Bisher wissen wir das allerdings nur von den Schürmanns. Vielleicht ist er mit den Wiedemanns anders umgesprungen?«

»Das müssen wir in jedem Fall überprüfen.«

»Oder vielleicht hat Steinkamp sie im Nachhinein erpresst?«

»Aber seine Karten waren doch viel schlechter. Er hätte doch selbst mit einer strafrechtlichen Verfolgung rechnen müssen. Ich frag mich vielmehr, was seine Familie von seinen kriminellen Machenschaften wusste.« Käfer schloss seinen Wagen auf. »Und ob es noch irgendwo etwas von dem ganzen Geld gibt. Sagen wir, er hatte im Ausland ein Nummernkonto ...«

»... und irgendjemand hat jetzt davon Wind gekriegt.«

»Und hat den alten Mann so lange gequält, bis er ihm die Daten sagte.« Käfer nickte. »Das könnte ein Motiv sein. Sowohl für einen der Bauern, der abgezockt wurde, als auch für den Hausmeister, der etwas in Steinkamps Zimmer fand – oder womöglich für den Sohn.«

»Oder die Tochter oder die Ehefrau.« Charlottes Handy klingelte. »Ja? Ah, Hammersbach, hallo. Was gibt's denn? Ach, das ist ein Ding. Ja, danke ... Nein, gut, dass Sie mich sofort angerufen haben, das liegt für uns praktisch auf dem Weg. Ich werde mit Käfer hinfahren. Danke.«

Sie drückte das Handy aus. »Hammersbach und Subotik sind mit der Überprüfung der Singpaten durch. Darunter war auch eine Ingrid Petersen, geborene Ingrid Mergen.«

»Der Mergenhof?«

»Sie ist die Zwillingsschwester von Rainer Mergen, der damals mit seiner Frau und den beiden Kindern ums Leben kam.«

27

Charlotte stöpselte ihr Headset ein, während sie den Wagen vom Hof lenkte. Käfer überholte sie mit überhöhter Geschwindigkeit und warf ihr dabei ein überlegenes Grinsen zu. Natürlich kann der nicht hinter mir fahren, dachte sie kopfschüttelnd und drückte auf Hammersbachs Nummer, um die Rückruffunktion zu aktivieren.

»Ja, ich noch mal. Bevor wir mit Frau Petersen sprechen, hätte ich gerne noch eine Zusammenfassung der Singpaten-Befragung.«

»Ich schreibe gerade das Protokoll.«

»Das wird aber kaum in den nächsten zwanzig Minuten fertig sein. Können Sie mir die wichtigsten Fakten durchgeben?«

»Puh ... Moment, da muss ich etwas Ordnung in meine Zettelsammlung bringen.«

»Die Singpaten, die zur Tatzeit im Haus waren – seit wie vielen Jahren machen die das?«, half sie ihm auf die Sprünge.

»Die Initiative wurde vor gut zwei Jahren ins Leben gerufen. Seitdem sind alle dabei.«

»Wer von denen kannte Ludger Steinkamp persönlich?«

»Eigentlich alle, aber dann doch wieder keiner. Jeder glaubte zwar, ihn von irgendwelchen Veranstaltungen im Haus zu kennen, aber wirklich unterhalten hatte sich wohl niemand mit ihm.«

»Ist das nicht ungewöhnlich? Ich meine, diese Singpaten kommen doch schließlich extra, um die Senioren zu beschäftigen, da hätte ich schon gedacht, dass es die eine oder andere Unterhaltung mal geben würde«, sagte Charlotte.

»Das haben wir natürlich auch gefragt. Es war wohl in der Tat so, dass Steinkamp das Gespräch mit den Singpaten bewusst vermieden hat. Er unterhielt sich wohl nicht gerne mit Gleichaltrigen, die geistig noch fitter waren als er.«

»Verstehe. Welche Aussagen konnten die Zeugen über den Tatzeitpunkt machen?«

Doch auch hier halfen die Singpaten kaum weiter, berichtete Hammersbach. Zum Tatzeitpunkt hatten sich alle im Musiksaal aufgehalten, keiner hatte etwas Ungewöhnliches beobachtet.

»Sie können nicht ausschließen, dass jemand den Raum verlassen hat«, sagte er. »Aber sie haben natürlich auch nicht darauf geachtet, und irgendjemand von den Bewohnern habe ja immer was.«

Charlotte bog von der Autobahn ab und lenkte den Wagen auf die Zufahrtsstraße nach Münster. »Okay. Es gibt also keinerlei Verbindungen zwischen den Singpaten und unserem Toten.«

»Ingrid Petersen ist die Einzige, die in gewisser Weise einen Berührungspunkt mit ihm hat.«

»Können Sie mich noch eben über den Mergenhof updaten? Was genau ist da damals passiert?«

»Moment, ich hole eben die Akte.«

Charlotte hörte ein Rauschen in der Leitung. Vor ihr tauchten schon die Türme von St. Lamberti auf, der Verkehr wurde nun wesentlich dichter, und sie kam nur noch stockend voran.

»So, hier habe ich's. Also, die Anschläge wurden meistens am helllichten Tag von Ostermann verübt«, sagte Hammersbach. »Oder in den frühen Abendstunden, aber jedenfalls nicht zur nachtschlafenden Zeit, wie bei den Mergens. Wahrscheinlich ist Ostermann aufgrund des Fahndungsdrucks in diesem Fall anders vorgegangen, jedenfalls hat er den Hof nachts zwischen eins und zwei in Brand gesetzt. Die Bauernfamilie wurde im Schlaf von den Flammen überrascht, der Vater, Rainer Mergen, konnte sich wohl zunächst als Einziger aus dem brennenden Haus retten, ist dann aber bei dem Versuch, seine Familie aus den Flammen zu befreien, ebenfalls umgekommen. Der ganze Hof brannte vollständig nieder.«

»Danke, Hammersbach. Hat Schwarzer das Foto bekommen, auf dem unser Opfer noch jünger war?«

»Ja. Von den Patienten hat besonders ein gewisser Herr Wittig darauf reagiert.«

Der Sparkassendirektor, den Steinkamp von früher kannte.

»Überprüfen Sie diesen Herrn Wittig bitte. Ich möchte wissen, inwiefern er in die finanziellen Machenschaften von Steinkamp involviert war. Und dann müssen alle Landwirte überprüft werden, deren Höfe damals abgebrannt sind. Hat einer von denen finanzielle Schwierigkeiten, hatte einer Kontakt zu Steinkamp, diese Dinge. Teilen Sie sich mit Schwarzer auf. Und schicken Sie mir die fertigen Protokolle bitte so schnell wie möglich. Danke.«

Sie legte auf und lenkte ihren Wagen nachdenklich auf den Parkstreifen, wo Käfer bereits wartete.

Ostermann hatte das Haus nachts angezündet, hatte Hammersbach gesagt. Was hatte noch mal in der Zeugenaussage von Steinkamp gestanden, die Ostermann schließlich ins Gefängnis gebracht hatte? Charlotte versuchte, sich zu erinnern. Hatte es da nicht geheißen, dass Steinkamp zufällig an dem brennenden Haus vorbeigekommen war? Was hatte er dort denn *zufällig* mitten in der Nacht zu tun?

28

Teures Mauritzviertel, dachte Käfer, als er mit Charlotte an dem schwarzen Porsche Cayenne vorbeiging, der vor dem weißen Mehrfamilienhaus parkte. Das Viertel lag mitten in der City und war wegen seiner zahlreichen Parks und Grünanlagen sehr beliebt. Er selbst hatte sich in dieser Gegend eine Wohnung angeschaut, als er von Hamburg nach Münster versetzt worden war. Aber für einen kleinen Beamten wie ihn war das Mauritzviertel viel zu teuer. Als Käfer die akkurat geschnittenen Buchsbäume sah, die in dem gepflegten Vorgarten standen, dachte er, dass er wahrscheinlich auch gar nicht hierher gepasst hätte.

Charlotte klingelte, und kurz danach war eine freundliche Frauenstimme durch die Gegensprechanlage zu hören. »Wer ist da bitte?«

»Kripo Münster.«

Der Summer ertönte, und Charlotte drückte die Tür auf. Im Erdgeschoss schaute eine weißhaarige Frau skeptisch durch den Türspalt. »Können Sie sich ausweisen?«

»Natürlich.« Käfer zeigte seinen Dienstausweis, und auch Charlotte hielt der alten Dame das Plastikkärtchen hin.

»Entschuldigung, aber man hört heute ja so viel.« Die Frau lächelte freundlich.

»Sind Sie Ingrid Petersen?«

»Ja, das bin ich. Möchten Sie hereinkommen?«

Wenig später saßen Käfer und Charlotte bei einer Tasse Kaffee auf einem hellen Biedermeiersofa, das vor einem gläsernen

Messingtisch stand. Das ganze Wohnzimmer sah sehr edel und gepflegt aus, Blümchenmuster und glänzendes Messing setzten den Raum stimmungsvoll in Szene. Munter erzählte Ingrid Petersen von ihrem Engagement bei den Singpaten.

»Im Vergleich zu denen bin ich ja noch ein junger Hüpfer«, sagte sie lächelnd. »Zweiundsiebzig, was ist das heute schon. Und irgendwas muss man ja machen. Mein Mann ist schon seit zehn Jahren tot, und leider haben wir keine Kinder bekommen. Da hat man dann eine Menge Zeit.«

»Kannten Sie Ludger Steinkamp?«, fragte Käfer. »Den Bewohner, der am Montag bei dem Brand im Heim ums Leben kam?«

»Ja, natürlich. Kennen ist vielleicht zu viel gesagt, aber er war mir bekannt. Er hatte ja schon öfter bei uns mitgemacht, daher wusste ich, wer er war. Schreckliche Tragödie. Wenn er doch nur in den Musiksaal gegangen wäre ...« Ingrid Petersen starrte für einen Moment ins Leere. Dann fing sie sich wieder. »Aber das habe ich doch schon alles Ihrem Kollegen erzählt. Diesem Herrn ...«

»Hammersbach.«

»Ja, genau.«

»Wir versuchen im Moment einfach, uns ein möglichst genaues Bild zu verschaffen«, erklärte Charlotte. »Frau Petersen, Ihr Zwillingsbruder starb ja in den Achtzigerjahren ...«

»Ja.« Das Gesicht der alten Dame war von einer Sekunde auf die andere wie versteinert. Käfer sah ihr an, dass sie diesen Schicksalsschlag nie richtig verarbeitet hatte.

»War das der Hof Ihrer Eltern, der damals abbrannte?«, fuhr Charlotte fort.

»Ja.«

»Was ist danach aus dem Anwesen geworden?«

Ingrid Petersen schluckte und kämpfte mit den Tränen. »Es

liegt alles schon so lange zurück, aber ... Gott, wenn ich an Rainer und die Kinder denke ...« Sie holte tief Luft. »Ich war die einzige Erbin«, fuhr sie nach einem Moment fort. »Ich habe alles abreißen lassen und das Grundstück verkauft. Die Umgehungsstraße verläuft heute darüber. Ich hätte es nicht ertragen können, wenn dort weiterhin ein Bauernhof gestanden hätte.«

»Was ist mit der Entschädigung von der Versicherung?«

»Was soll damit sein? Die habe ich natürlich auch bekommen. Mein Anwalt hat das damals alles geregelt. Zum Glück. Ich war überhaupt nicht in der Lage, irgendetwas zu tun ...«

»Sie selbst haben niemals mit jemandem von der Versicherung gesprochen? Mit dem Schadensregulierer vielleicht?«

»Nein. Mit niemandem. Nach dem Tod von Rainer und seiner Familie bin ich in eine tiefe Depression gefallen. Mein Mann und unser Anwalt haben sich um alles gekümmert. Ich habe Monate gebraucht, um überhaupt wieder aufstehen zu können. Das war meine Familie, mein Neffe, meine Nichte. Wenn wenigstens sie noch wären – aber jetzt habe ich niemanden mehr.« Sie schüttelte den Kopf. »Da lebt man glücklich vor sich hin und genießt jeden Tag, und dann plötzlich ... wie aus dem Nichts ist alles vorbei. Aber warum wollen Sie das eigentlich wissen?«

»Der Tote aus dem Altenheim war damals der zuständige Gutachter bei dem Brand. Wir überprüfen im Moment einfach verschiedene Stationen in seinem Leben«, sagte Charlotte ausweichend.

»Ah. Mit ihm muss mein Anwalt dann gesprochen haben.«

»Wissen Sie, ob man Ihrem Anwalt damals irgendeinen Deal angeboten hat? Um dadurch mehr Geld von der Versicherung zu bekommen?«, fragte Käfer.

»Einen Deal?« Die Entrüstung in ihrer Stimme war nicht zu überhören. »Ist das das neumodische Wort für Betrug? Nein, mit so etwas habe ich nichts zu tun.«

»Können Sie uns Name und Adresse Ihres Anwalts geben?«

»Dr. Dieter Höhner«, sagte Ingrid Petersen. »Die Adresse kann ich Ihnen nicht sagen, seine Kanzlei ist irgendwann umgezogen. Aber soviel ich weiß, ist er als Seniorpartner noch dabei.«

»Das finden wir heraus«, sagte Käfer. »Waren Sie und die anderen Singpaten am Montag eigentlich die ganze Zeit im Musiksaal?«

»Ja, natürlich. Ohne uns läuft die Veranstaltung doch nicht. Wir haben zwar keine Aufsichtspflicht, aber wenn wir die Bewohner nicht animierten, würden bei Weitem nicht so viele mitmachen, da bin ich mir sicher.«

»Ist Ihnen aufgefallen, ob jemand den Saal zwischendurch verlassen hat?«

»Hm, ja, darüber habe ich schon nachgedacht. Irgendwer muss immer zur Toilette. Auch der nette Pfleger musste dauernd ... wie heißt er noch gleich? Na ja. Die Tür ging jedenfalls ständig auf und zu. Aber so ist das meistens. Die Blase funktioniert bei alten Leuten halt nicht mehr so. Und als dann der Feueralarm losging, herrschte sowieso heilloses Durcheinander.«

Charlotte bedankte sich bei Frau Petersen, und sie verabschiedeten sich.

»Vielleicht haben wir Glück«, sagte sie, als sie wieder draußen auf der Straße standen. »Vielleicht hat Steinkamp diesem Dr. Höhner auch einen Deal angeboten, und vielleicht hat er dem Juristen mehr Details verraten als den Landwirten. Ich werde auf jeden Fall mit ihm sprechen.«

Käfer blieb stehen und strich sich nachdenklich über die Nasenspitze. »Sag mal, die Petersen hat doch gesagt, auf dem Gelände des alten Hofs sei heute die Umgehungsstraße.«

»Das hat sie gesagt.«

»War bei den Ordnern, die wir aus Steinkamps Arbeitszimmer geholt haben, nicht auch einer mit der Aufschrift Umgehungsstraße?«

»Ich hab die Akten nicht durchgesehen.«

»Ich weiß, ich weiß. Und ich habe mich in erster Linie auf die Brandfälle und die Bankordner konzentriert.«

»Dann lass uns zurück zum Präsidium fahren. Du kümmerst dich um die Ordner, und ich werde mal mit Dr. Höhner sprechen. Und mit Björn Steinkamp. Ich bin heute Abend sowieso in der Pampa verabredet. Da könnte ich auch gleich bei den Steinkamps vorbeifahren – oder willst du das lieber machen? Du fährst doch so gerne zu den Steinkamps raus.«

Schon wieder dieser spitze Unterton, dachte Käfer und beschloss, ihn zu ignorieren.

»Nein, mach du das ruhig«, sagte er und setzte sich in den Wagen.

29

Sie hatte die Petits Fours schon lange nicht mehr nach Farben sortiert. Im Moment waren sie nach Geschmacksrichtung gelagert, alles aus Schokolade und Buttercreme lag in der Glastheke, Marzipan und Nuss waren auf die Regale verteilt, in allen Farben kunterbunt gemischt. Sie war froh, dass sie noch mal in den Laden gefahren war und jetzt alles vorbereiten konnte. Ihr Mitarbeiter hatte frei, an Karfreitag hatte sie wie alle anderen Geschäfte auch geschlossen, aber morgen würde hier der Teufel los sein. Ostersamstag hatte sie fast mehr Kundschaft als an Weihnachten.

Während Annette die bunten Törtchen farblich ordnete, dachte sie an ihre Unterhaltung mit Jakob Boßmann. Sie war immer noch tief bewegt von dem, was er gesagt, von dem Bild, das er von ihrem Vater gezeichnet hatte. Von einem liebenswerten, vielleicht etwas kauzigen alten Mann hatte er ihr erzählt, der von seiner Krankheit gezeichnet war, aber trotzdem gern einen Plausch mit dem Pfleger gehalten hatte. Besonders eine Sache ging ihr nicht aus den Kopf: was Jakob über den letzten Geburtstag ihres Vaters zu berichten wusste, der erst wenige Wochen zurücklag.

Am Vorabend war er in keiner guten Verfassung gewesen, hatte Jakob Boßmann gesagt. Er hatte etliche Gläser fallen lassen, ins Bett uriniert, wahllos Bücher aus dem Regal geworfen und unzählige Male versucht wegzulaufen. Da er ein Beruhigungsmittel bekommen hatte, brachte Jakob ihm am nächsten

Morgen das Frühstück ins Zimmer. Als ihr Vater nach mehrmaligem Klopfen keine Antwort gegeben hatte, war er hineingegangen, um ihn zu wecken. »Guten Morgen, Herr Steinkamp. Ich dachte, Sie frühstücken heute mal ganz gemütlich im Bett, weil doch Ihr Geburtstag ist«, hatte er gesagt und dann bemerkt, wie ihr Vater mit weit aufgerissenen Augen im Bett gelegen und ihn angsterfüllt angestarrt hatte. Der Pfleger hatte ihn gefragt, was los sei, aber ihr Vater hatte vor Angst kein Wort herausbekommen. Schließlich hatte er etwas von Dämonen gestammelt, die im Zimmer seien und ihn verfolgen würden.

Annette hatte nicht gewusst, dass ihr Vater von Panikattacken und Wahnvorstellungen geplagt worden war. Sie hatte wirklich gar nichts über ihn gewusst.

Nach einer Weile hatte er sich beruhigt und den Pfleger mit klaren Augen angeschaut. »Wie schön, dass du da bist, Björn«, hatte er dann zu ihm gesagt. »Kommen Annette und Mama auch gleich? Ich freu mich schon so auf Annis Torte! Sie kann backen wie ihre Großmutter, das muss man ihr lassen. Ach, das wird ein herrlicher Tag!«

Annette stiegen die Tränen in die Augen. Keiner hatte ihn besucht. Weder sie noch Björn oder ihre Mutter. Warum war sie nicht wenigstens an seinem Geburtstag zu ihm gefahren? Sie hätte es versuchen müssen. Sie hätte einen Zugang zu ihm finden müssen, egal, was in der Vergangenheit passiert war.

Jetzt war es zu spät.

Sie musste schlucken, als sie daran dachte, dass er sich auf ihre Torte gefreut hatte. Er, der nie ein anerkennendes Wort für ihre Backkünste gefunden hatte, hatte sich auf ihre Torte gefreut. Mit welcher Großmutter er sie verglichen hatte, war ihr allerdings schleierhaft. Ihre Oma väterlicherseits war Diabetikerin und durfte nichts Süßes essen, weshalb sie niemals Kuchen gemacht hatte. Und Mamas Mutter hatte eigentlich auch nie gebacken.

Nachdenklich wanderte ihr Blick über die Auslage und blieb an den Schokoladentörtchen hängen. Papa hatte Schokolade geliebt. Er hatte es nie zugegeben, weil Naschen für ihn ein Zeichen von Charakterschwäche gewesen war. Aber alle hatten gewusst, wie gern er Süßigkeiten mochte.

Neben den Schokoladentörtchen standen jetzt die farblich passenden Marzipankreationen, und Annettes Blick schweifte weiter über die Petits Fours bis hin zum Schaufenster. Zunächst nahm sie nur einen dunklen Schatten wahr. Dann zuckte sie erschrocken zusammen. Sie presste eine Hand vor den Mund, um einen Schrei zu unterdrücken. Draußen am Schaufenster stand ein Mann und starrte sie an. Er war völlig regungslos, verzog keine Miene und starrte ihr direkt in die Augen.

Sie wusste sofort, wer er war.

Annette merkte, wie sie in Panik geriet. Mit zitternden Händen suchte sie nach dem Telefon. Als sie es schließlich gefunden hatte und sich wieder zum Fenster umdrehte, war der Mann verschwunden. In ihrem Portemonnaie fand sie die Visitenkarte von Peter Käfer und tippte seine Nummer ein, so schnell es nur ging. Stammelnd erzählte sie ihm, was gerade passiert war.

»Ich mache mich sofort auf den Weg zu Ihnen«, sagte er mit ernster Stimme und versprach, in ein paar Minuten bei ihr zu sein. »Verriegeln Sie die Tür. Ich bleibe am Telefon.«

»Okay ... Danke.«

Annette umklammerte das Handy und ging zur Ladentür. Draußen wurde es langsam dunkel. Dreimal schloss sie die Tür ab und machte alle Lichter aus. Sie wollte hier nicht angestrahlt wie auf einem Präsentierteller sitzen. Mit wackeligen Knien setzte sie sich auf den rosafarbenen Plüschsessel, der eigentlich nur aus Dekorationsgründen im Laden stand.

»Ich hab alles abgeschlossen«, flüsterte sie ins Handy.

»Sehen Sie den Mann noch?«

»Nein. Ich glaube, er ist weg.«

»Gut. Ich brauche nicht mehr lange. Bleiben Sie ganz ruhig. Ich bin in fünf Minuten bei Ihnen. Lassen Sie das Handy an!«

Annette nickte stumm. Sie hörte, wie Käfer Vollgas gab und mit quietschenden Reifen über die Straße fuhr.

Er war es gewesen. Sie war sich ganz sicher. Der Mann, der neulich in ihrem Laden gewesen war und Petits Fours für eine Trauerfeier hatte bestellen wollen. Diese Augen, diese stechenden Augen ... Es waren dieselben, die ihr auf dem Foto aufgefallen waren, das die Beamten aus dem Arbeitszimmer ihres Vaters mitgenommen hatten. Verdammt, das war derselbe Mann! Auf dem Foto trug er zwar einen Bart und war höchstens zwanzig Jahre alt, aber die Art, wie er in die Kamera blickte, war unverwechselbar. Genauso hatte sie der Kerl gerade durchs Schaufenster angestarrt. Ihr lief ein Schauer den Rücken herunter. Wer war das? War das der Mörder ihres Vaters? Und was wollte er von ihr?

30

»Meine Tochter ist heute Nachmittag gefahren«, sagte Maria Steinkamp. »Aber mein Sohn ist noch da. Gehen Sie doch schon mal ins Wohnzimmer, ich hole ihn.«

Wenig später saß Charlotte mit Björn Steinkamp und seiner Mutter im Wohnzimmer und konfrontierte die beiden mit dem, was sie in der Zwischenzeit herausgefunden hatten.

»Wir haben den dringenden Verdacht, dass Ludger Steinkamp professionellen Versicherungsbetrug betrieben hat, und das über Jahre. Haben Sie nie etwas davon gemerkt?«

Maria Steinkamp sah wenig überrascht aus, während ihr Sohn irritiert den Kopf schüttelte.

»Nein«, sagte sie. »Gemerkt habe ich nichts, und ich wusste auch nichts davon. Aber das erklärt natürlich alles.«

»Was erklärt es?«

»Ich habe mich immer gefragt, wie er das Haus so schnell abbezahlen konnte, wie wir uns die ganzen Neuanschaffungen leisten konnten … Den Anbau, die ganze Kunst und die Antiquitäten. Immer, wenn ich ihn gefragt habe, hat er von seinen hervorragenden Fähigkeiten an der Börse gesprochen. Aber ich habe es nie so richtig geglaubt.«

»Von wegen Papa hatte so ein gutes Händchen mit Aktien«, sagte Björn Steinkamp bitter. »In Wirklichkeit war er nur ein armseliger Betrüger. Und du hast dich mit so einfachen Ausreden abspeisen lassen!«

Maria Steinkamp sah ihren Sohn an, und in ihren Augen lag

ein Ausdruck, der Charlotte nachdenklich stimmte. Was hatte die Frau wirklich gewusst?

»Ja, Björn«, sagte Maria Steinkamp mit fester Stimme. »Vielleicht habe ich zu wenig hinterfragt, vielleicht war ich manchmal auch zu naiv. Allerdings war mir durchaus bewusst, dass sein Gehalt für unseren Lebensstil nicht gereicht hätte. Aber glaubst du, es wäre uns allen besser gegangen, wenn ich meine Siebensachen gepackt und ihn verlassen hätte? Er wäre genauso dein Vater geblieben wie zuvor, nur dass du dann mit deiner Schwester und mir in einer Zweizimmerwohnung gewohnt hättest.«

Charlotte hatte das Gefühl, dass Maria Steinkamp nie die unterwürfige Ehefrau gewesen war, für die sie sie zunächst gehalten hatte. Vielmehr hatte sie den Eindruck, dass sie genau gewusst hatte, was sie tat. Sie hatte die finanziellen Annehmlichkeiten genossen und dafür bewusst einige Demütigungen in Kauf genommen, um sich und ihren Kindern ein möglichst sorgenfreies Leben zu ermöglichen, jedenfalls in finanzieller Hinsicht. Vielleicht war ihr nie klar gewesen, wie sehr ihre Kinder unter dem Vater gelitten hatten. Vielleicht hatte sie aber auch einfach nur gedacht, dass es für die Geschwister das Beste war.

Björn Steinkamp schnaufte nur. »Aber immer so zu tun, als wenn Papa ein Finanzgenie ist, war doch albern«, sagte er leise.

»Nun, er hatte durchaus ein gutes Händchen für Aktien. Aber um die Aktien kaufen und damit handeln zu können, ist er vermutlich kriminell geworden. Wir müssen wissen, wohin er das Geld geschafft hat«, sagte Charlotte. »Es muss sich um beträchtliche Mengen Bargeld gehandelt haben, die er spätestens ab Mitte der Achtzigerjahre irgendwo unterbringen musste. Entweder hatte er einen Komplizen, oder er hat das Geld ins Ausland geschafft.«

»Ich kann mir nicht vorstellen, dass er einen Komplizen hatte. Mein Mann hatte keine Leute in seinem Umfeld, zu denen er den Kontakt pflegte, das hätte ich mitbekommen.«

»Ist er häufiger alleine in die Schweiz oder nach Luxemburg gereist? Nach Liechtenstein? Oder ins nahegelegene Ausland, wo er ein Konto haben könnte?«

Maria Steinkamp nickte langsam. »Er ist häufig allein verreist, ja, aber nicht in diese Länder. Während seiner Berufstätigkeit hat er öfter große Reisen gemacht. Er hat immer gesagt, er müsse mal ganz in Ruhe ausspannen.«

Björn Steinkamp lachte bitter auf. »Ausspannen! Der Alte hatte einfach keinen Bock darauf, mit seiner Familie zu verreisen. Der wollte Halligalli, ein paar Weiber aufreißen, ein bisschen Spaß haben. Auf Sandburgenbauen an der Nordsee hatte der doch keine Lust.«

Wieder warf Maria Steinkamp ihrem Sohn diesen Blick zu. »Nein, Björn, das glaube ich nicht.« Dann wandte sie sich wieder zu Charlotte. »Vermutlich hat er da das Geld weggeschafft. Ich habe so etwas oft vermutet.«

»*Was* hast du?« Björn Steinkamp sah seine Mutter ungläubig an.

»Björn, ich bin nicht blöd. Jedenfalls nicht so blöd, wie du es vielleicht denkst.«

»Wissen Sie, wohin er damals fuhr?«

Obwohl Charlotte Frau Steinkamp gefragt hatte, antwortete ihr Sohn: »Nein. Das wusste niemand, das hätte er uns niemals gesagt. Aber er kam immer knackig braun von seinem sogenannten ›Ausspannen‹ zurück. Er war also definitiv irgendwo in der Sonne. Ach ja, und ich erinnere mich, dass er immer die Lufthansa-Erfrischungstücher mitbrachte. Er muss also irgendwo in den Süden geflogen sein. Aber wohin genau, weiß ich nicht.«

Es gibt in der Welt unzählige Steueroasen, in denen bereitwillig Geld gewaschen wird, dachte Charlotte. Vor dem 11. September 2001 waren die Sicherheitsbestimmungen an den Flughäfen bei Weitem nicht so streng wie heute. Ein seriöser Typ wie Steinkamp hätte durchaus Bargeld ins Ausland schmuggeln können, ohne in einer Kontrolle aufzufallen.

»Aber ich weiß, wo er war«, sagte Maria Steinkamp, was ihr Sohn mit einem ungläubigen Kopfschütteln quittierte. »Er hat seine alten Reisepässe aufbewahrt. Und als ich nach seinem Tod alle Dokumente durchsah, habe ich sie gefunden. Einen Moment bitte.«

Maria Steinkamp verließ den Raum. Charlotte sah Björn Steinkamp an, wie irritiert er war.

»Ihre Mutter scheint besser Bescheid zu wissen, als Sie dachten.«

»Ja, unglaublich. Für mich war sie irgendwie immer ein Opfer, ein williges Opfer. Mich hat das manchmal richtig wütend gemacht, wie hilflos sie war. Aber offensichtlich war das alles gar nicht so. Sie wusste anscheinend immer viel mehr, als wir Kinder dachten.«

»Was ist mit Ihnen? Was wussten Sie über die Geschäfte Ihres Vaters?«

Björn Steinkamp sah sie überrascht an. »Ich? Was meinen Sie damit? Ich war doch damals noch ein Kind.«

»Ja, damals schon. Aber vielleicht hat Ihr Vater Sie zu einem späteren Zeitpunkt in seine Pläne eingeweiht?«

»Blödsinn.«

»Vielleicht hat er ja auch aus Versehen geplaudert, als seine Demenz schon so weit fortgeschritten war, dass er seine Geheimnisse nicht mehr unter Kontrolle hatte?«

»Was wollen Sie damit sagen?« Björn Steinkamp sah sie mit blitzenden Augen an. Er wirkte auf sie wie ein lauerndes Tier, das jeden Moment aus seinem Versteck zu springen drohte.

»Gar nichts. Ich frage mich nur, was Sie für eine Rolle in der ganzen Sache spielen.«

»Ich spiele überhaupt keine Rolle! Wenn mein Vater sich früher die Buxe voll Scheine gemacht hat und damit ins Ausland gefahren ist, kann ich nur sagen: was für ein raffinierter Mistkerl! Gewusst habe ich davon aber nichts.«

»Ob er das Geld in seiner Unterwäsche geschmuggelt hat, weiß ich nicht. Aber es ist davon auszugehen, dass er es irgendwie ins Ausland gebracht hat. Und es fällt mir ehrlich gesagt schwer zu glauben, dass Ihre Mutter die einzige Person ist, die davon eine Ahnung hatte, und kein Mensch etwas Genaues wusste.«

»Vielleicht hatte er ja noch eine Zweitfamilie, die er versorgen musste.« Björn schluckte, und Charlotte fand, dass seine Stimme nun bitter klang. »Vielleicht hatte er irgendwo in Spanien noch eine heißblütige Geliebte und einen Stall voller kleiner schwarzhaariger Kinder.«

»Trauen Sie Ihrem Vater so etwas zu?«

Er zuckte mit den Schultern. »Ich weiß nicht. Ich traue ihm auf jeden Fall zu, dass er 'ne andere geschwängert hat. Dass er sich dann allerdings um die kümmern würde, ist kaum vorstellbar.«

Maria Steinkamp kam zurück ins Wohnzimmer und reichte Charlotte mehrere alte Pässe. »Bitte. Hier sind alle seine Reisen dokumentiert.«

Es waren vier Dokumente, die den Zeitraum von 1965 bis 2005 abdeckten. Charlotte sah sich zuerst die Reisestempel an, die nach 1979 eingetragen wurden, dem Jahr, in dem der erste Hof abgebrannt war. Aus den Jahren '82, '85 und '87 stammten die meisten.

»Scheint so, als wäre Ihr Mann in diesen Jahren auf einer Rundreise oder einer Kreuzfahrt gewesen. Jede Reise beginnt mit einem Stempel aus Southampton, dann kommt für einige Tage nichts, und dann geht es in den USA und der Karibik weiter. Hat er Ihnen mal von einer Schiffsfahrt erzählt?«

»Nein, nie.« Maria Steinkamp sprach mit fester Stimme. »Aber manchmal habe ich mir gedacht, dass er solche Reisen gemacht hat. Er war immer so braun gebrannt, wenn er zurückkam, so braun wird man in Europa gar nicht. Das musste schon näher am Äquator sein, das war mir klar. Und all seine Sachen rochen immer nach Sonnencreme. Vielleicht glaubte er, dass ich nichts ahnte – viel wahrscheinlicher ist aber, dass es ihm einfach egal war.«

»Es sieht ganz so aus, als habe er dreimal die gleiche Kreuzfahrt unternommen, die immer in den USA endete. Wahrscheinlich ist er dann zurückgeflogen.«

»Tja, vielleicht hatte er ja doch 'ne heimliche Geliebte.« Björn Steinkamp bemühte sich um ein Grinsen, bekam es aber nur schief hin. So cool, wie er tat, war er offensichtlich doch nicht.

»Warum sollte er?« Maria Steinkamp räusperte sich. »Er hatte keinen Grund, ein geheimes Doppelleben zu führen. Wenn er eine andere geliebt hätte, hätte er mich verlassen.«

»Aber warum sollte er sonst so aufwendige Reisen machen? Er hätte doch seine Kohle viel einfacher in die Schweiz bringen können«, gab Björn zu bedenken.

»Bei normalem Schwarzgeld wäre das sicherlich der einfachere Weg gewesen, da haben Sie recht. Aber für kriminelles Geld gab es auch damals ein paar Hürden mehr«, sagte Charlotte. »Es war die Blütezeit der Mafia, gerade die Schweizer Banken standen unter großem Druck. So einfach wie noch in den Sechzigern und frühen Siebzigern war das wahrscheinlich nicht mehr. Bestimmt hätte er sein Geld auch in der Schweiz irgendwie unterbringen können, aber nur in Asien oder in der Karibik konnte er wirklich sicher sein, dass keiner Fragen stellt.«

Charlotte blätterte in einem der Pässe. »Cayman Islands«, las sie. »Soviel ich weiß, ist dort banktechnisch bis heute fast alles möglich. Da guckt Sie keiner doof an, wenn Sie einen Koffer mit Bargeld einbezahlen. Ich habe den Eindruck, dass diese Urlaube keine Lustreisen mit einer heimlichen Geliebten waren, sondern der Geldwäsche dienten. Immerhin hören sie 1987 ja auch auf. Danach kommt nichts mehr.«

»Ungefähr zu dem Zeitpunkt war auch unser Haus abbezahlt«, sagte Maria Steinkamp. »Das würde ja passen.«

»Haben Sie in den Unterlagen noch irgendetwas gefunden, das auf ein Konto im Ausland hinweisen könnte?«

»Nein. Bis auf den Brief, den er Björn hinterlassen hat, war da nichts Ungewöhnliches.«

»Kann ich den Brief mal sehen?«

»Es war kein richtiger Brief«, sagte Björn Steinkamp. Er zog einen schwarzen Umschlag aus der Innenseite seines Sakkos. »Hier, können Sie sich gerne anschauen. Wir wissen nicht, was er mir damit sagen wollte.«

Charlotte sah sich die Schwarz-Weiß-Aufnahme an, die in dem Umschlag steckte und auf der ein großes Haus zu erkennen war. Vor der Tür standen einige Personen, in der Mitte eine Frau, die strahlend ein Papier hochhielt, vielleicht eine Urkunde oder eine Auszeichnung. Der Mann neben ihr schien sie ihr gerade überreicht zu haben. Standen sie vor einer Bäckerei? Oder einer Konditorei? Ja, es sah fast so aus. Das Bild musste aus der Mitte des vergangenen Jahrhunderts stammen. Vielleicht während des Zweiten Weltkriegs, der Kleidung der Fotografierten nach zu urteilen.

»Sie haben keine Ahnung, wo sich dieses Haus befinden könnte?«

»Nicht die geringste.«

»Ich nehme die Aufnahme mit und werde sie analysieren lassen, wenn ich darf.«

Björn und Maria Steinkamp nickten, und Charlotte steckte das Bild ein. Sie konnte sich zwar nicht vorstellen, dass es ihnen weiterhelfen würde, aber vielleicht konnten die Kollegen von der Technik irgendwas Interessantes herausfinden. Sie sah auf die Uhr. In einer halben Stunde war sie verabredet. Sie musste los.

31

Es klopfte an der Ladentür, und wieder zuckte Annette zusammen. Peter Käfer stand draußen und winkte ihr freundlich zu.

»Gott sei Dank!« Sie eilte zur Tür und schloss auf. Um ein Haar wäre sie ihm vor Erleichterung um den Hals gefallen. Erst im letzten Moment hielt sie inne. »Bin ich froh, dass Sie da sind. Kommen Sie rein!«

Sie schloss hinter ihm erneut dreimal ab.

»Alles in Ordnung? Sie sind ja ganz blass!«

»Erinnern Sie sich noch an das Foto aus dem Arbeitszimmer meines Vaters? Das Sie mit den Akten mitgenommen haben?«

Käfer nickte. »Sie meinen das Bild, das ihn als jungen Mann mit ein paar Freunden im Wald zeigt?«

»Ganz genau. Beim Picknick oder so. Der eine Mann auf dem Bild war gerade hier. Ich bin mir ganz sicher. Er stand am Schaufenster und starrte mich an. Und das war schon das zweite Mal, dass er hier war!«

Annette erzählte ihm von der merkwürdigen Bestellung, die der Mann neulich in ihrem Laden hatte aufgeben wollen. »Was will der bloß von mir? Und wer ist das überhaupt?«

»Das werden wir rauskriegen.« Peter Käfer zog sein Handy aus der Hosentasche und wählte eine Nummer. Dann erklärte er jemandem am Telefon, was gerade passiert war.

»Nein, das Foto stammt von der Durchsuchung in Steinkamps Haus. Eine alte Schwarz-Weiß-Aufnahme, Fünfzigerjahre, junge Leute bei einem Picknick. Es muss auf meinem Schreibtisch liegen, wahrscheinlich rechts auf der Ablage. Wenn Sie es haben, bitte einscannen und durch den Computer jagen, okay? Hammersbach? Haben Sie es?« Peter Käfer schien nichts mehr zu hören. Für einen Moment lauschte er in den Hörer. »Ja, bitte einen Abgleich mit unserer Fotodatei. Vielleicht haben wir unter unseren registrierten Straftätern einen Treffer. Ich weiß selbst, dass das Foto alt ist. Aber vielleicht gibt es bei den biometrischen Merkmalen eine Übereinstimmung ... ja. Alles klar. Danke. Bis morgen.«

»Und?«

»Die Kollegen überprüfen das Foto und schicken es durch unsere Datenbank. Gibt es Übereinstimmungen mit registrierten Tätern, melden sie sich sofort.«

»Wenn es wirklich der Mörder meines Vaters war, was will er dann von mir?«

»Vielleicht etwas, das ihm Ihr Vater nicht geben konnte?«

»Ich wüsste nicht, was das sein sollte.«

Peter Käfer erzählte ihr, dass ihr Vater früher eine Menge Geld mit gefälschten Gutachten gemacht hatte. »Dafür hat er sich vermutlich bar bezahlen lassen, und irgendwo muss dieses Geld ja sein. Vielleicht denkt der Täter, dass Sie es wissen.«

»Ich weiß es aber nicht ... Ich höre davon zum ersten Mal!« Annette musste sich am Tresen abstützen. Ihr wurde schwindelig, und sie befürchtete, dass ihr schwarz vor Augen werden könnte. Sie spürte, wie Käfer sie am Arm festhielt, und erst da fiel ihr auf, dass sie das Licht im Laden nicht wieder eingeschaltet hatte.

»Hey. Alles okay?« Seine Stimme klang fürsorglich, fast sanft.

»Ich weiß nicht ... Ich hab plötzlich furchtbare Angst.«

»Das verstehe ich. Aber Ihnen wird nichts passieren. Dafür sorge ich.«

Annette spürte, wie er vorsichtig seinen Arm um ihre Schulter legte. Dankbar lehnte sie sich an ihn und konnte im selben Augenblick die Tränen nicht mehr zurückhalten. Er nahm sie nun fest in den Arm.

»Das war alles ein bisschen viel«, sagte er tröstend und strich ihr über den Kopf. »Aber wir werden den Fall bald aufgeklärt haben, dann wird alles wieder gut.«

Für einen Moment überlegte Annette, es nicht zu tun, sondern vernünftig zu sein und sich aus der Umarmung wieder zu lösen. Doch dann war ihr jede Vernunft egal, und sie küsste ihn. Peter Käfer zuckte kurz zurück, und für eine Sekunde befürchtete sie, er könnte sie abweisen. Aber dann zog er sie noch näher zu sich heran und erwiderte ihren Kuss auf eine Art und Weise, dass ihr erneut schwindelig wurde.

32

Ihm wurde kalt, als er endlich die ersten Felder sah. So schnell war er schon lange nicht mehr gefahren, und der Fahrtwind war ihm ganz schön um die Ohren geweht. Er bog von der Straße in den kleinen Weg und fuhr den Hügel hinauf, auf dem die große Trauerweide stand. Das Licht an seinem Mofa war schon lange kaputt, und er musste aufpassen, sonst würde er womöglich im Graben landen. Der Untergrund war holprig, die vielen Trecker, die in der letzten Zeit hin und her gefahren waren, hatten tiefe Spurrillen im lehmigen Boden hinterlassen. Der Geruch von Gülle stieg ihm in die Nase. Die Felder waren frisch gedüngt.

Er lehnte sein Mofa an den Baum und ließ sich auf die morsche Bank fallen, die am Stamm angebracht war. Er wischte sich den Schweiß von der Stirn und starrte auf den Holzhaufen, der keine zweihundert Meter vor ihm aufgebaut war. Schon als Kind hatte er hier gern gesessen und die Bauern dabei beobachtet, wie sie das Holz für die Osterfeuer zusammentrugen. Er sah in der Dunkelheit, wie ein Auto den Feldweg entlangfuhr und neben dem Scheiterhaufen parkte. Der Fahrer schaltete die Scheinwerfer aus.

Er wartete eine halbe Minute mit angehaltenem Atem, aber nichts passierte. Was sollte das? Wer war das?

Zehn Minuten wartete der Fahrer, bis er ausstieg und sich überall suchend umguckte.

Der will sichergehen, dass er allein ist, dachte er und bewegte sich nicht. Er war froh, von Kopf bis Fuß schwarz gekleidet zu sein. Er wird mich nicht sehen.

Der Mond schien inzwischen so hell, dass er alles gut beobachten konnte. Der Mann ging langsam um den großen Scheiterhaufen herum und schien ihn zu begutachten. Das Holz war bis auf eine Höhe von drei Metern aufgeschüttet, und der ganze Haufen hatte einen Durchmesser von fast zehn Metern, schätzte er. Am hinteren Ende begann der Mann schließlich vorsichtig, die Äste zur Seite zu räumen und sich einen Weg ins Innere zu bahnen.

Was zum Teufel macht er denn da? Er konnte in der Dunkelheit nur wenig erkennen, aber es sah so aus, als würde der Mann in der Mitte des Scheiterhaufens eine Art Tunnel graben. Nach einer Weile kämpfte er sich dann zurück zu seinem Auto und sah sich erneut suchend um.

Alles in Ordnung, dachte er. Hier ist keiner. Mach ruhig weiter. Er war aufgeregt und neugierig auf das, was gleich passieren würde.

Der Mann ging zum Kofferraum und öffnete ihn. Er zog an etwas. Waren das Beine? Himmel, ja, das waren Beine! Mit Schwung zog der Fahrer des Wagens einen leblosen Körper aus dem Kofferraum und warf ihn sich ächzend über die Schulter.

Da will wohl jemand eine Leiche loswerden, dachte er und grinste. Er freute sich, so einem hübschen Schauspiel beiwohnen zu dürfen.

Der Mann trug den Körper an den Ort, den er als letzte Ruhestätte bestimmt hatte. Einen besseren Ort hätte er gar nicht finden können. Der Boden war mit Reifenspuren übersät. Die Bauern waren in den letzten Tagen immer wieder hierhergekommen, um Baumstämme und Geäst zu bringen. Der Mann würde mit seinem Wagen also keine auffälligen Spuren hinterlassen. Heute war Karfreitag, übermorgen würde hier alles lichterloh brennen. Ein ideales Grab also.

Rückwärts kletterte der Mann aus dem Scheiterhaufen heraus und legte die Äste zurück, die er vorher zur Seite geräumt hatte. Als er wieder am Auto stand, nahm er eine Taschenlampe und ging noch einmal um die riesige Feuerstelle herum. Er leuchtete alles ab, als wollte er sichergehen, dass man von außen nichts erkennen konnte. Dann setzte er sich ins Auto und fuhr den Feldweg wieder zurück in Richtung Hauptstraße.

Er starrte auf das Nummernschild und prägte es sich fast automatisch ein. Alles war wieder still.

Er spürte die Unruhe, die in ihm aufstieg und immer drängender wurde. Was für eine Gelegenheit! Er brauchte den Scheiterhaufen nur anzustecken, um endlich wieder diesen Geruch in der Nase zu haben. Süßlich verbranntes Fleisch ... wie sehr er den Duft vermisste! Und er würde niemanden verletzen, im Gegenteil, vermutlich würde er sogar noch jemandem einen Gefallen tun. Was sprach also dagegen?

Er merkte, wie das Feuerzeug in seiner Hosentasche gegen seinen größer werdenden Schwanz stieß. Er musste es nur herausnehmen und an einen der dünnen Zweige halten ...

Doch dann bekam er Zweifel. Was würde passieren, wenn einer der Bauern den Brand melden würde? Karfreitag durfte noch kein Osterfeuer brennen, nur für Ostersonntag lagen die Sondergenehmigungen vor. Und wenn die Feuerwehr käme? Und die Leiche fände? Nein, das war alles zu riskant.

Er musste sich eine Ersatzbefriedigung suchen. Und er wusste auch schon, welche.

33

»Seit wann kann man Karfreitag eigentlich essen gehen?«

Charlotte hatte sich bei Bernd untergehakt, und gemeinsam schlenderten sie auf den Landgasthof zu. Das *Kriens* lag am Ortsrand von Eggerode, einem kleinen Wallfahrtsörtchen, das man in einer halben Stunde von Münster aus erreichen konnte.

»Wir leben im 21. Jahrhundert«, scherzte Bernd. »Inzwischen darf man sich auch Karfreitag vergnügen.«

»Früher war in den Diskotheken immer die Musik runtergedreht.«

»Ja, das ist immer noch so. Aber die Restaurants haben geöffnet. Wobei du im *Kriens* heute auch kein Steak bestellen kannst.«

»Ich weiß. Die berühmte Struwennacht – ich bin echt gespannt.«

»Du wirst es lieben. Die haben die besten Struwen weit und breit.«

Charlotte freute sich. In Bernds Familie war es eine feste Tradition, sich am Abend von Karfreitag ausschließlich mit den in Fett gebackenen Hefeteigfladen zu verköstigen, und zu diesem ungewöhnlichen Essen kam sie heute zum ersten Mal mit. Irgendwie fühlte sie sich dadurch wie ein richtiges Familienmitglied, und sie musste sich eingestehen, dass ihr der Gedanke gefiel.

»Ich hab voll Hunger!« Sophie drängte sich von hinten zwischen die beiden und nahm jeden von ihnen an die Hand. »Und ich find's so cool, dass ich noch so spät auf sein darf.«

»Eine Osterausnahme«, sagte Bernd.

»Genau wie morgen und übermorgen auch! Morgen nach dem Schneckenfest darf ich sogar extra lange aufbleiben, das hast du mir versprochen.« Das Mädchen lachte und ließ sich von ihrem Vater und Charlotte ein paar Meter über den Boden heben.

Das *Kriens* war bis auf den letzten Platz besetzt. Ein munteres Geplauder schlug ihnen entgegen, als sie den Wirtsraum betraten. An allen Tischen aß man dasselbe, goldgelb gebackene Struwen, die Charlotte an eine Art Pfannkuchen erinnerten. Den Leuten schien es zu schmecken. Jedenfalls griffen sie immer wieder fröhlich auf die großen Teller, die in der Mitte der Tische standen und auf denen sich die Struwen stapelten. Das ganze Lokal roch danach, und Charlotte lief schlagartig das Wasser im Mund zusammen.

»Gut, dass wir reserviert haben«, sagte Bernd und kämpfte sich durch den vollen Gastraum. Wenig später saßen sie an einem hübschen Fenstertisch.

»Du kannst wählen zwischen Struwen mit Rosinen oder ohne. Der Klassiker ist mit. Nehme ich natürlich.«

»Ich nehme auch mit«, rief Sophie dazwischen.

»Ich auch«, sagte Charlotte fast zeitgleich, und das Mädchen klatschte strahlend mit ihr ab.

Als die Kellnerin kam, bestellte Bernd neben den drei Rosinenstruwen noch eine Flasche Mineralwasser. Charlotte erinnerte sich, dass er bei ihren ersten Dates immer Wein getrunken hatte. Aber seitdem er wusste, dass sie nie Alkohol trank, verzichtete er meistens darauf. Es gefiel ihr, dass er auf sie Rücksicht nahm, ohne darüber viele Worte zu verlieren.

Während sie aufs Essen warteten, redete Sophie ohne Punkt und Komma, und Charlotte genoss es, einfach nur hier sitzen zu können und nichts sagen zu müssen. Sie hatte mit so vielen Leuten gesprochen, für heute reichte es.

»Endlich!«, rief Sophie, als die Kellnerin die Struwen auf den Tisch stellte. Begeistert machten sich Bernd und sie über die Hefeteile her, während Charlotte ihren Teigfladen erst mal vorsichtig anschnitt und dann ein kleines Stück probierte.

»Und?«, fragte Bernd mit vollem Mund. »Sind sie nicht köstlich?«

»Erstaunlicherweise, ja«, lachte sie. »Ich hätte schwören können, dass sie so schmecken, wie sie aussehen. Einfach nach in Fett gebackenem Hefeteig. Aber die sind echt lecker.«

»Mmmm ... mein Leibgericht«, murmelte Sophie mit vollem Mund. Sie genoss den späten Ausflug sichtlich.

Doch als sie sich gerade ein weiteres Stück Struwen in den Mund stopfen wollte, änderte sich ihre Stimmung von einer Sekunde auf die andere. Sie schrie mit heller, spitzer Stimme auf, und gleichzeitig wurde es im ganzen Lokal totenstill. Charlotte folgte Sophies entsetztem Blick nach draußen. Zunächst hatte sie Mühe, etwas zu erkennen, da sich das Licht im Raum in den Fenstern spiegelte. Doch dann ...

Waren das Flammen? Brannte da hinten ein Haus? Und was zur Hölle kam da die Straße herunter? Es sah fast so aus, als wenn ein brennender Ball über den Weg rollte.

Aber es war kein Ball.

Einige Frauen kreischten entsetzt, und die Männer sprangen fassungslos von den Stühlen. Die meisten Leute in dem Lokal rannten nach draußen, und auch Charlotte eilte vor die Tür. Das Quieken war markerschütternd – eines der schlimmsten Geräusche, das sie je gehört hatte.

»O mein Gott«, sagte ein Mann tonlos, der neben ihr stand und sich im nächsten Moment erbrach.

Wie eine lebende Fackel rannte ein brennendes Schwein laut quiekend den Feldweg herunter. Der hintere Teil des Tieres brannte lichterloh, Kopf und Vorderteil waren noch unversehrt.

Das Schwein schien zu glauben, dass es dem Feuer davonlaufen könnte, doch so schnell das arme Vieh auch lief, die Flammen waren schneller und fraßen sich in Windeseile über den borstigen Körper. Das Schwein quiekte nun nicht mehr, jetzt waren es fast menschliche Schreie, die es von sich gab. Endlich brach es zusammen. Während das Feuer mit gierigen Zungen über den mittlerweile rot glühenden Leib der armen Kreatur leckte, hob und senkte sich der Bauch des Tieres, der mit riesigen Brandblasen überzogen war, noch ein letztes Mal. Dann war das Schwein tot.

Doch das Quieken hörte nicht auf. Denn nur wenige Hundert Meter weiter schlugen aus einem der größten Schweinebetriebe der Umgebung meterhohe Flammen. Und die Schreie der verbrennenden Tiere wollten kein Ende nehmen.

34

Bernd war mit Sophie nach Hause gefahren. Das Mädchen war völlig verstört gewesen und hatte ohne Unterbrechung geweint. Charlotte konnte es ihr nicht verdenken. Der Anblick des brennenden Schweines hätte schon gereicht, um einem Kind einen Schock fürs Leben zu verpassen. Aber verbunden mit dem Quieken seiner Artgenossen hatte selbst Charlotte das Gefühl gehabt, mitten in einem Horrorfilm zu sein.

Polizei und Feuerwehr waren schnell gekommen. Während die Kollegen das Gebiet weitläufig absperrten, bemühten sich zwei Löschfahrzeuge, den Brand unter Kontrolle zu bringen. Im Laufschritt ging Charlotte nun auf einen uniformierten Polizisten zu.

»Halt! Sie können hier nicht –«

»Charlotte Schneidmann, Kripo Münster.« Sie zeigte ihm ihren Ausweis.

»Na, Sie sind ja schnell vor Ort«, staunte der Beamte.

»Nein, das ist Zufall. Wir müssen dringend das Gebiet absuchen. Falls es Brandstiftung war, ist es durchaus möglich –«

»Kann gut ein Kurzschluss gewesen sein«, unterbrach sie der Polizist. »Der Hof war schon ziemlich alt.«

»Mag sein.« Charlotte war genervt. »Aber wenn es Brandstiftung war, dann ist es sehr wahrscheinlich, dass sich der Täter noch in der Nähe aufhält. Brandstifter wollen sehen, was sie angerichtet haben, sonst ziehen sie keine Befriedigung daraus. Ich brauche dringend Unterstützung, um die ganzen Leute hier zu befragen. Mindestens einen Kollegen, am liebsten zwei.«

Der Polizist starrte auf die zahlreichen Schaulustigen, die nicht nur aus dem *Kriens*, sondern auch aus der Nachbarschaft zusammengekommen waren und mit großen Augen den Löscharbeiten zusahen.

»Wie wollen Sie die jetzt alle befragen? Das sind doch bestimmt hundert Leute.« Er musterte sie kurz, schien Charlotte aber anzusehen, dass er ihr besser keine Fragen mehr stellte. »Okay. Lothar!«

Ein rotgesichtiger untersetzter Polizist kam zu ihnen.

»Die Dame ist von der Kripo und braucht deine Unterstützung.«

»Aber ich muss –«

»Kein Aber.«

Der Beamte wandte sich ab. Charlotte erklärte dem rotgesichtigen Polizisten, was zu tun war, während sie mit raschen Schritten auf den Pulk von Schaulustigen zugingen. »Ich will von allen Männern die Personalien haben«, sagte sie.

»Und von den Frauen nicht?«

»Doch, aber zuerst die Männer.«

Natürlich war es durchaus denkbar, dass der Schweinestall aus anderen Gründen brannte, aber sie durfte die Möglichkeit nicht außer Acht lassen, dass er angezündet worden war. Und die Wahrscheinlichkeit, dass der Täter noch vor Ort war, war groß. Innerhalb von fünf Tagen kam es zu zwei schweren Bränden – es war nicht auszuschließen, dass hier derselbe Täter am Werk war wie im Altenheim. An einen Zufall konnte Charlotte nicht glauben, vollkommen unmöglich.

Während der uniformierte Polizist die Personalien der Männer aufnahm, ging sie aufmerksam durch die Menge. Unauffällig musterte sie jeden Einzelnen, wobei sie alle Frauen und Kinder erst einmal vernachlässigte. Brandstiftung war ein typisch männliches Verbrechen.

Viele Familien mit Kindern waren da. Kein Wunder, dachte Charlotte, das *Kriens* war rappelvoll gewesen. Außerdem hatten die Kinder und Jugendlichen Osterferien, viele waren noch auf und kamen aus ihren Häusern, um das Spektakel zu beobachten. Charlotte hatte den Eindruck, als ob die Zahl der Schaulustigen jede Sekunde anstiege.

Sie nahm ihr Handy aus der Tasche und wählte Käfers Nummer. Mailbox. Mit gesenktem Kopf und gedämpfter Stimme, um die chaotischen Geräusche der Umgebung zu mindern, bat sie ihn um Rückruf. Dabei fiel ihr Blick auf die Schuhe der umstehenden Menschen. Hinter einer Reihe von Frauen- und Kinderschuhen sah sie ein paar braune Schuhe, die von Matsch verdreckt waren und an denen Stroh klebte. Schnell blickte sie auf und suchte die Menge ab. Junger Mann, blonde Frau, ältere Dame, drei Jugendliche – da! Dahinten. Sie sah, wie sich ein Mann schnell durch die Menge Richtung Wald bewegte.

»Hey, Sie. Stehen bleiben!«, rief Charlotte laut und meinte, den Mann zusammenzucken zu sehen. Aber er drehte sich nicht um. Noch schneller als zuvor drängte er sich durch die Schaulustigen und verschwand nach nur wenigen Metern zwischen den dicht stehenden Bäumen des angrenzenden Forsts.

»Bleiben Sie stehen!« Charlotte eilte hinter ihm her. »Lassen Sie mich durch, mein Gott, nun machen Sie doch Platz!«

Es dauert viel zu lange, dachte sie, als sie sich endlich durch die Menge gekämpft und den Waldrand erreicht hatte. Sie hatte den Mann nur von hinten gesehen, konnte noch nicht mal seine Haarfarbe richtig beschreiben. War er blond gewesen? Oder grauhaarig? Charlotte wusste es nicht. Aber er hatte sich auffällig verhalten, so viel war sicher.

Sie war vielleicht zehn Meter durch das Unterholz gelaufen, als ihr auffiel, wie ruhig es plötzlich war. Das Quieken der Schweine hatte aufgehört, wahrscheinlich waren sie alle tot. Die

Stimmen der Menschen hatte der Wald schon nach wenigen Metern verschluckt. Eine merkwürdige Stille breitete sich aus.

Charlotte blieb stehen und lauschte in die Dunkelheit hinein. Sehr viel weiter konnte sie nicht gehen. Sie hatte keine Taschenlampe dabei, und die Bäume wuchsen nun so dicht, dass sie das Licht des Mondes kaum noch hindurchließen. Alles vor ihr war schwarz, und sie musste aufpassen, dass sie sich an den Ästen und Zweigen nicht verletzte. Nein, es hatte keinen Zweck. So würde sie den Mann nicht finden.

Als sie sich umdrehte und zurückgehen wollte, hörte sie plötzlich ein lautes Knacken. Es war direkt neben ihr. Sie wollte nach ihrer Dienstwaffe greifen, aber dann fiel ihr ein, dass sie keine dabei hatte. Sie war ja privat unterwegs. Eigentlich. Es knackte erneut, dann hörte sie ein lautes Stöhnen. Im gleichen Augenblick spürte sie einen Windzug an ihrem Ohr vorbeisausen, und dann einen dumpfen Schmerz. Dann wurde alles um sie herum dunkel.

35

Annette schloss ihre Wohnungstür ab. Hätte sie ihn noch fragen sollen, ob er mit hochkommen wollte? Als er sie nach Hause gefahren hatte, war er ungewöhnlich still gewesen. Bereute er den Kuss? Wahrscheinlich. Womöglich konnte er Probleme bekommen, wenn er sich mit der Angehörigen eines Mordopfers einließ. Andererseits hatten sie doch nichts Verbotenes getan. Vielleicht war er auch einfach müde und deshalb so still?

Vor der Haustür hatte sie sich nicht getraut, ihn noch mal zu küssen, und auch er hatte keine Anstalten gemacht. Oh Mann. Hatte sie einen Fehler gemacht? Peter kam ihr so vertraut vor, obwohl sie ihn doch eigentlich kaum kannte. Sie konnte sich nicht erinnern, wann es ihr das letzte Mal mit einem Mann so gegangen war. Die letzten Jahre war sie viel zu sehr mit dem Aufbau des *Petit Törtchen* beschäftigt gewesen, als dass sie Zeit gehabt hätte, sich zu verlieben. Und so lag ihre letzte Beziehung bald fünf Jahre zurück.

Sie ging durch den kleinen Flur direkt in das Schlafzimmer und zog sich aus, während sie an die Zeit mit Sven dachte, ihrem letzten Freund. Ihr Vater war zu diesem Zeitpunkt noch vergleichsweise klar gewesen und hatte sich Sven gegenüber sogar relativ freundlich benommen. Er hatte ihn nur ein paar Mal getroffen, aber da schien es so, als ob er den jungen Mann mochte. Als Annette dann wenig später mit Sven Schluss machte, hagelte es von ihrem Vater Vorwürfe. Er schien fest davon überzeugt gewesen zu sein, dass Annette den Fehler ihres Lebens begangen hatte, und spottete darüber, dass eine so gute Partie wie sie nicht vom Markt kam. Dabei war er bei seiner eigenen Hochzeit doch auch schon vierzig gewesen. Ihr persönliches Glück schien ihn mal wieder gar nicht zu interessieren.

Aber vielleicht hatte sie ihm auch unrecht getan? Annette dachte an das, was Jakob Boßmann ihr erzählt hatte. Im Gegensatz zu ihm hatte sie alles, was ihr Vater getan hatte, stets negativ gedeutet. Vielleicht war er damals ja nur so vorwurfsvoll gewesen, weil er sich eine Schar Enkelkinder gewünscht und Angst gehabt hatte, sie nicht mehr mitzuerleben? Ja, vielleicht hatte es wirklich eine andere Seite an ihm gegeben, die sie nie kennengelernt hatte.

Als sein Gedächtnis immer schlechter wurde und sein Verstand ihn immer häufiger im Stich ließ, wollte er der Familie etwas mitteilen, hatte ihre Mutter gesagt. Vielleicht wollte er sich ja mit seiner Frau und seinen Kindern aussöhnen? Jakob Boßmann hatte ihr erzählt, dass so etwas gar nicht so selten vorkam. Es sei für viele Patienten geradezu wachrüttelnd, wenn sie registrierten, dass sie im wahrsten Sinne des Wortes den Verstand verloren. Am Anfang waren sie wütend, dann beherrschte sie vor allen Dingen Angst, und sie versuchten, noch möglichst viele Dinge zu regeln, bis die geistig wachen Momente so selten wurden, dass der Demente relativ unbefangen in seiner Welt leben konnte und sich um seine Vergangenheit und seine Zukunft nicht mehr scherte. Aber hatte ihr Vater den Zustand überhaupt noch erreicht? Sie wusste es nicht. Sie hatte keine Vorstellung davon, wie weit seine Krankheit schon fortgeschritten war, als er starb. Sie hatte ihn ja nicht mehr besucht.

Annette ließ sich auf die Matratze fallen und war froh, wieder in ihrem eigenen Bett zu schlafen. Bei ihrer Mutter fand sie keine richtige Ruhe. Zu viele Erinnerungen hielten sie dort wach. Sie kuschelte sich in die Decke und ließ noch einen Moment das Licht an, während sie über den heutigen Abend nachdachte.

Wenn es wirklich der Mörder ihres Vaters gewesen war, der am Schaufenster gestanden hatte, und wenn Peter recht hatte und dieser Mann etwas von ihr wollte, was ihr Vater ihm nicht geben konnte – was konnte das dann sein? Er hatte sie nicht angesprochen, nur beobachtet. Auch als er im Laden gewesen war, um seine vermeintliche Bestellung aufzugeben, hatte er sich in erster Linie umgeschaut, fiel ihr jetzt ein. In dem Moment war ihr das nicht aufgefallen, aber wenn sie jetzt so darüber nachdachte ... doch, ja, er hatte sich sogar ziemlich intensiv umgesehen. Hatte sie in ihrem Laden etwas, das er wollte? Aber was?

Denk nach, denk nach! Papa war nur einmal im *Petit Törtchen*. Konnte er da etwas im Laden versteckt haben? Nein, das war unmöglich. Das wäre dir doch aufgefallen. Versuch dich zu erinnern. Er kam mit Mama, sie hatte einen riesigen Blumenstrauß dabei und ein altes gerahmtes Bild von Horstmar. »Deine Wurzeln« stand unter dem Stich, und Mama hatte ihr zugeraunt, dass er eigentlich von Papa sei, er es aber nicht zugeben wolle, weil er ihre Idee mit dem *Petit Törtchen* immer abgelehnt hatte. Ihr Vater hatte nichts gesagt und nur über die Einrichtung gelästert, die seiner Meinung nach kitschig und unangemessen war.

Der alte Kupferstich. Ihrer Mutter zuliebe hatte sie ihn noch am gleichen Tag hinter der Kasse aufgehängt, und je länger sie überlegte, desto sicherer war sie, dass es das einzige Stück war, das sie von ihrem Vater im Laden hatte. Suchte dieser Mann etwa das Bild? Aber warum? Besonders wertvoll konnte es eigentlich nicht sein, glaubte Annette. Sie beschloss, es sich gleich morgen einmal genauer anzusehen. Was sie noch nie getan hatte, weil sie immer gedacht hatte, ihr Vater wolle sie mit dem ollen Ding nur ärgern. Immer, wenn sie den Kupferstich betrachtet hatte, und das war selten genug vorgekommen, hatte das Bild zu ihr gesagt: »Hier kommst du her. Da kannst du noch so viele Pralinen mit französischen Namen verkaufen, zur feinen Gesellschaft von Münster wirst du nie gehören.«

Das hatte Annette immer verstanden. Aber mittlerweile musste sie in Betracht ziehen, dass ihr Vater vielleicht auch etwas ganz anderes gemeint hatte.

Müde rollte sie sich auf die Seite. Sie wollte gleich morgen früh Peter anrufen und ihm von dem Kupferstich erzählen. Suchte sie einen Vorwand, um sich bei ihm zu melden? Annette musste lächeln. Ihr Herz klopfte, als sie an Peter dachte, und sie konnte sich nicht erinnern, wann ihr so etwas das letzte Mal passiert war. Dass sie sich wie vom Blitz getroffen verliebte – nein, dafür war sie eigentlich nicht der Typ. Aber jetzt war es passiert.

36

Hektisch rannte Käfer in die weiße Eingangshalle des Krankenhauses. Das helle Neonlicht blendete ihn, und er musste blinzeln, bis sich die Augen an das grelle Licht gewöhnt hatten. Draußen war es noch dunkel, es war noch nicht mal halb sechs am Morgen.

Vor einer halben Stunde hatten sie ihn angerufen. Die Kollegen hatten eine Suchaktion gestartet, nachdem Charlotte mit einem Beamten Zeugen eines Brandes hatte befragen wollen und plötzlich verschwunden war. Stundenlang hatten sie nach ihr gesucht und sie schließlich blutend im Wald gefunden. Sie war niedergeschlagen worden und lag mit einer großen Platzwunde ohnmächtig im Unterholz.

Was war passiert? Käfer hatte keine Ahnung. Wieso war Charlotte bei diesem Brand gewesen? Er hatte ihre Mailboxnachricht erst morgens abgehört, aber auch da hatte sie nicht erklärt, was sie am Unfallort zu suchen gehabt hatte. Er erkundigte sich am Empfang, wo er Charlotte finden würde, und eilte die Treppe hoch in den ersten Stock. Sie lag auf der Überwachungsstation, und er konnte nur hoffen, dass es ihr einigermaßen gut ging.

Charlotte lag wach in ihrem Bett und starrte an die Decke, als er leise den Raum betrat. Ihr Kopf war bandagiert, und sie war mithilfe von verschiedenen Kabeln mit den Monitoren verbunden. Nur mit Vorhängen war ihr Bett von den anderen abgetrennt, in denen noch drei weitere Patienten zur Überwachung lagen. Im Gegensatz zu Charlotte schienen die anderen zu schlafen.

Vorsichtig setzte sich Käfer an ihr Bett. »Was ist das für 'ne Scheiße?«, flüsterte er und grinste sie dabei an. Er war erleichtert, dass sie sich offenbar zumindest ein Lächeln abringen konnte.

»Ein Ast«, sagte sie mit leiser, aber fester Stimme.

»Hast du schlimme Schmerzen?«

»Geht. Die haben mich ganz gut mit Medikamenten vollgepumpt.«

»Was ist passiert?«

Charlotte seufzte und erzählte ihm dann in knappen Worten von einem Brand in dem Schweinestall. »Und dann dachte ich, ich hätte jemanden gesehen. Einen Mann, der sich total verdächtig verhalten hat. Vielleicht hab ich mich auch getäuscht, aber der Typ ist definitiv vor mir abgehauen, so viel steht fest. Als ich ihm dann in den Wald gefolgt bin, hat er mich niedergeschlagen.«

»Kannst du den Mann beschreiben?«

»Nicht besonders gut. Er war nicht groß, höchstens eins siebzig oder eins fünfundsiebzig. Und hatte helle Haare, entweder blond oder grau. Es sah so aus, als ob er komplett in Schwarz gekleidet war. Mehr kann ich nicht sagen.«

»Gut, wir werden das auf jeden Fall zur Fahndung rausgeben«, sagte Käfer und erzählte Charlotte dann von dem mysteriösen Mann, der sich gestern Abend vor Annettes Laden aufgehalten hatte.

»Und er stand nur da und hat in den Laden gestarrt?« Charlotte musste daran denken, dass sie sich schon vor ein paar Tagen, als die Ermittlungen im Altenheim begonnen hatten, beobachtet gefühlt hatte.

»Ja«, sagte Käfer. »Ich fahre gleich aufs Präsidium und schau mal nach, ob die Kollegen schon was herausgefunden haben.«

»Hast du noch die Sache mit der Umgehungsstraße klären können?«, fragte Charlotte.

»Nein, ich hatte mich um Annette gekümmert und –«

»Annette? Seit wann duzt ihr euch?«

Ihr skeptischer Blick nervte ihn, und er hatte keine Lust, auf ihren Kommentar einzugehen. »Ich fahre jetzt zum Präsidium und arbeite mich durch den Ordner von Steinkamp«, sagte er stattdessen.

Natürlich wusste er, dass man mit Angehörigen eines Mordopfers nichts anfing. Das konnte seine Objektivität gefährden und sich letztendlich sogar negativ auf die Ermittlungen auswirken. Aber sollte er etwa seine Gefühle ignorieren? Nein, das ging auch nicht. Außerdem hatte er die Lage im Griff, da war er sich sicher.

»Wie lange musst du noch hierbleiben?«, fragte er zum Abschied.

»Ich gehe heute. Egal, was die Ärzte sagen. Mir geht es gut. Sobald ich hier raus bin, ruf ich dich an.«

»Gute Besserung.«

»Danke.«

Als Käfer wieder im Wagen saß, wurde es langsam hell. Er kam zügig voran, die Straßen waren leer. Kein Wunder, an Ostersamstag haben ja die meisten frei, dachte er. Bis auf den Einzelhandel und die Gastronomie. Und die Polizei natürlich.

Es war sieben Uhr, und er spürte, dass er dringend etwas essen musste. Er hielt an einer Bäckerei, die gerade ihre Türen öffnete, und bestellte sich einen Kaffee mit vier Zuckerwürfeln und ein Salamibrötchen mit extra Käse. Dann verspeiste er sein Frühstück im Auto, bevor er zum Präsidium fuhr.

Käfer seufzte. Er konnte sich wahrlich etwas Schöneres vorstellen, als an Ostersamstag Akten zu wälzen. Als er auf den Parkplatz fuhr, klingelte sein Handy, und obwohl sich seine Laune schlagartig besserte, als er die Nummer erkannte, zögerte er einen Moment. Durfte er sich wirklich darauf einlassen? Verdammt noch mal, da traf er *einmal* eine Frau, die ihm so richtig gefiel, und dann war sie ausgerechnet die Tochter eines Mordopfers! Er dürfte eigentlich gar nicht ... Ach, was soll's.

»Käfer?«

»Hallo ... Ich bin's, Annette. Gut geschlafen?«

»Ja ...«

Stille.

»Alles in Ordnung?« Ihre Stimme klang unsicher.

Natürlich klingt sie unsicher, du Hornochse! Denn wenn du nichts sagst, vermittelst du ihr nicht das Gefühl, dass du dich über ihren Anruf freust. Mann!

»Ja, alles in Ordnung. Tut mir leid, ich bin ein bisschen durcheinander wegen gestern.«

»Oh ... Ich hab dich wohl ganz schön überfallen.«

»Nein, nein, hast du nicht. Ehrlich nicht. Ich fand's schön. Wirklich. Es ist nur ... offiziell, wegen der Ermittlungen ...«

»Ich weiß.«

»Lass es uns einfach für uns behalten.«

»Und vergessen?«

»Auf keinen Fall! Nein, auf gar keinen Fall.« Wenn es nach ihm ging, würde er sie sofort wieder küssen. »Ich will dich unbedingt wiedersehen. Auch jenseits der Ermittlungen.«

Er hörte sie erleichtert seufzen.

»Schön. Kannst du nachher zu mir in den Laden kommen? Ich habe bis mittags geöffnet.«

Dann erzählte sie ihm von einem alten Kupferstich, den sie von ihrem Vater geschenkt bekommen hatte und auf dem die Stadt Horstmar zu sehen war.

»Warte mal.« Käfer überlegte. »Da war schon mal was mit so einem alten Stich ... bei den Sachen deines Vaters, die das Feuer überlebt haben. Ebenfalls ein altes Bild von Horstmar. Ein Kupferstich, glaube ich.«

Verdammt, dachte er. Was war eigentlich aus den ganzen Sachen geworden, die nach dem Brand aus Steinkamps Zimmer verschwunden waren?

»Annette, ich bin jetzt am Präsidium. Ich muss hier dringend was klären. Dann komme ich zu dir in den Laden.«

»Ich freu mich.«

»Ich mich auch. Bis nachher.«

Er legte auf und wählte sofort eine neue Nummer. Die Stimme von Sven Pauly klang müde und verschlafen.

»Die persönlichen Gegenstände sind meines Wissens alle wieder da«, antwortete Pauly auf Käfers Frage und gähnte. »Die sind in meinem Büro, ich hab sie noch nicht in die Asservatenkammer geschafft. Nur keine Hemmungen, Sie können die Sachen gerne mit der Liste abgleichen.«

»Das mach ich. Kommen Sie heute noch rein?«

»Ja, aber erst später. Ich habe letzte Nacht bis um drei die Zeugenaussagen protokolliert.«

»Dann schlafen Sie sich erst mal aus. Frohe Ostern.«

»Ebenso.«

Käfer betrat das Gebäude. Am Automaten zog er sich einen weiteren Kaffee und ging damit in sein Büro, suchte die Liste, die er von der Spurensicherung nach dem Brand bekommen hatte, und ging drei Türen weiter in das Büro von Sven Pauly.

Auf einem Ecktisch stand eine Kiste mit der Aufschrift »AK19837HS2012«. Das Aktenzeichen im Fall Ludger Steinkamp.

Käfer nippte an seinem Kaffee und begann, die Kiste auszupacken. Alte Männermagazine, ein verkohltes Radio, Manschettenknöpfe, ein goldener Kugelschreiber, aber kein gerahmtes Bild. Er ging die Liste durch, auf der unter Punkt vier ein »gerahmter

Kupferstich (?) der Stadt Horstmar, vermutlich kein Original, schlechter Zustand, Rahmen unversehrt« vermerkt war. Aber das Bild fehlte.

»Tja, tut mir leid, Pauly«, murmelte Käfer und wählte erneut die Nummer von seinem Kollegen.

»Ich war gerade wieder eingeschlafen«, sagte dieser mürrisch.

»Der alte Stich ist nicht da«, entgegnete Käfer.

»Hm. Vielleicht hat einer der Bewohner ihn weggeschmissen, weil er nichts damit anfangen konnte?«

»Haben Sie denn alle Zimmer absuchen lassen?«

»Ja. Alle.«

»Auch vom Personal?«

»Von absolut allen. Im Heim ist das Ding nicht mehr, da haben wir alles auf links gedreht.«

Nachdenklich legte Käfer auf. Wo konnte der alte Stich nur sein? Und was hatte es damit auf sich? Er musste sich unbedingt das Bild in Annettes Laden anschauen. Vielleicht würde er dann schlauer. Um halb zehn öffnete sie das Geschäft. Bis dahin konnte er noch gut die Zeit nutzen, um sich den Akten von Steinkamp zu widmen.

Er ging zurück in sein Büro und ließ sich lustlos auf den Schreibtischstuhl sinken. Dann nahm er den Ordner mit der Aufschrift »Umgehungsstraße« und begann, sich durch Gutachten, Angebote und Grundstücksverkäufe zu arbeiten. Nach einer Weile stieß er beim Umblättern mit dem Ellenbogen den Kaffeebecher um, und ein Rest des Getränks lief auf den Schreibtisch. Gedankenverloren stellte Käfer den Becher wieder auf, ohne sich um die braune Lache zu kümmern, die sich auf dem Tisch ausbreitete. Zu gebannt war er von dem, was er gerade las.

37

Sie rannte durch den Wald, die Waffe mit beiden Händen fest im Anschlag, und sah sich dabei suchend um. Sie konnte kaum noch etwas erkennen. Um sie herum wurde es immer dunkler, schwarze Wolken zogen sich am Himmel zusammen, in der Ferne war ein lautes Donnern zu hören, und sie sah, wie sich ein schweres Unwetter zusammenbraute. Sie rannte weiter, wollte raus aus dem Wald, aber sie fand keinen Ausweg.

Plötzlich war der Himmel hell erleuchtet. Ein gewaltiger Blitz zerteilte die Wolken und fuhr zur Erde. Er kam direkt auf sie zu und traf sie an der Schläfe. Sofort brannte sie lichterloh, schrie vor Schmerzen und versuchte, das Feuer mit ihren Händen zu ersticken, aber es ließ sich nicht löschen. Ihr Körper ging in Flammen auf und zerfiel langsam zu Asche.

Schweißgebadet wachte Charlotte auf. Nachdem Käfer gegangen war, hatte sie sich plötzlich fürchterlich müde und erschöpft gefühlt und war noch mal eingeschlafen. Sie wischte sich den Schweiß von der Stirn und rieb sich die Augen.

»Das war nur ein Traum«, sagte sie zu sich und versuchte, vorsichtig aufzustehen und das Fenster zu öffnen. Mit wackeligen Beinen hielt sie sich an der Fensterbank fest und nahm einen tiefen Atemzug der frischen Frühlingsluft, als ihr Handy brummte. Sie drückte auf den grünen Hörer, flüsterte »Moment!« und ging in das angrenzende Bad, um die anderen Patienten nicht zu wecken. Es war Hammersbach.

»Käfer hat mich gebeten, Sie anzurufen. Er ist gerade schwer beschäftigt und schafft es nicht. Es geht um dieses Foto, das Sie bei Steinkamp gefunden haben, das aus den Fünfzigern, auf dem junge Leute bei einem Picknick –«

»Was ist damit?«, unterbrach sie ihn.

»Ich hab das Bild gescannt und durch das Fotoerkennungsprogramm gejagt. Die Qualität ist leider recht schlecht, aber beim Abgleich gab es eine Übereinstimmung von fast achtzig Prozent mit einer der Personen von dem Picknick.«

»Eine der abgebildeten Personen ist also strafrechtlich bereits in Erscheinung getreten.«

»Genau.«

»Ja, und? Wer ist es?«

»Fritz Ostermann. Das Bild, das bei seiner Verhaftung gemacht wurde, belegt eindeutig, dass er auf diesem Picknick war.«

»Ostermann? Dann hat er uns also angelogen.«

»Scheint so. Er muss Ludger Steinkamp jedenfalls gekannt haben. Ich habe den Leiter der Grundschule in Horstmar angerufen. Er hat versprochen, die Akten von damals rauszusuchen. Vielleicht sind die beiden sogar zusammen zur Schule gegangen. Wäre ja nicht ungewöhnlich, in so einem kleinen Ort.«

»Da haben Sie recht.«

»Käfer bat mich nun, Sie zu fragen, ob der Typ von letzter Nacht, der Sie niedergeschlagen hat, vielleicht Fritz Ostermann gewesen sein könnte. Die Beschreibung, die Annette Steinkamp von dem Unbekannten vor ihrem Laden gegeben hat, passt offenbar zu dem, was Sie von Ihrem Angreifer sehen konnten.«

»Fritz Ostermann.« Charlotte dachte nach. »Es war dunkel, und ich habe den Mann nur von hinten gesehen. Größe und Statur könnten stimmen. Aber ich kann es nicht genau sagen.«

»Alles klar«, sagte Hammersbach. »Ich werde den Kerl mal checken lassen und im Zweifelsfall zur Fahndung ausschreiben.

Ich schicke Ihnen jetzt gleich noch ein Foto von Kai Wiedemann auf Ihr Handy.«

»Wer ist das?«

»Das ist der Sohn vom Wiedemannhof. Ich sollte doch die finanzielle Lage der Bauern überprüfen.«

»Richtig. Was ist mit ihm?«

»Er ist spielsüchtig und Stammkunde im *Casino Royal* in Münster. Er hat über hunderttausend Euro Schulden.«

Charlotte stieß einen Pfiff aus. »Das ist eine Menge. Da kann man schon mal auf die Idee kommen, eine alte Geldquelle anzuzapfen.«

»Ganz genau. Ich schicke Ihnen das Foto. Vielleicht ist es ja der Kerl von gestern.«

»Gut. Und überprüfen Sie bitte das Alibi von ihm. Ich will genau wissen, wo er letzten Montag war.«

Charlotte schaltete ihr Handy aus und stand noch einen Moment nachdenklich im Bad. Der Wiedemann-Sohn hatte hohe Schulden. Und Ostermann hatte gelogen. Wenn er Steinkamp gekannt hat, hatten die beiden bei den Bränden damals vielleicht gemeinsame Sache gemacht. Und Ostermann wollte nun seinen Anteil an der alten Beute haben.

Aber warum erst jetzt? Er war seit Jahren aus dem Knast raus, er hätte doch schon viel eher zuschlagen können. Vielleicht war Kai Wiedemann an ihn herangetreten? Und Ostermann hatte erst dadurch von dem Versicherungsbetrug erfahren. Dann kann er mit der Sache damals allerdings auch nichts zu tun gehabt haben, dachte sie. Und außerdem: Woher sollte er wissen, dass Steinkamp ausgerechnet an dem Nachmittag allein war?

Charlotte fiel Ingrid Petersen ein. Sie hatten die alte Dame nicht nach Fritz Ostermann gefragt – warum auch, er war ihnen in keiner Weise verdächtig vorgekommen. Sollten sie sich so in ihm getäuscht haben? Wäre es denkbar, dass Ostermann nach seiner Freilassung Kontakt zu Ingrid Petersen aufgenommen hatte? So etwas kam nicht so selten vor. Häufig versuchten Straftäter, Kontakt zu ihrem Opfer oder zu Angehörigen der Opfer zu knüpfen, entweder um ihr schlechtes Gewissen zu bekämpfen oder um sich an deren Leid zu ergötzen und so noch einmal Befriedigung aus ihrer Tat zu ziehen. Hatte er sich so Zugang zum Altenheim verschafft?

Ihr Handy brummte, und das Foto von Kai Wiedemann erschien auf dem Display. Charlotte überlegte. Konnte das der Kerl von gestern Abend sein? Kai Wiedemann hatte aschblonde Haare und schien normal groß zu sein. Irgendwie ein Allerweltstyp, fand sie. Hatte sie ihn unter den Schaulustigen vorm *Kriens* gesehen? Möglich war es.

Sie schickte Hammersbach eine SMS, dass sie Wiedemann weder als Täter identifizieren noch ausschließen konnte und dass er zur Sicherheit überprüft werden sollte. Dann öffnete sie den Internetbrowser und suchte nach der Telefonnummer von Dr. Höhner, dem Rechtsanwalt, der Ingrid Petersen damals vertreten hatte. Sie fand neben der Büro- auch eine Mobilnummer, sah auf die Uhr und überlegte, ob man um kurz nach acht an Ostersamstag bei einem Anwalt anrufen konnte.

Ihr Blick fiel in den Spiegel. Der Bluterguss war von der Stirn in das linke Auge abgesackt, das nun blauschwarz umrandet und geschwollen war. Dafür sah die Wunde am Kopf viel besser aus, sie nässte nicht mehr durch den weißen Verband, der ihr ohnehin bald wieder abgenommen werden sollte. Ich habe wirklich Glück gehabt, dachte Charlotte, während sie die Nummer eingab. Der Typ hätte ihr ohne Weiteres die Nase oder das Jochbein brechen oder ihr womöglich sogar den ganzen Schädel zertrümmern können. Wenn ein alter Mann wie Ostermann solche Kräfte mobilisieren konnte, dann musste er dafür schon schwerwiegende Gründe haben. Und das machte ihn nicht gerade unverdächtiger – falls es Ostermann überhaupt war. Für Kai Wiedemann wäre so ein Schlag vermutlich kein Problem gewesen.

Nach einigem Klingeln meldete sich Dr. Höhner, und nachdem Charlotte ihm erklärt hatte, wer sie war und um was es ging, wollte sie wissen, ob Ludger Steinkamp ihm nach dem Brand damals einen Versicherungsdeal angeboten hatte.

Dr. Höhner zögerte und verwies auf die lange Zeit, die seit dem Fall vergangen war, bis er schließlich seufzte und sagte: »Es war kein direkter Deal. Wir waren uns beide einig, dass die Summe, die eine Versicherung für einen toten Menschen zahlt, ein Witz ist. Es kann doch nicht sein, dass man mehr Geld für ein abgebranntes Haus als für eine tote Familie bekommt.«

»Ich verstehe. Wie haben Sie Herrn Steinkamp seinen Anteil gegeben?«

»Wir haben das anders geregelt. Als Rechtsanwalt konnte ich ihm ja wohl schlecht einen Koffer voll Bargeld überreichen.«

»Und wie haben Sie es dann geregelt?«

Er zögerte. »Ich habe damals das Bauunternehmen vertreten, das die Umgehungsstraße um Horstmar und Laer gebaut hat«, sagte er dann. »Bamberger & Fieger, ein Aktienunternehmen. Ich habe Herrn Steinkamp zum richtigen Zeitpunkt den Kauf von einigen Aktien nahegelegt.«

»Insiderhandel?«

»Ein Freundschaftsdienst.«

»Aha.« Charlotte merkte, dass Dr. Höhner immer distanzierter und stockender antwortete. Kein Wunder, dachte sie. So ganz sauber war der gute Herr Rechtsanwalt offensichtlich nicht. »Hat Fritz Ostermann seit seiner Entlassung aus dem Gefängnis versucht, zu Ihnen beziehungsweise über Sie Kontakt zu Frau Petersen aufzunehmen?«

»Ja. Er hat mich tatsächlich mal angerufen, vor Jahren, als er gerade raus war. Seine Betreuerin hatte ihn wohl dazu gedrängt, damit er sich mit seinen Taten auseinandersetzt. Selbstverständlich haben wir ein Treffen abgelehnt.«

»Wissen Sie, ob er sich noch mal direkt an Frau Petersen gewandt hat?«

»Das weiß ich nicht. Aber wenn, dann dürfte er dadurch nichts erreicht haben. Ich glaube nicht, dass Frau Petersen Kontakt zu diesem Mann haben möchte.«

Charlotte hörte, wie jemand im Nebenraum ihren Namen rief, und beendete das Telefonat. Dr. Höhner hatte ihr alles gesagt, was sie wissen wollte.

Bernd war gekommen. Er nahm sie vorsichtig in den Arm und erkundigte sich nach ihrem Befinden.

»Der Schädel brummt, aber sonst ist alles okay. Wie geht es Sophie?«

»Heute Morgen ging es wieder einigermaßen. Zum Glück kommt Sabine gleich und holt sie ab, und heute Abend ist das Schneckenfest. Das lenkt sie einigermaßen ab.«

»Das ist gut.«

Bernd hatte ihr frische Sachen mitgebracht und packte die lehmverschmierte Kleidung, die sie gestern Abend getragen hatte, in eine Plastiktüte. Er sah so aus, als würde er sich Sorgen machen. »Bist du sicher, dass du schon gehen kannst?«

»Ich habe keine Gehirnerschütterung. Das Veilchen sieht fies aus, ist aber nicht schlimm.«

»Was hat der Arzt gesagt?«

»Ich darf gehen. Er meinte, wenn ich Kopfschmerzen bekomme, sollte ich sofort wiederkommen, um eine mögliche Hirnblutung auszuschließen. Aber im Moment ist alles okay.«

Es klopfte kurz an der Tür, die fast zeitgleich geöffnet wurde. Ein junger Assistenzarzt kam schwungvoll in den Raum und sagte: »So, dann wollen wir Sie mal von diesem Verband befreien, damit Sie nach Hause können.« Er nickte Bernd kurz zu. »Guten Morgen.«

»Morgen. Soll ich rausgehen?«, fragte er.

»Ach was. Sie können ruhig bei Ihrer Frau bleiben.«

Frau, hatte er gesagt. Er hielt Bernd für ihren Ehemann. Sie grinste, und ihr vermeintlich Angetrauter zwinkerte ihr fröhlich zu.

»Die Wunde sieht gut aus, mit ein bisschen Glück wird man die Narbe kaum sehen. Lassen Sie es in den nächsten Tagen etwas ruhiger angehen, und wenn irgendwas ist, kommen Sie vorbei. Frohe Ostern!« Und schon war der Arzt wieder draußen.

»Dann wollen wir mal.« Charlotte nahm ihre Jacke und wandte sich zum Gehen.

»Gut. Dann fahren wir jetzt zu mir, und du legst dich schön auf mein Sofa.«

»Ich muss erst ins Präsidium.«

»Schaffst du das auch?«

»Ich glaub schon. Sonst ruf ich dich an. Versprochen. Kannst du mich dort absetzen?«

»Natürlich. Komm, ich helfe dir, hak dich bei mir unter.«

Auf seinen Arm gestützt ging sie aus dem Zimmer, und Charlotte musste unwillkürlich an den alten Mann aus dem Seniorenheim denken, der sich neulich bei ihr eingehakt hatte. Wie schnell man doch auf Hilfe angewiesen ist, dachte sie und war froh, dass Bernd an ihrer Seite war.

38

Annette gab der Kundin das Wechselgeld und reichte ihr dann die rosa-weiß karierte Pappschachtel mit den Petits Fours. »Frohe Ostern«, wünschte sie der Frau und sah verstohlen auf die Uhr. Es war schon nach elf, würde Peter noch kommen? Seit sie den Laden heute Morgen aufgeschlossen hatte, war die Hölle los gewesen. Das Ostergeschäft lief gut, sie konnte sich nicht beklagen. Aber sie hatte noch keine Zeit gefunden, um sich den alten Kupferstich über der Kasse einmal genauer anzuschauen. Jetzt wurde es endlich etwas ruhiger. Ihr Mitarbeiter war gerade in der Küche mit dem Anrühren der Schokomasse beschäftigt, sodass sie einen Moment für sich hatte.

Annette stieg auf eine kleine Trittleiter und nahm den Stich von der Wand. Es schien kein Original zu sein, sondern sah aus wie ein Faksimile. In der Ecke glaubte sie, die verblichene Zahl 1856 zu erkennen, war sich aber nicht ganz sicher. Das Bild zeigte die Stadt Horstmar. Die Burgmannshöfe waren bunter und größer gezeichnet als der Rest, genau wie die Kirche und das Rathaus. Sie suchte die Straße, in der ihr Elternhaus stand. Natürlich war das Haus noch nicht eingezeichnet, damals war der Breslauer Weg nicht mehr als ein einfacher Feldweg. Sie konnte weder dort noch sonst irgendwo auf dem Stich etwas Ungewöhnliches entdecken.

Vielleicht der Rahmen? Sie sah ihn sich genau an. Es war ein breiter schwarzer Holzrahmen, glänzend lackiert. Für Annette sah er nicht besonders wertvoll aus, und er war auch nirgendwo beschriftet. Auf der Rückseite vielleicht? Vorsichtig drehte sie das Bild um. Nein, nichts. Dann versuchte sie, die hintere Abdeckplatte zu lösen. Mit etwas Mühe konnte sie den Stich aus dem Rahmen herausnehmen.

Da war etwas. Auf der Rückseite des alten Papiers hatte jemand mit einem schwarzen Stift einen kleinen Kringel gezeichnet. War das Zufall? Oder hatte jemand absichtlich diesen Kreis gemalt? Aber warum? Neben dem Zeichen war in schwungvoller und verschnörkelter Schrift »JBB« geschrieben. Oder war es »JGG«? Oder »JBG«? Sie konnte es nicht genau erkennen. Was hatte das zu bedeuten? Und war der Kreis wirklich ein Kreis oder doch eher ein O?

Annette nahm den Kupferstich aus dem Rahmen und hielt ihn gegen das Licht. Jetzt sah sie, dass der Kreis auf der Rückseite genau um ein Haus gemalt war, während sie die Buchstaben keiner bestimmten Stelle zuordnen konnte. Ganz exakt, jede Unebenheit umgrenzend, schlängelte sich der Kringel um ein Gebäude. Als das Bild an der Wand gehangen hatte, war der Kreis nicht zu sehen gewesen. Nur jetzt, wenn man das Papier gegen das Licht hielt, konnte man ihn deutlich erkennen.

Annette sah sich das markierte Haus an. Es lag in der Krebsstraße – stand es da heute noch? Sie wusste es nicht. Aber wenn ja, was hatte es mit diesem Haus dann auf sich? Sie beschloss, am Nachmittag, wenn sie zu ihrer Mutter wollte, durch die Krebsstraße zu fahren und sich dort einmal umzuschauen.

»Deine Wurzeln«, las Annette nachdenklich die Bildunterschrift und betrachtete noch einmal die Buchstabenreihe auf der Rückseite. Verdammt, wo blieb nur Peter? Sie wollte zu gern die Sache mit ihm besprechen.

Aber für ihn würde es wahrscheinlich auch nur eine altertümliche Abbildung sein. Immerhin war er kein besonderer Kunstexperte, und aus Münster und Umgebung kam er auch nicht. Wie sollte er ihr weiterhelfen?

Vermutlich hatte der Kupferstich ohnehin nur einen ideellen Wert, und all das Spekulieren rund um Kringel und Buchstaben war nichts als reine Zeitverschwendung. Jakob Boßmann fiel ihr ein. Vielleicht hatte Papa ihm mal was von einem Haus in der Krebsstraße erzählt, vielleicht wusste er etwas – und sei es nur, dass er ihr von der Vorliebe ihres Vaters für alte Darstellungen seines Heimatortes berichtete und sie die Spurensuche endlich sein lassen konnte.

Sie suchte die Telefonnummer heraus, die Charlotte Schneidmann ihr vor ein paar Tagen gegeben hatte, und tippte sie in ihr Handy. Nach dreimaligem Klingeln meldete sich der Pfleger. Er klang angeschlagen, seine Stimme war heiser und belegt.

»Sind Sie krank?«, fragte Annette besorgt.

»Nein, nein. Ich hatte ein paar Probleme.«

»Ist alles okay?«

»Ja, jetzt ist alles okay.«

Annette erzählte ihm von dem alten Kupferstich aus ihrem Geschäft, den Buchstaben und dem merkwürdigen Kringel, die sie auf der Rückseite gefunden hatte.

»Was für Buchstaben?«

»Ich kann es nicht genau erkennen. Der erste ist auf jeden Fall ein J, dann kommen B oder G. Vielleicht ist der Kringel auch ein O, aber er geht direkt um das Haus herum. Kommissar Käfer hat mir gesagt, dass mein Vater ein ähnliches Bild hatte. Es war wohl auch ein altes Bild von Horstmar, leider ist es aus dem Zimmer meines Vaters verschwunden. Ich habe irgendwie das Gefühl, dass diese beiden Bilder zusammengehören. Hat er Ihnen mal irgendetwas über diese alten Kupferstiche erzählt?«

Für einen Moment hörte Annette nur ein Rauschen in der Leitung.

»Entschuldigung, mein Akku ist fast leer«, sagte Jakob Boßmann dann. »Ich muss gleich zum Dienst. Wenn Sie morgen in

Horstmar sind und Lust haben, auf einen Kaffee vorbeizuschauen, könnten wir uns in Ruhe unterhalten. Meine Mutter ist zur Kur.«

»Oh, das freut mich. Aber ich lade Sie auch gerne zum Essen ein. Wir könnten ins –«

»Nein, nein, das brauchen Sie nicht. Kommen Sie lieber vorbei, dann können wir ganz in Ruhe sprechen.«

»Gut, wenn Sie meinen. Ich lade Sie sonst wirklich –«

»Ach was. An Ostern ist es doch überall so voll. Ich freue mich, wenn Sie kommen. Und bringen Sie das Bild mit, dann kann ich es mir mal anschauen.«

»Okay. Ich bin sowieso bei meiner Mutter. Wenn es Ihnen recht ist, komme ich am späten Vormittag?«

»Gut. Bis dann.«

Annette legte auf. Dann nahm sie eine Schachtel und packte eine Auswahl Petits Fours hinein. Der nette Pfleger würde sich bestimmt freuen, wenn sie ihm etwas Süßes mitbrachte.

39

»Wenn ich dich abholen soll, ruf mich an, ja?«, sagte Bernd, als er den Wagen auf den Parkplatz vorm Präsidium lenkte.

»Mach ich. Sobald ich hier fertig bin, melde ich mich. Kommst du noch an einer Apotheke vorbei?«

»An Tausenden.«

»Bringst du mir eine große Packung Aspirin mit?«

»Klar. Mach nicht zu lange, Liebes.«

»Versprochen.«

Sie küsste ihn vorsichtig und stieg aus dem Wagen. Es ist schön, jemanden zu haben, der sich um einen sorgt, dachte sie, als sie die Stufen zum Gebäude hochging. Vielleicht waren die ersten Schmetterlinge im Bauch mittlerweile verflogen, aber dafür hatte ihre Beziehung jetzt etwas Ernsthaftes, das es früher nicht gegeben hatte, als sich fast alles nur um Sex drehte.

»Was willst du denn hier?«, fragte Käfer, als sie ins Büro kam. »Gehörst du nicht ins Bett?«

»Geht schon. Wo ist das alte Foto von Ostermann und Steinkamp?«

»Hier.« Käfer reichte es ihr, und sie sah es sich genau an. Ja, das konnte Ostermann sein. Der Mann auf dem Bild war höchstens Mitte zwanzig, aber sie erkannte trotzdem die Ähnlichkeit. Aber ob er es auch war, der sie niedergeschlagen hatte? Sie wusste es nicht.

»Habt ihr Ostermann schon erreicht?«

»Nein, aber die Kollegen sind dran. Hammersbach hat den

Brand von gestern auch noch aufs Auge gedrückt bekommen. Die arbeiten alle auf Hochtouren. Die Sache mit Ostermann und Steinkamp wird wirklich immer mysteriöser. Schau dir das hier mal an.«

Käfer kam mit einem dicken Ordner zu ihr, und als sie die Aufschrift »Umgehungsstraße« las, erzählte sie ihm in kurzen Worten, was sie von Dr. Höhner erfahren hatte: dass Steinkamp ihm angeboten hatte, seine Versicherung zu betrügen, um der einzigen Erbin des Mergenhofs zu mehr »Gerechtigkeit« zu verhelfen. Und um ganz nebenbei einen wichtigen Tipp bei seinen Aktiengeschäften zu erhalten.

»Daher also die enormen Gewinne. Als ich seine Unterlagen durchgearbeitet habe, habe ich mich schon gewundert, wieso er immer im richtigen Moment verkauft hat. Wenn ich Insidertipps bekommen würde, hätte ich natürlich auch ein gutes Händchen für Aktien.« Er blätterte ein paar Seiten zurück und zeigte auf einen Kaufvertrag. »Und es passt alles wunderbar zu dem, was ich hier gefunden habe. Schau mal, da unten. Ostermann gehörte ein kleines Häuschen, das ihm Steinkamp abgekauft hat, als er im Knast saß. Für gerade mal 45 000 Mark.« Käfer blätterte weiter vor. »Der Abriss genau dieses Häuschens war nötig, um die Umgehungsstraße fertigstellen zu können. Steinkamp hat gepokert ohne Ende, das gesamte Projekt hing von dieser einen Immobilie ab. Er hat sie dann für sagenhafte 400 000 Mark an Bamberger & Fieger verkauft.«

»Wow. Und er wusste, dass danach die Aktien der Firma hochgehen mussten«, sagte Charlotte nachdenklich. »Also konnte er damit auch noch mal richtig viel Geld verdienen.«

»Er hat Ostermann knallhart über den Tisch gezogen. Der hatte im Knast wahrscheinlich keine Ahnung, was da mit dieser Umgehungsstraße alles so passierte und wie viel sein Grundstück tatsächlich wert war.«

»Während Steinkamp durch den Brand des Mergenhofs und den anschließenden Versicherungsfall Bescheid wusste.«

»Genau. Ich glaube, Steinkamp hat den krankhaften Pyromanen ganz bewusst für seine Zwecke ausgenutzt. Vielleicht hat er sogar schon vor Ostermanns letztem Brand gewusst, dass er der Feuerteufel ist, den das ganze Münsterland suchte. Die Brände waren ja ein wunderbares Zubrot für Steinkamp.«

»Und als er von dem Bau der Umgehungsstraße erfahren hat, hat er Ostermann über die Klinge springen lassen, um richtig absahnen zu können.«

»So könnte es gewesen sein«, sagte Käfer zufrieden. »Und jetzt hat der alte Ostermann sich gerächt.«

Charlotte nahm einen Schluck aus der Wasserflasche, die auf ihrem Schreibtisch stand, und versuchte, die Fakten in ihrem Kopf zu ordnen, während Käfer seine Rechercheergebnisse in den Computer tippte.

Ostermann hatte sie angelogen, als er behauptet hatte, er würde Steinkamp kaum kennen. Und er hatte ein starkes Motiv, Rache zu üben und ihn umzubringen. Auch wenn Ingrid Petersen jeden Kontakt mit dem Mörder ihres Bruders abgelehnt hatte, so war es durchaus denkbar, dass er sich auf andere Art und Weise ihr Vertrauen erschlichen hatte. Vielleicht hatte er sich unter falschem Namen an sie rangemacht?

Charlotte musste unbedingt noch mal mit Frau Petersen sprechen. Und vor allen Dingen auch mit der Betreuerin von Ostermann, dieser Frau Haas. Aber erst mal wollte sie sich mit Hammersbach kurzschließen. Charlotte wählte seine Nummer und fragte den Kollegen, ob es Hinweise auf Brandstiftung in der letzten Nacht gab.

»Hinweise ist gut«, sagte Hammersbach. »Der Täter hat literweise Brandbeschleuniger verspritzt. Wenn etwas Brandstiftung war, dann das. Das ist so sicher wie das Amen in der Kirche.«

»Gibt es einen Verdächtigen?«

»Nichts Konkretes. Wir suchen natürlich den Mann, der dich niedergeschlagen hat, und Ostermann ist zur Fahndung ausgeschrieben. Aber bisher ohne Erfolg.«

»Wer ist eigentlich der geschädigte Landwirt? Könnte es da eine mögliche Verbindung zum Täter geben?«

»Karl Lahn heißt der Mann«, sagte Hammersbach. »Ihm und seiner Familie ist nichts passiert. Die Schweine sind allerdings alle hin. Er konnte sich die Sache nicht erklären, glaubt aber, dass militante Tierschützer dahinterstecken könnten.«

»Hm. Unwahrscheinlich. Die hätten doch den Tod der Tiere nicht billigend in Kauf genommen.«

»Wohl eher nicht.«

»Habt ihr Hermann Dieкötter, den Hausmeister aus dem Altenheim, inzwischen überprüfen können?«

»Schwarzer hat mit einer Pflegerin gesprochen, die ausgesagt hat, Diekötter kurz vor Ausbruch des Feuers einen klapprigen Servierwagen zur Überholung in die Werkstatt gebracht zu haben. Sie hat sein Alibi also bestätigt.«

»Aber nur für den Moment, in dem sie in der Werkstatt war.«

»Ja. Die Werkstatt aber liegt am anderen Ende des Gebäudes. Bis zum Zimmer 213 muss man fast zehn Minuten gehen. Das kann Diekötter kaum geschafft haben.«

»Okay. Danke. Ruf mich an, wenn es was Neues gibt.«

Sie legte auf und wählte die Nummer von Renate Haas. Nachdem sie es ein Dutzend Mal hatte klingeln lassen, ohne dass jemand abnahm, gab sie auf.

»Ich fahre nachher mal bei ihr vorbei«, sagte Käfer. »Ich wollte eh noch zu Annette, da liegt die Haas auf dem Weg.«

Charlotte überlegte einen Moment. Sollte sie was sagen? Oder sich da besser raushalten?

»Sag mal, das mit dir und Annette Steinkamp …«

»Was meinst du mit *das?*«

Sie hörte seiner Stimme an, dass er genau wusste, was sie meinte, und dass ihn die Frage gewaltig nervte.

»Sie ist die Angehörige eines Mordopfers, und auch wenn es momentan nicht danach aussieht, kann eine Tatbeteiligung der einzelnen Familienmitglieder noch nicht endgültig ausgeschlossen werden.«

»Das ist mir alles bekannt. Und?«

Okay. Er wollte sie nicht verstehen.

Charlotte holte tief Luft. »Ich will nur sicherstellen, dass deine Objektivität nicht gefährdet ist.«

»Keine Sorge«, antwortete Käfer schmallippig und starrte wieder auf den Bildschirm.

Sollte sie noch mal nachhaken? Nein, so wie er mich ignoriert, hat das keinen Zweck, dachte Charlotte und entschied, lieber die Nummer von Ingrid Petersen herauszusuchen.

»Ob ich mich mit jemandem treffe?« Frau Petersen schien von der Frage schockiert zu sein, und Charlotte verdrehte innerlich die Augen. Schon wieder fühlte sich jemand von ihr auf den Schlips getreten, den sie nach seinem Privatleben fragte.

»Was geht Sie das an?«

»Es könnte für die Ermittlungen wichtig sein. Können Sie mir die Frage bitte beantworten?«

»Also, ich weiß zwar nicht, was das mit Ihrem Fall ... aber bitte, ja, ich treffe mich mit jemandem. Ich bin seit Jahren verwitwet und –«

»Wie heißt der Mann?«, unterbrach Charlotte sie.

»Gerd Wagner. Er engagiert sich auch bei den Singpaten. Ihre Kollegen haben ihn bereits gesprochen.«

»Danke.«

Charlotte legte auf und sah sich die Vernehmungsprotokolle der Singpaten an. Nein, dieser Gerd Wagner konnte nicht

Fritz Ostermann sein. Das Alter passte nicht, und außerdem war Wagner im Musiksaal gewesen, als der Mord passierte. Hermann Diekötter hatte ebenfalls ein Alibi, auch wenn es noch nicht hieb- und stichfest war. Und auch wenn Ostermann verdächtig war, fehlte das entscheidende Puzzleteilchen, um ihn wirklich zum Mordverdächtigen zu machen. Was war mit Kai Wiedemann, dem hoch verschuldeten Bauernsohn?

»Wir übersehen irgendwas«, sagte Charlotte nachdenklich.

Aber was?

40

Langsam fuhr er über den Feldweg. Heute hatte er keine Eile, im Gegenteil, je langsamer er fuhr, desto unauffälliger war er. Ob die Frau noch lebte? Er hatte ihr ordentlich eins über die Rübe gegeben, richtig gekracht hatte es. Er kicherte. Er hatte noch nie jemandem den Schädel eingeschlagen, aber er musste zugeben, dass es ein schönes Geräusch war. Eigentlich eher ein Knirschen als ein Krachen. Es erinnerte ihn an ein Geräusch von früher. Wenn der Alte den Karnickeln mit einem Knüppel den Kopf zertrümmert hatte. Damals hatte er stundenlang geheult, er hatte ja immer mit den Viechern gespielt. Und am Mittagstisch hatte der Alte darauf bestanden, dass er etwas von dem Fleisch aß. Aber er konnte es nicht. Er hatte es einfach nicht geschafft, auch nicht, als der Alte ihn hinten an den Haaren packte und sein Gesicht immer wieder in das heiße Essen stieß. Er konnte seine Kuscheltiere einfach nicht essen. Das hatte er nicht übers Herz gebracht. Was für ein Weichei er früher gewesen war. Er musste über sich selbst den Kopf schütteln. Heute ging ihm ein Schauer der Lust über den Rücken, wenn er an die Schreie der Schweine dachte.

Jetzt war er nicht mehr weit von dem Hof entfernt. Näher wollte er lieber nicht fahren, wer wusste schon, ob die Bullen oder die Feuerwehr noch irgendwo waren. Wenn die Frau noch lebte, ob sie ihn dann beschreiben konnte? Na, so wie er jetzt aussah, fiel er bestimmt niemandem auf. Und mit dem Helm auf dem Kopf würde ihn eh keiner erkennen.

Langsam bekam er den Brandgeruch in die Nase. Er stieg von seinem Mofa und atmete tief ein. Verbranntes Schweinefleisch roch nicht ansatzweise so gut wie verbranntes Menschenfleisch. Aber es hatte auch seinen Reiz. Besonders, wenn er die Augen schloss und sich an die Schreie von gestern Abend erinnerte. Er hatte sich vorgestellt, dass es Menschenschreie wären, dass er keinen Stall, sondern ein Restaurant angezündet hätte und alle Gäste schreiend verbrannten. Er war davon so geil geworden, dass er sich noch einen runtergeholt hatte, bevor die Feuerwehr gekommen war.

Und fast hätte ihm dieses doofe Weib alles kaputtgemacht. Er würde in Zukunft noch vorsichtiger sein müssen. Beim nächsten Mal würde es zu riskant sein, sich unter die Schaulustigen zu mischen, dann würde er sein Werk aus sicherer Entfernung beobachten müssen.

Ein alter hellgrüner Passat fuhr den Feldweg entlang, und er zog schnell sein Visier runter. Unauffällig beobachtete er den Wagen, der langsam über die holprige Straße fuhr. Dann entspannten sich seine Gesichtszüge. Er erkannte das Nummernschild und lächelte. Sofort sprang er auf sein Mofa und versuchte, dem Auto so schnell wie möglich zu folgen.

41

Ohne ein Wort zu sagen, hielt Käfer Charlotte die Beifahrertür auf.

»Kannst du mich danach bei Bernd vorbeibringen? Renate Haas wohnt nur ein paar Straßen weiter.«

Er nickte kurz und wich ihrem Blick aus.

»Bist du beleidigt?«, fragte sie.

»Nein.« Er knallte ihre Tür lauter zu, als er es eigentlich gewollt hatte, und setzte sich neben sie auf den Fahrersitz.

»Ich wollte mich nicht in dein Privatleben einmischen«, fuhr sie fort. »Ich wollte nur ...« Sie runzelte die Stirn und blickte aus dem Fenster. »Hey, das ist doch ...?«

»Der Schrifti!«

Gott sei Dank, dachte Käfer. Er hatte wahrlich keine Lust, die Diskussion über sein Verhältnis zu Annette weiterzuführen. Da kam ihm der Schrifti gerade recht, der gedankenverloren über den Parkplatz schlurfte. Käfer schnallte sich wieder ab.

»Wie heißt der Schrifti noch mal richtig?«, fragte er Charlotte, als er schon halb aus dem Wagen war. Doch die zuckte nur ratlos mit den Schultern.

»Herr ... ähm ... hallo, warten Sie einen Augenblick!« Käfer eilte hinter dem Kollegen her.

Der Schrifti blieb stehen und rückte seine Nickelbrille zurecht. Käfer fand, dass er relativ jung aussah, und schätzte ihn auf höchstens dreißig.

»Ah, Herr Käfer.« Mist, er kannte seinen Namen – natürlich.

»Sie wollen sicher wissen, ob ich bei Ihren Briefen schon weiter bin.«

»Ja, genau. Haben Sie irgendetwas herausgefunden?«

Der Schrifti zog ein mehrseitiges Dokument aus seiner braunen Mappe. »Ich wollte es gerade in Ihr Fach legen. Wer hätte gedacht, dass Sie und die Kollegin Schneidmann am heiligen Osterwochenende arbeiten.«

»Bei Mord fallen die Feiertage leider aus.«

»Wie bedauerlich. Besonders für Sie, wo Sie doch so ein Schokoladenliebhaber sind, da ist Ostern doch eigentlich genau das richtige Fest für Sie.«

Erstaunlich, was der Mann alles über ihn wusste – und er erinnerte sich noch nicht mal an seinen Namen. Auf der letzten Weihnachtsfeier hatte er ein Bier mit ihm getrunken und ein wenig geplaudert … oder war das der andere Kollege aus der Schriftsachverständigen-Abteilung gewesen? Käfer wusste es nicht mehr und gab dem Bier die Schuld, das er an diesem Abend mit einem Haufen Kollegen getrunken hatte.

»Muss ich mir das jetzt alles durchlesen, oder können Sie mir eben schnell eine kleine Zusammenfassung geben?«

»Leider müssen Sie es sich durchlesen. Sie wissen ja, ich habe drei kleine Kinder. Für mich fallen die Feiertage nicht aus, sie fangen in genau«, er sah auf die Uhr, »sechsundzwanzig Minuten an. So lange brauche ich für den Heimweg. Frohe Ostern.«

»Äh, danke Herr …« Seine Augen flogen über das Dokument. Irgendwo musste doch – na bitte. »Herr Wenmeyer. Vielen Dank. Und frohe Ostern.«

Als er sich wieder neben Charlotte in den Wagen setzte, stöhnte er. »Mein Namensgedächtnis ist echt das Letzte. Hier, der Schrifti hat die Briefe analysiert. Schau mal, ob was Interessantes drinsteht.«

Er gab ihr das Gutachten und startete den Wagen. Die Straßen waren verstopft, noch erledigten viele Münsteraner die Ostereinkäufe, sodass er nur langsam vorankam. Gut zehn Minuten fuhren sie schweigend durch die Stadt, er konzentrierte sich auf den Verkehr, sie auf das Gutachten.

»Puh, mir wird schlecht«, stöhnte Charlotte und ließ das Fenster runter.

»Der Kopf?«

»Nee. Lesen im Auto bei Stop and Go. Da wird doch jedem übel.«

»Stimmt. Hast du trotzdem was gefunden?«

»Ja, Moment.« Sie nahm einen tiefen Atemzug und ließ das Fenster dann wieder hoch.

»Also, das hier ist ganz interessant. ›Die Analyse der Handschrift‹ ... blablabla ... Moment ... so, hier: ›Folgender Kontext konnte entschlüsselt werden, wobei darauf hingewiesen werden muss, dass es zwischen den einzelnen Satzteilen immer wieder nicht zu erkennende Satzfragmente gibt: nicht mein Testament, auch nicht mein Vermächtnis, vielmehr ein Eingestehen. Nicht als Schuld, denn es hatte seine Richtigkeit. Liebe.‹ Warte, hier ist noch irgendwas ... blablabla ... Momentchen, hier: ›Ich habe es für euch getan, denn Armut ist die Wurzel allen Übels.‹ So viel vom Schrifti«, sagte Charlotte. »Dazwischen gibt es immer wieder Leerzeilen. Da hat Steinkamp immer irgendwas gekritzelt oder durchgestrichen, was nicht mehr zu erkennen ist.«

»Aber es ist definitiv Steinkamps Schrift?«

»Ja, eindeutig.«

»Was soll das sein? Eine Art Versöhnungsversuch?«

»Hört sich für mich mehr nach Rechtfertigung an.«

»Aber er schreibt was von Liebe.«

»Ja, aber das davor klingt für mich nach einer Rechtfertigung.« Charlotte blätterte einige Seiten weiter. »Der Schrifti schreibt hier noch, dass man aufgrund der Vergleiche mit alten Schriftproben des Toten davon ausgehen muss, dass diese hier geschrieben wurden, als die Demenz bereits ausgebrochen war«, sagte sie und blickte dann nachdenklich aus dem Fenster. »Der Mann wird alt und verwirrt und merkt, wie ihn seine Kräfte langsam verlassen. Wahrscheinlich hat er Schiss gekriegt, dass seine krummen Geschäfte nach seinem Tod auffliegen, und er wollte sich irgendwie rechtfertigen.«

»Aber so, wie wir ihn bisher kennengelernt haben, müsste es ihm doch eigentlich scheißegal gewesen sein, was andere über ihn dachten.«

»Tja. Dann geht es vielleicht doch in Richtung Aussöhnung, und es war ihm eben doch nicht egal. Was soll das eigentlich mit der Armut bedeuten? Wenn ich mich richtig erinnere, kam er doch aus völlig normalen Verhältnissen, oder?«

»Absolut. Sein Vater war Buchhalter, seine Mutter Hausfrau. Und er war das einzige Kind. Die Steinkamps waren vermutlich keine wohlhabenden Leute, aber arm waren die auch nicht.«

Käfer lenkte den Wagen in den Schonebecker Weg, in dem Renate Haas wohnte. Während Charlotte weiter über das Gutachten des Schriftis gebeugt war, suchte er die richtige Hausnummer. Es war eine Reihenhausgegend, in der ein Haus aussah wie das andere.

»Hier steht noch, dass die Schrift zum Ende immer zittriger wurde«, sagte Charlotte, als er den Wagen in eine Parkbucht lenkte. »Es wird eine starke emotionale Belastung beim Schreiben vermutet. Hm. Das spricht vielleicht auch für einen Versöhnungsversuch. Er wäre ja nicht der Erste, der am Ende seines Lebens klar Schiff machen will.« Sie zeigte auf ein kleines Reihenendhaus. »Ist es das?«

»Ja. Hoffentlich ist sie da.«

»Sieht fast so aus. Jedenfalls ist da jemand in der Küche.«

Charlotte hatte recht, eine Frau war durch das Küchenfenster zu sehen. Sie stiegen aus und gingen auf das Haus zu. Er klingelte, und nach wenigen Augenblicken öffnete ihnen eine vielleicht fünfzigjährige Frau die Tür. Sie sah gestresst aus, hatte Mehl im Gesicht und Teig an den Händen.

»Ja bitte?«

Käfer und Charlotte zeigten ihre Ausweise und fragten, ob sie kurz mit Renate Haas sprechen könnten.

»Was, jetzt? Ich hab morgen fünfzehn Personen zum Kaffee! Kann das nicht bis Dienstag warten?«

»Leider nein. Wir ermitteln in einer Mordsache. Es dauert nicht lange, versprochen.«

»Sie können dabei gerne weiterbacken, wenn Sie möchten«, fügte Käfer freundlich hinzu. »Das stört uns gar nicht.«

»Na gut. Kommen Sie mit.«

Sie folgten Renate Haas in eine holzgetäfelte Küche. Auf der Arbeitsfläche türmten sich Töpfe und Schüsseln mit Teig und Sahne, und im Ofen stand bereits ein Kuchen. Käfer spürte, wie ihm das Wasser im Mund zusammenlief.

»Ich muss den Teig noch ein paar Minuten kneten, sonst wird er nichts. Setzen Sie sich doch.«

Charlotte ließ sich auf der Eckbank nieder, und er lehnte sich ans Fensterbrett, während Renate Haas die hellbraune Teigmasse weiter bearbeitete.

»Die Tage vor Ostern sind immer so ein Stress«, sagte sie dabei. »Ich war die letzten Tage nur mit Einkaufen beschäftigt. Meine beiden Söhne kommen mit ihrer Familie, meine Mutter mit ihrer Schwester. Sie glauben gar nicht, was es da alles zu tun gibt.«

»Kann ich mir vorstellen.« Käfer nickte ihr freundlich zu. »Sie betreuen doch seit einigen Jahren Fritz Ostermann, richtig?«

»Ja. Seit seiner Haftentlassung.«

»War er am letzten Montag bei Ihnen?«

»Nicht hier bei mir. Aber wir haben uns getroffen, ja. Wir waren am Prinzipalmarkt und haben einen Kaffee getrunken.«

»Wissen Sie noch, zu welcher Uhrzeit das war?«

»Gegen zwei, würde ich sagen.«

»Wie lange waren Sie in dem Café?«

»Nicht lange. Höchstens eine halbe Stunde. Herr Ostermann und ich verstehen uns nicht gerade blendend. Und es gab nicht viel zu besprechen, daher waren wir schnell fertig.«

Ein richtiges Alibi hat er damit immer noch nicht, dachte Käfer.

»Hat es in der letzten Zeit Anzeichen gegeben, die auf einen Rückfall hindeuten könnten?«

»Einen Rückfall können Sie bei solchen Leuten nie ausschließen.« Sie gab noch einen Löffel Mehl in den Teig. »Auch wenn er als ungefährlich entlassen wurde, für den würde ich niemals meine Hand ins Feuer legen.« Sie lachte kurz über ihr Wortspiel.

»Warum nicht?«, fragte Charlotte.

»Die Neigung, Feuer zu legen, ist bei den Betroffenen so tief verwurzelt wie meine Vorliebe für Nuss-Nugat-Schokolade. Ich kann mich durchaus eine gewisse Zeit zusammenreißen, aber wenn Sie mir dann meine Lieblingsschokolade unter die Nase halten, greife ich auf jeden Fall zu. Und so ähnlich ist das bei Ostermann auch. Irgendwann wird er seine Lust wieder befriedigen müssen, da bin ich mir sicher. Ob er dafür gleich ein ganzes Haus anstecken muss, bleibt allerdings abzuwarten.«

Renate Haas begann den Kuchenteig auszurollen.

»Hat er Ihnen mal etwas über die Brandserie von damals erzählt?«

»Nicht viel. Ich bin ja nicht seine Therapeutin. Aber natürlich habe ich mit ihm darüber gesprochen. Ehrlich gesagt hat er auch nicht anders reagiert, als die meisten Straftäter es tun. Die versuchen ja alle, jemand anderem die Schuld in die Schuhe zu schieben. Und genauso war er auch.«

»Wem hat er denn die Schuld für seine Taten gegeben?«, fragte Charlotte.

»Na ja, er hat halt versucht, sich rauszureden. Angeblich gab es einen guten Freund, der ihm gesagt hat, wo er zündeln könnte, ohne dass allzu viel passieren würde. Ich halte das für eine billige Ausrede.«

»Warum?«

»Fritz Ostermann ist ein Triebtäter, nicht mehr und nicht weniger. Wenn ich mich mit ihm treffe, muss ich in einem Café als Erstes die Kerze am Tisch auspusten, sonst schafft der Mann es nicht, mir in die Augen zu sehen. Dann starrt er nur in die Flamme. Aber Sie glauben nicht, wie. Dem steht die Geilheit auf die Stirn geschrieben, ehrlich.«

Renate Haas öffnete die Ofentür und überprüfte mit einem Holzstäbchen, ob der Kuchen gar war.

»Hat er sich am letzten Montag irgendwie auffällig benommen?«, fragte Käfer.

»Nein … Oh, der muss raus.« Sie nahm den Kuchen aus dem Ofen und stellte ihn vorsichtig auf die Arbeitsplatte. »Der war wie immer: kurz angebunden, distanziert, introvertiert.«

»Hat er mal über seine allererste Brandstiftung gesprochen?«, fragte Charlotte. »Wie es zu seiner ersten Tat kam?«

»Ja, ich erinnere mich dunkel. Warum wollen Sie das eigentlich alles wissen? Streng genommen darf ich Ihnen das ja nur sagen, wenn weitere Straftaten von Ostermann als wahrscheinlich gelten.«

»Und wir sie mit Ihren Informationen verhindern können«, ergänzte Käfer. »Ja. Das wissen wir. Wir würden Sie nicht fragen, wenn wir diesen Verdacht nicht hätten.«

Renate Haas nickte. »Der Typ ist eine wandelnde Zeitbombe.

Das habe ich immer gesagt. Als ich seine Betreuung gerade übernommen hatte, haben wir mal über seine Taten gesprochen. Aber das liegt eine Ewigkeit zurück. Soll ich Ihnen die Protokolle raussuchen? Die ersten Treffen habe ich noch sehr ausführlich protokolliert, da müssten Sie was über seine erste Tat finden.«

»Ja, wäre nett, wenn Sie uns die geben könnten.«

»Kein Problem.«

Renate Haas wischte sich die Hände an der Schürze ab und ging ins Nebenzimmer. Käfer sah sich den dampfenden Kuchen an, der auf der Arbeitsplatte stand. Ein kleines Stückchen war an der einen Seite herausgebrochen. Er vergewisserte sich, dass Renate Haas noch nicht auf dem Rückweg in die Küche war, und steckte sich das Stück schnell in den Mund.

Bäh, Vollkornmehl, dachte er und verzog das Gesicht. Und mit Honig anstatt mit Zucker gesüßt. Man konnte es mit der gesunden Ernährung aber auch wirklich übertreiben.

In dem Moment fiel ihm Charlottes tadelnder Blick auf, und er grinste sie entschuldigend an. Bevor sie etwas sagen konnte, klingelte ihr Handy.

»Hammersbach, was gibt es?«, sagte Charlotte. Dann hörte sie für eine Weile mit ernster Miene zu. »Doch, das ist komisch. Können Sie ihn aufs Präsidium bestellen? Am besten gleich. Ich will ihn persönlich sprechen. Danke.« Sie legte auf.

»Was ist los?«, fragte Käfer.

»Kai Wiedemann. Es scheint so, als wenn er –«

Charlotte verstummte, als Renate Haas zurück in die Küche kam.

»So, hier habe ich die Protokolle.« Sie hatte einen dicken Ordner unter dem Arm. »Sie können ruhig alles mitnehmen.«

»Danke. Dann halten wir Sie jetzt auch nicht weiter auf. Viel Erfolg beim Backen!«

Fünf Minuten später saßen sie wieder in seinem Auto.

»Wie ist noch mal Bernds Adresse?«, fragte Käfer, als er den Wagen startete.

»Ich komm noch mal mit aufs Präsidium. Hammersbach hat Kai Wiedemann zu sich bestellt. Rate mal, wo der gestern Abend war.«

»Keine Ahnung.«

»Im *Kriens*. Und jetzt rate mal, bei wem sich der hoch verschuldete Kerl vor einigen Wochen Geld geliehen hat.«

»Bei dem Schweinezüchter?«

»So ist es.«

Käfer kratzte sich am Kopf. »Irgendwie kriege ich das noch nicht zusammen ...«

»Ich auch nicht. Aber wir sollten auf jeden Fall mit ihm sprechen. Spielsüchtig, verschuldet, in der Nähe des Tatorts rumhängen und beim Opfer in der Kreide stehen ...«

»Das stinkt.«

»Finde ich auch. Außerdem sollten wir uns die Protokolle von Renate Haas so schnell wie möglich anschauen. Vielleicht finden wir da einen Hinweis auf eine Verbindung zwischen Ostermann und Steinkamp.«

»Hat das nicht Zeit bis nach Ostern?«

Eigentlich hatte er nämlich nicht vorgehabt, noch einmal ins Präsidium zu fahren. Schließlich war er doch mit Annette verabredet.

»Nein, ich glaube, wir sollten die schnell durcharbeiten. Falls Kai Wiedemann nichts mit dem Brand am Schweinehof zu tun hat, bleibt Ostermann unser Verdächtiger. Er hat seinen Drang jahrelang erfolgreich unterdrückt. Wenn er jetzt wieder so stark in den Vordergrund getreten ist, dann hat das seine Gründe. Und wenn wir seine ersten Taten richtig verstehen, verstehen wir vielleicht auch, warum er jetzt wieder zugeschlagen hat. Ich glaube nicht, dass das lange dauern wird. Ich übernehme Wiedemann, die Akten teilen wir uns auf. In zwei, drei Stunden wirst du bestimmt wieder Zeit genug haben, um ... Feierabend zu machen.«

Warf sie ihm schon wieder so einen mehrdeutigen Blick zu?

»Kein Problem«, sagte er betont sachlich und lenkte den Wagen aus der Parklücke.

42

Peter hatte sie angerufen und ihr gesagt, dass er es heute nicht schaffen würde. Sie hatten sich für den nächsten Morgen zum Osterfrühstück verabredet, bis dahin musste er sich um ein paar dringende Angelegenheiten kümmern.

Annette schloss das *Petit Törtchen* ab. Sie konnte eine halbe Stunde eher dichtmachen, denn der Laden war ausverkauft. Genau wie letztes Jahr, auch da hatten die Leute sämtliche Petits Fours zu Ostern aufgekauft. Alles, was irgendwie österlich verziert war, ging zuerst über die Ladentheke, gefolgt von den schlichteren Törtchen und denen in Pastellfarben.

Jetzt hatte sie erst mal frei. Ostermontag war geschlossen, und weil am Dienstag die Beerdigung ihres Vaters war, würde sie den Laden erst am Mittwoch wieder aufmachen. Den alten Kupferstich hatte sie in ihre Tasche gepackt, um ihn morgen früh Peter zeigen zu können. Außerdem wollte sie noch einmal in Ruhe nach der Stelle suchen, die so merkwürdig markiert war.

Sie setzte sich in den Wagen und stand schon nach wenigen Minuten im Stau. In der Innenstadt war der Teufel los, es sah fast so aus, als ob ganz Münster noch auf den Beinen war. Tausend Sachen schwirrten Annette durch den Kopf. Ob Papas Leichnam bis Dienstag überhaupt freigegeben wurde? Peter konnte es ihr noch nicht mit Sicherheit sagen. Er war zuversichtlich, da alle Proben genommen und die Obduktion abgeschlossen war. Aber der Staatsanwalt hatte noch nicht sein Okay gegeben.

Während sie darauf wartete, dass der Stau sich auflöste,

horchte sie in sich hinein. Sie hatte nicht trauern können, als sie von Papas Tod erfahren hatte, und erinnerte sich noch genau, wie befremdlich dieses Gefühl des fehlenden Schmerzes für sie war. Und wie war es jetzt? Doch, sie war niedergeschlagen, das spürte sie. Aber trauerte sie um ihn? Nein, dachte Annette. Du bist bedrückt, weil du keinen Vater gehabt hast und es jetzt keine Chance mehr gibt, jemals einen zu haben.

Vielleicht war sie deswegen froh, schon bald wieder mit Jakob Boßmann sprechen zu können. Auch wenn ihr die letzte Unterhaltung die Tränen in die Augen getrieben hatte, so war sie doch sehr dankbar gewesen, einmal eine andere Seite von ihrem Vater gezeigt zu bekommen – wenngleich auch nur aus den Augen eines anderen.

Langsam löste sich der Verkehr auf, und sie lenkte den Wagen auf die Ausfallstraße, die sie aus der Stadt brachte. Ihr fiel das Bild ein, das neben ihr auf dem Beifahrersitz lag.

»Was wolltest du mir nur damit sagen, Papa?« Annette musste schlucken. Sie würde ihn nie wieder fragen können.

Reiß dich zusammen, dachte sie dann. Auch zu Lebzeiten konntest du ihn nie etwas fragen, weil er nie mit dir reden wollte.

Annette fuhr bis nach Horstmar und durch den alten Ortskern. Nachdem sie das Rathaus und die Dorfkirche passiert hatte, bog sie rechts ab in die Krebsstraße. Während sie langsam durch die Straße fuhr, nahm sie den Kupferstich aus der Tasche und versuchte, die Zeichnung mit der Umgebung abzugleichen.

»Hier ist der Burgmannshof«, murmelte sie. »Dann muss es doch ... ja, hier.«

Sie hielt ihren Wagen abrupt an. Zum Glück waren keine anderen Autos auf der Straße. Sie verglich noch mal die eingezeichneten Häuser auf dem Bild mit denen, die sie vor sich sah, und war sich dann sicher, dass sie genau an der Stelle stand, die auf dem Stich eingekreist war.

Sie stieg aus und sah sich um. Vor ihr stand ein schmuckes Einfamilienhaus, ein moderner heller Klinkerbau, der höchstens zehn Jahre alt war, schätzte sie. Ganz offensichtlich wohnte eine Familie in dem Haus. Zwei Fenster in der ersten Etage waren mit selbst gebastelten Ostereiern und Osterhasen aus Papier beklebt, und in der offenen Garage standen Kinderräder und Kickboards.

Ein bestimmt achtzigjähriger Mann stand im Garten und schnitt mit einer großen Schere die Hecke. Er schien recht konzentriert bei der Arbeit zu sein, jedenfalls nahm er Annette nicht wahr, sondern bearbeitete mit zugekniffenen Augen und in Falten gelegter Stirn das Grünzeug vor sich.

»Entschuldigen Sie? Tut mir leid, wenn ich Sie störe«, rief Annette. »Aber vielleicht können Sie mir weiterhelfen?«

Der alte Mann ließ überrascht die Heckenschere sinken und kam langsam zu ihr.

»Ach, Mädchen, ich hab Sie gar nicht bemerkt«, sagte er freundlich. »Meine Ohren taugen einfach nicht mehr. Was kann ich für Sie tun?«

Annette zeigte ihm den alten Kupferstich. »Ich beschäftige mich gerade mit dieser Zeichnung, und jetzt ist mir aufgefallen, dass ein Haus eingekreist wurde. Das ist doch genau an der Stelle, an der jetzt Ihr Haus steht, oder?« Sie hielt ihm den Stich hin.

»Das Haus meines Schwiegersohns, nicht meins. Meine Tochter ist mit ihrer Familie auf Mallorca. Ich pass hier nur auf«, sagte der Mann und zog seine Brille aus der Tasche. Er hielt das Papier etwas weiter weg und betrachtete es dann interessiert. »Warten Sie mal ... Ja, das müsste hier sein. Krebsstraße ... der Hof ... hier die Nummer zwölf ... Doch, doch, Sie haben recht, das ist hier.«

»Wissen Sie, was hier früher stand? Dieses Haus ist ja noch nicht so alt.«

»Nein, mein Schwiegersohn hat es erst 2001 gebaut. Davor stand hier lange eine alte Scheune, in der die Baronin ihre Gartengeräte und all so 'n Zeug untergebracht hatte.«

Ach ja, die Scheune. Annette erinnerte sich vage daran. Aber die war auf dem Stich nicht eingezeichnet.

»Können Sie sich noch daran erinnern, was hier stand, bevor die Scheune errichtet wurde?«

»Natürlich. Ich bin in Horstmar geboren. Wenn es einer weiß, dann ich. Alles abgespeichert!« Der Mann tippte sich an die Stirn und lachte. »Als ich klein war, stand hier die Bäckerei Göser. Nach dem Krieg hat man in den Ruinen die Flüchtlinge untergebracht, dann wurde alles abgerissen, und die Baronin hat hier ihre Wirtschaftsräume gebaut. Davon war dann irgendwann nur noch die Scheune übrig. Warum wollen Sie das eigentlich alles wissen, mein Kind? Sind Sie vom Heimatverein?«

»Ja«, sagte Annette in Gedanken. »Danke, Sie haben mir sehr geholfen.«

»Gerne, gerne. Schreiben Sie einen Artikel für die Heimatzeitung? Wann kommt er denn raus?«

Aber Annette antwortete nicht mehr. In Gedanken versunken lief sie zurück zum Auto, ließ sich auf ihren Sitz fallen und startete den Wagen. Bäckerei Göser, hatte der alte Mann gesagt. Eine Bäckerei. Wie auf Björns Foto.

43

Charlotte sah Kai Wiedemann eindringlich an. Seit einer halben Stunde löcherte sie ihn nun mit Fragen, aber sie kam keinen Schritt weiter. Nervös knetete er die Hände, die er nicht eine Sekunde ruhig auf seiner braunen Cordhose halten konnte. Schließlich öffnete er den obersten Knopf seines blau-weiß karierten Hemds, als könne er nicht besonders gut Luft kriegen.

»Ich weiß, dass es unter diesen Umständen komisch wirkt, dass ich Karfreitag alleine essen war«, sagte er und rieb sich mit der Hand über seinen muskulösen Hals. »Aber verboten ist das nicht. Ich wollte mit meiner Freundin ins *Kriens*. Ich konnte doch nicht ahnen, dass die mich sitzen lässt. Mit dem Feuer auf dem Schweinehof habe ich nichts zu tun. Aber so rein gar nichts!«

Charlotte musterte ihn. Er war ein sportlicher und durchtrainierter Kerl. Und somit durchaus in der Lage, einen kräftigen Schlag auszuführen. »Sie schulden dem Besitzer Karl Lahn eine ganz schöne Stange Geld ...«

»Ja, 20 000 Euro. Das sage ich auch ganz offen. Ich bin mit Karl zur Schule gegangen, wir sind Freunde. Und ich stottere den Betrag in Raten bei ihm ab. Fragen Sie ihn doch! Er wird Ihnen das bestätigen.«

Kai Wiedemann fuhr sich durch die Haare, die ihm fast bis zu den Schultern reichten. Er wirkte aufgebracht. »Ehrlich, ich habe meine Spielsucht unter Kontrolle. Ich arbeite meine Schulden ab und stelle nichts an. Und niemals würde ich auf die

Idee kommen, den Hof meines Schulfreundes abzufackeln. Das schwöre ich Ihnen! Warum sollte ich denn so was tun?«

»Um Ihre Schulden auf einen Schlag loszuwerden?«

»Das ist doch absurd!« Er schüttelte energisch den Kopf.

»Was haben Sie gemacht, nachdem das Feuer im Schweinehof ausgebrochen ist?« Charlotte beobachtete ihn ganz genau. Ahnte er, worauf sie hinauswollte?

»Wie alle anderen auch bin ich raus aus dem Restaurant, um zu sehen, was los ist. Ich habe noch eine Weile zugeschaut und bin dann nach Hause gegangen.«

»Durch den Wald?«

»Nein, natürlich nicht. Ich bin mit dem Auto nach Hause. Von dort habe ich noch mit meiner Freundin telefoniert, das muss so gegen halb zehn gewesen sein. Das können Sie auch gerne überprüfen.«

»Das mache ich. Nur noch eine Frage: Kennen Sie Ludger Steinkamp?«

»Nein. Der Name sagt mir nichts.«

»Okay, Herr Wiedemann. Ich werde Ihre Angaben überprüfen. Sie können jetzt gehen.«

Kai Wiedemann stand auf und murmelte noch irgendetwas Unverständliches in sich hinein, bevor er grußlos den Raum verließ. Charlotte notierte sich, dass sie mit Karl Lahn über seine Beziehung zu Wiedemann sprechen wollte, und widmete sich dann wieder den Protokollen von Renate Haas.

Nein, dachte sie, als sie sich nach den ersten Gesprächsaufzeichnungen einen frischen Kaffee holte. Sie glaubte nicht, dass Kai Wiedemann sie niedergeschlagen hatte. Er hätte sich ihr gegenüber anders verhalten, wenn er der Täter gewesen wäre. Auf ihre Andeutung mit dem Wald hätte er irgendeine Reaktion gezeigt, aber er hatte noch nicht mal geblinzelt. So verhält sich normalerweise keiner, der Dreck am Stecken hat.

»Können Sie mal rüberkommen?« Hammersbach steckte seinen Kopf durch ihre Bürotür. »Werner Zimmer ist da.«

»Wer ist Werner Zimmer?«, fragte Charlotte.

Die Hälfte der Gesprächsprotokolle von Renate Haas hatten sie bereits durchgearbeitet, und es sah so aus, als wenn Ostermanns Betreuerin mit ihrer Einschätzung recht hatte. Ständig gab er jemand anderem die Schuld für seine Taten, und es hörte sich so an, als wenn dieser Jemand immer ein und dieselbe Person wäre. Einen Namen hatte er leider nie genannt.

»Werner Zimmer ist der Direktor von der Grundschule in Horstmar. Er hat zwei dicke Akten mitgebracht, und ich hab noch den Brandexperten von der Feuerwehr da. Herr Zimmer kann nicht warten, der muss gleich zu einer Familienfeier. Ich kann mich jetzt echt nicht um alles –«

»Wir kommen«, unterbrach Käfer seinen gestressten Kollegen.

»Danke.« Hammersbach sah erleichtert aus. »Gehören Sie nicht in Ihr Bett?«, sagte er zu Charlotte, als sie gemeinsam in sein Büro gingen.

»Gehören wir das nicht alle?« Sie grinste ihn schief an, aber entweder hatte er sie nicht verstanden oder Hammersbach war völlig humorfrei. Jedenfalls sah er sie nur ratlos an.

Sie betraten sein Büro, und während sich der Kollege sofort verabschiedete, um mit der Feuerwehr zu sprechen, setzten sich Charlotte und Käfer zu Werner Zimmer.

»Nett, dass Sie an Ostersamstag zu uns rausgekommen sind«, sagte Charlotte und hoffte, dass der Mann aufhörte, sie so kritisch anzuschauen. »Das ist nicht so schlimm«, fügte sie hinzu und wies dabei auf ihr Veilchen. »Nur eine kleine Sportverletzung.«

»Was treiben Sie denn für einen Sport?«

»Basketball. Das war ein gegnerischer Ellenbogen«, log Charlotte und seufzte theatralisch.

»Was haben Sie uns denn mitgebracht, Herr Zimmer?«, fragte Käfer.

»Ich hab mich gleich nach Ihrem Anruf ins Archiv gesetzt und die Ordner von damals rausgesucht. Ihr Kollege sprach doch von den Jahrgängen 1938 und 1939.«

»Richtig. Das sind die Jahrgänge von Fritz Ostermann und Ludger Steinkamp.«

»Genau. Also, diese Jahrgänge wurden wegen des Kriegs gemeinsam eingeschult. Und zwar direkt im Sommer '45, als der Krieg vorbei war.«

»Die beiden waren also Klassenkameraden?«, fragte Charlotte.

»Moment. So einfach ist das nicht. Bei dem Einschulungsjahrgang '45 konnte ich weder einen Fritz Ostermann noch einen Ludger Steinkamp finden. Schauen Sie selbst.«

Der Direktor blätterte in dem Ordner so weit, bis er zu einer alten verblichenen Liste gekommen war, auf der alle Namen der damals eingeschulten Kinder festgehalten waren.

Charlotte überflog die Nachnamen. Unter O fand sich überhaupt kein Eintrag, unter S gab es nur einen Schürmann und einen Schulte. Sie war irritiert. Wie konnte das sein? Beide waren doch in Horstmar aufgewachsen.

»Sind sie vielleicht im Nachbarort zur Schule gegangen?«

»Das wäre natürlich möglich gewesen«, sagte Werner Zimmer. »Wahrscheinlicher erschien mir aber, dass sie ein Jahr später eingeschult wurden. '45 war der Krieg ja gerade erst vorbei, da gab es genug Familien, die was Besseres zu tun hatten, als ihre Kinder einzuschulen. Deshalb habe ich mir auch den Ordner von 1946 geholt. Und da habe ich dann was Interessantes entdeckt.«

Er nahm den anderen Ordner und blätterte suchend darin herum, bis er an der Stelle war, zu der er wollte. »Schauen Sie mal hier. Hier ist ein Vermerk. Eine Namensänderung. Von Fritz

Göser in Fritz Ostermann, und von Ludger Göser in Ludger Steinkamp. Und jetzt schauen Sie mal hier.«

Er nahm den ersten Ordner mit der Einschulungsliste wieder zur Hand. »1945 wurden Fritz und Ludger Göser gemeinsam eingeschult. 1946 wurden ihre Namen dann geändert.«

»Sie sind Brüder?« Charlotte staunte. Der Fall wurde immer geheimnisvoller. »Und sie wurden von unterschiedlichen Familien adoptiert, oder wie muss ich das verstehen?«

»Genauso würde ich das auch sehen«, sagte Werner Zimmer. »Das war nach dem Krieg wohl nicht ungewöhnlich. Die Waisenhäuser waren überfüllt, und man war froh, wenn man die Kinder irgendwo unterbrachte.«

Er schaute auf die Uhr. »Brauchen Sie mich noch? Ich kann Ihnen die Ordner gerne dalassen, aber ich müsste jetzt wirklich los. Die Familie meiner Frau reist zu Ostern an. Und meine Schwiegermutter ... Na, ich muss Ihnen ja nichts über Schwiegermütter erzählen. Sie kennen das ja wahrscheinlich.«

Nein, dachte Charlotte, sagte aber nichts, während Käfer den Mann verabschiedete.

»Frohe Ostern und gute Besserung«, sagte Werner Zimmer noch und verschwand. Charlotte und Käfer nahmen die beiden Ordner mit in ihr Büro.

»Zwei Brüder.« Sie schüttelte verwundert den Kopf und zuckte im selben Augenblick vor Schmerzen zusammen. Ups. War wohl doch nicht so harmlos, wie sie gehofft hatte. Sie sollte ihren Kopf besser noch ruhig halten. »Der eine Brandstifter, der andere Brandgutachter. Und der eine zockt den anderen gnadenlos ab. Findest du das nicht ungewöhnlich? Irgendwie würde man doch denken, dass zwei Waisenkinder ein Leben lang zusammenhalten.«

»Annette fragt sich die ganze Zeit, ob es einen Grund dafür gibt, dass ihr Vater so kalt zu ihr war. Vielleicht hat es irgendetwas mit seinem Bruder zu tun?«

»Es wäre interessant zu wissen, wie die Eltern der beiden ums Leben kamen.«

»Allerdings. Ich logg mich mal ins Stadtarchiv ein«, sagte Käfer und setzte sich an seinen Schreibtisch. »Soviel ich weiß, sind die Bombenangriffe alle relativ gut dokumentiert. Wobei ich mir nicht vorstellen kann, dass irgendwas auf Horstmar runterging. Die sind doch alle nach Münster geflogen. Mal gucken, ob ich aus der Zeit was finde. Falls sie nicht ganz normal gestorben sind. So was soll es ja auch gegeben haben.«

Käfer fuhr den Computer hoch und schaute konzentriert auf den Bildschirm.

»Ist Carstens im Haus?«, fragte Charlotte.

»Glaub schon.«

Sie nahm die Reisepässe von Ludger Steinkamp und stand vorsichtig auf, wohl wissend, dass ihr Kopf durch diese Bewegung wieder stärker schmerzen würde. Auf dem Flur musste sie kurz überlegen, in welchem Zimmer der Kollege Thomas Carstens saß. Sie kannte ihn kaum und hatte bisher noch nie mit ihm zusammengearbeitet. Er war zuständig für die Wirtschaftsdelikte und kümmerte sich in erster Linie um Finanzbetrug.

In der Tür stieß sie fast mit ihm zusammen. Er sah gehetzt aus, seine randlose Brille war verrutscht, und er hatte es offensichtlich eilig.

»Schneidmann, verdammt, was ist mit Ihrem Auge?«

»Nicht der Rede wert. Können Sie fünf Minuten entbehren?«

»Es ist Ostern.«

»Ich weiß. Geht ganz schnell.«

Carstens seufzte theatralisch und schaute demonstrativ auf die Uhr. »Na schön, kommen Sie, setzen Sie sich. Was gibt es denn?«

Charlotte legte die Reisepässe auf seinen Schreibtisch und schlug einen in der Mitte auf. »Schauen Sie sich die Stempel mal an. Wenn Sie in den Achtzigern schmutziges Geld irgendwo unterbringen wollten, wäre dann eines dieser Reiseziele dabei?«

Carstens rückte seine Brille zurecht und betrachtete kurz die Stempel. »Ja, klar, da brauche ich gar nicht lange zu gucken. Die Cayman Islands. Was Besseres gibt es gar nicht. Bis heute, übrigens. Was glauben Sie, warum jedes verdammte Kreuzfahrtschiff da anlegt? Wohl kaum wegen der mickrigen Strände. Da gibt es weitaus schönere Karibikinseln, das können Sie mir glauben.«

»Wie gehen solche Leute vor? Die haben doch nicht alle kofferweise Schwarzgeld dabei, oder?«

»Das geht viel einfacher. Auf so einer Kreuzfahrt geht es immer sehr luxuriös zu. Das heißt, die Passagiere gehen mit richtig teurem Schmuck und wertvollen Uhren an Bord. Keine Zollkontrolle der Welt kann was dagegen haben, wenn Sie mit einer Hunderttausend-Dollar-Uhr einchecken. Und mit so einer Uhr nehmen Sie dann auch am Landgang auf den Cayman Islands teil – und kommen überraschenderweise ohne zurück. Was natürlich auch keinem auffällt.«

»Das heißt, man konnte mit Wertgegenständen ein Konto eröffnen?«

»Konnte und kann es noch immer. In den Banken haben die fachkundige Schätzer sitzen. Die Leute verkaufen ihre Uhr oder ihren Schmuck also quasi der Bank und eröffnen mit dem Geld dann das Konto. Und wir Fahnder können rein gar nichts dagegen unternehmen.«

»Aber was nützt es mir, wenn ich mein Geld in der Karibik habe und hier in Deutschland sitze? Wenn ich es in Luxemburg oder der Schweiz deponiere, okay, da bin ich schnell und kann was holen, aber die Cayman Islands?«

Der Blick, den Carstens ihr zuwarf, erinnerte Charlotte an ihren früheren Klassenlehrer. Genauso hatte er immer geguckt, wenn jemand eine besonders doofe Frage gestellt hatte.

»Ich versuche es mal in einfachen Worten zu erklären.« Jetzt redete er auch noch wie ihr alter Lehrer! »Das Problem bei diesen Offshore-Finanzplätzen oder vielmehr: der Vorteil für die Anleger ist die mehr oder weniger vollkommene Anonymität. Wenn Sie dort einmal vorstellig werden, bekommen Sie eine Nummer und ein Codewort. Die Kombination aus Zahlen und Code ermöglicht es Ihnen dann, vollkommen unauffällig Geld von dem anonymen Konto auf Ihr offizielles zu transferieren, wann immer Sie möchten.«

»Aber in den Achtzigern gab es doch noch kein Internet.«

»Haben Ihre Eltern Ihnen früher mal Geld in den Urlaub telegrafiert?«

»Nein«, sagte Charlotte und dachte kurz an die bescheidenen Verhältnisse, in denen sie aufgewachsen war.

»Nun ja, das war jedenfalls damals auch schon möglich. Heute ist das natürlich viel einfacher.«

»Das heißt, wenn ich die Zahlenkombination und das Codewort habe, könnte ich mich an so einem Konto bedienen?«

»So ist es. In der Schweiz war das früher auch möglich, aber die Zeiten sind vorbei. In der EU wurde eine Menge dafür getan, um der Geldwäscherei Einhalt zu gebieten. Es gibt heute nur noch wenige Staaten, wo man eine solche Anonymität bekommt. Panama ist da ganz weit vorne, die Marshall Islands ebenfalls, und natürlich die Caymans.«

Nachdenklich bedankte sich Charlotte bei ihrem Kollegen, der nach seinem Mantel griff und schnellen Schrittes das Büro verließ.

Jetzt war ihr klar, warum Ludger Steinkamp vor seinem Tod so hatte leiden müssen. Sein Mörder wollte von ihm die Zahlenfolge und das Codewort erfahren, dachte sie. Und als es dem dementen Mann nicht mehr einfiel, musste er sterben.

44

Es war relativ schwierig, sich in dem digitalisierten Archiv zurechtzufinden. Er begann mit dem Bürgerregister, das sich aber schnell als eine Ansammlung unzähliger Tabellen mit Namen und Daten entpuppte. Hier fand er zwar nach langem Suchen Josef Bertram und Elfriede Göser, aber mehr als die Geburts- und Sterbedaten waren nicht verzeichnet.

Käfer klickte sich durch die Kriegsmeldungen. Auf Horstmar war damals nur eine Bombe abgeworfen worden, die eine Scheune getroffen hatte. Das Ganze passierte während eines großen Luftangriffs auf Münster, vermutlich war es nicht mehr als ein Versehen des Piloten gewesen. Käfer sah sich die Links an, die unter den archivierten Kriegsmeldungen angegeben waren. Einer verwies auf eine Doktorarbeit der Universität Münster mit dem Titel »Nationalsozialistische Propaganda in der regionalen Presse des dörflichen Münsterlands«. Der Doktorand hatte zum Zwecke seiner Arbeit zahlreiche Zeitungen aus der Zeit von 1933 bis 1945 eingescannt, und Käfer hoffte, dort etwas zu finden, das ihm weiterhelfen würde. Leider hatte der Doktorand keine Suchmaske eingegeben, aber für Käfer waren ohnehin nur die Zeitungen interessant, die einen Lokalteil aus Horstmar hatten.

Er wühlte sich durch Propagandaberichte und Durchhalteparolen und musste zwischendurch immer wieder den Kopf schütteln über die absurde Vehemenz, mit welcher der Endsieg in den letzten Kriegsmonaten noch propagiert wurde. Dazwischen gab es immer wieder Meldungen von Versorgungsengpässen und

Wintereinbrüchen, bis er schließlich einen Artikel aus dem Jahr 1940 fand, in dem es immerhin um eine Frau Göser ging. Es war nur ein kleiner Bericht, der unter einem grobkörnigen Schwarz-Weiß-Foto stand. Käfer überflog ihn. Nein, nichts über einen Todesfall. Eine Frau E. Göser war vom Bürgermeister ausgezeichnet worden, weil sie den regionalen Backwettbewerb gewonnen hatte. Eine klassische Regionalmeldung.

Er scrollte weiter und klickte sich von einer Seite zur nächsten. Gerade als Charlotte wieder ins Büro kam, wurde er fündig.

»Der alte Steinkamp hat sein Geld in die Karibik gebracht«, sagte sie und ließ sich auf ihren Schreibtischstuhl fallen. »Wahrscheinlich hat er –«

»Warte mal«, unterbrach er sie. Er musste die Augen zusammenkneifen, um den Text richtig erkennen zu können. Dann las er vom Bildschirm ab: »Westfälische Nachrichten, 24. Dezember 1944. ›Bei einem tragischen Wohnungsbrand starben in der Nacht vor Heiligabend die Bäckersleute Josef Bertram und Elfriede Göser. Vermutlich löste einer der beiden Söhne den Brand mit einer Kerze aus. Die beiden Buben sind nun Waisen und müssen das Weihnachtsfest ohne ihre Eltern begehen.‹«

»Ostermanns erster Brand«, sagte Charlotte sofort.

Käfer nickte. »Hört sich fast so an. Warte, es kommt noch was: ›Das Haus war der einzige Vermögenswert, den die verarmten Bäckersleute ihren Söhnen vererben konnten. Dieses ist nun bis auf die Grundmauern abgebrannt, sodass die Kinder völlig mittellos sind. Spenden sind daher willkommen.‹ Na, woran erinnert dich das?«

»An Steinkamps Brief.«

»Genau. ›Armut ist die Wurzel allen Übels.‹«

Stirnrunzelnd löste Charlotte eine Aspirin in ihrem Wasserglas auf. Als sie es bis auf den letzten Tropfen leer getrunken hatte, schob sie ihm einen Umschlag rüber, der an Björn Steinkamp adressiert war. »Das ist das Foto, das Ludger Steinkamp seinem Sohn hinterlassen hat.«

Käfer hielt es unter das Licht seiner Schreibtischlampe. Das war doch das gleiche Bild ... ja!

»Das Foto war in einem der archivierten Zeitungsartikel abgebildet. Das muss Elfriede Göser sein. Sie hatte irgendeinen Backwettbewerb gewonnen und wurde vom Bürgermeister ausgezeichnet.«

Er sah sich das Foto genauer an, das in einer deutlich besseren Qualität war als das eingescannte aus dem Archiv.

»Auf dem Schild an dem Geschäft steht doch auch ›Bäckerei Göser‹, wenn ich das richtig erkenne. In dem Schaufenster ist auf jeden Fall ein Kuchen abgebildet.«

»Könnte das Elternhaus von Fritz und Ludger Göser sein.«

»Aber warum hat Ludger Steinkamp das Foto seinem Sohn geschickt?«

45

Käfer hatte mit dem Handy in der Hand das Büro verlassen, und Charlotte blickte ihm grübelnd hinterher. Sie hatte alle Angaben von Kai Wiedemann überprüft. Seine Freundin hatte sowohl die ursprüngliche Verabredung als auch das Telefonat mit ihm bestätigt. Zu dem Zeitpunkt, als Charlotte durch den Wald gelaufen war, war er längst zu Hause gewesen. Das hatte auch die Überprüfung der ausgehenden Anrufe von Wiedemanns Anschluss ergeben. Außerdem hatte Karl Lahn die Freundschaft zu Wiedemann bestätigt und angegeben, dass sein Freund ihm regelmäßig eine Summe überweisen würde, um seine Schulden abzustottern. Mit dem Brand auf dem Schweinehof hatte er nichts zu tun, und auch für den Mord an Steinkamp kam er als Tatverdächtiger nicht infrage. Als das Altenheim brannte, war Wiedemann bei der Arbeit, was mehrere Kollegen bestätigt hatten.

Charlotte strich seinen Namen auf ihrer Liste durch. Ostermann, Wittig und Diekötter standen jetzt noch auf dem Zettel. Den ehemaligen Sparkassendirektor Wittig strich sie ebenfalls durch. Selbst wenn er in die kriminellen Finanzgeschäfte von Steinkamp involviert war, so war er doch nicht mehr in der Lage, eine solche Tat durchzuführen. Seine Demenz war so weit fortgeschritten, dass er ohne Hilfe kaum noch etwas bewältigen konnte, das hatte sie bei ihrem Besuch im Altenheim gesehen. Völlig verwirrt hatte er versucht, die Badezimmerfliesen mit einem Waschlappen zu reinigen. Hätte der Pfleger ihn nicht vom Badewannenrand geholt, wäre er womöglich schwer gestürzt. Nein, Charlotte glaubte nicht, dass Wittig die Feuermelder hätte ausschalten können, um danach Steinkamp bestialisch zu töten. So einen Plan hätte er weder schmieden noch durchführen können.

Blieben der verurteilte Brandstifter Ostermann und Hausmeister Diekötter. Mit beiden wollte sie noch mal sprechen. Aber wo steckte Ostermann nur? Sie musste versuchen, sich ein möglichst klares Bild von ihm zu machen. Nur dann würde sie seine Taten verstehen können, was die Suche nach ihm erheblich vereinfachen sollte.

Ostermann hatte, das lag nach dem Zeitungsbericht auf der Hand, schon als Kind mit dem Zündeln begonnen. Das war nicht ungewöhnlich. Das krankhafte Feuerlegen begann meist im Kindesalter, trat dann periodisch auf und verschlimmerte sich in der Regel in Krisensituationen. Hatte der kleine Fritz Ostermann sich damals in einer solchen Situation befunden, als er sein Elternhaus in Brand steckte? Oder hatte er nur seine Grenzen ausgelotet, so wie es unzählige andere Kinder taten?

Sie griff zum Telefon und rief Maria Steinkamp an. Sie wollte wissen, wie viel die Frau von ihrem pyromanisch veranlagten Schwager und seinem vermutlich ersten Brand gewusst hatte.

»Ludger war adoptiert?« Maria Steinkamp klang ehrlich überrascht. »Nein, das wusste ich nicht ... Aber das ergibt einen Sinn.«

»Ach ja?«

»Wissen Sie, mein Mann war nie erpicht darauf, eine Familie zu gründen. Im Gegenteil, er hat mir oft vorgeworfen, ich hätte ihm die Kinder ... nun ja ... untergejubelt.«

Charlotte hörte, wie schwer es Maria Steinkamp fiel, darüber zu sprechen.

»Aber vielleicht wollte er ja auch einfach keine Familie, weil er als Waise keine guten Erfahrungen gemacht hatte. Das wäre doch durchaus vorstellbar.«

»Wie war denn das Verhältnis zu seinen Adoptiveltern?«

»Wir hatten nicht viel mit ihnen zu tun. Herzlich oder innig war es jedenfalls nicht.«

»Hat er Ihnen denn mal was über einen gewissen Fritz Ostermann erzählt?«

Schweigen. Dann hörte Charlotte ein leises Schluchzen. »Nein. Aber es kommt mir fast so vor, als hätte mein Mann noch ein anderes Leben geführt.«

Frau Steinkamp weinte, und Charlotte konnte sie verstehen. Es war schlimm, von einer Person kaum etwas zu wissen, die einem eigentlich nahestehen sollte. Sie selbst litt heute noch darunter, dass sie so wenig über ihre Mutter wusste.

»Lassen Sie sich Zeit, Frau Steinkamp. Und denken Sie in Ruhe über alles nach. Wenn Ihnen noch etwas einfällt, dann rufen Sie mich an«, sagte sie und legte auf.

An Maria Steinkamps Unwissenheit konnte es keinen Zweifel geben. Sie schien über die Vergangenheit ihres Mannes kaum etwas gewusst zu haben, und Charlotte glaubte nicht, dass sie ihr bei der Suche nach Ostermann weiterhelfen konnte.

Sie rief noch mal die Dokumente auf, die ihr von der JVA zugemailt worden waren. Eine leichte schizophrene Störung war bei Ostermann diagnostiziert worden. Vielleicht hatte er schon als Kind unter Schizophrenie gelitten? Bei Kindern war es eine seltene psychiatrische Erkrankung, die in ihren frühen Phasen auch nur schwer festzustellen war. Zu der Zeit hatte sich vermutlich ohnehin niemand um so etwas gekümmert. Deutschland war zerstört, jeder musste sehen, wie er zurechtkam, und das Land war voll von Menschen, die furchtbare Erlebnisse verarbeiten mussten und daran scheiterten. Ein schizophrenes Kind fiel damals wahrscheinlich gar nicht auf, dachte Charlotte. Die

Krankheit brach häufig infolge schrecklicher Erlebnisse aus, auch als eine Art »Schutzmechanismus« des Verstandes, weshalb die Patienten in der Regel Schwierigkeiten hatten, Träume und Realität voneinander zu unterscheiden. Vielleicht war Fritz Ostermann durch Kriegserlebnisse oder durch Gewalt in der Familie traumatisiert worden und flüchtete sich in eine Traumwelt, aus der er allein nicht mehr herausfand?

Charlotte las sich die Berichte durch, die nach den psychotherapeutischen Gesprächen mit Ostermann angefertigt worden waren, und verglich sie mit den Gesprächsprotokollen von Renate Haas. Ostermann hatte angegeben, eine normale Kindheit erlebt zu haben, in der nichts Schlimmes vorgefallen sei. Entweder hatte er schon während der Therapiestunden gelogen, oder er hatte es verdrängt, dass seine leiblichen Eltern bei dem Feuer ums Leben gekommen waren. Oder er hatte es nicht als schlimm empfunden. Und hatte das Feuer bewusst gelegt, um seine Eltern umzubringen.

Aber war ein sechsjähriger Junge überhaupt in der Lage, so planvoll vorzugehen und sein Elternhaus anzustecken, mit dem Ziel, die eigenen Eltern zu töten? Charlotte konnte es sich kaum vorstellen. Sie dachte an das Gespräch, das sie mit Annette Steinkamp geführt hatte. Wie werden Menschen böse? Charlotte wusste, dass auch Erkrankungen Menschen verändern können. Sie erinnerte sich an den Fall eines Doppelmörders. Er war ein liebevoller Familienvater, bis er sich von einem Tag auf den anderen scheinbar grundlos veränderte. Der Mann wurde aggressiv, unkontrolliert und löschte schließlich seine ganze Familie aus. Man entdeckte dann einen Tumor in seinem Kopf, direkt am Lobus insularis, der Inselrinde. Diese Hirnregion ist für die Emotionen zuständig, lässt Empathie empfinden und ist für das zuständig, was landläufig Gewissen genannt wird. Der Tumor hatte diese Funktionen lahmgelegt und den Mann zum Mörder gemacht.

Vielleicht war es mit der unbehandelten Schizophrenie bei Ostermann ähnlich gewesen?

Charlotte kam die Bedeutung des Feuers in den Sinn. Von krankhaften Pyromanen wurde es oft als reinigende Kraft empfunden. Wenn Fritz Ostermann unter seinem Vater oder seiner Mutter gelitten hatte, war ihr Tod für ihn vielleicht wie eine Befreiung?

Okay, dachte Charlotte. Eine traumatische Kindheit verbunden mit einer unbehandelten Schizophrenie könnte also der Auslöser gewesen sein. Wie ein trockener Alkoholiker wäre Ostermann nun nach langer Zeit der Abstinenz wieder rückfällig geworden. Was hatte diesen Rückfall ausgelöst? Warum verschaffte er sich nach so vielen Jahren Zutritt zum Altenheim und brachte seinen Bruder um? Der brennende Schweinestall war ein viel einfacheres Ziel gewesen, und auch früher hatte er immer nur Häuser angezündet.

Warum hatte er sich diesmal gezielt und direkt einen Menschen vorgenommen? Ging es ihm wirklich nur ums Geld? Wollte er, der triebhafte Pyromane, Zugangsdaten zu einem geheimen Offshore-Konto erpressen? Oder hatte Hausmeister Diekötter vielleicht etwas von den Konten gewusst? Vielleicht war er bei seinen Schnüffeleien auf etwas gestoßen, oder der demente Steinkamp hatte ihm gegenüber etwas in der Richtung erwähnt? Für Diekötter wäre es ein Leichtes gewesen, die Feuermelder auszuschalten, und er wusste auch, dass Steinkamp allein auf seinem Zimmer war. Andererseits hatte die Schwester ihn in der Werkstatt gesehen, und es schien ausgeschlossen, dass er zum Zeitpunkt des Brandes am Tatort war. Charlotte war froh, dass Hammersbach und Schwarzer sich den Hausmeister noch mal vornehmen wollten.

Irgendwie passt das alles nicht zusammen, dachte sie und warf eine weitere Aspirin ins Wasser, die sprudelnd auf den Boden des Glases sank.

46

Ratlos saßen sie im Wohnzimmer. Selbst Björn hatte es die Sprache verschlagen. Er knetete seine Hände und starrte auf den dicken Perserteppich, als wollte er jede Borste einzeln zählen. Ihre Mutter hatte rot geweinte Augen und tupfte sich immer wieder mit dem Taschentuch über die Nase, während sie fassungslos den Kopf schüttelte.

Ihr selbst war schlecht. Nachdem Peter sie angerufen und ihr erzählt hatte, was er über die Herkunft ihres Vaters herausgefunden hatte, fühlte sie sich krank. Oma und Opa waren gar nicht ihre leiblichen Großeltern, dafür hatte sie einen Onkel, der ein vierfacher Mörder und ein kranker Pyromane war und womöglich seine eigenen Eltern auf dem Gewissen hatte. Kein Wunder, dass ihr Vater kein Familienmensch gewesen war. Wie konnte man das bei so einer Familie auch sein? Sie verstand ihn immer besser.

»Als ich ins Internat kam«, sagte Björn in dem Moment. »Das ... das muss doch ungefähr zu dem Zeitpunkt gewesen sein, als dieser Ostermann aus dem Knast entlassen wurde, oder?«

Annette wusste sofort, was er meinte. Ihr Leben lang hatten sie es der Kaltherzigkeit ihres Vaters zugeschrieben, dass er sie und Björn schon in so jungen Jahren in ein Internat gesteckt hatte – auch noch in zwei unterschiedliche, Hunderte Kilometer voneinander und von ihrer Mutter entfernt.

»Vielleicht hat er es getan, um uns zu schützen«, murmelte sie. Er wollte sie vor ihrem kranken Onkel schützen, vor diesem

Ostermann, der schon die halbe Familie und vier andere Menschen auf dem Gewissen hatte. Und jetzt womöglich auch Papa. »Warum hat er uns bloß nie etwas gesagt?«

»Was hätte er denn sagen sollen?« Björn sprang auf und ging nervös im Zimmer auf und ab. »›Euer Onkel ist ein irrer Killer und knüpft sich euch vielleicht als Nächstes vor?‹«

»Du hast recht«, sagte Annette. »Das ist nichts, was man seinen Kindern sagt.«

»Aber er hätte es seiner Frau sagen können.«

Die Stimme ihrer Mutter war kaum zu hören. Ganz klein sah sie aus, wie sie da zusammengesunken auf dem Sofa saß.

Ja, dachte Annette, seiner Frau hätte er es sagen können. Aber vielleicht war ihre Mutter auch nie die Partnerin gewesen, mit der man so etwas hätte teilen wollen. Ihr Leben lang hatte Annette immer geglaubt, ihr Vater habe ihre Mutter furchtbar ungerecht und gemein behandelt. Zum ersten Mal keimte in ihr eine neue Sichtweise auf. Egal, wie kaputt eine Ehe auch war – gehörten nicht immer zwei dazu? Immerhin war Mama bei ihm geblieben, aus welchen Gründen auch immer. Auch wenn sie sagte, sie habe es für Björn und sie getan, um ihnen eine unbeschwerte Kindheit zu ermöglichen, Annette war sich sicher, dass es noch einen ganz anderen Grund gab, warum sich ihre Mutter nie vom Vater getrennt hatte: die Angst vor dem Alleinsein und der Verantwortung.

Minutenlang sagte keiner etwas. Bis Annette schließlich die Stille durchbrach. »Er hat uns beiden Hinweise auf sein Elternhaus hinterlassen«, sagte sie zu ihrem Bruder. »Und somit auch auf unsere Wurzeln. Hat er das nur gemacht, damit wir von unseren Großeltern erfahren? Das hätte er doch auch einfacher haben können. Warum hat er keinen Brief geschrieben?«

»Weil er uns etwas anderes damit sagen wollte.« Björn setzte sich neben sie auf das Sofa und nahm den alten Kupferstich aus dem *Petit Törtchen*, der vor ihnen auf dem Tisch lag. Vorsichtig entfernte er den Rahmen und wunderte sich kurz. »Der ist ja leicht.« Dann betrachtete er die Abbildung von Horstmar. »Er wollte uns irgendetwas sagen, was kein anderer wissen sollte. Diese Buchstaben. JBB – an irgendetwas erinnert mich das.«

»Vielleicht ist es auch JBG, Josef Bertram Göser. Wie es scheint, sind es die Initialen unseres Großvaters?«

»Ich weiß nicht, für mich sind das zwei B. Wir sollten beide Möglichkeiten in Betracht ziehen.«

»Vielleicht ist es irgendein Hinweis auf das Geld, das er zur Seite geschafft hat.«

Björn nickte nachdenklich, und Annette fühlte sich ihm plötzlich so nah, wie sie sich ihrem Bruder seit Jahren nicht mehr gefühlt hatte.

»Ja. Es muss irgendetwas mit dem Geld zu tun haben. Er hat immerhin seinen durchgeknallten und kriminellen Bruder abgezockt, da musste er die Kohle doch irgendwo in Sicherheit bringen, bevor der Kerl wieder aus dem Knast kommt. Also transferiert er es auf irgendein Offshore-Konto ...«

»Und JBG ist der Zugangscode?«

Annette schüttelte den Kopf. Peter hatte ihr gesagt, dass es eine Kombination aus Nummern und Codewort sein müsste. »Außerdem dürfte JBG zu kurz für ein solches Passwort sein.«

»Und wo könnte die Nummer stehen? Vielleicht in seinem Testament?«

»Nein. Dann würde ja jeder von dem Konto erfahren. Das dürfte kaum in seinem Sinne gewesen sein. Er will, dass wir recherchieren. Das scheint mir ganz offensichtlich. Sonst hätte er uns nicht diese Hinweise hinterlassen.«

»Wir müssen versuchen, mehr über unsere richtigen Großeltern herauszufinden. Über diese Bäckerei Göser, über den Brand damals – einfach über alles, was mit ihnen zu tun hat.«

»Ich hol mal den Laptop.« Björn verließ eiligen Schrittes das Wohnzimmer.

Erst da fiel Annette auf, dass ihrer Mutter die ganze Zeit die Tränen über das Gesicht liefen.

47

Seit zwei Stunden lag Charlotte auf Bernds Sofa. Sie hatte tief und fest geschlafen und sich dann von ihm zu einer Tasse Tee überreden lassen. Obwohl es ihr schon viel besser ging, nahm sie noch eine Schmerztablette.

»Hast du Hunger? Ich kann dir noch was zu essen machen, bevor ich gehe. Bine ist schon mit Sophie an der Schule – oder soll ich besser absagen?«

Das Schneckenfest – Charlotte hatte es völlig vergessen.

»Dann lerne ich endlich mal *Sabine* kennen.« Bewusst nannte sie Bernds Exfrau nicht bei ihrem Spitznamen. Und wenn sie ehrlich war, ärgerte es sie ein bisschen, dass ihm der alte Kosename manchmal noch rausrutschte.

»Bist du sicher, dass du mitwillst? Wird das nicht zu viel für dich?«

»Nein. Ich komme mit. Das habe ich Sophie doch versprochen.«

»Das wäre natürlich toll. Ich bin dir aber nicht böse, wenn du dich auskurieren willst.«

»Der Arzt meinte, es wäre nicht so schlimm. Wenn ich mir den Kopf am Türrahmen gestoßen hätte, würde ich doch auch gehen.«

Sie schlug die Decke zur Seite und stand auf. Das Blut schoss ihr in den Kopf, und ihre Schmerzen verschlimmerten sich für einen kurzen Moment. Charlotte versuchte, sich nichts anmerken zu lassen, und ging ins Bad. »Gib mir zehn Minuten, dann können wir los.«

Als sie vorm Spiegel stand, begutachtete sie ihr Gesicht. Die Platzwunde an der Stirn war geklebt worden, die Naht sah gut aus. Allerdings war sie von einer dicken Beule umgeben, die war schon Furcht einflößend. Am auffälligsten war aber der abgesackte Bluterguss, der ihr Auge aussehen ließ, als hätte sie der Schlag genau dort getroffen. Wasser und Blut hatten sich unter dem Auge gesammelt, sie konnte die Flüssigkeit mit den Fingern sogar ein wenig hin und her bewegen. Wenn sie jemals Tränensäcke bekommen sollte, würde sie die auf jeden Fall chirurgisch entfernen lassen, beschloss Charlotte.

Normalerweise schminkte sie sich nicht. Zum Glück besaß sie aber noch einen Abdeckstift und ein dezentes Make-up, das sie sich nach ihrem letzten großen Fall zugelegt hatte und seitdem nur sporadisch benutzte. Bei der Suche nach dem verschwundenen kleinen Jungen hatte sie damals so viele Nächte durchgearbeitet, dass sie Käfers Sprüche über ihre Augenringe nicht mehr ertragen hatte.

Großzügig trug sie jetzt den Abdeckstift um ihr verfärbtes Auge auf. Rund um die Platzwunde ging sie vorsichtiger vor, pinselte aber auch da eine dicke Schicht auf die Haut. Mit dem Make-up versuchte sie dann, die Ränder zu verwischen und ihrem Gesicht eine einheitliche Farbe zu verleihen.

Als sie fertig war, betrachtete sie ihr Spiegelbild. Zwar hatte sie die blauen Blutergüsse wegschminken können, aber etwas verbeult und geschwollen sah sie immer noch aus. Schade, dass ich keine langen Haare habe, dachte sie, als sie versuchte, sie über die Stirnwunde zu kämmen. Ein hoffnungsloses Unterfangen. Ihr Blick fiel auf ein Halstuch, das über der Heizung baumelte. Kurz entschlossen band sie es sich wie ein Pirat um den Kopf. Dann setzte sie eine Sonnenbrille auf und starrte erneut in den Spiegel.

»Du hast ja nicht mehr alle Tassen im Schrank«, sagte sie laut und nahm Brille und Tuch sofort wieder ab. Für wen machte sie das eigentlich? Für sich, für Bernd oder vielleicht doch eher für seine Exfrau? Sie würde sie heute zum ersten Mal treffen, und ausgerechnet jetzt hatte sie dieses Veilchen und sah aus wie ein Preisboxer nach seiner dritten Niederlage in Folge. Charlotte musste zugeben, dass sie das störte.

Sie dachte daran, wie sie Bernd vor fast einem Jahr kennengelernt hatte. Sie hatte ihn in einer Bar angesprochen, so wie sie es damals häufig tat, wenn sie Lust auf Sex hatte. Eine feste Beziehung war für Charlotte früher unvorstellbar gewesen, One-Night-Stands waren die einzige Beziehungsform, die sie zu Männern pflegte. Aber die Nacht mit Bernd war anders, intensiver, intimer. Sie wusste noch genau, wie sie sich frühmorgens aus seiner Wohnung gestohlen hatte, um einer Unterhaltung »danach« zu entgehen. Hatte sie da schon Angst gehabt, sich in ihn zu verlieben? Sie musste lächeln. Wahrscheinlich ja. Heute war sie mehr als froh, dass Bernd damals so hartnäckig gewesen war. Ja, sie hatte einen festen Freund, eine richtige Beziehung, und sie war glücklich. Da würde sie ein Treffen mit der Exfrau doch nicht aus dem Konzept bringen, oder?

Vorsichtig stieg sie in Bernds Wagen und achtete darauf, dass sie mit ihrem Kopf nirgendwo gegen stieß.

»Alles okay?«

»Alles super.«

»Dann kann es ja losgehen.« Er lenkte den Wagen auf die Straße. »Ich werde mich echt umstellen müssen, dass Sophie jetzt wieder bei ihrer Mutter wohnt. Es war schön, sie mal wieder für längere Zeit bei mir zu haben.«

Charlotte sah ihm an, dass er traurig war. Sie wollte etwas Tröstendes sagen, aber es fiel ihr nichts Passendes ein.

Sie fuhren über die Bismarckallee, und es dauerte nicht lang, bis sie in die Breite Gasse bogen, in der Sophies Grundschule lag.

Als sie am Gebäude vorfuhren, merkte sie, dass sie langsam nervös wurde. Charlotte staunte über sich selbst. Dass ausgerechnet sie ein Problem mit der Exfrau ihres Freundes haben könnte, hätte sie sich nicht träumen lassen. Sie hatte sich früher immer als einsame Kämpferin betrachtet, die keine Gefahr scheute – aber seit sie mit Bernd zusammen war, war sie Teil eines Ganzen. Das hatte sie gleichzeitig schwächer und stärker gemacht. Vor ein paar Jahren wäre sie einer Verflossenen ihres aktuellen Liebhabers vermutlich mit erhobenem Haupt und gepflegtem Desinteresse begegnet. Heute war das anders.

O Gott, hoffentlich wird das einigermaßen entspannt, dachte sie. Und schalt sich gleich darauf einen Narren: Steiger dich bloß nicht in etwas hinein. Zwei erwachsene Frauen treffen sich. Mehr ist es nicht. Punkt. Aus.

»Sophie ist schon hinter der Bühne«, sagte Bernd. »Bine hat uns einen Platz in der zweiten Reihe frei gehalten.«

»Prima. Ich freue mich darauf, *deine Bine* kennenzulernen.«

»Sie ist auch eigentlich 'ne ganz Nette.«

Charlotte sah Bernd von der Seite an. Seine Ehe war gescheitert, nachdem er seine Frau mit einem anderen Mann erwischt hatte, und sie hatte sich schon oft gefragt, ob Bernd dieses Kapitel wirklich vollständig abgeschlossen hatte.

Jede Menge Eltern strömten über den Schulhof in das Gebäude. Es herrschte eine erwartungsvolle Stimmung, aufgeregtes und gut gelauntes Schwatzen war überall zu hören. Die meisten Eltern kannten sich untereinander, viele schienen befreundet zu sein und gingen herzlich miteinander um.

Irgendwie schön, dachte Charlotte. In ihrem Freundeskreis hatten die wenigsten Kinder, eigentlich gab es sogar noch relativ viele Singles. Warum war das so? Wahrscheinlich, weil sie den Kontakt zu Familien nie gesucht hatte.

Im Foyer merkte Charlotte, dass die Schminke wenigstens ein

bisschen geholfen hatte. Sie schien niemandem aufzufallen, jedenfalls sah sie keiner an, als wenn sie eine verprügelte Ehefrau wäre.

»Da vorne ist sie! Hey, Bine! Hallo!«

Bernd ging schnellen Schrittes durch die Reihen, und als Charlotte sah, wen er dort freundlich begrüßte, musste sie sich zusammenreißen, um nicht laut aufzujaulen.

»Das ist Charlotte, das ist Sabine«, sagte Bernd, und eine ausgesprochen attraktive Frau mit langen blonden Haaren reichte ihr die Hand. Wäre sie ein bisschen größer und ein bisschen schlanker gewesen, hätte sie Model sein können.

»Freut mich total«, sagte Sabine strahlend und entblößte dabei eine relativ schiefe Zahnleiste. Wenigstens etwas.

»Mich auch.« Charlotte zwang sich zu einem Lächeln. »Ich bin ein bisschen angeschlagen ... im wahrsten Sinne des Wortes.«

»Ja, Bernd hat es am Telefon gesagt. Sie Arme!« Sabine setzte ein bedauerndes Lächeln auf und nahm wieder Platz.

»Wo ist Hannes?«

Charlotte hörte deutlich, wie schwer der Name von Sabines neuem Freund Bernd über die Lippen ging.

»Ach, frag nicht.« Das Licht ging aus. »Es geht los!«

Während ein gutes Dutzend Kinder in Schneckenkostümen auf die Bühne kam und verschiedene Lieder sang, beobachtete Charlotte Bernd und Sabine. Mit glänzenden Augen und strahlenden Gesichtern schauten die beiden voller Stolz ihrer gemeinsamen Tochter zu. Als ihr Auftritt zu Ende war, sprangen sie von den Sitzen und klatschten begeistert. Sophie kam mit ausgestreckten Armen auf sie zugerannt und fiel ihrem Vater und ihrer Mutter um den Hals.

»Du hast das so toll gemacht, mein Schatz!«

»Wir sind so stolz auf dich!«

Charlotte kam sich vor wie das fünfte Rad am Wagen. Wie das demolierte und beschissen aussehende, vollkommen überflüssige Ersatzrad. Warum war sie nicht auf dem Sofa liegen geblieben? So wie es dieser Hannes vermutlich auch gemacht hatte? Das war nicht ihre Familie, und das würde auch niemals ihre Familie sein. Sie hätte die drei an diesem Abend allein lassen sollen, das wäre vernünftiger gewesen.

»Hat es dir auch gefallen?« Sophie sah sie mit großen Augen an.

»Es war fantastisch, Sophie.«

»Danke.« Sophie umarmte Charlottes Hüften. »Ich hatte schon Angst, dass du nicht kommst, wo du doch so 'ne schlimme Beule hast.«

»Deinen Auftritt hätte ich mir doch niemals entgehen lassen.«

Sophie strahlte. Dann sah sie sich besorgt Charlottes Veilchen an. »Hat der Feuerteufel dir so wehgetan?«

»Was für ein Feuerteufel?« Sabine sah ihre Tochter erstaunt an.

»Das hast du nicht mitgekriegt, Mama«, sagte Sophie und klang plötzlich sehr erwachsen. »Da warst du ja im Urlaub. Charlotte weiß schon, was ich meine.«

»Das stimmt.« Sie strich Sophie über den Kopf. »Ich weiß nicht, ob es der Feuerteufel war. Aber wenn, dann kriegt er jetzt mächtig Ärger.«

Sophie kicherte. Dann nahm sie Charlotte an die Hand. »Ich will eine Fanta.« Hand in Hand gingen sie aus der Aula.

Vielleicht war es doch gut, dass sie nicht auf dem Sofa liegen geblieben war.

48

Es war reiner Zufall, dass er den hellgrünen Passat wiedergefunden hatte. Während er ihm über die holprigen Feldwege noch einigermaßen hatte folgen können, hatte er ihn auf der asphaltierten Straße sofort verloren. Frustriert hatte er aufgegeben und beschlossen, nach Hause zu fahren und sich erst mal auszuruhen. Schließlich war es schon stockdunkel, und auf dem Mofa durch die Felder zu fahren war kein Vergnügen mehr.

Und dann sah er den Passat vor der einzigen Tankstelle in diesem verdammten Kaff stehen. Unauffällig hatte er sich in der Dunkelheit gehalten und die helle Beleuchtung rund um die Zapfanlage gemieden, bis der Fahrer mit zwei Einkaufstüten aus dem Tankstellenshop kam und sie in den Kofferraum lud.

Ob er alle Spuren von der Leiche verwischt hatte? Er wusste, wie schwierig das war. Leichen hinterließen fast immer Spuren, egal, wie gründlich man auch putzte. Außer man verbrannte sie ordentlich. Feuer war einfach das beste Putzmittel.

Er kicherte kurz in sich hinein, als er sich vorstellte, wie das wohl wäre, wenn jede Hausfrau ihren Fußboden anstatt mit Scheuermittel einfach mit einem Flammenwerfer bearbeiten würde. Aber schnell konzentrierte er sich wieder auf seine Aufgabe. Der hellgrüne Passat fuhr los, und er wusste, dass er gute Chancen hatte, ihm ab jetzt auf den Fersen zu bleiben. Im ganzen Ort galt Tempo dreißig, und selbst wenn man wollte, hätte man kaum schneller fahren können, da die Gassen sehr eng und auf beiden Seiten zugeparkt waren.

Der Wagen bog am Ende der Ortschaft rechts ab und fuhr einen einsamen Weg hoch, an dem keine Häuser mehr standen. Jetzt musste er vorsichtig sein, hier könnte er auffallen. Er wusste, dass der Weg nicht lang war und bald an einem Haus enden würde. Es war besser, von jetzt an zu Fuß zu gehen. So konnte er sich hinter Büschen und Bäumen verstecken.

Als er am Ende des Weges angekommen war, kauerte er sich hinter eine große Erle und beobachtete, wie der Fahrer seine Einkaufstüten ins Haus brachte und die Tür hinter sich zuzog. Er wartete noch einen Moment, um sicherzugehen, dass der Mann nicht wieder rauskam, und schlich sich dann näher an das Haus heran.

Du darfst jetzt keine Fehler mehr machen, dachte er. Der Kerl konnte ihm nutzen, das war sicher. Die Leiche im Scheiterhaufen war ein guter Trumpf, den er im Ärmel hatte. Damit konnte er ihn jederzeit unter Druck setzen und nach Belieben für seine Zwecke einsetzen. Jedenfalls jetzt noch. Wenn der Leichnam erst mal verbrannt war, würde er ihm nichts mehr nutzen. Vor allen Dingen musste er sichergehen, dass der andere ihn nicht überrumpeln konnte. Auf einen Kampf Mann gegen Mann wollte er es auf keinen Fall ankommen lassen. Das war viel zu riskant, zumal er davon ausgehen musste, dass der andere ein eiskalter und skrupelloser Mörder war, ihm womöglich ebenbürtig.

Er musste sich genau überlegen, wie er vorgehen sollte. Für das nächste Mal konnte er gut einen Komplizen gebrauchen. Einen zuverlässigen, der spurte und genau das tat, was er wollte. Er selbst war schon zu sehr ins Visier der Bullen geraten, von jetzt an würde der andere einen Teil der Arbeit übernehmen können. Und wenn er ihn nur mit seinem Wagen hinbrachte und wieder abholte. Allein das würde eine große Hilfe sein. Spätestens nach dem Schweinestall wusste er nur zu gut, wie wichtig ein schnelles Fluchtfahrzeug war. Dass er kein Auto hatte, wurde zu einem immer größeren Problem. Vielleicht hatte er jetzt die Lösung.

Er schlich sich vorsichtig noch näher an das Haus heran und spähte durch das Fenster in die Küche. Er sah, wie der Mann verschiedene Putzmittel aus seinen Einkaufstüten holte. Wollte er doch noch den Kofferraum reinigen? Dann musste er auf der Hut sein. Wenn er rauskam, würde er ihn trotz der Dunkelheit schnell entdecken. Doch der Mann nahm einen Eimer und einen Wischmopp und begann, den Küchenboden zu putzen. Wie ein Besessener schrubbte er immer wieder über das Linoleum, griff zwischendurch zu Scheuermittel und Bürste und machte sich mit gleicher Manier über die alten Stühle und den Holztisch her. Vielleicht hatte er sein Opfer hier umgebracht? Und versuchte jetzt, die Spuren zu beseitigen?

Verwundert beobachtete er aus seinem Versteck, wie der andere ins Nebenzimmer ging und auch da putzte. Er schlich zum nächsten Fenster und sah nun in ein Wohnzimmer, das von dem Mann wie verrückt gescheuert wurde. Plötzlich sackte er auf dem Sofa zusammen und verbarg den Kopf zwischen den Händen. Heulte er? Ja, er heulte tatsächlich wie ein Schlosshund.

Tja, so 'n Mord ist nichts für Weicheier, dachte er spöttisch und überlegte, ob so einer wirklich der Richtige für ihn war. Andererseits konnte er sich seine Komplizen beim besten Willen nicht aussuchen. Ob er einfach reingehen und mit ihm sprechen sollte? Jetzt war der Typ angeschlagen, flennte über seine Tat, war womöglich leicht zu manipulieren ...

Er hielt inne und starrte auf den Wohnzimmertisch. Neben ein paar Zeitungen und Büchern sah er es liegen. Das war doch nicht ... nein, das konnte nicht sein! Er kniff die Augen zusammen und verfluchte seine Sehschwäche. Von der Größe konnte es passen, und auch die Form stimmte. Er rieb sich über die Augen und versuchte sich zu konzentrieren. Schließlich konnte er es deutlich erkennen, und plötzlich war ihm alles klar.

49

Björn saß im Schneidersitz auf der Chaiselongue seines Vaters, den Laptop auf den Beinen. Annette saß ihm gegenüber und kämpfte sich durch die Zeitschriften des Heimatvereins, die einmal im Jahr erschienen und die ihr Vater gesammelt hatte. Selbst alte historische Exemplare hatte er auf Sammlerbörsen erstanden und ordentlich archiviert. Ihre Mutter hatte ihr einen ganzen Ordner gegeben und war dann müde und erschöpft ins Bett gegangen. Die neuen Enthüllungen schienen ihr sehr zugesetzt zu haben.

Die erste Ausgabe stammte aus dem Jahr 1939. Annette konnte nicht einen Artikel finden, der sich mit etwas anderem als dem Ausbruch des Krieges und dessen Folgen beschäftigte. Aber schon 1940 wurde sie fündig.

»Schau an«, sagte sie leise und las den kurzen Absatz dann laut vor: »›Wie jedes Jahr wurde auch in diesem Sommer der Wettbewerb der Backkunst ausgerufen. Es galt, die beste Torte des Münsterlands zu finden. Über fünfzig Konditormeister stellten sich der Konkurrenz, an dem auch eine deutsche Hausfrau teilnehmen durfte. Die Ehefrau des Bäckers Josef Bertram Göser konnte mit ihrer Lamberti-Torte die zehnköpfige Jury überzeugen.‹«

»Das muss dann ja wohl unsere Großmutter gewesen sein«, sagte Björn, ohne von seinem Laptop aufzuschauen.

»Lamberti-Torte ... wie war die wohl gemacht?«

»Keine Ahnung. Aber dann weißt du jetzt ja, woher du dein Backtalent hast.«

»Das Foto, das Papa dir hinterlassen hat, wo alle vor dem

Haus stehen und die Frau gerade eine Urkunde überreicht bekommt …«

»Ja. Wahrscheinlich wird sie da gerade für ihre tolle Torte ausgezeichnet. Lamberti-Torte.« Björn schüttelte sich. »Ausgerechnet.«

Annette ahnte, worauf ihr Bruder anspielte. Ihr Vater hatte Björn als Kind immer gedroht, er würde ihn in die Käfige an der Lambertikirche stecken, wenn er nicht artig war. Sie konnte sich noch genau erinnern, wie viel Angst ihm das immer gemacht hatte.

»Kannst du die Torte mal googeln? Mich würde interessieren, wie die aussah.«

Björn nickte und tippte auf der Tastatur herum. Nach einigen Augenblicken sagte er: »Hm. Also so auf die Schnelle finde ich hier nichts.«

»Warum hinterlässt er dir das Foto?«, überlegte Annette. »Irgendwie hätte es zu mir doch besser gepasst.«

»Vielleicht ist er davon ausgegangen, dass ich es dir auf jeden Fall zeige.« Björn sah sie nachdenklich an. »Vielleicht wollte er, dass wir uns gemeinsam der Sache annehmen.«

War es der Wille ihres Vaters gewesen, dass sie jetzt hier zusammen saßen und in der Vergangenheit der Familie wühlten? Und so zum ersten Mal seit Jahren wieder richtig miteinander sprachen?

»Unsere Großmutter wird auf diesem Foto für ihre sagenhaften Backfertigkeiten ausgezeichnet«, fuhr Björn fort. »Soweit ich mich erinnere, hat Papa über deine Backkünste nie ein gutes Wort verloren.«

»Im Gegenteil.«

»Genau. Er hat dich deshalb immer nur runtergemacht. Aber immerhin war seine Mutter eine ausgezeichnete Bäckerin. Vielleicht war er insgeheim doch stolz darauf, dass du in ihre Fußstapfen trittst.«

Annette lief ein Schauer den Rücken hinunter. Sie dachte an

das, was Jakob Boßmann ihr erzählt hatte, wie ihr Vater sich an seinem Geburtstag auf eine Torte von ihr gefreut und ihr Talent mit dem der Großmutter verglichen hatte. Jetzt verstand sie, welche Großmutter er meinte. Sollte ihr Bruder wirklich recht haben? Hatte ihr Vater doch anerkannt, was sie geleistet hatte? Warum war ihm ein Lob bloß nie über die Lippen gegangen? Sie erinnerte sich daran, als sie ihren Vater das letzte Mal gesehen hatte, bei ihrem einzigen Besuch im Heim. Während sie ihn aus dem Bad geholt und frisch angezogen hatte, hatte er mehrfach zu ihr gesagt, dass er sich so auf den Kuchen freue, weil es der beste der Welt sei. Damals hatte sie gedacht, er meinte den Kuchen im Heim, den es kurz darauf zur Kaffeezeit gab. Aber vielleicht meinte er den gar nicht? Vielleicht hatten sich seine Worte an Annette gerichtet, und sie hatte es nicht verstanden?

Björn sprang auf und riss sie aus den Gedanken. »Halt mal.« Er drückte ihr den Laptop in die Hand und verließ eilig das Zimmer.

»Was ist denn los?«

Doch da war er schon aus der Tür. Wenige Augenblicke später kam er mit einem Rahmen in der Hand zurück. »Der Bilderrahmen, in dem der Kupferstich hing, den du von Papa bekommen hast.« Seine Stimme klang aufgeregt. Er setzte sich neben sie und drückte ihr den Rahmen in die Hand. »Die Holzleisten sind doch bestimmt fünf Zentimeter breit.«

»Und?«

»Jetzt fühl mal, wie leicht der ist!«

Annette wog den Bilderrahmen abschätzend in den Händen. Warum war ihr das nicht eher aufgefallen? »Du hast recht. Der ist …«

»Ganz genau. Hohl.« Björn nahm ihr den Rahmen aus der Hand und zerbrach ihn mit einem lauten Knacken. Jetzt hatte er vier einzelne Holzleisten vor sich. Annette holte die Leselampe hinter dem Sofa vor, und ihr Bruder leuchtete nacheinander in die Leisten hinein, die tatsächlich ausgehöhlt waren. »Nichts ... Hier auch nichts. Aber warte mal ...«

Mit den Finger versuchte er, in die Öffnung einer Leiste zu kommen. Es gelang ihm nicht. »Dann eben so«, murmelte er, legte die Leiste unter seine metallbeschlagenen Absätze und trat kraftvoll zu. Es knirschte.

»Sind die auch mal zu was nützlich«, grinste Annette.

Zwischen einzelnen Holzsplittern kam ein zusammengerollter Zettel zum Vorschein. Triumphierend hielt Björn ihn in die Höhe. »Nenn mich Sherlock Holmes!« Vorsichtig rollte er das Papier aus. »Na bitte«, sagte er leise, nachdem er die Zeilen überflogen hatte, die darauf geschrieben waren: »Da hast du dein Rezept.«

Auf dem Zettel stand in geschnörkelter Handschrift »Lamberti-Torte« geschrieben. Darunter folgte eine Auflistung aller Zutaten inklusive der Beschreibung, wie man sie verarbeiten sollte, um eine kalorienreiche Buttercremetorte zu backen.

»Das ist doch eine Frauenhandschrift«, sagte Annette berührt. Sie ahnte, was das bedeutete. »Ist sie von ...?«

»Unserer richtigen Großmutter. Ja. Ich schätze schon.«

Für einen Moment saßen sie schweigend da und starrten auf die Hinterlassenschaft. Björn fing sich als Erster und griff wieder zu seinem Laptop. Annette dagegen war in Gedanken versunken. Das preisgekrönte Rezept ihrer Großmutter hatte die ganze Zeit in ihrem Laden gehangen. Papa hatte ihr Talent erkannt, ja, sogar geschätzt, er hatte ihr und dem *Petit Törtchen* Anerkennung gezollt. Er hatte es ihr nur nie sagen können, hatte es nie geschafft, seinen Stolz zu zeigen oder gar in Worte zu fassen. Nur heimlich hatte er seine Wertschätzung ausgedrückt. Leider nur heimlich. Aber immerhin hatte er es getan.

»Ich hab noch was gefunden«, sagte Björn in dem Moment. »Es gibt einen Fred Göser, wohnhaft in Laer.« Er klang aufgeregt und griff nach dem Handy. »Den ruf ich mal an.«

»Weißt du, wie spät es ist?«

»Ist mir scheißegal.«

Björn tippte die Nummer ein und wartete. Es war schon halb elf am Abend, und Annette konnte sich gut vorstellen, dass um diese Uhrzeit niemand mehr ans Telefon ging.

»Anrufbeantworter.«

»Wundert mich nicht. Wir müssen doch morgen eh zum Friedhof. Lass uns vorher dort vorbeifahren.«

»Okay.«

Für einen Moment sahen sie sich schweigend an.

Annettes Augen brannten. »Er verliert seine Eltern bei einem Wohnungsbrand«, sagte sie dann leise. »Und der Einzige, der ihm bleibt, ist sein Bruder, der ein irrer Brandstifter ist und die eigenen Eltern auf dem Gewissen hat. Irgendwie kein Wunder, dass Papa so gefühlskalt und verbittert war, oder?«

»Nein, eigentlich kein Wunder. Andererseits ...«

»Was?«

»Mann, in der Generation haben doch total viele Leute schreckliche Dinge erlebt.« Björn klang aufgebracht. »Und zwar viel schrecklichere als Papa – auch wenn das jetzt echt makaber klingt. Aber stell dir doch mal die Leute vor, die ein KZ überlebt haben. Die dabei zusehen mussten, wie ihre Familien von den Nazis abgeschlachtet wurden. Oder die, die gezwungen waren, bei der Scheiße mitzumachen. Alle, die diesen Krieg überlebt haben, haben Dinge gesehen, die wir uns nicht vorstellen können. Und trotzdem sind die nicht alle Soziopathen geworden.«

»Das stimmt.« Annette dachte an ihren Großvater mütterlicherseits, dem an der Ostfront die Fingerkuppen und sämtliche Zehen abgefroren waren, bevor er einen Bauchschuss erlitten hatte und die russische Gefangenschaft dann nur knapp überlebte. Er war nie verbittert oder hart gewesen, sondern immer der freundliche und liebevolle Opa, den man sich als Enkelin wünschte. Seine traumatischen Erlebnisse hatte er entweder vollständig verdrängt – oder aber verarbeitet.

»Ich will Papas Verhalten auch gar nicht entschuldigen«, sagte sie. »Aber jetzt kann ich ihn wenigstens ein bisschen verstehen. Immer habe ich mich gefragt, warum er so ist. Jetzt macht es wenigstens Sinn.«

»Scheiße bleibt es.«

»Ja.«

Ihr Bruder stand auf und streckte sich. »Soll ich uns ein Glas Wein holen?«

»Gerne.«

Sie sah ihm nach, wie er aus dem Zimmer ging. Er hatte den gleichen Gang wie ihr Vater, den Rücken durchgestreckt, den Kopf leicht nach vorn gebeugt. Warum hatte sie sich mit ihm eigentlich nie verstanden? Das schwierige Verhältnis zu ihrem Vater hätte sie doch auch zusammenschweißen können. Durch die frühe Internatszeit und die damit einhergehende räumliche Trennung war es sicherlich schwierig, eine Beziehung aufzubauen, unmöglich wäre es aber nicht gewesen. Sicher, sie beide waren immer schon sehr unterschiedlich. Björns übertriebener Ehrgeiz und seine Skrupellosigkeit hatten sie immer gestört. Es hatte sie einfach zu sehr an Papa erinnert. Aber vielleicht wollte er so auch nur die Liebe und Anerkennung seines Vaters gewinnen? Wenn Papas Hartherzigkeit ihre Ursachen hatte, dann war es bei Björn doch nicht anders.

Es muss sich etwas ändern, beschloss Annette. Und vielleicht war jetzt genau der richtige Zeitpunkt dafür. Das miese Verhältnis, das ihr Vater zu seinem Bruder gehabt hatte, wollte sie mit Björn jedenfalls nicht fortführen, und sie hoffte, dass diese ganze furchtbare Angelegenheit den Grundstein für eine neue Geschwisterbeziehung gelegt hatte.

50

Vorsichtig ließ Charlotte den Wattebausch über ihr Gesicht kreisen. Irgendwie fand sie es befreiend, die Schminke von der Haut zu bekommen. Den ganzen Abend hatte sie das Gefühl gehabt, sie trüge eine Maske. Ihr Auge sah ohne Make-up zwar wieder deutlich schlimmer aus, aber sie fand, dass es im Vergleich zum Morgen schon etwas weniger geschwollen war. Die Beule an der Stirn war unverändert, und für einen Moment musste sie daran denken, wie es gewesen war, als sie der Ast getroffen hatte. Sie hatte wirklich Glück gehabt, das Ganze hätte anders ausgehen können. Hätte der Angreifer sie an der Schläfe getroffen, würde sie jetzt wohl kaum hier stehen.

Nachdenklich betrachtete sie ihre Gesichtszüge. Je älter sie wurde, desto mehr Ähnlichkeit bekam sie mit ihrer Mutter. Nicht mit ihrer toten Mutter, die sie auf der Bahre im Verabschiedungsraum des Altenheims gesehen hatte, deren Nase spitz und deren Wangen eingefallen waren. Auch nicht mit ihrer betrunkenen Mutter, deren Gesicht aufgeschwemmt war, die Augen blutunterlaufen und die Haut großporig und ungepflegt. Nein, sie bekam Ähnlichkeit mit ihrer Mutter, wie sie ausgesehen hatte, als die Welt noch in Ordnung war. Als Papa noch nicht abgehauen und Stefan noch nicht tot war, als sie eine Familie waren, eine glückliche Familie in einem kleinen Häuschen am Stadtrand, die jeden Abend zusammen Käsebrote aß und freitags nach dem Abendbrot gemeinsam »Western von gestern« im Fernsehen schaute. Mein Gott. Manchmal hatte sie wirklich vergessen, dass es diese

Zeiten auch mal gab, dass sie mal eine glückliche Kindheit hatte, wenngleich auch nur für ein paar Jahre. Für ein paar ganz wenige Jahre.

»Wo ist denn meine Zahnbürste?«, riss Bernd sie aus ihren Gedanken.

Charlotte zog sie unter einem Handtuch hervor und reichte sie ihm.

»Was sollte ich nur ohne dich machen.«

Er gab ihr einen Klaps auf den Po und schnappte sich die Zahnpasta. Aus dem Augenwinkel beobachtete sie ihn, wie er mit nacktem Oberkörper hinter ihr stand und sich die Zähne putzte. Sie liebte seinen Körper, die definierten Brustmuskeln und den dezenten Sixpack, der sich darunter wölbte. Nicht zu viel, aber auch nicht zu wenig. Es zahlte sich aus, dass er jeden Tag nach dem Aufstehen hundert Liegestütze machte, und sie versuchte, es ihm, so oft es ging, gleichzutun – auch wenn sie mehr als dreißig meistens nicht schaffte. Vor allen Dingen aber liebte sie seine Haut. Für einen Mann war sie fast unverschämt makellos, hatte kaum Leberflecken, war glatt und fest. Sie konnte sich nicht erinnern, wie viele Männer sie schon berührt hatte, aber keiner hatte sich so gut angefühlt wie er. Da war sie sich sicher.

Sophie hatte viel von seinem Aussehen geerbt. Zwar sah sie auch ihrer Mutter ähnlich, hatte die gleichen blonden Haare und die blauen Augen, aber ihre Mimik war so wie Bernds.

»Ich war heute fast ein bisschen neidisch auf euch«, sagte Charlotte und trug dick Nachtcreme auf ihr Gesicht auf.

»Warum?« Bernd spuckte den Schaum ins Waschbecken und spülte sich den Mund aus, warf sich noch eine Handvoll Wasser ins Gesicht und trocknete sich dann ab.

»Ihr beiden wart so stolz auf Sophie. Es kam mir fast so vor, als wenn euch drei ein festes Band verbindet.«

»Ist ja auch so.«

Die Worte trafen sie. Das muss Eifersucht sein, dachte sie, ein Gefühl, das sie bisher nicht kannte. Charlotte versuchte, sich nichts anmerken zu lassen, aber Bernd hatte es trotzdem bemerkt.

»Sie ist unsere Tochter. Sie wird Sabine und mich immer miteinander verbinden. Das ist einfach so«, sagte er. »Aber das ist auch nichts, worüber du dir Sorgen machen musst.«

»Nein?«

»Null.« Er umarmte sie von hinten und küsste sie in den Nacken. »Du weißt doch, wen ich liebe.«

Charlotte schmiegte sich an ihn und genoss seine Berührungen. »Manchmal denke ich, dass Kinder doch was Tolles sind.«

»Ja, klar. Großartig. Wenn du willst, mach ich dir jetzt auf der Stelle eins.«

Sie lachte auf. »Nein, vielen Dank. Ich fühle mich in meiner Rolle als Teilzeit-Stiefmutter ganz wohl. Mehr brauche ich wirklich nicht.« Sie drehte sich zu ihm um und schlang die Arme um seinen Hals. »Außerdem macht Sex ohne Hintergedanken doch viel mehr Spaß ...«

Bernd küsste sie etwas stürmischer, als ihr geschwollenes Auge es vertrug. Das hat wehgetan, dachte sie und befürchtete, dass es für leidenschaftlichen Sex noch etwas zu früh war. »Ich glaube, mein Kopf ...«

»Ach, Mist, ja, den hab ich ja ganz vergessen.« Er wich einen Schritt zurück und sah sich ihr Auge an.

Energisch zog sie ihn am Bund seiner Hose wieder zu sich. »Aber ich hab Lust auf dich!«

Bernd grinste. »Tja. Dann musst du dich halt mal zusammenreißen.«

Sie wollte noch protestieren, fand dann aber, dass er recht hatte. Und wenn sie ehrlich war, so irre viel Lust hatte sie eigentlich doch nicht.

Bernd führte sie ins Schlafzimmer und sorgte dafür, dass sie sich vorsichtig auf die Kissen legte. Erst als sie lag, spürte Charlotte, wie erschöpft sie war und wie gut es ihrem Kopf tat, endlich zur Ruhe zu kommen. Vielleicht hatte sie sich doch ein bisschen viel zugemutet.

»Du kannst ruhig noch fernsehen, wenn du willst«, sagte sie und zog sich müde die Decke bis zum Hals.

»Ach was. Ich kann mir nicht vorstellen, dass das Geflacker gut für dich ist.«

»Hm ...«

»Ich les dir was vor.« Bernd nahm den schwedischen Krimi vom Nachttisch, der dort schon seit Wochen lag, und stopfte sich die Kissen in den Rücken. »Ich bin schon ewig nicht mehr zum Lesen gekommen.«

Lächelnd kuschelte sich Charlotte an ihn und lauschte seiner tiefen Stimme, die ihr Zeile um Zeile vorlas, bis sich die Worte mit ihren Träumen vermischten.

51

Käfer setzte sich mit seinem Kaffee an den Schreibtisch. Es war bestimmt der fünfte heute, vielleicht auch der sechste. Und lecker schmeckte er immer noch nicht. Aber wenigstens hielt ihn die Plörre wach.

Charlotte hatte sich zwar um den pathologischen Werdegang von Fritz Ostermann gekümmert, aber der Mann musste doch auch so etwas wie ein normales Leben geführt haben. Was hatte er gearbeitet? Hatte er eine Ausbildung? War er mal verheiratet gewesen, oder hatte er eine Freundin oder einen Freund? Ging er zu Prostituierten, oder war er womöglich in irgendwelchen einschlägigen Etablissements unterwegs, die auf eine sexuelle Komponente hinweisen könnten, die für ihren Fall vielleicht relevant war? Alles, was das normale Leben jenseits seiner krankhaften Pyromanie ausmachte, wollte Käfer recherchieren.

Dann war da noch Hermann Diekötter, der Hausmeister. Konnten sie ihn wirklich als Tatverdächtigen ausschließen? Wenn sich die Schwester, die ihn in der Werkstatt gesehen hatte, nur um fünfzehn Minuten in der Zeit vertat, hätte er es locker bis zum Tatort schaffen können. Hammersbach hatte schon gründlich in der Vergangenheit Diekötters gewühlt, aber keinerlei Verbindung zu Steinkamp herstellen können. Und Schwarzer hatte ihn ausführlich vernommen. Ohne Ergebnis. Er war alleinstehend und schuldenfrei – dennoch kam für Käfer nur Geldgier als Motiv für den Hausmeister infrage. Bei Ostermann kam überdies noch Rache hinzu.

Ein Haufen Arbeit lag vor ihm. Zunächst wollte er sich um die berufliche Laufbahn von Ostermann kümmern. Es war einer dieser Momente, in denen er sich ärgerte, dass die einzelnen Ämter untereinander nicht vernetzt waren. Datenschutz kann für die Polizeiarbeit manchmal ganz schön lästig sein, fand Käfer. Anstatt sich nun einfach durch die Ordner des Arbeitsamtes klicken zu können, musste er einen Stapel Faxe von den Ämtern studieren, die im Laufe des Tages bei ihm eingetrudelt waren. Schlecht gelaunt stellte er fest, dass der Toner vom Faxgerät offensichtlich fast leer war und die kopierten und durchgefaxten Aktenseiten deswegen noch schlechter zu lesen waren als sonst. Es dauerte eine ganze Weile, bis er sich durch die Dokumente gearbeitet hatte.

Seitdem Ostermann aus dem Gefängnis entlassen worden war, bezog er zunächst Sozialhilfe, dann Hartz IV. Offensichtlich hatte er seitdem nie wieder gearbeitet und galt zudem als schwer vermittelbar. Aus seiner Akte war zu entnehmen, dass er die Volksschule abgebrochen und eine Lehre als Schweißer angefangen, aber nicht zu Ende gemacht hatte. Kein Wunder, dachte Käfer. Als Schweißer hatte er doch dauernd mit Feuer zu tun, so eine Ausbildung konnte der doch gar nicht durchhalten.

Bis zu seiner Festnahme 1984 hatte er sich vor allen Dingen mit Gelegenheitsjobs über Wasser gehalten, die ihm zum Teil auch vom Arbeitsamt vermittelt worden waren. Straßenreinigung, Friedhofsgärtnerei, Hilfsarbeiten auf dem Bau und dergleichen mehr. Meistens wurde er schon nach kurzer Zeit gekündigt, weil er sich etwas zuschulden kommen ließ. Was, war in den Akten leider nicht notiert worden.

Als Familienstand war in allen Dokumenten »ledig« vermerkt. Käfer klickte sich ins Polizeiarchiv. Er gab Ostermanns Namen in die Suchmaske ein und wartete einen Augenblick. Bis auf seine Verhaftung nach dem Brand des Mergenhofs war Ostermann nur einmal polizeilich aufgefallen. Da die Sache längst verjährt war, gab es keine Akte mehr über den Fall, sondern nur eine kleine Randnotiz: 1968 hatte er eine Prostituierte aus Münster schwer verletzt. Er kam mit Sozialstunden davon, weil er dem Gericht glaubhaft machen konnte, dass er der Frau die Verbrennungen nicht absichtlich beigefügt habe. Bei sadomasochistischen Spielen mit einer Kerze gerieten die Haare der Frau in Brand, ihr Oberkörper und ihr Gesicht verbrannten zu achtzig Prozent. Sie selbst lag lange im Koma und war zu keiner Aussage fähig. Auch als sie wieder erwachte, konnte sie keine Angaben zum Tathergang machen, deswegen war die Akte geschlossen worden.

»Wenn das ein Unfall war, fress ich 'nen Besen«, murmelte Käfer und schüttelte sich, als er daran dachte, wie Ostermann die wehrlose Frau angezündet hatte.

Die Theorie von einem triebhaft gesteuerten Brandstifter wurde dadurch nochmals untermauert. Denn Ostermann war niemand, der aus reiner Habgier zündelte. Er hatte sein ganzes Leben in sehr bescheidenen Verhältnissen gelebt. Er hatte nie richtig gearbeitet, hatte sich nie etwas leisten können. Und so einer sollte nun des Geldes wegen töten? Nein, das erschien doch mehr als unwahrscheinlich. Rache war da ein weitaus wahrscheinlicheres Motiv. Rache an seinem kleinen Bruder, der sich auf seine Kosten bereichert hatte, während er im Gefängnis dahinvegetierte.

Käfer nahm sich noch mal die Gefängnisakte von Ostermann vor. Im Knast hatte er einen Job in der Wäscherei. Acht Mark verdiente er damit am Tag. Das Geld gab er ausschließlich im knasteigenen Shop aus. Es waren keine Auffälligkeiten notiert. Weder hatte er mit anderen Häftlingen um Geld gestritten, noch hatte er sich an den sexuellen Übergriffen beteiligt, die im Gefängnis mehr oder weniger an der Tagesordnung waren.

»Besuchsüberwachung, wenigstens etwas«, freute sich Käfer.

Da Ostermann gerade zu Beginn der Haftzeit noch als gefährlicher Pyromane eingestuft worden war, hatte das Gericht eine Besuchsüberwachung angeordnet, um sicherzustellen, dass keine brennbaren Materialien in den Knast geschmuggelt wurden.

Käfer überflog die Liste, in der alle Besucher und ihre mitgebrachten Geschenke verzeichnet waren. Während seiner fünfzehnjährigen Knastzeit hatte Ostermann nur wenig Besuch bekommen. Ein Pfarrer war ab und zu da, genau wie der Besuchsdienst der Caritas. Und …

»Sieh an.«

Ludger Steinkamp hatte seinen Bruder zweimal im Gefängnis besucht, beide Besuche fielen in das Jahr 1986. Beim ersten Mal hatte er ihm Zigaretten, ein Feuerzeug, Schokolade und Männermagazine mitgebracht. Bis auf das Feuerzeug durfte Ostermann alles behalten. Rauchen durfte er nur unter Aufsicht. Drei Monate später hatte Steinkamp ihn noch einmal besucht und ihm erneut Zigaretten und ein Feuerzeug mitgebracht, das dem Häftling wieder abgenommen wurde, außerdem ein Buch über Horstmar.

Bei den Besuchen hat er ihm vermutlich das Haus abgeschwatzt, dachte Käfer und verglich noch einmal die Daten. Die hohen Gewinne, die er mit dem Verkauf seiner Bamberger & Fieger-Aktien gemacht hatte, waren nur wenige Monate nach seinem letzten Besuch im Gefängnis verzeichnet worden. Danach war Ludger Steinkamp nie wieder bei seinem Bruder gewesen. Bis auf die sozialen Besuchsdienste waren keine weiteren Besucher notiert worden, sodass gegen Ende von Ostermanns Haftzeit die Besucherüberwachung wieder aufgehoben wurde. Im Gegensatz zu zahlreichen anderen Häftlingen hatte er auch keine Brieffreundschaft gepflegt.

Der muss verdammt einsam gewesen sein, dachte Käfer und betrachtete noch mal die Liste. Was war das für ein Buch, das

Steinkamp ihm geschenkt hatte? »Meine westfälische Heimat« lautete der Titel. Käfer gab ihn bei Google ein und wertete die zahlreichen Einträge aus. Er hätte nie gedacht, dass über das Münsterland so viele Bücher geschrieben wurden.

Das könnte es sein, überlegte er, als er einen Eintrag fand, in dem es um ein Buch mit dem gleichen Titel ging, das schon lange nicht mehr verlegt wurde. Es enthielt historische Zeichnungen und Kupferstiche von Horstmar und der näheren Umgebung. In der Beschreibung des Buches hieß es, die Stiche seien herausnehmbar und eigneten sich daher gut zum Rahmen und Verschenken.

Käfer nahm noch einen Schluck von seinem kalten Kaffee. Vielleicht kamen der verschwundene Kupferstich von Ludger Steinkamp und der aus Annettes Laden ja aus diesem Buch?

52

Annette lag noch in ihrem Bett, als Björn ohne zu klopfen in ihr Zimmer kam. Dass sie und ihr Bruder an den Ostertagen und so kurz vor der Beerdigung ihres Vaters im Elternhaus schliefen, um ihre Mutter nicht allein zu lassen, kam ihr vor wie eine Reise in die Vergangenheit. Zumal Björn auch noch fast genauso aussah wie früher. Er trug seine alten Joggingsachen und hatte ein paar Laufschuhe in der Hand.

»Hier, die hab ich im Keller gefunden.« Er wedelte mit den Schuhen.

»Die hatte ich das letzte Mal mit fünfzehn an.«

»Für einen kleinen Osterlauf wird's schon gehen. Mama schläft noch. Ich dachte, wir laufen nach Laer.«

Annette verstand. »Du willst zu diesem Fred Göser.«

»Wir könnten wenigstens mal am Haus vorbeilaufen. Und wenn wir jemanden sehen, machen wir einen kleinen Zwischenstopp. Dagegen ist doch nichts einzuwenden.«

Annette streckte sich. »Wie spät ist es denn?«, gähnte sie.

»Viertel nach sieben. Kommst du jetzt mit oder nicht?«

Zehn Minuten später standen sie auf der Straße. Annette fror, die alten Joggingsachen, die ihr Bruder in der gleichen Kiste wie die Schuhe gefunden hatte, waren nicht mehr in der allerbesten Verfassung. Sie hatte das Gefühl, als wenn die kalte Luft an allen Ecken und Enden durch den Stoff zog. Aber immerhin passten die Sachen noch. Ein kleiner Trost.

Björn trabte los, und sie hatte Mühe, ihm zu folgen.

»Was willst du diesem Göser eigentlich sagen?«, fragte sie, als sie nach ein paar Hundert Metern ein gemeinsames Tempo gefunden hatten. »Dass wir zufällig an seinem Haus vorbeigekommen sind und ob er vielleicht unseren Vater kennt?«

»Lass uns erst mal gucken, ob er überhaupt da ist.«

Das war typisch Björn. Probleme lösen, wenn sie sich stellen – das war schon immer sein Motto. Während sie sich gern auf Situationen vorbereitete, hielt er es für Zeitverschwendung, sich womöglich unnötig den Kopf zu zerbrechen.

Schweigend joggten sie die ausgestorbene Straße entlang, die über eine kleine Anhöhe aus dem Ort führte. Sie ließen die Neubausiedlungen von Horstmar hinter sich und bogen rechts ins Herrenholz. Die Sonnenstrahlen kamen durch den dichten Mischwald kaum hindurch, sodass es immer noch etwas dunkel war. Bis auf einen Spaziergänger, der seinen Hund ausführte, trafen sie niemanden. Kein Wunder, dachte Annette, um diese Zeit, und noch dazu am Ostersonntag, lagen die meisten Leute vermutlich noch in den Betten.

Als sie gerade meinte, dass sie nicht mehr könnte und eine Pause bräuchte, lichtete sich der Wald, und die ersten Häuser von Laer tauchten vor ihnen auf. Erschöpft stützte sie sich auf ihren Knien ab und schnappte nach Luft.

»Meine Güte, Schwesterchen«, sagte Björn spöttisch und ohne ein Anzeichen von Erschöpfung in der Stimme. »Das waren vielleicht vier Kilometer. Wie kann man da so am Ende sein?«

»Ja, ja«, schnaufte sie. »Wo müssen wir jetzt lang? Ist es noch weit?«

»Nein. Münsterdamm 25. Dahinten um die Ecke müsste es sein.«

Annette holte tief Luft und trabte wieder los. Sie kamen an roten Backsteinhäusern vorbei, von denen jedes mit einem perfekt gepflegten Vorgarten aufwarten konnte. Nirgendwo war

Unkraut zu sehen, alle Einfahrten schienen gefegt zu sein, und es sah so aus, als hätten alle Bewohner ihre Häuser für Ostern extra herausgeputzt. Eierketten hingen in Sträuchern, kindsgroße Holzhasen standen an Eingangstüren. Auch bei Haus Nummer 25 sah es nicht anders aus. Nur dass in der Einfahrt ein alter amerikanischer Straßenkreuzer parkte und kein Kombi, wie vor den anderen Häusern.

Ein rüstiger älterer Mann in Jeans und Lederjacke stand vor dem dunkelroten Wagen und versuchte, mit einem Lappen einen weißen Fleck vom Lack zu putzen. Dabei schimpfte er irgendetwas von »Mistviechern« vor sich hin.

»Das ist ja ein Traumauto!« Wie zufällig blieb Björn vor der Einfahrt stehen und sah den Mann strahlend an. »Irre! Ein 69er Cadillac deVille. Von so einem Wagen habe ich meine ganze Kindheit lang geträumt.«

Der Mann schien sich über Björns Interesse an seinem Auto sichtlich zu freuen. »Nicht wahr? Ein echtes Schätzchen!«

Irgendwie sprach er komisch. Etwas nuschelig und gedehnt. Hatte er einen Akzent?

»Woher haben Sie den?«

»Aus Amerika. Ich habe fast mein ganzes Leben dort verbracht.«

Annette sah ihrem Bruder die Enttäuschung an. Wenn der Mann so lange im Ausland gelebt hatte, konnte er ihnen vielleicht doch nicht weiterhelfen. Aber Björn gab noch nicht auf.

»Sagen Sie, sind Sie Fred Göser?«

Das Gesicht des Mannes veränderte sich. Misstrauisch musterte er Björn und sie. »Wieso wollen Sie das wissen?«

»Ach, tut mir leid, ich hab mich noch gar nicht vorgestellt. Ich bin Björn Steinkamp, und das ist meine Schwester Annette. Und es könnte sein, dass wir vielleicht verwandt sind.«

Fred Göser schaute die beiden ungläubig an. Björn erklärte

ihm ausführlich und mit einer Menge ausschmückender Details, wie er und seine Schwester jetzt, nach dem Tod ihres Vaters, von ihren wahren väterlichen Wurzeln erfahren hatten. Annette musste schmunzeln. Reden konnte ihr Bruder wirklich schon immer gut.

»Hatten Sie irgendwas mit Josef Bertram und Elfriede Göser zu tun?«, fragte er schließlich.

»Ja, entfernt. Josef war mein Großonkel.«

»Dann muss unser Vater ja ein entfernter Cousin von Ihnen gewesen sein. Können Sie sich an ihn erinnern?«

»Natürlich kann ich mich an ihn erinnern.« Sein Misstrauen schien gewichen, und er schaute sie nun wieder freundlicher an. »Ich bin Anfang der Siebziger nach Amerika gegangen. Bis dahin hatte ich ab und an was mit eurem Vater zu tun. Nicht so viel, er war ja ein Stück älter als ich, aber ab und zu haben wir uns getroffen. Fritz und Ludger – und noch ein paar andere Jungs, deren Namen ich vergessen habe. Wir hatten ein paar lustige Abende in der Dorfschenke. Irgendwann war es dann vorbei.«

»Hatten Sie danach keinen Kontakt mehr zu ihm?«

»Nein. Es kam damals zu einem großen Krach. Ich hatte eigentlich nichts damit zu tun, aber durch den Streit haben wir uns aus den Augen verloren.«

»Wissen Sie noch, um was es bei dem Streit ging?«, fragte Annette.

»Ich muss mal überlegen, ob ich das noch richtig zusammenkriege.« Er kratzte sich nachdenklich am Kopf. »Es ging irgendwie um Fritz. Der hat ganz gern mit Feuer rumhantiert. Keine großen Sachen. Ein paar kleine Racheakte in Ludgers Auftrag, der Exfreundin oder dem Klassenlehrer eins auswischen. Nichts Schlimmes.« Fred Göser spuckte auf den weißen Fleck und wischte energisch mit dem Lappen darüber. »Und dann dachte Ludger irgendwann, dass Fritz auch für den Brand verantwortlich war, bei dem ihre Eltern umkamen. Ich weiß nicht, ob das stimmte, aber euer Vater war davon überzeugt. Und das war richtig bitter für ihn, denn im Gegensatz zu Fritz war Ludger der große Liebling seiner Eltern. Onkel Josef muss ein harter Knochen gewesen sein, aber Tante Elfriede war wohl ein Schatz. Ich habe sie ja selbst nie kennengelernt, sondern nur gehört, was meine Eltern und die Verwandtschaft so erzählt haben. Mit seinen Adoptiveltern kam Ludger nie so richtig zurecht.«

Endlich hatte er den Vogelkot vom Lack entfernt und sah sich zufrieden die Motorhaube an. »Na ja, und dann, bei dem Streit, als Ludger Fritz verdächtigte, das Elternhaus angesteckt zu haben, gab ein Wort das andere, und dann wurden sie laut, und ich stand irgendwie zwischen den Fronten, und das war's dann.«

Annette schüttelte sich. Die engsten Bezugspersonen kommen elendig bei einem Wohnungsbrand um, den der eigene Bruder zu verantworten hat. Wie sollte man da noch ein normales Verhältnis zum Bruder haben? Kein Wunder, dass er ihn gehasst hatte.

»So, endlich, der Dreck ist weg.« Fred Göser faltete den Lappen ordentlich zusammen. »Kann ich sonst noch was für euch tun?«

»Mich würde nur noch eins interessieren«, sagte Annette. »Bevor mein Vater rausgekriegt hat, dass sein Bruder das Feuer im Elternhaus gelegt hat, wie war er da zu ihm? Hatten die beiden ein herzliches Verhältnis?«

»Ach, das kann man so auch nicht sagen. Ludger war zwar jünger als Fritz, aber eindeutig das hellere Köpfchen. Der konnte Fritz nach Belieben manipulieren. Sonst wäre der doch auch gar nicht auf die Idee gekommen, die Vespa von Ludgers Exfreundin anzustecken und all diese Sachen. Wahrscheinlich wäre es übertrieben zu behaupten, dass Fritz euren Vater vergöttert hat, aber so 'n bisschen war es schon so. Jedenfalls hat er alles gemacht, was Ludger gesagt hat.«

Fred Göser rieb sich die Hände und tippelte von einem Bein auf das andere. Offensichtlich war ihm kalt. Auch Annette fror. So verschwitzt spürte sie die Kälte noch viel mehr. Björn bedankte sich bei Fred Göser und sagte noch einige unverbindliche Floskeln, dass man nun ja praktisch eine Familie sei und sich vielleicht mal auf einen Kaffee treffen könne. Der Mann nickte freundlich und wollte gerade ins Haus gehen, als Annette noch etwas einfiel.

»Haben Sie mal die Lamberti-Torte von meiner Großmutter probiert?«

Fred Göser lächelte. »Ach, die Lamberti-Torte ... Meine Mutter hat oft versucht sie nachzubacken. Das Original habe ich nie probiert. Aber ich habe viele Geschichten über die berühmte Torte von Tante Elfriede gehört. Die war ja preisgekrönt. Wussten Sie, dass das Rezept angeblich aus der Zeit der Wiedertäufer stammte?«

»Nein.«

»Ja, eine dieser Legenden. Angeblich wurde die Torte zur feierlichen Hinrichtung der drei Täufer zum ersten Mal gebacken. Aber ob das stimmt? Ich weiß es nicht. Frohe Ostern!«

»Ja. Ihnen auch.«

Fred Göser ging zurück ins Haus.

»Los, lass uns zurücklaufen. Sonst bin ich morgen krank«, sagte Annette und lief los.

Den ganzen Rückweg über konnte sie an nichts anderes denken als an die preisgekrönte Torte ihrer Großmutter.

53

Als er im Wagen saß, fiel ihm ein, dass er nichts zum Mitbringen hatte. Doof, dachte er. Immerhin war Ostersonntag, und er war zum Frühstück eingeladen. Einen Blumenstrauß hätte er schon besorgen können. Käfer überlegte, wo er jetzt noch einen kaufen konnte, und beschloss, an der nächsten Tankstelle anzuhalten.

Die Straßen waren wie leer gefegt. Kein Wunder, es war noch nicht mal neun Uhr. Es würde nicht mehr lange dauern, und in der ganzen Stadt würden die Kirchenglocken läuten. In Münster fiel ihm das immer besonders auf. Er war sicher, dass hier vielmehr gebimmelt wurde als in Hamburg. Wenn er sonntagmorgens mal ausschlafen konnte, nervte ihn das Geläute ganz schön.

Er gähnte, hatte er doch gestern noch lange an dem Fall gearbeitet. Bis spät in die Nacht hatte er besonders über einer Frage gebrütet: Wie war es Ostermann gelungen, unbemerkt ins Altenheim zu kommen und seinen Bruder zu ermorden? Dieses Puzzlestück fehlte ihnen. Alle anderen passten. Ostermann hatte ein Motiv, sein Alibi ließ sich bisher nicht bestätigen, und er hatte sie von vorn bis hinten belogen. Außerdem passte die Art und Weise, wie Steinkamp umgebracht worden war, zu seinem Täterprofil, und vermutlich hatte er auch Charlotte niedergeschlagen und weitere Feuer gelegt – all das passte perfekt zusammen. Viel besser als beim Hausmeister Hermann Diekötter, dem vor allen Dingen ein starkes Motiv für die Tat fehlte und der sich außerdem kooperativ verhalten hatte, während Ostermann seit der ersten und einzigen Befragung wie vom Erdboden verschluckt war.

Aber wie war Ostermann an dem Nachmittag vorgegangen? Jemand musste ihm gesagt haben, dass Steinkamp allein auf dem Flur war, anders konnte es nicht gewesen sein. Hatte er einen Komplizen? Käfer überlegte, wer dafür infrage kommen konnte. Der Hausmeister war ein schmieriger Typ, und Käfer hatte ihn von Anfang an nicht gemocht ... Das ist aber kein Kriterium, ermahnte Käfer sich selbst. Dennoch, er konnte sich vorstellen, dass der Hausmeister jemand war, der für Geld eine ganze Menge tat. Er hätte die Möglichkeit gehabt, die Feuermelder auszuschalten, und er wusste auch, dass Steinkamp als Einziger nicht im Musiksaal war.

Genau wie der Pfleger, Jakob Boßmann. Nach dem, was Käfer bisher über ihn gehört hatte, war er ein armer Kerl, der sich auch noch um seine saufende Mutter kümmern musste und mit seinem Geld gerade so über die Runden kam. Hätte Ostermann ihn kaufen können? Dagegen sprach, dass Boßmann eigentlich einen fürsorglichen und liebevollen Umgang mit den Patienten zu pflegen schien.

Und noch einen Haken hatte die Theorie: Woher sollte Ostermann denn das Geld nehmen, um einen Komplizen für sich zu gewinnen? Er lebte von Hartz IV und verfügte nach ihrem jetzigen Erkenntnisstand über keinerlei Vermögenswerte. Wie viel bräuchte man wohl, um einen Hausmeister oder einen Pfleger zu so etwas anzustiften? Tausend Euro mindestens, dachte Käfer und fuhr seinen Wagen auf den Parkplatz einer Tankstelle.

Als er die Blumensträuße sah, ärgerte er sich, dass er nicht noch in Münster ein Mitbringsel besorgt hatte – dort hatten sicher nicht nur die Tankstellen eine bessere Auswahl, da waren bestimmt auch ein paar Blumenläden geöffnet. Hier in Horstmar war das Angebot doch sehr bescheiden. Er entschied sich für einen Strauß gelber Osterglocken, die in seinen Augen noch am frischesten aussahen, und ging in den Tankstellenshop, um zu bezahlen.

Als er wieder im Wagen saß, versuchte er herauszufinden, was er übersehen hatte. Der verschwundene Kupferstich, dachte er und fuhr die Straße zu den Steinkamps hoch. Wenn Ostermann ihn genommen hatte, musste er nach dem Brand noch mal zum Tatort zurückgekehrt sein. Das wäre einfach gewesen, er war selbst ein alter Mann und wäre in dem ganzen Durcheinander garantiert nicht aufgefallen. Aber woher hatte Ostermann überhaupt von der Existenz des Bildes gewusst?

Nachdem die Sachen verschwunden waren und man am nächsten Tag danach gesucht hatte, hätte er leicht davon erfahren können. Selbst die Mülleimer auf dem Parkplatz waren ja abgesucht worden, und die Polizeipanne hatte sich schnell herumgesprochen. Aber vielleicht kannte Ostermann den Stich ja auch von vorher. Käfer erinnerte sich an das Buch, das Steinkamp seinem Bruder geschenkt hatte. Vielleicht hatten sie es sich gemeinsam angeschaut, in einem Moment der Sentimentalität. Vielleicht hatten sie sich die Zeichnungen angesehen, auf denen ihr Elternhaus noch abgebildet war, und vielleicht hatte sich Steinkamp einige der Bilder mitgenommen, um sich an die gute alte Zeit zu erinnern. Käfer war gespannt darauf, endlich den Stich aus Annettes Laden zu sehen. Hoffentlich brachte ihn der weiter.

Als Maria Steinkamp ihn ins Haus bat und ins Esszimmer führte, war er überrascht. Irgendwie hatte er eine reichhaltige Ostertafel erwartet, mit Brötchen und Croissants, hart gekochten Eiern und viel Aufschnitt. Er hatte natürlich noch nicht gefrühstückt und fühlte sich wie ausgehungert. Aber statt des bevorstehenden Festtagsfrühstücks hatten ihn am leeren Tisch nur Annette und ihr Bruder erwartet. Sie hatten je einen Kaffee vor sich stehen und starrten konzentriert auf den Monitor von Björns Laptop. Beide trugen Joggingsachen und sahen verschwitzt aus.

»Ach, hallo, wie schön!« Annette blickte auf und strahlte ihn an, was ihr Bruder mit einem skeptischen Seitenblick auf sie kommentierte. »Setz dich doch. Wir haben was Interessantes herausgefunden.«

Käfer ließ sich auf einen der Stühle sinken und legte den schlappen Blumenstrauß auf den Esstisch. Dann hörte er erstaunt, was Annette ihm über ihren Besuch bei einem Fred Göser erzählte.

»Und jetzt pass auf.« Annette wirkte aufgeregt. »Auf dem Foto, das Papa Björn hinterlassen hat, auf dem die ganzen Leute vor dem Haus stehen, wird unsere Oma für ihre berühmte Lamberti-Torte ausgezeichnet. Björn hat das Rezept dieser Torte gefunden, es stammt angeblich aus dem Mittelalter. Lies mal vor, Björn.«

Björn Steinkamp schob den Laptop zur Seite und kramte einen kleinen Zettel hervor. Käfer verstand nicht ganz. Wollte Annettes Bruder ihm nun wirklich ein Kuchenrezept vorlesen? Was sollte das?

»Also. Man nehme der Eier drei, vom gemahlenen Korn zwei Schaufeln –«

»Das kannst du dir sparen«, unterbrach Annette ihn. »Nur den Teil mit den Verzierungen.«

Björn Steinkamp nickte und sah suchend auf den Zettel. »Moment, hier. Aus fester Mandelmasse forme man die Namen der drei, deren Körper auf ewig in den Käfigen an St. Lamberti hängen müssen.«

Annette sah Käfer strahlend an, doch der schüttelte nur ratlos den Kopf. »Sorry, aber ich versteh gerade nur Bahnhof.«

»Es ist ganz einfach: Mein Vater hat Björn ein Foto hinterlassen, auf dem unsere leibliche Großmutter für ihre Lamberti-Torte ausgezeichnet wird. Das Einzige, was ich von Papa habe, ist dieser Kupferstich. Und in dem Rahmen steckte das Rezept.« Sie schob ihm das Bild hin und drehte es um. »Auf der Rückseite ist das Elternhaus meines Vaters eingekreist, außerdem stehen hier noch die Buchstaben JBB. Zuerst dachten wir, es hieße JBG und es wären die Initialen von unserem Großvater, Josef Bertram Göser.«

»Sind sie aber nicht«, sagte Björn.

Annette schob Käfer den Laptop hin, auf dem eine Webseite über die Geschichte der Lamberti-Kirche zu sehen war, während ihr Bruder weitersprach.

»Es sind die Initialen der drei Wiedertäufer. Jan van Leiden, Bernd Krechting und Bernd Knipperdolling. JBB. Mein Vater hat mir unzählige Male von ihnen erzählt und mir immer damit gedroht, dass es mir eines Tages so ergehen würde wie denen. ›Wenn du weiter so einen Mist machst, geht es dir wie JBB‹, hat er immer gesagt, ›dann geht es ab in die Käfige.‹«

Erstaunt sah sich Käfer die Seite mit den historischen Abbildungen an. Die Anfangsbuchstaben der Vornamen der drei Wiedertäufer waren auf allen abgebildeten Dokumenten gleich geschrieben, besonders groß und in der gleichen geschwungenen Art und Weise – wie auf der Rückseite von Annettes Kupferstich.

»Du hast mir selbst gesagt, dass man Zugangsdaten braucht, um über ein Offshore-Konto verfügen zu können. Neben einem Zahlencode braucht man auch ein Passwort, das mindestens zehn Zeichen haben muss.«

»Ich verstehe. Du meinst, das ist das Passwort?«

»Warum nicht? Mein Vater spürte, wie ihn seine geistigen Fähigkeiten immer mehr verließen. Sein Leben lang hat er heimlich irgendwo Geld gehortet. Er muss panische Angst gehabt haben, dass er die Zugangsdaten vergisst und das Geld für immer verloren ist. ›JBBLamberti‹ hat elf Zeichen. Es wäre auf jeden Fall einen Versuch wert. Wenn wir jetzt den Zahlencode hätten, könnten wir es ausprobieren.«

Endlich verstand Käfer. »Du meinst, das Bild aus dem Zimmer deines Vaters, das nach dem Brand verschwunden ist –«

»Ja. Der zweite Kupferstich. Vielleicht hat er darauf die Nummer notiert.«

Käfer strich sich durch die Haare und versuchte die neuen Informationen in die bisherigen Ergebnisse einzuordnen. Das Ganze ergab durchaus Sinn. Aus welchen Gründen auch immer hatte der Mörder von dem Offshore-Konto erfahren und hatte versucht, die Zugangsdaten aus Steinkamp herauszupressen. Der demente Mann konnte sich zwar nicht mehr daran erinnern, hatte dem Täter aber vielleicht noch gesagt, dass der Zahlencode auf dem Stich in seinem Tresor notiert sei. Das Feuer hinderte den Mörder dann daran, den Stich direkt an sich zu nehmen, das konnte er erst später am Tag erledigen, was im allgemeinen Durcheinander aber nicht auffiel. Irgendwann musste er dann gemerkt haben, dass er mit dem Zahlencode allein nicht weiterkam. Wahrscheinlich war Ostermann deshalb in Annettes Laden aufgetaucht. Sie hatte doch von Anfang an das Gefühl gehabt, dass er nach etwas Bestimmtem gesucht hatte. Und jetzt war auch klar, wonach.

»Aber warum hat er euch nicht einfach einen Brief hinterlassen, in dem das Passwort hinterlegt war?«, fragte Käfer.

»Er musste einen Weg finden, die Nummer und das Passwort des Kontos so aufzubewahren, dass kein Unbefugter sie in die Hände bekommt.«

»Sein Bruder Fritz.«

Annette nickte. »Daran dachten wir auch. Außerdem konnten wir das Passwort nur gemeinsam entschlüsseln. Hätten Björn und ich nicht ausführlich darüber gesprochen, wären wir nie darauf gekommen.«

»Du meinst, er wollte so eine Art Familienversöhnung?«

»Na ja. Vielleicht.«

»Das passt zu dem Brief, den der Schriftsachverständige entschlüsselt hat«, sagte Käfer und erzählte den beiden von dem Gutachten des Schriftis. Aus einigen Unterlagen, die sie in Ludger Steinkamps Arbeitszimmer gefunden hatten, war hervorgegangen, dass er eine Versöhnung mit seiner Familie wolle und er alles nur aus Liebe zu seinen Kindern getan habe.

»Wow.« Annettes Augen glänzten. »Das passt wirklich.«

»Wollt ihr nicht erst mal was frühstücken?« Maria Steinkamp war ins Zimmer gekommen, ein Tablett mit Tellern und Tassen in den Händen. »Kinder, zieht euch doch was an, dann mache ich in der Zeit den Tisch fertig. In zwanzig Minuten können wir essen. Hübsche Blumen.«

»Ich geh duschen«, sagte Björn mit belegter Stimme, klappte seinen Laptop zu und verließ den Raum.

Maria Steinkamp nahm den Blumenstrauß vom Tisch und verschwand in der Küche.

Endlich war er mit Annette allein. »Alles okay?«, fragte er, und sie nickte stumm. Dann wischte sie sich eine Träne aus dem Augenwinkel und lächelte ihn an.

»Weißt du«, sagte sie nach einem Moment. »Bei all dem Schrecklichen, was passiert ist, bin ich im Moment irgendwie fast glücklich. Endlich weiß ich, dass es einen Grund für das Verhalten meines Vaters gab. Dass er nicht einfach nur ein schlechter Mensch war.«

»Nein, das war er bestimmt nicht.«

»Und außerdem war ich meinem Bruder noch nie in meinem Leben so nah wie jetzt.«

»Das ist schön.«

Sie beugte sich zu ihm rüber und küsste ihn. Ihre Lippen waren so weich und verführerisch, dass er sie am liebsten sofort auf den Esszimmertisch gehoben und ihr die durchgeschwitzten Sportsachen vom Körper gerissen hätte.

Lächelnd stand sie auf. »Ich mach mich mal frisch«, sagte sie und ging aus dem Raum. Im gleichen Moment kam Mutter Steinkamp mit Kaffee und Brötchen herein, und Käfer schlug schnell die Beine übereinander, damit sie die Beule in seiner Hose nicht sah.

54

»Frohe Ostern«, flüsterte Bernd in ihr Ohr und küsste sie. »Wie geht es dir? Hast du gut geschlafen?«

»Ja, wie eine Tote. Ich fühl mich schon viel besser.«

»Schön. Sollen wir im Bett frühstücken?«

»Ehrlich gesagt, nein.«

»Gott sei Dank!«

Bernd hasste Frühstück im Bett, genau wie sie, und sie wusste, dass er es nur wegen ihrer Verletzung vorgeschlagen hatte. Charlotte fand es geradezu unhygienisch. Irgendetwas von Brötchen oder Ei fiel doch immer zwischen die Laken, in die man sich abends dann wieder legen wollte. Die vermeintliche Romantik war ihrer Meinung nach eine reine Erfindung der Liebesfilm-Industrie.

Sie stand auf und umarmte ihn. Dann gingen sie in die Küche, und während sie die Milch am Herd aufschäumte, deckte er den Tisch.

»Schade, dass Sophie nicht da ist«, sagte Charlotte und stellte zu ihrer eigenen Überraschung fest, dass ihr das kleine Mädchen wirklich fehlte. Das muntere Plappern, das ihr sonst durchaus mal auf die Nerven ging, vermisste sie jetzt, wo Sophie wieder bei ihrer Mutter war.

»Ja. Find ich auch. Aber in zwei Wochen sitzt sie wieder an ihrem Platz.«

»Ja.« Sie zögerte einen Moment. »Wie ist das eigentlich für dich, wenn du deine Exfrau triffst?«, fragte sie dann.

»Manchmal ist es noch etwas komisch«, antwortete Bernd ehrlich. »Nicht emotional, das weißt du ja. Aber unsere Scheidung war schon ein echter Rosenkrieg, und manchmal werde ich noch daran erinnert, wenn ich sie sehe. Zum Glück liegt es lange zurück, und als Eltern funktionieren wir inzwischen einigermaßen gut.«

»Sie ist ein ganz anderer Typ als ich.«

»Wohl wahr.« Er umarmte sie von hinten. »Sie kommt nicht ansatzweise an dich heran. Wann lerne ich denn mal einen von deinen Exfreunden kennen?«

»Vergiss es.« Charlotte lachte. »Von denen ist beim besten Willen keiner vorzeigbar.«

In dem Moment klingelte ihr Handy. Der Name des Anrufers wurde im Display angezeigt.

»Frohe Ostern, Hammersbach. Ich hoffe, es ist was Wichtiges.«

»Allerdings.« Seine Stimme klang gehetzt. »Die ADM steht in Flammen.«

»Was soll das sein?«

»Allgemeiner Düngemittelhersteller Münsterland. Eine Riesenfabrik zwischen Horstmar und Laer.«

»Eine Düngemittelfabrik?« Bei Charlotte läuteten alle Alarmglocken. »Wie steht es denn da um die Explosionsgefahr?«

»Bisher gab es mehrere kleine. Aber die Feuerwehr kriegt die Sache nicht in den Griff, da droht es, richtig fett zu scheppern!«

»Brandstiftung?«

»Vermutlich. Aber jetzt kommt das Beste: Raten Sie mal, wem die Fabrik gehört.«

»Ich hab keine Ahnung.«

»Henner Schliebs.«

Zuerst verstand sie nicht, aber dann klingelte es irgendwo in ihrem Kopf. »Schliebs? Hat der was mit dem abgebrannten Schliebshof von damals zu tun?«

»Es ist sein Sohn.«

Dann haben die Fälle von damals doch etwas mit den Bränden von heute zu tun, dachte Charlotte.

»Sitzen Sie am Rechner, Hammersbach? Dann checken Sie doch bitte mal den Besitzer der Schweinefarm, die abgebrannt ist. Diesen Karl …«

»Lahn. Moment. Dauert einen Augenblick.«

Charlotte nippte an ihrem Kaffee und warf Bernd einen entschuldigenden Blick zu. Der nickte nur und schnitt ihr ein Brötchen auf. Dann wies er abwägend auf Käse und Schinken, Charlotte zeigte auf die Marmelade, und Bernd schmierte ihr ein perfektes Brötchen mit viel Butter und einem knallroten Erdbeermarmeladenherz in der Mitte. Wie kitschig, dachte Charlotte und lächelte.

»Karl Lahn ist verheiratet mit einer Iris Becker«, sagte Hammersbach nach einer Weile.

»Der abgebrannte Beckerhof.«

»Gut möglich.«

»Okay. Ich möchte, dass die Fahndung nach Ostermann ausgeweitet wird. Der Kerl befindet sich offensichtlich auf einem Rachefeldzug, wir müssen ihn möglichst schnell finden. Sprechen Sie außerdem mit allen Angehörigen der damals betroffenen Familien. Gehen Sie nicht zu sehr ins Detail, wir wollen ja keine Panik auslösen. Aber die Leute sollen wachsam sein. Es könnte sein, dass da ein kranker Brandstifter sein Werk vollenden will. Ich spreche mit Käfer, und dann melden wir uns wieder. Danke, Hammersbach.«

Charlotte beendete das Gespräch und wählte sofort Käfers Nummer. In knappen Worten erzählte sie ihm, was sie eben von Hammersbach erfahren hatte.

»Wo bist du gerade?«

»Auf dem Weg zurück nach Münster.«

»Fahr direkt zum Brandort, wir treffen uns da. Ich will sehen, wie er vorgegangen ist. Vielleicht gibt uns das einen Hinweis darauf, was er als Nächstes plant. Ich befürchte, er ist noch lange nicht fertig.«

55

Er brauchte keine zehn Minuten, bis er bei der Düngemittelfirma angekommen war. Die Feuerwehr hatte das Firmengelände weiträumig abgesperrt, überall standen Einsatzwagen herum, Käfer schätzte, dass es mindestens ein Dutzend waren. Drei große Drehleiterfahrzeuge standen so nah wie möglich an den brennenden Gebäuden und spritzten Schaum in die lodernden Flammen. Immer wieder waren kleinere Explosionen zu hören, durch die das Feuer ständig neu entfacht wurde. Das Firmengelände sieht aus wie ein Kriegsgebiet, fand Käfer, und er war froh, dass er in sicherer Entfernung stand.

Hinter der Absperrung hatten sich einige Schaulustige versammelt. Nicht viele, vielleicht zehn oder fünfzehn Personen. Er ließ seinen Blick über die Köpfe wandern, konnte aber niemanden entdecken, der Ähnlichkeit mit Ostermann hatte.

Mehrere Notarztwagen standen bereit, falls es durch eine stärkere Explosion doch noch zu Verletzten kommen sollte. Im Moment schien das zum Glück nicht der Fall zu sein, aber Käfer wusste, welche Gefahr besonders für die Feuerwehrmänner bestand. Bisher kümmerte sich ein Notarzt nur um ein Paar mittleren Alters. Die Frau weinte und hielt sich verzweifelt die Hände vors Gesicht, der Mann saß mit hängenden Schultern und zitternder Unterlippe vor dem Notarzt, der ihm gerade eine Spritze gab. Die beiden sahen nicht verletzt aus, schienen eher etwas zur Beruhigung zu brauchen, und Käfer vermutete, dass es sich um Henner Schliebs und seine Frau handelte.

»Herr Schliebs?«, sagte er und wies sich aus. Der Mann nickte bekümmert. »Ihnen gehört die Firma?«

»Ja …«

»Wann haben Sie den Brand bemerkt?«

»Wir wohnen nicht auf dem Gelände.«

»Zum Glück«, unterbrach seine Frau schluchzend. Sie sah sehr mitgenommen aus, war aschfahl im Gesicht und hatte rot geweinte Augen. Sie zitterte am ganzen Körper, obwohl der Arzt auch ihr schon eine Beruhigungsspritze gegeben haben musste. Jedenfalls drückte sie ein Stück Mullbinde in ihre Armbeuge.

»Ja, zum Glück. Wir wohnen in Horstmar. Ich bekam einen Anruf, und jemand sagte mir, dass Papas Hof wieder brennen würde.«

Käfer sah ihn fragend an.

»Meine Firma hab ich in den alten Gemäuern von unserem elterlichen Bauernhof untergebracht«, ergänzte Henner Schliebs daraufhin.

»Und der brannte vor dreißig Jahren schon einmal.«

Henner Schliebs nickte. »Ja. Aber diesmal ist es viel schlimmer.«

»Wer hat Sie angerufen?«, fragte Käfer.

»Horst Schröder. Der Landwirt vom nächsten Bauernhof. Er steht da vorne.«

Henner Schliebs zeigte auf einen älteren Mann, der wie paralysiert auf das Feuer starrte und dabei immer wieder den Kopf schüttelte.

»Wann waren Sie das letzte Mal auf dem Gelände?«

»Gestern. Ich gehe routinemäßig fast jeden Abend durch die Firma.«

»Ist Ihnen da irgendetwas aufgefallen?«

»Nein. Nichts. Es war alles ruhig.«

Ein lauter Knall ließ sie zusammenzucken. Eine starke Explosion hatte das Dach der vorderen Lagerhalle regelrecht in der Luft zerrissen. Schutt flog durch die Gegend und prasselte in kleinen und größeren Brocken auf das Gelände nieder. Die Feuerwehrleute auf der Drehleiter trugen zwar Schutzanzüge, waren aber trotzdem erschrocken in Deckung gegangen. Ihre Leitern wurden langsam wieder eingezogen, der Einsatzleiter brüllte etwas von »Abbruch!«, während einer der Feuerwehrleute »Alles unter Kontrolle!« zurückbrüllte. Nach einigem Hin und Her wurden die Drehleitern wieder ausgefahren, und die Feuerwehrleute versuchten weiter, den Brand unter Kontrolle zu kriegen.

»O Gott ...« Henner Schliebs sah jetzt noch blasser aus als zuvor. »Das Hauptlager. Wenn das zu brennen anfängt ... dann sollten wir hier verschwinden. Dann kann es noch zu viel schwereren Explosionen kommen.«

»Wir sind hier sicher –«

»Ach, Sie haben doch keine Ahnung! Wissen Sie, wie viel Ammoniumnitrat wir da drin lagern? Erinnern Sie sich an die Explosion bei AZF?«

»Äh ...« Käfer hatte keine Ahnung, wovon er sprach.

»Eine Düngemittelfabrik in Toulouse. Azote Fertilisants. 2001 gab es dort eine verheerende Ammoniumnitrat-Explosion mit über dreißig Toten und mehr als tausend Verletzten. Sie sollten das hier wirklich nicht unterschätzen.«

»Natürlich nicht. Aber der Oberbrandmeister ist ein erfahrener Mann. Er wird kein Risiko eingehen.«

»Wollen wir's hoffen.« Henner Schliebs atmete tief durch. Wirkte inzwischen die Beruhigungsspritze? Das Zittern wurde offensichtlich weniger, und langsam kam auch wieder etwas Farbe in sein Gesicht.

»Gab es in der letzten Zeit irgendwelche Ungereimtheiten in Ihrer Firma? Wurden Sie vielleicht bedroht, oder gab es einen anonymen Anrufer oder einen merkwürdigen Kunden?«

»Nein. Nichts. Es war alles so wie immer.«

Käfer wollte den geschockten Mann schon in Ruhe lassen, als ihm noch etwas einfiel.

»Direkt nach dem Brand damals«, antwortete ihm Henner Schliebs auf die Frage, wann er die Firma gegründet hatte. »Das Geld von der Versicherung war sozusagen unser Startkapital.«

Das passte. Ostermann brachte nicht nur die Brandserie von damals zu Ende, sondern er nahm Rache an allen, die von seinen Bränden profitiert hatten. Zum Glück hatte Charlotte schon veranlasst, die anderen Angehörigen von damals zu warnen, aber Käfer überlegte, ob das ausreichen würde. Vielleicht sollte man sie wirklich unter Polizeischutz stellen – falls sich das logistisch überhaupt bewerkstelligen ließ.

Er befragte als Nächstes Horst Schröder, aber der Mann konnte ihm kaum etwas sagen. Den Brand hatte er zufällig bemerkt, als er die Katzen füttern wollte. Zunächst hatte er nur den merkwürdigen Gestank wahrgenommen, dann die kleine Rauchsäule gesehen. Noch bevor er die Feuerwehr alarmieren konnte, war es zur ersten Explosion gekommen. Eine auffällige Person hatte er nicht gesehen. Wie auch, auf die Entfernung.

Nachdenklich blickte Käfer auf das unwirkliche Szenario, das sich vor seinen Augen abspielte. Wenn sich Ostermann auf einem Rachefeldzug befand, warum hatte er sich dann die Düngemittelfirma nicht bis zum Schluss aufbewahrt? Das wäre doch ein krönender Abschluss gewesen. Außerdem musste ihm doch klar sein, dass er nun mit noch mehr Nachdruck gesucht werden würde als zuvor. Das war schließlich keine einfache Brandstiftung, sondern zeigte ein besonders großes Maß an krimineller Energie. Hätte schnell zu einer der größten Katastrophen im Münsterland werden können, dachte Käfer. Sobald die Lage hier unter Kontrolle war, würden sie eine Sondereinsatzgruppe zusammenstellen, die sich ausschließlich mit der Suche nach Ostermann beschäftigen würde. Das musste dem Mann doch klar sein. Warum war er nur so ein großes Risiko eingegangen?

Weitere Feuerwehrautos fuhren an die Unglücksstelle. Überall sah Käfer Blaulicht, das entweder an roten, weißen oder blauen Einsatzfahrzeugen leuchtete. In der ganzen Umgebung dürfte es keinen Feuerwehrmann oder Notarzt mehr geben, der verfügbar war. Vonseiten der Polizei war ebenfalls ein Großaufgebot vor Ort. Sämtliche Kräfte aus der Region waren hier zusammengekommen.

Käfer starrte auf die zahlreichen Einsatzfahrzeuge. Wenn jetzt irgendwo ein Autounfall passiert, sieht es für die Verletzten aber schlecht aus, ging es ihm durch den Kopf. Weder Feuerwehr noch Krankenwagen oder Polizei können den Unfallopfern dann schnell helfen. Kein guter Zeitpunkt, um in Not zu geraten, dachte er, als ein weiteres Feuerwehrauto den Weg entlangraste. Nein, wahrlich kein guter Zeitpunkt.

Und während er auf die wild lodernden, grün schimmernden Flammen starrte, die aus dem Inneren der Lagerhalle ins Freie züngelten, verstand er plötzlich.

»Scheiße.«

Schnell nahm er sein Handy aus der Tasche und wählte Charlottes Nummer. »Der will uns ablenken!« Käfer schrie fast.

»Was? Wer?«

»Ostermann! Das halbe Münsterland ist doch damit beschäftigt, hier eine Riesenkatastrophe zu verhindern. Jetzt kann er seine Rache zu Ende bringen, und keiner kann ihn aufhalten!«

56

Annette hörte in der Ferne ein Martinshorn heulen. Hoffentlich nichts Schlimmes, dachte sie, als sie mit Björn den Weg zum Friedhof hochstapfte. Sie hatten ihrer Mutter versprochen, eine passende Grabstelle auszusuchen, und Annette war froh, dass sie ihr den Termin mit dem Friedhofswärter abnehmen konnten.

»Trödel nicht so«, sagte Björn. »Der Typ hat sich extra für uns 'ne halbe Stunde freigeschaufelt. Der wird heute auch was Besseres zu tun haben.«

»Ich komm ja schon.« Sie ging einen Schritt schneller. »Ich weiß gar nicht mehr, wo Oma und Opas Grab ist«, sagte sie, als sie mit Björn durch das alte schmiedeeiserne Friedhofstor ging.

»Waren ja eh nicht unsere richtigen Großeltern.«

»Na ja, trotzdem. Irgendwo dahinten, oder?« Sie sah suchend über die zahlreichen Gräber, die den Weg säumten.

»Keine Ahnung.«

Plötzlich blieb Annette vor einer großen Grabstelle stehen. Eine glänzende schwarze Marmorplatte bedeckte das Grab. Es lief ihr eiskalt den Rücken herunter, als sie die goldene Inschrift las:

Böses nahm uns das Liebste

Rainer Mergen

*** 23.4.1945**
† 7.4.1985

Martha Mergen,
geb. Wegmann

*** 14.1.1949**
† 7.4.1985

Christian Mergen

*** 14.1.1979**
† 7.4.1985

Silke Mergen

*** 6.4.1976**
† 7.4.1985

»Ob das …?« Annette wies auf die Grabtafel.

Björn nickte ernst. »Sieht so aus. Das Werk unseres Onkels.«

»Mein Gott. Heute ist der 8. April. Gestern war Jahrestag.« Im Hintergrund hörten sie wieder ein Martinshorn heulen.

»Ja, stimmt. Komisch.«

»Irgendwie schon.«

Björn zeigte auf einen dunkel gekleideten Mann, der mit freundlicher, aber gesetzter Miene auf sie zukam. »Da vorne ist er.«

Der Friedhofswärter begrüßte sie und kondolierte ihnen im professionellen Tonfall. Er schien noch einige Augenblicke abwarten zu wollen, bevor er dann weitersprach. »Wollen Sie eine Zweier-, Dreier- oder eine Vierergrabstelle?«, fragte er, während sie über einen schmalen Weg auf eine freie Grabstelle zugingen. Sie lag auf einer kleinen Lichtung und war von großen Pappeln umrahmt.

Annette schaute ihn irritiert an. »Ich hatte Ihnen doch gesagt, es geht um meinen Vater.« Dann erst verstand sie. »Ach so. Sie meinen, ob meine Mutter und wir eines Tages auch …«

Sie hatten versäumt, diese Frage mit ihrer Mutter zu besprechen. Ob sie überhaupt in Papas Grab liegen wollte? Eines Tages, in hoffentlich sehr ferner Zukunft?

»Also, für mich braucht man da nichts einzuplanen«, sagte Björn sofort. »Ich geh hier auf keinen Fall unter die Erde.«

Auch Annette schüttelte den Kopf. Nein, sie wollte sich heute ganz bestimmt nicht ihr Grab aussuchen. Irgendwann würde sie vielleicht eine eigene Familie haben und dann neben dem Mann begraben werden, der hoffentlich auch der Vater ihrer Kinder war. Aber jetzt wollte sie noch nicht darüber nachdenken. Aber was war mit Mama?

»Eine Zweiergrabstelle«, sagte sie dann und hoffte, dass ihre Mutter noch so viele Jahre leben würde, dass der Groll auf ihren Vater bis dahin verblasst war.

Der Friedhofswärter klärte sie über die Formalitäten auf und versprach, den Kaufvertrag für das Grab noch heute Abend bei ihrer Mutter in den Briefkasten zu werfen. Nach gerade mal zwanzig Minuten hatten sie den Friedhof wieder verlassen, und Annette war überrascht, wie schnell dieser Punkt in den ansonsten so aufwendigen Beerdigungsvorbereitungen abgehakt war.

»Was schleppst du eigentlich alles mit dir rum?«, fragte Björn.

»Ich will noch jemanden besuchen. Treffen wir uns nachher bei Mama?«

»Ja.« Ihr Bruder wandte sich zum Gehen.

»Björn?«

»Hm?«

Sie zögerte. Annette hatte ihrem Bruder in den letzten Jahrzehnten nichts Persönliches mehr gesagt, jedenfalls nichts Positives. Gemeinheiten und persönliche Beleidigungen hatten sie sich schon tausendfach an den Kopf geworfen. Aber etwas Nettes? Nein, sie konnte sich nicht erinnern. Doch jetzt hatte sie zum ersten Mal das Gefühl, dass sie Bruder und Schwester waren. Vielleicht hatte Papas Tod ja doch etwas Gutes gehabt.

»Was ist denn?«

»Ich ...« Und wenn er sie auslachen würde? Egal. »Ich finde es schön, dass wir uns in den letzten Tagen nähergekommen sind.«

»Das hört sich ja fast so an, als wenn zwischen uns was laufen würde.« Björn grinste breit, und sie spürte, wie sich ihr Magen zusammenzog. Würde er sie jetzt mit Hohn und Spott überhäufen? So wie immer?

Doch dann wurde er ernst und sagte: »Ich auch, Anni.« Er drehte sich um und ging, ohne noch ein Wort zu sagen.

Annette stand für einen Moment regungslos da. Anni. Als sie noch klein waren, er vielleicht fünf, sie sieben Jahre alt, ja, da hatte er sie immer so genannt. Arm in Arm hatten sie in ihrer Puppenecke gelegen, und er hatte sich an sie gekuschelt und »Anni, vorlesen!« gebettelt, was sie, die das Lesen gerade erst lernte, mit Mühe und Not schaffte. Weder als Jugendliche noch als Erwachsene hatte er sie je wieder so genannt. Sie musste schlucken und spürte, wie berührt sie war. Lange Zeit hatte sie geglaubt, dass es ihr nichts ausmache, ein schlechtes Verhältnis zu ihrem Bruder zu haben. Aber jetzt merkte sie, wie viel es ihr bedeutete, *kein* schlechtes Verhältnis mehr zu ihm zu haben.

Verrückt, dachte sie. Papa muss einen so grausamen Tod sterben, damit wir uns wieder verstehen. Und damit wir Papa verstehen.

Sie holte tief Luft und ging durch die Schöppinger Straße, von der der kleine Weg zu Jakob Boßmanns Haus führte. Er öffnete die Tür, bevor sie klingeln konnte.

»Ich hab Sie durchs Küchenfenster gesehen«, sagte er freundlich. »Kommen Sie, ich habe gerade einen Kaffee aufgesetzt.«

Annette reichte ihm die rosa-weiß karierte Pappschachtel mit den Petits Fours. »Zu Kaffee passen die prima.«

»Wow! Danke. So etwas könnte ich mir von meinem Gehalt nie leisten.«

Annette freute sich, dass sie mit ihrem Mitbringsel richtiggelegen hatte, und beschloss, ihn demnächst häufiger mit ihren Törtchen zu versorgen. Sie setzte sich in das picobello aufgeräumte Wohnzimmer und staunte, wie ordentlich und gepflegt alles aussah. »Ich bin Ihnen sehr dankbar, dass Sie am Ostersonntag Zeit für mich haben.«

»Kein Problem. Das mache ich doch gerne. Sie haben am Telefon irgendetwas von einem alten Kupferstich erzählt. Haben Sie ihn dabei?«, fragte er und schenkte ihr eine Tasse Kaffee ein.

»Ja.« Annette holte das Bild aus ihrer Tasche. »Mein Vater muss einen ähnlichen Stich in seinem Zimmer gehabt haben. Können Sie sich daran erinnern?«

Er sah sich das Papier von allen Seiten genau an. »Leider nein. Ich wüsste nicht, dass er ein solches Bild an der Wand hängen hatte.«

»Er hatte es wohl in seinem Safe aufbewahrt«, sagte Annette. »Hat er Ihnen mal was davon erzählt? Sie haben sich doch häufiger mit ihm unterhalten, oder?«

»Ja, wir haben viel geredet. Wenn ich ein bisschen Luft hatte oder nach Feierabend noch ein bisschen geblieben bin, dann habe ich mich gerne mit ihm unterhalten.«

»Toll, dass Sie die Zeit dafür hatten.«

»Hatte ich eigentlich nicht«, sagte er und erzählte ihr, wie eng der Zeitplan eines Pflegers ausgelegt war. Bei manchen Patienten war die Pflege viel zeitintensiver als bei anderen. War jemand bettlägerig und trotz regelmäßiger Umlagerung wund und mit Druckgeschwüren übersät, brauchte er eigentlich mindestens eine halbe Stunde, um den Patienten zu versorgen. Aber sein Zeitplan sah exakt sieben Minuten dafür vor.

»Überstunden sind bei uns an der Tagesordnung. Natürlich unbezahlt.« Jakob Boßmann lachte bitter auf.

»Sie haben Ihre Freizeit für ihn geopfert. Ich kann Ihnen das gar nicht hoch genug anrechnen. Das macht mir ein richtig schlechtes Gewissen.«

»Nein. Das ist unnötig. Ich habe sowieso nie Freizeit gehabt. Ehrlich gesagt war es mir ganz recht, wenn ich nicht nach Hause musste. Sie glauben gar nicht, wie oft ich meine Mutter im Delirium vorgefunden habe, und das ist alles andere als schön.«

Annette wartete einen Moment. Sie hatte das Gefühl, dass er weiterreden wollte. Zögernd erzählte er ihr dann, wie er vor ein paar Wochen abends nach Hause gekommen war. Seine Mutter hatte die Schlafzimmertür nicht aufgekriegt und vor Wut die Nachttischlampe gegen das Fenster geworfen. Die Scheibe war zerbrochen, und kalter Wind wehte herein. Wecker, Radio, Fernbedienung – einfach alles, was seine Mutter zu greifen bekam, hatte sie an die Wand geschmissen. Decke und Kissen hatten auf dem Boden gelegen, mit Kot und Urin besudelt. Mit Blut unterlaufenen Augen hatte sie ihren Sohn angestarrt, während ihr der Speichel aus dem Mund gelaufen war und sie am ganzen Körper gezittert hatte.

»Ich bin dann in die Küche gegangen und habe eine neue Flasche Schnaps geholt.« Seine Stimme war belegt. »Es dauerte nur ein paar Minuten, dann hatte sie die halbe Flasche leer. Das Zittern nahm schnell ab, bis es schließlich ganz aufhörte. Tja.«

Erleichtert hatte sich seine Mutter dann vor den Fernseher gesetzt und kein Wort mehr mit ihm gesprochen, während er das Bett neu bezogen und die beschmutzte Wäsche in den Keller gebracht hatte.

»So sah meine Freizeit meistens aus«, sagte er. »Sie können sich vorstellen, dass ich mich stattdessen lieber mit Ihrem Vater unterhalten habe.«

Annette schämte sich. Jakob Boßmann hatte mit seiner Mutter Probleme, gegen die ihre wie Kinderkram wirkten.

»Warum sind Sie nie ausgezogen? Ich meine, es ehrt Sie natürlich sehr, dass Sie sich so um Ihre Mutter kümmern, aber ich hätte es mehr als verständlich gefunden, wenn Sie sich ein Zimmer in Münster genommen hätten.«

Jakob Boßmann sah sie einen Moment mit großen Augen an. Hatte er nie darüber nachgedacht auszuziehen? Annette hatte fast den Eindruck, als wenn ihn diese Möglichkeit völlig überraschte.

»Ich ... ich bin noch nicht so lange mit der Ausbildung fertig«, sagte er dann zögernd. »Erst seit einem guten Jahr. Und vorher, als Pflegeschüler, da verdient man ja nicht viel.«

»Aber für ein WG-Zimmer hätte es doch bestimmt gereicht.«

»Ich weiß nicht ... Außerdem habe ich immer gehofft, dass es irgendwann mal besser geht. Dass sie aufhört zu trinken.«

»Ich hoffe, dass Ihre Mutter den Entzug schafft.«

Er seufzte. »Wissen Sie, was ich immer so hart fand? Meine Patienten können nichts dafür, dass sie sich einnässen, ihr Bett nicht mehr finden oder Dinge auf den Boden werfen. Alzheimer zerstört ihr Gehirn, und sie können nichts dagegen tun. Meine Mutter hat sich den Verstand ganz freiwillig weggesoffen.«

Sie sagte nichts. Natürlich wusste er, dass Alkoholismus eine schwere Krankheit war, aber geprägt von einer Umgebung, in der er ausschließlich mit Alzheimer- und Demenzpatienten zu tun hatte, die unverschuldet zum Pflegefall geworden waren, fiel es ihm wahrscheinlich schwer, den Alkoholiker ebenfalls als Kranken zu sehen. Ihr selbst ging es da nicht anders. Obwohl sie wusste, dass eine Sucht eine schwere Erkrankung war, wurde sie den eigentlich ziemlich überheblichen Gedanken nie los, dass sich ein Trinker doch jeden Tag neu entscheiden konnte, ob er die Flasche aufmachte oder nicht.

Was für ein Quatsch, dachte sie und erinnerte sich an den Mann aus Horstmar, von dem ihre Mutter früher immer erzählt hatte. Erich Franzen, ja, so hatte der geheißen. Unzählige Male hatte sie die Geschichte dieses Mannes gehört, die ihr immer dann erzählt wurde, wenn sie als Jugendliche auf eine Party ging. Er war erst dreiundvierzig Jahre alt gewesen und hatte sich sprichwörtlich ins Koma gesoffen. Der Mann brauchte ein halbes Jahr, um wieder Lesen und Schreiben zu lernen, selbstständig zu essen und sich allein anzuziehen. Als er mehr oder weniger der Alte war, wurde er aus der Reha entlassen und von seiner Familie abgeholt. Um seine Genesung zu feiern, hatte seine Frau ein kleines Fest organisiert. Alle waren da gewesen und hatten sich gefreut, dass er noch am Leben war. Drei Tage später wurde Erich Franzen mit 4,2 Promille tot im Wald gefunden.

Auf keinen Fall würde sie Jakob Boßmann diese Geschichte erzählen. Es war besser, das Thema zu wechseln. »Hat mein Vater mal von einem Bruder oder seinen Eltern gesprochen?«

»Von einem Bruder hat er nie gesprochen. Manchmal hat er von seiner Mutter erzählt. Nein, *erzählt* ist das falsche Wort. ›Mamilein‹ hat er manchmal gesagt, ganz leise und zärtlich. Und dass er sie so wahnsinnig vermissen würde. Er muss seine Mutter sehr geliebt haben.«

Damit kann er nur seine leibliche Mutter gemeint haben, dachte Annette. Über die Großmutter, die sie kannte, hätte er nie so gesprochen.

»Was soll der Kringel hier auf der Rückseite?«, fragte Jakob Boßmann, der den alten Stich immer noch in den Händen hielt.

»Da stand das Elternhaus meines Vaters. Es ist vor vielen Jahren abgebrannt.«

»Und die Buchstaben? Ist das ein J? Und ein B?«

»Ja. Wir glauben, dass es JBB heißt. Wahrscheinlich der Teil eines Zugangscodes. Wenn wir bloß den Stich aus seinem Zimmer finden würden ...«

»Wieso sollte der Ihnen denn weiterhelfen können?«

»Papa hat ihn im Safe aufbewahrt. Und Peter ... der Kommissar, der das Bild einmal kurz zu Gesicht bekommen hat, bevor es gestohlen wurde, sagte, das Papier habe ziemlich abgenutzt ausgesehen. So, als habe es mein Vater lange Zeit gefaltet im Portemonnaie oder sonst wo mit sich herumgetragen. Aber warum soll er das gemacht haben? Die einzig logische Antwort darauf ist, weil er auf keinen Fall wollte, dass jemand anderes den Kupferstich in die Hände bekommt. Dieser Stich muss irgendeine Bedeutung haben. Wahrscheinlich ist darauf auch irgendetwas notiert oder markiert worden.«

Annette überlegte kurz, ob sie Jakob Boßmann erzählen sollte, was sie und Björn letzte Nacht herausgefunden hatten. Doch bevor sie weitersprechen konnte, hörte sie in der Ferne eine laute Explosion.

»Was war das denn?«

Annette schaute aus dem Fenster, doch der hellgrüne Passat, der vor dem Haus parkte, versperrte ihr die Sicht. Sie stand auf und lief nach draußen. Am Horizont war eine riesige schwarze Rauchwolke zu sehen.

»Mein Gott! Was ist denn da passiert?«

57

Sie konnte kaum noch etwas hören. Das laute Fiepen im Ohr übertönte alles und ließ Käfers Stimme nur dumpf zu ihr durchdringen. »Charlotte, Charlotte, bist du okay?«

Sie nickte langsam und wusste nicht, warum sie zu Boden gestürzt war. Hatte die Explosion sie umgeworfen? Wahrscheinlich. Die Leute um sie herum standen sichtbar unter Schock, die Notärzte rannten auf das brennende Gebäude zu, und sie wollte sich gar nicht vorstellen, was mit den Feuerwehrmännern passiert war, die auf der Drehleiter gestanden hatten. Der eine Einsatzwagen, der in unmittelbarer Nähe zum Explosionsort stand, war jedenfalls vollständig zerstört.

Durch das laute Fiepen in ihren Ohren nahm sie die Schreie erst gedämpft wahr, dann wurden sie immer lauter. Panische Schreie, Wehlaute und Gebrüll, das sich in keine Kategorie einordnen ließ. Wie ein Höllenchor schallte das Entsetzen aus jeder Ecke. Charlotte hatte Schwierigkeiten, Luft zu bekommen. Der Gestank von Schwefel und Rauch brannte in ihrer Nase und legte sich wie ein ätzender Film auf ihre Schleimhäute. Nach wenigen Augenblicken hatte sie einen so widerlichen Geschmack im Mund, dass sie auf den Boden spucken musste. Asche und brennende Fetzen undefinierbaren Materials rieselten vom Himmel, ein unheimlicher schwarzer Regen prasselte auf alles ein. Die Erzählungen ihrer Großeltern schossen ihr unwillkürlich durch den Kopf. Unzählige Male hatte ihre Oma davon berichtet, wie an einem Morgen im März 1945 innerhalb einer Viertelstunde hundertfünfzigtausend Brandbomben auf Münster abgeworfen worden waren und die gesamte Innenstadt in Schutt und Asche gelegt hatten. War sie als kleines Kind immer von diesen Geschichten gebannt gewesen, konnte sie zum ersten Mal ansatzweise erahnen, was in ihrer Großmutter damals vorgegangen sein musste.

Käfer half ihr vorsichtig auf die Beine. Sie war keine zehn Minuten vor Ort gewesen, als sich die Explosion ereignet hatte. Nun war sie sicher, dass Käfer mit seiner Theorie recht hatte. Mit dieser folgenschweren Brandstiftung wollte Ostermann alle Einsatzkräfte an einem Ort zusammenbringen, um in aller Ruhe seinen Rachefeldzug zu Ende zu bringen.

Das schrille Fiepen in ihrem Ohr wurde langsam etwas besser. Sie klopfte sich den Staub von der Hose.

»Geht's dir gut?«, fragte Käfer erneut.

»Ja, alles okay. Keine Ahnung, warum mich das so umgehauen hat.«

»Weil du immer noch ein bisschen wackelig auf den Beinen bist, schätze ich mal.« Er schaute zum Gelände, auf dem vor wenigen Stunden noch eine Fabrik gestanden hatte, und schüttelte fassungslos den Kopf. »Mein Gott.«

»Ja. Wahnsinn.«

Für einen Moment sahen beide schweigend auf die meterhohen Flammen, die in den Himmel schlugen.

»Hammersbach hat mir vorhin Bescheid gegeben, dass alle Betroffenen von damals informiert sind«, sagte Charlotte dann. »Auch deren Angehörige, wie zum Beispiel Ingrid Petersen. Die meisten haben beschlossen, erst mal wegzufahren und so aus der Schusslinie zu kommen.«

»Das ist bestimmt das Beste. Unter Polizeischutz können wir sie sowieso nicht alle stellen. Dafür haben wir jetzt keinen Mann übrig.«

»Ja. Nur die alte Frau Menkens bleibt auf ihrem Hof. Sie ist zu gebrechlich, um wegzufahren, und hat auch keine Angehörigen mehr, die sich um sie kümmern könnten. Bei ihr sollten wir vorbeifahren.«

»Der Menkenshof ist bei Eggerode, wenn ich mich richtig erinnere. Das ist nicht weit.«

»Gut. Die Fahndung nach Ostermann läuft auf Hochtouren. Hast du die Steinkamps informiert? Er hat sich doch schon mal vor dem Laden der Tochter herumgetrieben. Und wer weiß schon, ob sich seine Rache nur gegen den Bruder und die Bauern von damals richtet. Sie sollten vorsichtig sein.«

»Verdammt. Du hast recht.« Käfer zog sein Handy aus der Tasche. »Scheiße, kein Netz.«

»Die Explosion?«

»Ja, womöglich ist ein Mobilfunkmast zerstört worden. Da vorne ist ein Streifenwagen.«

Käfer ging im Laufschritt auf einen Polizeiwagen zu, Charlotte folgte ihm langsam. Sie sah, wie er sich das Funkgerät geben ließ und hektisch etwas hineinsprach. Als sie bei ihm ankam, schien er gerade mit Maria Steinkamp zu sprechen.

»Sind Sie sicher? Was hat er zu Ihnen gesagt?« Käfer machte ein besorgtes Gesicht. »Okay. Ich schicke sofort jemanden zu Ihnen. Lassen Sie niemanden ins Haus, schließen Sie die Tür ab und achten Sie auf Brandgeruch. Halten Sie sich in der Nähe eines Fensters oder einer Tür auf, damit Sie im Zweifelsfall schnell das Haus verlassen können. Können Sie mir mal Annette geben?«

Charlotte sah, wie er stirnrunzelnd zuhörte.

»Wissen Sie, wo sie hingegangen ist? Okay, alles klar.« Er beendete das Gespräch und funkte sich wieder ins Präsidium. »Maria und Björn Steinkamp brauchen unbedingt Personenschutz. Ich will, dass ihr zwei Leute da hinschickt. Es kann gut sein, dass sie in unmittelbarer Gefahr sind. Also, beeilt euch.«

Dann gab er Annette Steinkamps Nummer durch und bat, sich jetzt mit ihr verbinden zu lassen. Es dauerte eine Weile, bis die Kollegen im Präsidium eine Verbindung zwischen ihrem Anschluss und Käfers Funkgerät herstellen konnten. Nach einem Moment murmelte er »Verdammt!« und legte die Funke zurück in den Wagen. »Ostermann war bei den Steinkamps.«

»Wann?«

»Vor ein paar Minuten. Frau Steinkamp wollte gerade den Müll rausbringen, als sie ihn vor dem Carport stehen sah. Sie glaubt jedenfalls, dass er es war. Leider konnte sie ihn nicht genau beschreiben, weil sie zu aufgeregt war.«

»Hat er sie bedroht?«

»Mehr oder weniger. Er hat gesagt, dass er dafür sorgen würde, dass nichts von seinem Bruder übrig bleibt. Frau Steinkamp fühlte sich dadurch massiv bedroht, sagte sie. Zum Glück kam ihr Sohn in dem Moment nach Hause, woraufhin Ostermann das Weite suchte.«

»Wahrscheinlich war ihm klar, dass er gegen seinen Neffen nichts ausrichten kann. Konnte Björn Steinkamp ihn besser beschreiben?«

»Leider nicht, Ostermann ist wohl sofort abgehauen. Björn Steinkamp hat ihn fast erwischt, aber Ostermann konnte im letzten Moment mit einem Moped oder Motorroller entkommen. Ein Kennzeichen konnten sie leider nicht erkennen, das Mofa war entweder rot oder braun, da gehen die Meinungen von Mutter und Sohn auseinander.«

»Er scheint sich tatsächlich auf einem Rachefeldzug zu befinden. Er zündet die Bauernhöfe von damals wieder an und bedroht die Familie seines Bruders.«

»Und Annette ist nicht da. Ihr Handy ist ausgeschaltet – oder sie hat auch kein Netz.«

»Wo ist sie?«

»Die Mutter wusste es nicht.« Käfer wirkte angespannt. »Warum hat sie mir heute Morgen nichts von ihren Plänen erzählt?«

»Heute Morgen?«

»Ja, ich ... ich hab heute Morgen schon mit ihr gesprochen.«

Sein Gesicht war von Sorge gezeichnet, und Charlotte konnte ihm ansehen, dass er vor allen Dingen über Annette Steinkamp und ihren Aufenthaltsort nachdachte. Das war nicht gut, abgesehen davon, dass es unprofessionell war. Trotzdem tat er ihr leid. Sie konnte sich vorstellen, wie er sich fühlen musste. Wenn Bernd etwas zustoßen sollte, oder Sophie ...

»Funk noch mal das Präsidium an und sag denen, sie sollen versuchen, ihr Handy zu orten. Dann haben sie ihren Standort, sobald das Netz wieder funktioniert.«

Er nickte und nahm durch das offene Beifahrerfenster erneut das Funkgerät in die Hand. Im gleichen Moment sah Charlotte mehrere Leichenwagen den Feldweg herunterfahren, und sie spürte eine abgrundtiefe Traurigkeit in sich aufwallen. Hatte es doch jemanden von den Feuerwehrmännern erwischt? Mussten mehrere junge Männer ihr Leben lassen, weil sie versuchten, ein Feuer zu löschen, das ein Irrer auf einem wahnsinnigen Rachefeldzug gelegt hatte? Gab es jetzt womöglich irgendwo eine junge Witwe und kleine Kinder, die keinen Vater mehr hatten, und das alles nur wegen dieses Wahnsinnigen?

Charlotte wurde wütend. So viele Unschuldige mussten wegen eines einzigen Mannes leiden. Und das Schlimmste war, dass sie ihn hätte aufhalten können. Warum war ihr bloß nichts aufgefallen, als sie bei ihm in der Wohnung war? Da hätte sie ihn ohne Probleme festnehmen können, dann wäre nichts von dem hier passiert. Wie hatte sie nur glauben können, dass der Mann harmlos war? Wie hatte sie auf ihn reinfallen können? Charlotte seufzte. Nein, sie wollte immer noch nicht glauben, dass ein Mann, der seinen Bruder keine vierundzwanzig Stunden zuvor bestialisch umgebracht haben sollte, so freundlich und locker mit ihr sprach, wie Ostermann an dem Nachmittag, als er ihr gegenübergesessen hatte. Sie hatte keinerlei Anzeichen in seiner Mimik oder Gestik wahrgenommen, die darauf hingedeutet hatten, dass er log. Er hatte weder ertappt gewirkt noch mitgenommen, noch war er sonst irgendwie merkwürdig gewesen, als sie ihn mit Steinkamps Tod konfrontiert hatte. Sie konnte einfach nicht verstehen, wie sie ihm so auf den Leim hatte gehen können.

Käfer kam wieder zu ihr. Er sah noch besorgter aus. »Der Hauptsendemast ist durch die Explosion zerstört worden. Bevor der nicht repariert wird, ist kein Empfang möglich. Und somit auch keine Ortung. Handytechnisch ist diese Gegend für die nächsten Tage tot.«

»Daran können wir jetzt nichts ändern. Lass uns zum Menkenshof fahren. Wenn er sich wirklich auf einem Rachefeldzug befindet, könnte das sein nächstes Ziel sein. Geografisch ist es auf jeden Fall das nächste Anwesen. Und der Hof ist nicht weit von den Steinkamps entfernt. Wenn er von dort losgefahren ist, sollten wir uns beeilen.«

»Aber es kann doch nicht sein, dass wir dann überhaupt nicht zu erreichen sind!«

»Beruhige dich. Das kriegen wir schon hin.«

Sie wandte sich an den Streifenpolizisten, der neben seinem Wagen stand und die Menge an Schaulustigen nicht aus den Augen ließ, die von Minute zu Minute größer wurde.

»Wir brauchen Ihren Wagen«, sagte sie zu ihm, und als er lautstark protestierte, erklärte ihm Charlotte, dass sie dringend ein Funkgerät bräuchten, um mit dem Präsidium in Kontakt zu bleiben, und dass ihre Dienstwagen nicht mehr darüber verfügten. Sie sprach sehr deutlich, und das immer noch in allen Farben des Regenbogens schillernde Veilchen unter ihrem Auge tat sicherlich sein Übriges dazu, dass der Mann schließlich nickte und Charlotte den Autoschlüssel überließ.

»Jetzt haben wir zwar ein Funkgerät«, sagte Käfer nachdenklich und startete den Wagen, »aber leider fallen wir mit dieser Karre auch auf wie ein bunter Hund. Wenn wir Pech haben, ist Ostermann uns jetzt erst recht einen Schritt voraus.«

Charlotte starrte auf die Flammen und nickte. Wo war dieser Scheißkerl nur?

58

Eigentlich war er nur gekommen, um ihn aufzufordern, ihm zu helfen. Er wusste, dass er einen jungen trainierten Helfer jetzt dringend brauchte. Allein würde ihm nicht gelingen, was er schaffen wollte, schaffen musste. Er brauchte einen Komplizen, das hatte er eben deutlich gemerkt. Wären sie zu zweit gewesen, hätte er nicht wie ein Karnickel davonlaufen müssen. Mit der Alten alleine wäre er natürlich fertig geworden, aber mit dem Sohn hatte er nicht gerechnet. Zu dumm, dass der plötzlich auftauchte. Sonst hätte er die Alte und ihr Haus längst von der Liste streichen können.

Aber jetzt war es anders gekommen, und er hatte seine Pläne kurzfristig geändert. Denn er hatte gesehen, wie sie in das Haus gegangen war. Oder würden sie ihm zu zweit gefährlich werden können? Nein, das glaubte er nicht. Er hatte immer noch eine seiner selbst gebastelten kleinen Feuerbomben dabei, und wie gut die funktionierten, hatte er ja gerade gesehen. Bisher war er sehr zufrieden mit dem Verlauf des Tages. Gleich konnte er die Kleine von der Liste streichen und dann mit seinem neuen Komplizen weitermachen und alles zu Ende bringen. Falls der sich nicht querstellte, wovon er aber erst mal nicht ausging.

Vorsichtig stand er auf. Viel zu lange hatte er in seinem Versteck hinter den Brombeerhecken gehockt, und seine Knie schmerzten. Er massierte sie ein wenig und versuchte, den Blutkreislauf in seinen Beinen wieder richtig in Gang zu bringen.

Es war wichtig, dass er zuerst mit ihm allein sprach und ihm klarmachte, was er zu tun hatte. Auch wenn er sich mit seinen neuen

Haaren gut verkleidet fühlte, bestand die Gefahr, dass sie ihn erkannte. Nein, er durfte kein Risiko eingehen. Sie musste kaltgestellt werden, so schnell wie möglich, und das wäre doch eine hübsche erste Aufgabe für seinen neuen Freund. Es war sein Haus, sie war nur zu Besuch da. Also würde er ihm auch öffnen, mit großer Wahrscheinlichkeit jedenfalls. Am besten redete er gar nicht lange um den heißen Brei herum, sondern sagte ihm direkt, dass er ihn in der Nacht beim Scheiterhaufen gesehen hatte. Er würde ihm schnell klarmachen, dass ein Anruf bei den Bullen reichen würde, damit er für ein paar Jährchen im Knast verschwand.

Sollte er ihm zur Einschüchterung ein paar Knastgeschichten erzählen? Von den bekloppten Hierarchien und wie die, die ganz oben standen, ihre Macht ausnutzten? Bankräuber genossen ein ungeheures Ansehen im Knast, was er immer albern gefunden hatte. Die meisten waren doch bloß mit einer Damenstrumpfhose über dem Gesicht und einer Knarre in der Hand in die örtliche Sparkasse gelaufen und hatten sich dabei auch noch erwischen lassen. Was sollte daran so toll sein? Aber egal, sie standen jedenfalls ganz oben in der Hackordnung, und er erinnerte sich daran, wie sie das manchmal demonstrierten. Im Waschraum hatte er einmal beobachtet, wie zwei Männer einen jungen Insassen festhielten. Er hatte gesehen, wie die Tür aufging und einer von denen, die ganz oben standen, reinkam, zu den Männern ging und die Hosen runterließ.

Sollte er ihm davon erzählen? Sein neuer Freund war ja noch recht jung, er wäre willkommenes Frischfleisch im Knast. Es würde den Druck auf ihn jedenfalls verstärken, wenn er ihm eine solche Geschichte unter die Nase reiben würde.

Er klopfte sich den Schmutz von der Kleidung und ging auf das Haus zu. Die Tasche, in der er die Brandbombe hatte, baumelte über seiner Schulter. Eine Hand hatte er darauf gelegt, in der anderen hielt er ein Feuerzeug. Würde es zum Kampf Mann gegen Mann kommen, hätte er keine Chance, das war ihm klar. Aber der andere war ja ahnungslos. So etwas wie eben, als der hochgewachsene Kerl ihn fast erwischt hätte, durfte ihm nicht noch mal passieren. Diesmal würde er besser aufpassen. Alles musste klappen.

Er ging auf das Haus zu und spürte, wie das Adrenalin durch seinen Körper schoss.

59

»Es ist schön, Ihnen zuzuhören«, sagte Annette. »Durch das, was Sie mir von meinem Vater erzählen, ist er mir viel nähergekommen. Danke.«

»Freut mich, wenn ich Ihnen weiterhelfen kann. Möchten Sie noch eine Tasse?«

Sie nickte, und Jakob Boßmann schenkte ihr Kaffee nach.

»Wie viel Geld hat Ihr Vater wohl ins Ausland geschafft?«, fragte er und nahm wieder den alten Kupferstich in die Hand.

»Ich habe keine Ahnung. Aber es muss eine stattliche Summe sein, sonst hätte sich der ganze Aufwand mit seinen Kreuzfahrten in die Karibik ja nicht gelohnt. Wenn wir das Bild aus seinem Zimmer hätten und würden darauf irgendetwas finden, wären wir vielleicht schlauer.«

»Warum?«

»Ich gehe davon aus, dass wir einen Teil der Zugangsdaten bereits haben und dass auf dem fehlenden Stich der Rest notiert ist. Vielleicht eine Zahlenkombination oder etwas Ähnliches. Wenn wir das hätten, könnten wir es wenigstens mal ausprobieren. Es gibt auf den Cayman Islands eine Handvoll Banken, die diesen ... sagen wir mal ›Service‹ für ausländische Kunden anbieten. Überall muss man die Zahlenkombination und das Passwort eingeben. Tja, und dann kann man ja sehen, ob es passt oder nicht.«

»Hm-hm.« Jakob Boßmann schien zu überlegen. »Und Sie glauben, JBB ist das Passwort? Ist das nicht etwas einfach?«

»Nein, nein, es ist nur ein Teil des Passwortes.«

»Und wie lautet der andere?«, fragte Jakob Boßmann, aber bevor Annette antworten konnte, klingelte es an der Tür.

»Oh, Sie erwarten noch Besuch? Tut mir leid, wenn ich Sie –«

»Nein, nein. Ich erwarte überhaupt niemanden. Erzählen Sie ruhig weiter.«

Es klingelte erneut.

Seufzend stand Jakob Boßmann schließlich auf. »Moment. Ich schau mal kurz nach.«

Er ging aus dem Wohnzimmer, und Annette war allein. Sie nahm noch einen Schluck Kaffee und lehnte sich zurück. Was für ein netter und hilfsbereiter Kerl Jakob Boßmann doch war. Ohne ihn hätte sie so vieles über ihren Vater niemals herausgefunden. Es rührte sie, dass Papa in seinem verwirrten Zustand so oft an seine leibliche Mutter gedacht hatte. Wie sehr musste er sie all die Jahre vermisst haben, wie stark darunter gelitten, dass sein Bruder ihren Tod zu verantworten hatte. Das erklärte so viel. Warum er so lange gebraucht hatte, um sich auf eine Ehe einzulassen und eine eigene Familie zu gründen, warum er kaum in der Lage gewesen war, Gefühle zuzulassen und eine emotionale Bindung zu seiner Familie einzugehen, warum er sie und Björn so früh ins Internat gegeben hatte und warum die Ehe mit Mama so furchtbar gewesen war. Das Leben hatte ihn zu dem Menschen gemacht, der er war und den sie kennengelernt hatte.

»Ach, Papa«, sagte sie leise und seufzte. Wie gerne würde sie ihm sagen, dass sie jetzt alles besser verstand. Vielleicht war sie noch nicht bereit, ihm zu verzeihen, aber sie spürte, dass Ablehnung und Hass langsam der echten Trauer wichen.

Draußen im Flur hörte sie Männerstimmen. Jakob Boßmann schien mit jemandem zu sprechen, aber sie konnte nicht verstehen, was. Seine Stimme war gedämpft und leise, genau wie die des anderen. Vielleicht waren noch Jugendliche unterwegs, um Holz fürs Osterfeuer zu sammeln?

Sie hörte Schritte, und kurz darauf kam Jakob Boßmann allein zurück ins Wohnzimmer. Was war mit ihm los? Er sah seltsam blass aus, war fast grau im Gesicht. Seine Unterlippe zitterte ein wenig, und er kniff den Mund immer wieder zusammen, als wollte er das Zittern unter Kontrolle kriegen.

»Alles in Ordnung?«, fragte sie ihn. Wo war eigentlich der andere Mann? Sie hatte nicht gehört, dass Boßmann die Haustür wieder geschlossen hatte.

Jakob Boßmann schüttelte nur langsam den Kopf, und Annette spürte, wie sie unruhig wurde. Irgendetwas ging hier vor, aber sie hatte keine Ahnung, was. Er kam auf sie zu, und jetzt bemerkte sie, dass er weinte. Bestürzt stand sie auf und legte besorgt eine Hand auf seinen Arm.

»Was ist denn los? Was haben Sie denn?«

Ihm liefen die Tränen herunter, und sie sah ihm an, dass er krampfhaft versuchte, die Fassung zu wahren. »Es tut mir so leid«, stammelte er.

Was meinte er nur? Was tat ihm denn leid? »Ich verstehe nicht ...«

In dem Moment sah sie, wie er ausholte. Dann wurde alles dunkel.

60

Es lag Jahre zurück, dass er zum letzten Mal in einem Streifenwagen gesessen hatte, und wenn er nicht so nervös gewesen wäre, hätte er die Fahrt richtig genießen können. Früher hatte er es immer gemocht, für alle gut erkennbar als Polizist durch die Gegend zu fahren. Aber jetzt wäre er lieber inkognito geblieben.

Steigere dich nicht rein, schimpfte sich Käfer. Annette könnte einen Spaziergang machen, eine alte Freundin treffen oder irgendetwas anderes unternehmen, das nichts mit dem Fall zu tun hat. Es war Ostersonntag, vielleicht war sie auch in der Kirche, um in Ruhe um ihren Vater zu trauern. Das war doch theoretisch alles möglich.

Unwahrscheinlich, dachte er. Sie hatte zusammen mit ihrem Bruder so viel recherchiert, da würde sie jetzt wohl kaum irgendwo rumsitzen und nichts tun. Käfer wurde das Gefühl nicht los, dass sie in Gefahr war.

Er lenkte den Wagen durch den Ortskern, der wie ausgestorben war. Ganz Horstmar schien beim Mittagessen zu sitzen, die Straßen waren menschenverlassen. Er hatte Charlotte erzählt, was Björn und Annette herausgefunden hatten und dass alles dafür sprach, dass Ostermann auch seinen Bruder ermordet hatte. Alles, bis auf eines.

»Das ist das fehlende Puzzleteilchen«, stimmte Charlotte ihm zu. »Wie zur Hölle hat Ostermann herausgefunden, dass Steinkamp am Montagnachmittag allein in seinem Zimmer war?«

»Das kann vermutlich nur er uns beantworten.«

Er lenkte den Wagen auf die Landstraße, die nach Eggerode führte. Wald und Lichtungen, auf denen Windräder standen, wechselten sich ab, und kurz bevor sie den kleinen Wallfahrtsort erreicht hatten, mussten sie rechts auf einen Feldweg biegen, der zum Hof führte. Ein paar Hühner rannten gackernd über das Pflaster, sonst war alles ruhig. Charlotte klingelte, und nach einer ganzen Weile öffnete eine alte Frau die Tür. »Ja bitte?«

Sie sah misstrauisch aus, fand Käfer und zeigte ihr seinen Ausweis.

»Ist er schon hier?«, fragte die Frau darauf, und er hörte die Panik in ihrer Stimme.

»Nein, nein, keine Sorge. Wir wollten nur nach Ihnen schauen«, beruhigte Charlotte sie. »Haben Sie irgendetwas Ungewöhnliches bemerkt? War irgendjemand hier?«

»Ja, ein paar junge Männer. Zum Osterholz sammeln.«

»Okay. War auch ein älterer Mann dabei?«

»Tja, also, was verstehen Sie unter älter? So wie ich?«

Käfer schätzte Frau Menkens auf mindestens neunzig.

»Um die siebzig«, sagte Charlotte.

»Nein, nein. Das waren alles Jungs, vielleicht zwanzig Jahre alt. Ein paar hatten schon ganz schön einen sitzen. Schlimm, dass die an Ostersonntag alle trinken müssen.«

»Sonst war niemand hier?«

»Nein. Irgendwann hörte ich auf dem Feldweg ein Mofa knattern. Aber aus dem Fenster habe ich gesehen, dass es der gleiche Mann war, wie die letzten Tage auch.«

Käfer wurde hellhörig. Natürlich gab es hier auf dem Land jede Menge Mofas. Aber vielleicht hatten sie ja Glück.

»Was für ein Mann? Jemand aus der Nachbarschaft, den Sie kennen?«

»Nee, aus der Nachbarschaft ist der nicht.«

Im Streifenwagen piepte das Funkgerät. Charlotte ging zurück zum Wagen, um das Gespräch anzunehmen.

»Können Sie den Mann genauer beschreiben?«, fragte Käfer weiter.

»Nein. Der hatte ja einen Helm auf.«

»Haben Sie die Farbe des Mopeds erkennen können?«

»Ich glaube, es war braun oder dunkelrot.«

Ostermann, schoss es Käfer durch den Kopf. Sie mussten dieses Mofa zur Fahndung rausgeben, auch wenn die Gefahr bestand, dass es davon Dutzende in der Umgebung gab.

»Ich hab von hier oben einen ziemlich guten Blick auf Horstmar«, sagte die alte Dame. »Die ganze letzte Woche habe ich hier am Fenster gesessen und den Baufahrzeugen zugeschaut, die zum Borchhorster Hof fuhren. Kennen Sie den? Das ist der älteste unserer vier Burgmannshöfe. Wunderschön war der mal. Und jetzt wird er aufwendig renoviert. Ein schickes Landhotel soll da rein.«

»Aha. Danke.« Er musste zum Streifenwagen, die Fahndung rausgeben, und wandte sich zum Gehen.

»Bis Gründonnerstag am Mittag wurde da fleißig gearbeitet. Dann sind die Bauarbeiter in die Osterpause gegangen. Und seitdem kommt nur noch der Mann mit dem Mofa.«

Käfer hielt inne. »Sie meinen, seitdem auf der Baustelle nicht mehr gearbeitet wird, fährt dieser Mofafahrer regelmäßig da hin?«

»Ja, genau, das meine ich. Ich hab den Hof von hier ja bestens im Blick, und wenn ich mich nicht irre – was in meinem Alter natürlich mal vorkommen kann –, dann ist das Mofa zum Borchhorster Hof gefahren. Donnerstag, Freitag und gestern auch. Und zwar immer abends. Und morgens fährt er wieder weg. Glauben Sie, das ist er?«

»Das weiß ich nicht. Könnte auch ein Jugendlicher sein, der ausgerissen ist. Wir werden das überprüfen. Danke.«

Das ist er, dachte Käfer und reichte der Frau seine Visitenkarte. »Wenn Sie den Mann noch einmal sehen sollten, rufen Sie sofort an, ja? Könnte sein, dass das Handynetz für eine Weile lahmgelegt ist, dann informieren Sie bitte das Präsidium, das ist die zweite Nummer hier.«

»Mach ich. Frohe Ostern.«

»Danke. Ebenso.«

Käfer ging zu Charlotte.

»Dann müssen Sie ihn bitten, ins Präsidium zu kommen, oder lassen Sie sich den Bericht selbst am Telefon durchgeben. Anders geht es jetzt nun mal nicht. Danke.« Sie schaltete das Funkgerät aus.

»Was ist los?«

»Ach, Krane versucht uns zu erreichen.« Charlotte klang verärgert. »Er hat irgendwas Wichtiges, kann uns aber nicht auf dem Handy anrufen, weil das verdammte Netz ja im Eimer ist. Und von den lieben Kollegen kommt keiner auf die Idee, ihn mal zu fragen, was er denn so Wichtiges für uns hat. Nein, da funken sie lieber durch die Gegend, um uns zu sagen, dass wir ihn anrufen sollen. Meine Güte!«

»Sollen sie ihn doch mit uns verbinden. Ging mit den Steinkamps doch auch.«

»Ja, sie versuchen es. Aber jetzt ist er gerade mit seinen Kindern unterwegs. Seine Frau sagt, er ist in einer halben Stunde zurück. So ein kaputtes Handynetz bringt echt alles durcheinander.«

Käfer startete den Wagen. »Sie hat einen Mann mit einem braunen oder dunkelroten Mofa gesehen.«

»Ostermann!«

»Genau. Er ist die letzten Tage regelmäßig zum Borchhorster Hof gefahren, der momentan leer steht.«

»Das ist der am Ortseingang. Und er ist nur ein paar Straßen von den Steinkamps entfernt.«

Statt einer Antwort drückte Käfer das Gaspedal durch.

61

Langsam kam Annette wieder zu Bewusstsein. Sie wollte sich aufsetzen, was ihr aber angesichts der Fesseln, die in ihre Hand- und Fußgelenke schnitten, nicht gelang. Sie konnte nur ein Auge öffnen, das andere musste komplett zugeschwollen sein, jedenfalls bekam sie es nicht auf. Jemand musste ihr ein Tuch in den Mund gestopft haben, bis tief in den Rachen, sodass sie nur schwer atmen konnte. Den Mund hatte man ihr mit Paketband verklebt. Sie spürte, wie es an ihren Haaren klebte. Schreien war unmöglich.

Annette versuchte, einen klaren Gedanken zu fassen. In dem Raum war es stockdunkel. Sie musste im Heizungskeller sein, jedenfalls roch es hier so, und sie hörte den Kessel brummen. Sie versuchte, ihre Hände zu bewegen, und spürte, dass sie an eines der Heizungsrohre festgebunden war. Mit Händen, Rücken und Füßen war sie daran gekettet. Noch war das Rohr kalt, aber sie wusste, dass das nicht so bleiben würde. Zu Hause floss jedenfalls in regelmäßigen Abständen heißes Wasser durch, um die Heizung im Haus warmzuhalten. Sie konnte nur hoffen, dass sie nicht an ein solches Rohr gefesselt war, sondern vielleicht an eines mit kühleren Abwasser.

Was war passiert? Warum hatte Jakob Boßmann sie niedergeschlagen? Das passte doch gar nicht zu ihm. Es musste etwas mit dem Mann zu tun haben, der ihn besucht hatte, anders konnte sie es sich nicht erklären.

Ihre Beine fingen an zu kribbeln. In der verdrehten Haltung

waren sie eingeschlafen, und sie konnte sich nicht bewegen, um die Blutzirkulation zu verbessern. Dann hörte sie, wie der Heizkessel ansprang. Im gleichen Moment spürte sie, wie das heiße Wasser durch das Rohr schoss und die Hitze an ihren Händen, Füßen und an ihrem Rücken immer stärker wurde. Noch war es auszuhalten, aber in ein paar Minuten ...

Annette wollte schreien, doch der Knebel im Mund hinderte sie daran. Immer stärker zog sie an den Fesseln, wand sich hin und her und versuchte verzweifelt, ihren Rücken in ein Hohlkreuz zu beugen, damit so wenig Haut wie möglich mit dem immer heißer werdenden Rohr in Berührung kam.

So schnell es begonnen hatte, so schnell war es auch wieder vorbei. Der Kessel schaltete wieder in den leise brummenden Stand-by-Modus, und kein Wasser floss mehr durch das Rohr, dessen Temperatur langsam wieder abnahm.

Erleichtert sackte Annette zur Seite und schrak im selben Augenblick zusammen. Sie war gegen etwas gestoßen, gegen etwas Warmes, Weiches. Einen Menschen.

War er tot? Verdammt noch mal, wer war das überhaupt? Saß sie hier womöglich neben einer Leiche? Und bedeutete das, dass sie selbst auch ...?

Ihr Herzschlag setzte für einen Moment aus, bevor er unkontrolliert zu rasen begann. Sie musste ruhig bleiben, unbedingt. Je mehr Panik sich in ihr ausbreitete, desto schwerer fiel ihr das Atmen. Mit dem Knebel im Mund konnte sie nur kleine flache Atemzüge nehmen. Es war lebenswichtig, dass sie ruhig blieb.

Was sollte sie tun? Sie musste herausfinden, wer die Person neben ihr war. Vielleicht war sie ja nur bewusstlos. Zu zweit hatten sie eine größere Chance hier rauszukommen.

Vorsichtig beugte sie sich wieder zur Seite, so weit, wie es ihre Fesseln zuließen. Mit der Schulter versuchte sie, den leblosen Körper anzustoßen.

»Mghnn!« Sie gab ein möglichst lautes Geräusch von sich und stieß den anderen immer wieder an. Schließlich hörte sie ein Rascheln. Wer immer da auch neben ihr lag, er war nicht tot. Das war gut. Und er bewegte sich. Ja, es war ein Er. Eine männliche Stimme machte ein ähnliches Geräusch, wie sie es zuvor gemacht hatte, nur etwas schmerzverzerrter. Wahrscheinlich war er auch niedergeschlagen und dann gefesselt und geknebelt worden. Wer war es? Sie konnte die Stimme nicht erkennen. Aber er schien ebenfalls an seinen Fesseln zu ziehen und zu zerren. Dann hörte sie, wie er etwas ausspuckte. »O Gott«, stöhnte er schließlich.

Es war Jakob Boßmann.

Erneut bekam Annette Angst. Er war es schließlich gewesen, der sie niedergeschlagen hatte. Was hatte er jetzt vor? Welche Gefahr ging von ihm aus?

»Frau Steinkamp, sind Sie das?«, fragte er mit stockender Stimme.

»Hm-hm«, machte Annette zustimmend.

»Es tut mir so leid, dass ich Sie geschlagen habe«, sagte Boßmann zittrig. »Aber ich musste es tun.«

Sie hörte ihn aufschluchzen. Dann räusperte er sich.

»Warten Sie, ich werde versuchen, Sie wenigstens von dem Knebel zu befreien. Beugen Sie sich so weit wie möglich zu mir rüber. Mit den Zähnen müsste ich doch ... Kommen Sie, kommen Sie näher.«

Annette lehnte sich zur Seite und überdehnte ihre Halsmuskulatur dabei so stark, dass es schmerzte. Sie spürte Boßmanns Atem in ihrem Gesicht. Mit seinen Zähnen versuchte er, das Klebeband zu fassen. Unterhalb ihres Ohres, zwischen Kieferknochen und Hals, klebte es nicht direkt auf der Haut, sondern stand ein wenig ab. Die Stelle bekam er zu fassen und biss und zerrte an dem Band, wodurch es sich an der anderen Seite ihres

Halses immer tiefer in die Haut schnitt. Schließlich hatte er es geschafft.

Hustend spuckte Annette den Knebel aus. Ihr Mund fühlte sich furchtbar an, trocken und pelzig. »Danke«, sagte sie leise.

Schweigend saßen sie in der Dunkelheit.

»Warum?«, fragte sie dann. »Erklären Sie's mir.«

Jakob Boßmann seufzte, und sie spürte, wie er nach Worten rang. »Dieser Mann, der an der Tür war ... Er hat mich in der Nacht gesehen.«

»In welcher Nacht?«

»Als meine Mutter starb.«

»Ich dachte, Ihre Mutter ist im Entzug?«

Wieder ein Seufzen, dazu ein Stöhnen und ein Räuspern. »Ich ...« Er stockte.

»Bitte«, sagte Annette mit Nachdruck. »Ich muss endlich wissen, was hier los ist!«

Sie hatte das Gefühl, als würden weitere endlose Minuten vergehen, bis er endlich sprach. Dann begann er zu erzählen.

»Ich hatte es zu Hause versucht. Ich wollte sie hier trocken kriegen. Wissen Sie, mein ganzes Leben lang war Mutter immer betrunken.« Seine Stimme klang jetzt bitter. »Ich kenne sie nüchtern fast gar nicht. Als Kind habe ich nie auf ihrem Schoss gesessen oder mit ihr geschmust oder gekuschelt. Und wenn ich nachts einen Albtraum hatte und sie vor lauter Angst gerufen habe, ist sie nie zu mir gekommen. Meistens hat sie meine Schreie gar nicht gehört, weil sie im Delirium im Nebenzimmer lag. Sie war immer blau. Und irgendwann reichte es mir einfach.«

Er holte tief Luft. »Sie haben mich gefragt, warum ich meine Mutter nicht verlassen habe, warum ich nicht einfach gegangen bin. Ja, vielleicht hätte ich es tun sollen, aber ich wollte sie wenigstens *einmal* nüchtern erleben, ich wollte *einmal* eine richtige Mutter haben, mit der ich ganz normal sprechen kann.«

Jakob Boßmann erzählte ihr, wie er seine betrunkene Mutter vor einigen Tagen ans Bett fixiert hatte. Aus dem Altenheim hatte er Diazepam mitgenommen und sie damit ruhiggestellt. Drei Tage hatte er sie so kontrolliert ausgenüchtert, bis er die Diazepam-Dosis so weit reduzieren konnte, dass sie wieder ansprechbar und vor allen Dingen nüchtern war. Er hatte sie losgebunden und sich zu ihr ans Bett gesetzt.

»Ich hatte keine genaue Vorstellung davon, was mich erwartete. Ich wusste nicht, wie stark das Gehirn meiner Mutter durch den jahrzehntelangen Alkoholmissbrauch geschädigt war. Wie sie überhaupt auf mich reagieren würde.«

»Und, wie hat sie reagiert?« Annette ahnte, dass es nicht so war, wie Jakob Boßmann es sich gewünscht hatte.

»Ihre Augen waren klarer als sonst, nicht blutunterlaufen, wie ich es eigentlich kannte«, erinnerte er sich. »Sie hatte Durst, und da habe ich ihr ein Glas Wasser gegeben, das sie in einem Zug austrank. Da war ich richtig glücklich. Ich weiß gar nicht, wann sie das letzte Mal so viel Wasser auf einmal getrunken hatte. Ich dachte, das wäre ein gutes Zeichen. Aber dann verlangte sie wieder nach Schnaps.«

»Haben Sie ihr welchen gegeben?«

»Nein. Ich bat sie, es eine Weile ohne Alkohol zu versuchen, sie sei doch trocken, der körperliche Entzug sei erfolgreich abgeschlossen. Aber sie wollte nicht.«

Für einen Moment schwieg er. Dann erzählte er leise, wie es zum Streit kam. Wie sie ihn fragte, ob noch Wein im Keller sei, und er sie anbettelte, es bleiben zu lassen.

»Bitte, du bist doch meine Mutter! Denk doch bitte auch einmal an mich«, hatte er gerufen. Aber sie war nur an ihm vorbei zur Kellertreppe geeilt, und er war hinter ihr hergelaufen wie ein Hund. Und dann hatte sie sich ein letztes Mal zu ihm umgedreht.

»Ich wollte nie deine Mutter sein.«

Seine Stimme zitterte, und Annette merkte, dass er weinte. Er schien sich an jedes Wort genau zu erinnern.

»Wenn du nicht gewesen wärst, hätte ich nicht bei deinem gottverfluchten Vater bleiben müssen. Dann hätte ich dieses Kaff verlassen können, dieses schreckliche Haus, dieses ganze verschissene Leben. Und um das zu ertragen, trinke ich. Ich trinke, um das verschissene Leben zu ertragen, das ich ohne dich nie geführt hätte.«

Annette hörte ihn schlucken.

»Das hat sie gesagt. Wortwörtlich. Und dann wollte sie runter in den Keller, und ich wollte nicht, dass sie geht. Ich wollte sie an der Schulter festhalten. Doch anstatt sie zu halten, muss ich ihr einen Stoß gegeben haben.«

»Sie ist die Treppe hinuntergestürzt?«

»Ja.«

Er erzählte ihr, wie seine Mutter am Boden gelegen hatte, ihr rechtes Bein hatte zwischen der untersten Stufe und dem Geländer festgeklemmt und war so schwer gebrochen, dass der Oberschenkelknochen durch die Haut gestochen hatte. Ihr Kopf war merkwürdig verdreht, und die Halswirbel am Nacken waren deutlicher zu sehen, als es normalerweise der Fall war. Er hatte sofort erkannt, dass sie tot war.

»Haben Sie keinen Krankenwagen gerufen?«

»Ich wollte ja. Aber ich stand total unter Schock.«

Den ganzen Abend hatte er neben seiner Mutter gesessen, bis es zu spät war, um die Polizei zu alarmieren. Er hatte Angst gehabt, dass ihm keiner glauben würde, dass es ein Unfall gewesen war.

»Also musste ich die Leiche fortschaffen«, sagte er mit gebrochener Stimme. »Und dabei hat mich dieser Mann beobachtet. Er hat gesagt, dass er mich bei der Polizei verpfeift, wenn ich nicht tue, was er sagt. Dann hat er verlangt, dass ich Sie niederschlage.«

»Aber warum nur?«

»Er wollte den Kupferstich haben. Er hat verlangt, dass ich Sie fessele, und als ich fertig war, hat er mich aufgefordert, mit ihm zu gehen. Er sagte, er bräuchte meine Hilfe, um etwas zu Ende zu bringen, was er vor langer Zeit begonnen hätte. Aber ich habe mich geweigert, ich will mich nicht zum Komplizen von diesem Verbrecher machen, und das habe ich ihm auch gesagt.«

»Ostermann.«

»Ich weiß nicht, wie er heißt.«

»Hatte er weiße Haare und auffallend stechende Augen?«

»Nein. Er war dunkelhaarig. Allerdings waren die Haare sehr dunkel für sein Alter. Vielleicht waren sie gefärbt. Und die Augen ... hm ... Auf jeden Fall trug er eine Brille.«

Das hört sich nicht nach Ostermann an, dachte Annette. Hatte er sein Äußeres verändert? Oder war ein anderer Mann an der Tür gewesen?

»Warum sind Sie nicht geflohen?«

»Ich weiß nicht. Es ging alles sehr schnell. Ich hörte Sie aufstöhnen, und mir war sofort klar, dass Ihr Knebel viel zu fest saß. Sie hätten ersticken können. Als ich mich zu Ihnen runterbeugte und ihn lockern wollte, hat er mich von hinten niedergeschlagen.«

»Ich verstehe.«

»Was riecht hier eigentlich so komisch?«, unterbrach sie Jakob Boßmann in dem Moment. »Riechen Sie das?«

Annette versuchte, möglichst viel Luft durch die Nase einzuatmen. »Ist das Spiritus? Oder Öl?« Sie war sich nicht sicher. »Kommt das aus der Heizung?«

»Nein. Das ist eine Gasheizung. Aber es riecht auch ... nach Feuer. Es riecht nach Feuer!«

Jetzt roch sie es auch. Es brannte.

»Der hat das Haus angesteckt. Wir müssen hier raus! Wir müssen hier so schnell wie möglich raus!«

62

Käfer lenkte den Wagen durch das Haupttor, das aus zwei Pfeilern bestand, auf denen steinerne Vasen thronten. Der große rote Backsteinbau mit seinem auffälligen Giebeldach war an der rechten Seite von einem Gerüst umgeben, die Fenster waren mit Folie abgehängt, und die Tür war durch eine Spanplatte ersetzt. Käfer parkte auf dem großen gepflasterten Hof, auf dem mehrere Schubkarren und eine Betonmischmaschine standen.

»Hier wird saniert«, sagte Charlotte. Das Anwesen wirkte unbewohnt. »Sieht nicht so aus, als wenn hier jemand wohnt.«

»Nein. Aber eine leer stehende Baustelle ist über die Ostertage nicht das schlechteste Versteck. Bis Dienstagmorgen passiert hier doch gar nichts.« Käfer zeigte auf ein Mofa, das an der Scheunentür lehnte. »Rotbraun, würde ich sagen. Wäre ja schon ein ziemlicher Zufall, wenn es das Mofa von einem der Bauarbeiter ist.«

Sie stiegen aus, und Charlotte tastete automatisch nach ihrer Waffe. Nicht um sie zu ziehen, sondern um sich zu vergewissern, dass sie da war. Es war ein beruhigendes Gefühl, sie griffbereit zu haben.

»Mal gucken, ob jemand zu Hause ist«, sagte Käfer und holte eine Taschenlampe aus dem Kofferraum. »Wer weiß, ob es da drinnen Licht gibt.«

Sie gingen die Stufen zum Haupthaus hoch, und Käfer drückte vorsichtig gegen die Sperrholzplatte. Sie war nur angelehnt. Er sah Charlotte fragend an, und sie nickte zustimmend. »Los!«

Mit einem leisen Quietschen öffnete er die provisorische Tür. Sie gingen in eine helle Eingangshalle, die komplett mit Schutzfolie ausgelegt war. An den Wänden hingen weder Bilder noch Lampen, aber sie sahen frisch gestrichen aus und leuchteten in hellem Weiß. Das hölzerne Treppenhaus war ebenfalls mit einer Folie abgedeckt, und Charlotte sah, dass die Renovierungsarbeiten noch nicht im Obergeschoss angekommen waren. Die Wände im Treppenhaus waren jedenfalls noch alt und fleckig.

Käfer zeigte auf eine hölzerne Tür.

»Das könnte der Keller sein«, sagte er leise.

»An seiner Stelle würde ich mich dort am ehesten verstecken«, flüsterte sie.

Vorsichtig versuchte Käfer, die Tür zu öffnen. Er musste sie etwas anheben, dann hatte er sie auf.

Hier sind die Sanierungsarbeiten offensichtlich schon abgeschlossen, dachte Charlotte, als sie die Kellertreppe aus hellem Sandstein hinuntergingen, die wesentlich breiter war als die Kellertreppen, die sie kannte. Sie endete in einem überraschend lichtdurchfluteten Souterrain, das Charlotte von außen niemals in dem Gebäude vermutet hätte. Es teilte sich in zwei Bereiche auf. Links führte der Flur zu einem Schwimmbad. Neben einem bestimmt fünfzehn Meter langen Pool fanden sich offenbar auch eine Sauna und ein Dampfbad. Alles war mit Schutzfolien abgedeckt und noch nicht in Betrieb. Der Beschilderung zufolge schlossen sich dem Wellnessbereich ein Badezimmer und ein Ruheraum an. Ein hübsches kleines Hotel wird das mal werden, dachte Charlotte. Die Türen waren mit Folie zugeklebt, nirgendwo waren Spuren von einem heimlichen Bewohner zu sehen.

Leise schlichen sie aus dem Wellnessbereich. Rechts führte der Flur zunächst zu zwei großen Vorratsräumen, die leer standen. Am Ende kamen sie vor einer massiven Holztür zum Stehen, die in krassem Kontrast zu dem ansonsten weißen und frisch renovierten Flur stand. Charlotte war sich nicht sicher, ob die Tür auf alt gemacht oder wirklich so verwittert war.

Der eiserne Türriegel ließ sich quietschend zur Seite schieben, und kurz darauf standen sie in einem großen, düsteren Gewölbe, das ein wenig an ein Burgverlies erinnerte. Mit der Taschenlampe leuchtete Käfer in den Raum hinein. Die Seiten waren mit Holzregalen versehen, in denen eines Tages einmal Weinflaschen lagern sollten. In der Mitte stand ein großes Eichenfass.

»Mist. Hier ist er nicht.«

In dem Moment hörten sie ein Rauschen. War das eine Klospülung?

»Das Badezimmer beim Schwimmbad«, raunte Käfer ihr zu.

Sie zog ihre Waffe, ihr Kollege tat es ihr nach. Leise, sich immer an der Wand entlang bewegend, gingen sie durch den Flur zurück.

Dann, als sie den Eingangsbereich des Schwimmbads erreichten, drehte sich Käfer mit einem plötzlichen Ruck um. »Keine Bewegung, Kripo Münster!«, rief er scharf und zielte direkt auf den Mann, der verdutzt im Raum stand und gerade seine Jacke auszog.

Es war Ostermann. Er hatte seine Haare gefärbt, aber dennoch erkannte Charlotte ihn.

»Was äh …«

»Nehmen Sie die Hände hoch!«

»Was wollen Sie von mir?« Zögernd faltete der Mann seine Jacke zusammen und legte sie behutsam auf einer der Liegen ab. Dann nahm er die Hände hoch.

Warum faltete er die Jacke so sorgfältig zusammen? Hatte er keine anderen Probleme?

»Ich verhafte Sie wegen Mordes an Ludger Steinkamp«, sagte Charlotte energisch.

»Ach, so ein Quatsch –«

»Kein Quatsch. Sind Sie Fritz Ostermann?«

»Und wenn schon. Deshalb habe ich noch lange nichts mit Ludgers Tod zu tun.«

»Das werden wir ja sehen. Leeren Sie Ihre Taschen!«, rief sie, der die Sache mit der so ordentlich zusammengelegten Jacke einfach keine Ruhe ließ. Verbarg er etwas vor ihnen?

Achselzuckend kramte Ostermann den Inhalt seiner Hosentasche hervor. Einige Centstücke, ein Bonbonpapier und ein Schlüsselbund kamen zum Vorschein. »Zufrieden?«

»Und jetzt die Jacke.«

Ostermann rührte sich nicht. Käfer ging einen Schritt auf ihn zu und schnappte sich die Jacke von der Liege. Er suchte die Taschen ab und zog nach einem Augenblick zwei Papiere aus der Innentasche.

»Was ist das?« Käfer hielt die Papiere hoch, und Charlotte konnte erkennen, dass es sich um zwei alte Kupferstiche handelte. Der eine musste der verschwundene Stich aus Steinkamps Zimmer sein. War der andere der aus Annette Steinkamps Laden? Es sah ganz so aus.

»Woher haben Sie die?« Käfers Stimme klang noch schärfer.

»Tja, das möchten Sie wohl gerne wissen.« Ostermann grinste breit.

Käfer zielte auf seine Brust und ging langsam auf den Mann zu. Charlotte ahnte, was in ihm vorging. Wenn Ostermann den Stich von Annette Steinkamp hatte, was war dann mit ihr passiert?

»Sie drehen sich sofort um, damit ich Ihnen die Handschellen anlegen kann!«

»Ich –«

»Noch ein Wort, und ich schieße Ihnen ins Bein, das verspreche ich Ihnen.«

Ostermann lachte auf. »Regen Sie sich ab. Ich weiß auch, dass ich hier nicht mehr rauskomme. Also hören Sie auf mit den Drohungen. Hier, bitte schön.« Er hielt Käfer seine Hände hin, und einen Augenblick später klickten die Handschellen.

»Was haben Sie mit Annette Steinkamp gemacht?«, fragte Charlotte.

»Ich? Gar nichts.« Ostermann kicherte.

»Jetzt machen Sie doch nicht noch alles schlimmer! Wo ist Annette Steinkamp?«

»Ich habe nichts mit ihr gemacht. Ich schwöre es.«

Er kicherte immer noch und begann schließlich zu lachen. Er lachte immer mehr und schien sich gar nicht mehr beruhigen zu können.

»Los, raus hier, sonst vergesse ich mich«, stieß Käfer gepresst hervor und gab Ostermann einen Schubs. Der wurde mit einem Mal ernst und sah ihn mit zusammengekniffenen Augen an.

»Wussten Sie, dass verbranntes Frauenfleisch noch besser riecht als das von Männern?«

Charlotte hörte, wie Käfer seinen Atem durch die Lippen presste. Dann packte er Ostermann am Arm und zog ihn, ohne ein weiteres Wort zu sagen, aus dem Keller. Sie wusste, wie viel Selbstbeherrschung ihn das kostete. Am liebsten hätte er ihn verprügelt, das war ihr klar.

Als sie durch die provisorische Tür auf das Kopfsteinpflaster gingen, hörte Charlotte schon das Funkgerät piepen.

»Gehst du? Ich kläre ihn über seine Rechte auf«, sagte sie. Sie wollte Käfer besser nicht mit Ostermann allein lassen.

Mit hochrotem Kopf ging Käfer zum Streifenwagen und ließ sie mit dem Mann allein.

»Herr Ostermann, sagen Sie uns, wo Annette Steinkamp ist und was Sie mit ihr gemacht haben. Das Spiel ist aus. Seien Sie doch vernünftig.«

»Du dumme kleine Schlampe«, zischte Ostermann leise und

lächelte sie gefährlich an. »Für mich ist gar nichts vorbei, denn ich habe überhaupt nichts getan. Mein einziges Vergehen ist, dass ich unerlaubterweise in dieses Haus gegangen bin und dort gepisst habe. Das ist alles. Wegen Eindringen auf eine nicht gesicherte Baustelle könnt ihr mich also anzeigen. Und das war's.«

»Sie haben Ihren Bruder umgebracht –«

»Schwachsinn.«

»... und sich der schweren Brandstiftung schuldig gemacht.«

»Haben Sie dafür irgendeinen Beweis?«

»Sie haben den alten Kupferstich aus dem Besitz Ihres Bruders vom Tatort entwendet.«

»Nein, habe ich nicht.«

»Und wahrscheinlich haben Sie Annette Steinkamp überfallen und ihren Stich ebenfalls –«

Ostermann lachte schallend auf. »Du glaubst gar nicht, wie falsch du liegst, du dummes, dummes Ding!«

Charlotte versuchte, sich ihre Unsicherheit nicht anmerken zu lassen. Aber es gab keinen Zweifel, dieser kalte und herzlose alte Mann brachte sie aus dem Konzept. Hatten sie etwas übersehen?

»Charlotte! Schnell!«

Käfer kam auf sie zugelaufen. Er sah aufgeregt aus. »Ich glaube, ich weiß, wo Annette steckt.«

63

Der Rauch brannte inzwischen in ihrer Nase, und sie bekam nur noch schwer Luft. Sie hörte, wie Jakob Boßmann hustete und keuchte, wahrscheinlich auch, weil er immer noch verzweifelt versuchte, an seinen Fesseln zu ziehen und sich zu befreien.

Annette fiel es schwer, klar zu denken. Sie hatte starke Kopfschmerzen, und ihr war übel. Der pelzige Geschmack in ihrem Mund wurde durch den stechenden Gestank in dem Raum immer schlimmer. Wenn sie doch nur etwas trinken könnte. Oder sich wenigstens mit Wasser den Mund ausspülen. Wie lange waren sie jetzt schon hier? Sie hatte jedes Gefühl für Zeit verloren. Die Verbrennungen an Rücken und Gesäß, die durch das achtzig Grad heiße Wasserrohr entstanden waren, nahm sie kaum noch wahr. Auch die Schmerzen in den Hand- und Fußgelenken, in die sich ihre Fesseln geschnitten hatten, waren nebensächlich. Aber dieser Durst, dieser übermenschliche Durst! Der ließ sie fast verrückt werden.

Konzentriere dich, ermahnte sie sich. Du musst sehen, dass du hier rauskommst!

Inzwischen konnten sie das Knistern und Knacken der Flammen deutlich hören. Es war so laut, als würde sie direkt neben einem Osterfeuer stehen. Keine Frage, das Haus von Jakob Boßmann brannte lichterloh.

»Die Feuerwehr müsste doch längst hier sein«, stöhnte er.

Stimmt, dachte Annette. Wo blieben die nur? Das Haus lag zwar etwas abseits und fiel sicherlich nicht sofort auf, aber irgendwann müssten Rauch und Flammen doch bemerkt werden. Warum kam die Feuerwehr nicht? Oder war sie womöglich schon da und hatte sie übersehen? Konnten sie vielleicht gar nicht mehr gerettet werden?

»Wir werden hier elendig verbrennen«, sagte sie.

»Nein. Die Tür vom Heizungskeller ist feuerfest. Die Flammen kommen hier nicht rein. Aber der Qualm, der ist unser Problem.«

Er hustete. In dem Moment sprang der Kessel erneut an. Gleich wird das Rohr wieder heiß werden, dachte Annette, und mit einem Mal verließ sie jeder Mut. »Ich kann nicht mehr. Ich kann das nicht mehr aushalten«, weinte sie, und die Tränen liefen ihr über die Wangen.

»Wir kommen hier raus. Wir kommen hier raus!«

Immer wieder wiederholte Boßmann seine Worte. Als wollte er sich selbst Mut zusprechen. Annette spürte die Hitze des Heizungsrohrs, und jetzt spürte sie auch wieder die Verbrennungen. Ihre Schmerzen wurden immer schlimmer.

»Ich hab das Gefühl, als wenn meine Haut schon völlig verbrannt ist.« Sie schrie jetzt fast und musste im gleichen Moment husten.

Nicht schreien, nicht weinen, das verbraucht zu viel Sauerstoff, dachte sie und biss die Zähne zusammen.

»Machen Sie, was ich Ihnen gesagt habe. Je heißer das Rohr ist, desto größer ist die Chance, dass das Klebeband schmilzt. Ziehen Sie so stark, wie Sie nur können. Jetzt machen Sie schon. Los! Ziehen Sie!«

Er wurde von einem Hustenkrampf geschüttelt, und Annette versuchte, alle Kräfte zu mobilisieren, die noch irgendwo in ihrem Körper schlummerten. Sie zog und zerrte und merkte, wie Jakob Boßmann dasselbe tat. Mit einem Knall schaltete sich die Heizung wieder aus. Ein leiernder Pfeifton war zu hören, aus dem sie schloss, dass der Kessel nun endgültig kapituliert hatte. Wahrscheinlich hatte das Feuer die Heizungsanlage in den Wohnräumen schon so weit zerstört, dass sich der Kessel selbst abgeschaltet hatte.

Plötzlich hatte Jakob Boßmann es geschafft. Sie hörte, wie seine Fesseln rissen und wie er mit seiner freien Hand alle anderen Klebebänder von seinem Körper riss. Wie er erleichtert »Endlich!« rief, erneut hustete und dann aufsprang und im Raum hin und her ging, als müsste er überlegen, was er als Nächstes tun sollte. Er rüttelte an der Tür, die aber verschlossen war. Dann hörte sie, wie er mit einem Schlüsselbund hantierte.

Die Hitze an ihrem Rücken wurde etwas weniger. Sie hörte, wie es über ihnen polterte. Irgendwelche Möbel stürzen zusammen, vermutete sie. Was würde jetzt passieren? Sie konnte nicht erkennen, was Jakob Boßmann tat. Sie hörte, wie er einen Wasserhahn aufdrehte. Er schien irgendetwas nass zu machen, vielleicht ein Stück Stoff, das er sich vor den Mund halten konnte, damit er nicht so viel von dem Rauch einatmete, der beständig unter der Tür hindurchkroch. Dann hörte sie wieder das Klappern eines Schlüsselbundes. Versuchte er, die Tür aufzuschließen? Würde er sie hier zurücklassen?

Wieder kam Panik in ihr hoch. Ja, natürlich würde er das! Sie war die Einzige, die wusste, dass er seine Mutter umgebracht hatte. Wenn er sie in dem brennenden Haus zurücklassen würde, dann gäbe es außer Ostermann niemanden, der sein Geheimnis kannte. Und von Ostermann würde er vermutlich nichts mehr zu befürchten haben, der hatte doch alles, was er wollte. Ja, sie war sich sicher. Boßmann würde sie zurücklassen, und sie würde sterben.

Plötzlich überkam sie eine tiefe Traurigkeit. Sie musste an Peter denken und wie sehr sie ihn mochte. Und wie schade es war, dass sie dieses Verliebtsein nicht mehr leben konnte. Sie dachte an ihre Mutter und an Björn, die sie nie wiedersehen würde, und an ihren Vater.

Annette musste lächeln. Papa. Wir sehen uns bald.

Ihr wurde schwindelig. Dann nahm sie nichts mehr wahr.

64

Er hatte Blaulicht und Sirene eingeschaltet und raste durch den Ort. Ostermann saß grinsend auf der Rückbank, und Käfer zwang sich, nicht in den Rückspiegel zu schauen. Das Verlangen, ihm in seine grinsende Visage zu schlagen, wurde immer stärker.

Charlotte schien immer noch fassungslos zu sein. Sie bemühten sich, so abstrakt wie möglich über das zu sprechen, was Krane ihm eben über Funk mitgeteilt hatte. Ostermann sollte es auf keinen Fall mitkriegen.

»Sterilium.«

»Höchstwahrscheinlich. Zu siebzig Prozent. Mindestens.«

Käfer wusste, was Charlotte dachte. Sie kannte Sterilium, genau wie er. Es war ein gängiges Desinfektionsmittel, das fast ausschließlich im klinischen Bereich verwendet wurde. Und es war der Brandbeschleuniger gewesen, mit dem Ludger Steinkamp übergossen worden war. Um an die Mengen zu kommen, die bei dem Mord zum Einsatz gekommen waren, musste der Täter Zugang zum Lagerraum des Altenheims haben. Ostermann konnte das definitiv nicht gewesen sein. Entweder hatte er einen Komplizen, oder er hatte seinen Bruder tatsächlich nicht auf dem Gewissen.

Und wenn er es wirklich nicht gewesen war? Dann kamen nur der Hausmeister oder der Pfleger infrage. Beide hatten Zugang zu großen Mengen des klinischen Desinfektionsmittels, beide wussten, dass Steinkamp an dem Nachmittag nicht im Musiksaal war. Beide hatten mit dem dementen Mann gesprochen, hatten sein Vertrauen gewonnen und so vielleicht zufällig von dem Vermögen erfahren, das er im Ausland hortete. Einer hatte sich allerdings etwas mehr um ihn gekümmert als der andere.

Das Alibi von Hausmeister Diekötter hatte sich inzwischen bestätigt. Hammersbach hatte mit einem Lieferanten gesprochen, der zum Tatzeitpunkt den Getränkeautomaten vor Diekötters Werkstatt aufgefüllt hatte und die Anwesenheit des Hausmeisters bezeugen konnte. Was hatte Ingrid Petersen noch über Boßmann gesagt? Er hatte an dem Nachmittag häufig den Musiksaal verlassen, es sei ein ständiges Kommen und Gehen gewesen. Käfer war sich sicher, dass niemand es bemerkt hätte, wenn Jakob Boßmann auch für längere Zeit nicht im Raum gewesen war.

»Woher haben Sie den Kupferstich Ihres Bruders?«, fragte Charlotte. »Sie haben ihn nicht aus dem Altenheim, stimmt's?«

»Nein, natürlich nicht. Ich habe mir das ausgebrannte Gebäude an dem Nachmittag zwar angeschaut, aber ich wäre da doch niemals reingegangen. Ich bin doch schließlich erfolgreich therapiert«, sagte er lächelnd. »Erst nachdem Sie mir von meinem verkohlten Scheißbruder erzählt haben, spürte ich wieder ein gewisses Verlangen.«

»Woher haben Sie den Stich dann?«, wiederholte Käfer Charlottes Frage scharf.

»Ein junger Mann hat ihn mir freundlicherweise überlassen.« Wieder grinste Ostermann breit.

Jakob Boßmann, dachte Käfer und lenkte den Wagen in die Krebsstraße. Schon von Weitem konnte er den Rauch sehen. »Scheiße!«

»Hübsch, nicht?« Ostermann lachte.

Charlotte griff zum Funkgerät und forderte sofort Feuerwehr und Krankenwagen.

»Die sind alle im Einsatz!«, hörte Käfer eine Stimme aus dem Gerät schnarren, und Ostermann lachte auf.

Käfer riss Charlotte das Plastikteil aus der Hand. »Das ist mir scheißegal!«, brüllte er. »Es wird ja wohl noch irgendwo eine Feuerwehr geben! Und wenn sie aus Dortmund kommt. Die Fabrik ist evakuiert, da ist keiner mehr drin. Aber hier geht es um Menschenleben!«

Der Kollege am anderen Ende versprach, so schnell wie möglich jemanden zu schicken, und Käfer raste die Straße entlang. Mit quietschenden Reifen kam er einige Meter vor dem Haus zum Stehen und sprang aus dem Wagen. Hilflos starrte er auf das brennende Haus.

Die Flammen schlugen aus dem Dachstuhl und aus den Fenstern im ersten Stock. Auch das Erdgeschoss brannte, aber der Eingangsbereich und die Küche waren noch unversehrt. Vermutlich hatte Ostermann im hinteren Teil des Hauses das Feuer gelegt, um unbeschadet flüchten zu können.

Ohne weiter nachzudenken, ging Käfer auf das Haus zu.

»Warte!« Charlotte hielt ihn am Arm. »Du kannst da nicht rein. Das Dach kann jeden Moment einstürzen. Abgesehen von dem ganzen Qualm. Du kriegst doch sofort 'ne Rauchvergiftung. Du kannst da nicht rein!«

»Ich muss.«

»Das ist sinnlos. Du bringst dich doch nur selbst in Gefahr.«

Mit einem lauten Krachen stürzte der hintere Teil des Daches ein. Funken sprühten in den Himmel, und die Flammen machten sich gefräßig über die herabfallenden Trümmer her.

Nein, er konnte nicht mehr ins Haus. Charlotte hatte recht. Aber er konnte hier doch nicht einfach stehen bleiben und zuschauen, wie Annette womöglich verbrannte. Er musste irgendetwas tun.

Aus weiter Ferne war eine Sirene zu hören. Die Feuerwehr. Endlich. Sie musste bald hier sein.

In dem Moment öffnete sich die Haustür. Ein Mann mit versengten Haaren und schwarz verrußtem Gesicht, das zum Teil von einem Tuch verdeckt war, kam heraus. Auf seinen Armen trug er eine Frau. Ihr Gesicht war nicht zu erkennen, ein nasses Handtuch lag darüber. Ihr rechter Arm hing schlaff herunter, ihr Kopf war leblos zur Seite gekippt.

Charlotte und er eilten auf die beiden zu. Es war Boßmann, wie Käfer nun erkannte. Dann war die Frau …

»Annette!«

Käfer nahm Boßmann den leblosen Körper ab und trug ihn im Laufschritt weg von dem brennenden Haus. Annettes Kleidung war an vielen Stellen verbrannt, rot und schwarz schaute ihre Haut darunter hervor. Vorsichtig legte er sie auf den Boden, nahm das Handtuch von ihrem Kopf und stopfte seine Jacke als Kissen darunter. Dann nahm er ihr Handgelenk, suchte einen Puls und versuchte gleichzeitig, ihre Atmung zu überprüfen. Er seufzte erleichtert. Wahrscheinlich hatte sie eine schwere Rauchvergiftung, aber sie atmete.

Sorgfältig sah er sich ihren Kopf an. Ein Auge war stark geschwollen, ihre schönen langen Haare waren zum größten Teil den Flammen zum Opfer gefallen, und auf ihrer Kopfhaut waren einige Brandblasen zu sehen. Aber sie schien nicht schwer verletzt zu sein. Unter dem Ruß konnte er jedoch erkennen, dass ihre Haut bläulich verfärbt war, ein klares Anzeichen für eine starke Rauchvergiftung, und da erst wurde Käfer klar, dass sie noch lange nicht über den Berg war. Noch Stunden später könnte sie ein Lungenödem bekommen. Von den Folgeschäden einer so schweren Vergiftung ganz zu schweigen.

Sie lebte. Noch. Nun kam es auf Minuten an.

Er brachte sie in die stabile Seitenlage, und im selben Moment raste die Feuerwehr die Straße entlang, gefolgt von einem Notarztwagen. Innerhalb weniger Sekunden begannen die Löscharbeiten, und Käfer staunte, mit welcher Kraft das Wasser in die Flammen schoss und wie schnell sie an einigen Stellen eingedämmt werden konnten. Zu retten gab es an dem Haus allerdings nichts mehr. Es war unwiederbringlich verloren.

»Sind noch weitere Personen drin?«, fragte ihn einer der Männer.

»Ich glaube nicht. Fragen Sie meine Kollegin. Sie spricht gerade mit dem Hausbesitzer, Jakob Boßmann. Auch er konnte sich retten und müsste wissen, ob noch jemand drin ist.«

Der Feuerwehrmann nickte ihm zu und eilte zu Charlotte und Boßmann. Währenddessen kniete sich der Notarzt neben Käfer und überprüfte Annettes Vitalfunktionen. Schnell legte er ihr eine Sauerstoffmaske um und spritzte ihr ein Mittel in die Vene. Zusammen mit einem Kollegen legten sie Annette vorsichtig auf eine Trage und schoben sie in den Notarztwagen.

Da machte sie langsam das Auge auf, das nicht komplett zugeschwollen war.

»Hören Sie mich?«, fragte der Notarzt. »Es hat einen Brand gegeben. Sie haben eine schwere Rauchvergiftung. Wir bringen Sie jetzt ins Krankenhaus. Können Sie mich verstehen?«

Annette nickte leicht und versuchte sich aufzusetzen.

»Bleiben Sie liegen. Sie müssen jetzt ganz ruhig liegen bleiben.«

Käfer kam zu ihr und nahm ihre Hand. »Es wird alles gut, Annette. Du wirst wieder gesund.«

Sie lächelte schwach. Dann fiel ihr Blick auf Boßmann, dem Charlotte gerade die Handschellen anlegte. Mit zittrigen Händen zog Annette die Atemmaske runter. »Das dürft ihr nicht … Er hat mir das Leben gerettet … hat den Brand nicht gelegt …«

»Das wissen wir. Ostermann hat das Haus angesteckt.«

»Was soll das dann ... lasst ihn ... Er hat mir das Leben ...«

»Sie müssen die Maske wieder aufsetzen«, sagte der Notarzt mit Nachdruck und drückte sie Annette wieder auf Mund und Nase. Verzweifelt sah sie Käfer an.

»Wir wissen, dass er nichts mit dem Brand zu tun hat. Aber ... Annette, er ist wahrscheinlich der Mörder deines Vaters.«

Ihren fassungslosen Gesichtsausdruck würde er niemals vergessen.

65

Charlotte legte Boßmann die Hand auf die Schulter.

»Kommen Sie.«

Er rührte sich nicht. Die Tränen liefen ihm über das verrußte Gesicht und hinterließen weiße Spuren. »Es war ein Unfall«, stammelte er immer wieder. »Ich wollte Herrn Steinkamp nicht töten. Wirklich nicht.«

»Sie haben ihn mit einer brennbaren Flüssigkeit übergossen!«

»Ja ... aber ich wollte ihn doch nur unter Druck setzen.«

»Herr Boßmann.« Sie seufzte. »Das war doch alles genau geplant. Sie haben vorher sogar die Feuermelder deaktiviert. Das deutet auf einen vorsätzlichen Mord hin.«

»Nein, wirklich nicht. Bitte, das müssen Sie mir glauben. Sie können sich meine Situation nicht vorstellen ... Meine finanziellen Probleme, wissen Sie, was ich verdiene? Das sind gerade mal anderthalbtausend Euro! Brutto natürlich. Und haben Sie eine Ahnung, wie viel die Alkoholsucht meiner Mutter im Monat gekostet hat? Mit ihrer popeligen Witwenrente hätte sie ihren Suff jedenfalls nicht finanzieren können.« Er wischte sich über die Augen. »Und dann haben Sie einen Patienten, der Ihnen jeden Tag von seinem Reichtum erzählt. Von seinem Geld, das er ins Ausland gebracht hat ... Jeden Tag gab er damit an, erzählte mir, wie viel Angst er habe, dass sein verrückter Bruder irgendwann rauskriegen würde, wo die Zugangsdaten sind.«

»Und dann wollten Sie ihm zuvorkommen.«

Boßmann schüttelte betrübt den Kopf. »Der Mann hatte doch niemanden. Er hat nie Besuch bekommen, seine Familie hat sich nie um ihn gekümmert. Warum sollten die etwas von seinem Reichtum abbekommen? Warum die? Ich habe ihn jeden Tag stundenlang gepflegt!«

»Sie haben ihn auf brutalste Weise getötet.«

»Ich sag doch, es war ein Unfall! Er machte immer nur Andeutungen und wollte mir nicht sagen, wo das Versteck ist. Ich dachte, wenn ich ihn an seinen wahnsinnigen Bruder erinnere ... Wenn er Feuer sieht ...«

»Sie haben einen dementen alten Mann bewusst in Todesangst versetzt. Das ist widerwärtig.«

»Aber ich wollte ihn nicht töten! Die Flammen gerieten so schnell außer Kontrolle ... Ich wollte es nicht.« Er weinte.

Charlotte schob ihn in Richtung Streifenwagen. »Jetzt kommen Sie«, sagte sie beruhigend. Aber nach ein paar Schritten blieb sie abrupt stehen. »Sie haben dem Feuerwehrmann eben gesagt, dass niemand mehr im Haus sei. Wo ist denn Ihre Mutter?«

»In einer Entzugsklinik«, antwortete Boßmann tonlos.

Charlotte öffnete die Wagentür und bugsierte ihn neben Ostermann auf die Rückbank. Sie sah, wie der Krankenwagen die Straße hinunterfuhr und Käfer mit hängenden Schultern zu ihr kam.

»Wie geht es ihr?«, fragte sie ihn.

Er zuckte ratlos mit den Schultern. »Sie lebt. Ihr Blut wird jetzt auf Zyanwasserstoff untersucht.«

»Was ist das?«

»Blausäure. Entsteht vor allem, wenn viel Plastik verbrennt. Dann braucht sie eine spezielle Behandlung.«

»Sie ist in guten Händen.«

»Ja.«

»Lass uns Boßmann ins Krankenhaus fahren. Auch wenn er relativ fit wirkt, sollten sie ihn untersuchen. Die anderen Notärzte sind ja wohl alle mit der Düngemittelfabrik beschäftigt.«

Käfer nickte. »Kannst du fahren?«, sagte er dann.

»Ja, klar. Kein Problem.«

Charlotte setzte sich ans Steuer. Zum ersten Mal, seit sie zusammen arbeiteten, fuhr sie den Wagen. Sonst hatte Käfer stets darauf bestanden, ihn selbst zu lenken.

Während sie sich anschnallte, sah sie, wie mitgenommen er aussah. Annette Steinkamp muss ihm wirklich eine Menge bedeuten, dachte sie und hoffte, dass die Frau bald wieder auf den Beinen war. Sie stellte den Rückspiegel ein und warf einen Blick auf die ungleichen Gefangenen im Fond. Während Ostermann mit leuchtenden Augen und einem faszinierten Lächeln im Gesicht auf das brennende Haus schaute, saß Boßmann wie ein Häufchen Elend daneben.

Aber Mörder seid ihr trotzdem beide, dachte Charlotte und fuhr los.

66

Natürlich war es bedauerlich, dass die beiden das Feuer überlebt hatten. Jetzt würden sie gegen ihn aussagen. Zu blöd. Bei allem anderen hatte er darauf geachtet, dass sie ihm nichts nachweisen konnten, weder bei den Schweinen noch bei der Düngemittelfabrik hatte er Spuren hinterlassen. Wenn die beiden schön bis zum Schluss gebrannt hätten, wäre sein Plan aufgegangen, und sie hätten keine Beweise gegen ihn in der Hand gehabt. Dann wäre seine Rache perfekt gewesen. Dann hätten alle dafür gebüßt, dass sie sich auf seine Kosten ein schönes Leben gemacht hatten.

Was hatte er falsch gemacht? Das Klebeband war ihm recht stabil vorgekommen, aber klar, solche Handschellen, wie er sie jetzt trug, wären natürlich besser gewesen. Und wahrscheinlich war es ein Fehler gewesen, die beiden in den Heizungskeller zu schaffen. Die Eisentür war ihm zwar ideal vorgekommen, als er sich auf die Suche nach einem Gefängnis für die beiden begeben hatte, war aber auch feuerfest und relativ dicht, sodass nicht genügend Rauch in den Raum hatte eindringen können. Und er hatte nicht geahnt, dass die Tür ein Doppelzylinderschloss hatte und Boßmann es von innen mit seinem eigenen Haustürschlüssel einfach aufschließen konnte. Zu dumm.

Na, was sollte er sich jetzt noch darüber aufregen. Er musste aus seinen Fehlern lernen. Nächstes Mal würde er es besser machen. Und dass es ein nächstes Mal geben würde, stand für ihn fest. Feuer konnte man auch im Knast legen, das war überhaupt kein Problem. Bei seiner letzten Haftstrafe hatte er seinen Drang erfolgreich unterdrücken können, einerseits wahrscheinlich wegen der Pillen, die ihm der Arzt gegeben hatte, andererseits wollte er sich seine vorzeitige Haftentlassung nicht versauen.

Darauf musste er jetzt keine Rücksicht mehr nehmen. Er war vierundsiebzig Jahre alt, und auch wenn er sich noch sehr fit fühlte, machte er sich keine falschen Hoffnungen. Wenn die beiden gegen ihn aussagten, käme er nicht mehr lebend aus dem Gefängnis. Zehn Jahre würden sie ihm mindestens geben, da konnte er sich noch so viel rausreden. Mit ein bisschen Glück aber kam er in die Psychiatrie. Da waren die Haftbedingungen wenigstens netter, und man musste sich nur mit den Irren, nicht aber mit brutalen Mithäftlingen herumschlagen. Das war gut auszuhalten.

Sie fuhren die Landstraße entlang, und das dauerhafte Geheule von diesem Boßmann fing an, ihm mächtig auf die Nerven zu gehen. Was gab es jetzt noch zu jammern? Jetzt war doch alles vorbei, jetzt brauchte er doch nicht mehr so rumzuwimmern. Außerdem würde der doch ein Leben nach dem Knast haben. Wie alt war der Junge? Vielleicht Anfang zwanzig? Meine Güte, mit Mitte dreißig war der wieder draußen. Der hatte doch sein ganzes Leben noch vor sich. Der brauchte doch nun wirklich nicht so zu flennen.

Er sah aus dem Fenster. Draußen wurde es langsam dunkel. Die ersten Osterfeuer wurden angezündet oder brannten schon. Er genoss die Aussicht. So schnell würde er kein Osterfeuer mehr brennen sehen. Mehr als einen kleinen Zellenbrand würde er vermutlich ohnehin nicht mehr genießen können. Wobei auch der seinen Reiz hatte.

Der Junge neben ihm hatte sich etwas beruhigt. Er atmete tief ein und aus und versuchte offensichtlich, sich zu fangen. Obwohl ihm das Geheule auf den Geist gegangen war, nervte ihn die krampfhaft gefasste Haltung des jungen Mannes nun noch mehr.

Der Wagen fuhr um eine Kurve, und am rechten Fenster tauchte ein großes brennendes Osterfeuer auf, das ihm sehr bekannt vorkam. Er stieß Boßmann in die Seite und wies auf das Feuer. »Riechst du das?«, zischte er ihm leise ins Ohr und sog die Luft durch die Nase. »Mami dürfte jetzt schon gar sein.«

Er kicherte. Und konnte sich gar nicht sattsehen an Boßmanns entsetztem Gesicht.

EPILOG

Müde schloss Charlotte die Wohnungstür auf. Seit langer Zeit war sie mal wieder in ihren eigenen vier Wänden, allein in ihrem spartanisch eingerichteten Wohnzimmer, das ihr fast schon fremd vorkam. Keine Frage, bei Bernd fühlte sie sich wohl und auch zu Hause, dennoch war sie froh, dass es diesen Rückzugsort hier noch gab. Gerade heute. Sie fühlte sich wie gerädert, den ganzen Tag über war ihr schon flau im Magen, und sie hatte das Gefühl, jeden Moment im Stehen einzuschlafen. Vielleicht brütete sie irgendetwas aus? Auf jeden Fall brauchte sie jetzt etwas Ruhe. Erschöpft ließ sie sich auf das Sofa fallen.

Jakob Boßmann saß nun seit fast vier Wochen in Untersuchungshaft. Er hatte die Tötung von Ludger Steinkamp gestanden und ausführlich beschrieben, nun musste der Richter entscheiden, ob Boßmann vorsätzlich gehandelt hatte oder nicht. Im Gefängnis hatte er einen Nervenzusammenbruch erlitten und musste seitdem medizinisch behandelt werden. Er galt als stark selbstmordgefährdet und wurde in der Krankenabteilung der JVA Münster vierundzwanzig Stunden am Tag überwacht.

Genau wie Ostermann, der in einer geschlossenen Psychiatrie untergebracht worden war und dort auf seinen Prozess wartete. Ob er überhaupt schuldfähig war, stand in den Sternen. In Freiheit würde Ostermann trotzdem nie wieder gelangen, und das war schließlich das Wichtigste.

Sie nahm einen Schluck aus der Mineralwasserflasche, die neben ihrem Sofa stand, und verzog sofort angeekelt das Gesicht.

Die Flasche stand schon seit Wochen da, das Wasser war abgestanden und verstärkte ihre Übelkeit nur noch.

Auf dem Kupferstich, den Boßmann aus Ludger Steinkamps Zimmer entwendet hatte, hatte tatsächlich eine neunstellige Nummer gestanden. In Anwesenheit eines Notars hatte Björn Steinkamp die Nummer mit dem Passwort »JBBLamberti« kombiniert und sich so in ein Konto eingeloggt, das Thomas Carstens, der Kollege aus der Abteilung für Wirtschaftsdelikte, anhand der Kontodaten von Steinkamp recherchiert hatte. Auf dem Offshore-Konto in der Karibik lagen über zwei Millionen Euro, die aufgrund des unauffindbaren Testaments von Ludger Steinkamp an Annette, Björn und Maria Steinkamp gingen. Charlotte hatte kurz überlegt, ob Björn Steinkamp eine mögliche Testamentsänderung seines Vaters vielleicht vernichtet hatte, den Gedanken dann aber nicht weiter verfolgt. Wenn er es getan hatte, konnte sie es ihm nicht verübeln, und außerdem war es nicht ihre Aufgabe, sich um Urkundenunterschlagung zu kümmern.

Sie kuschelte sich in die Decke und dachte an Käfer. Sie freute sich für ihn. Annette Steinkamp hatte nach acht Tagen das Krankenhaus verlassen und sich schnell von der Rauchvergiftung erholt. Sie trug jetzt einen Kurzhaarschnitt, der ihrem ähnelte, und Charlotte fand, dass er ihr sehr gut stand. Außerdem würden die Haare ja wieder wachsen. Ihre Kopfhaut war nur oberflächlich verbrannt. Die Verbrennungen an Rücken und Gesäß waren schlimmer, Haut musste ihr aber nicht transplantiert werden. Bis auf ein paar Narben sah es so aus, als würde sie keine gravierenden Folgeschäden behalten.

Seitdem Käfer offiziell mit ihr zusammen war, erlebte ihn Charlotte von einer ganz neuen Seite. Er war von Natur aus schon ein recht aufgeräumter und gut gelaunter Kerl, aber sein jetziger Gemütszustand übertraf alles. Geradezu aufgedreht kam er ihr vor, riss dauernd Witze und stopfte sich nicht mehr permanent mit Süßigkeiten voll. Stattdessen ging er morgens sogar joggen. Außerdem versorgte er jetzt die halbe Abteilung mit den köstlichen Törtchen, die es in Annette Steinkamps Laden gab.

Charlotte rieb sich über den Bauch. Sie konnte nicht an Essen denken, ohne dass ihr noch übler wurde. Warum war ihr bloß so schlecht? Fieber hatte sie nicht. Hatte sie sich den Magen verdorben? Mittags hatte sie nur ein trockenes Brötchen gegessen, daran konnte es nicht liegen. Kurz dachte sie über ihren Zyklus nach, verwarf die Rechnung aber schnell. Ihre Periode kam schon seit Jahren unregelmäßig, es machte keinen Sinn, sich deswegen den Kopf zu zerbrechen. Und im Großen und Ganzen passten Bernd und sie ja auch auf. Wahrscheinlich war es irgendein Virus.

Manchmal musste Charlotte noch an Ines Boßmann denken. Sie war nach wie vor wie vom Erdboden verschluckt. Boßmann selbst behauptete, die Entzugsklinik nicht zu kennen, in der seine Mutter eingecheckt hatte, und die Überprüfung aller Einrichtungen in der Nähe hatte keinen Treffer ergeben. Da das Haus der Boßmanns vollkommen zerstört war, konnten hier keine Spuren mehr sichergestellt werden. Leichenteile wurden in den Trümmern nicht gefunden, also war sie bei dem Brand nicht umgekommen. Außerdem hatte ihnen Annette Steinkamp bestätigt, dass Boßmanns Mutter an dem Tag nicht im Haus gewesen war. Im besten Fall war die alkoholkranke Frau einfach abgehauen, im schlechtesten hatte sie sich irgendwo totgesoffen. Inzwischen hatten sie die Suche nach ihr eingestellt.

Charlotte merkte, wie ihre Augenlider immer schwerer wurden. Sollte sie einfach auf dem Sofa schlafen? Oder würde sie es noch bis ins Bett schaffen? Ach, warum nicht einfach hier einnicken. Morgen war Samstag, und sie musste nicht ins Präsidium, da war es nicht so schlimm, wenn sie nachts mit steifen Gliedern auf dem Sofa aufwachte und sich erst dann ins Bett schleppte.

Als sie sich gerade entschlossen hatte, nicht mehr gegen die Müdigkeit anzukämpfen und einfach wegzudösen, klingelte ihr Handy.

»Oh nein«, sagte sie mit geschlossenen Augen. Sie wollte nicht rangehen, wollte nur noch schlafen. Aber wenn es was Wichtiges war? Dann würden sie sowieso immer und immer wieder anrufen. Seufzend hob sie ab. »Ja?«

»Ich bin's.« Es war Käfer. »Auf Schloss Lemburg gibt es einen Toten.«

»Lemburg? Ist das nicht dieses Elite-Internat?«

»Genau. Ein Schüler wurde tot aufgefunden.«

»Fremdeinwirkung?«

»Beides ist möglich. Der Leichnam wurde in einer eisernen Jungfrau gefunden.«

»Wie bitte?«

»An das Schloss ist ein kleines Museum angegliedert, in dem auch Folterinstrumente aus dem Mittelalter ausgestellt werden. Unter anderem eben besagte eiserne Jungfrau. Musst du dir vorstellen wie eine Frauenstatue aus Holz, wie so 'n Sarkophag ungefähr. Innen allerdings mit langen Nägeln bestückt.«

»Und da war der Schüler drin?«

»Korrekt. Ich bin in einer Viertelstunde bei dir.«

»Okay.«

Sie machte das Handy aus und setzte sich auf. Im gleichen Moment merkte sie, dass sie sich übergeben musste, und griff nach dem Papierkorb, der unter dem Couchtisch stand.

Super, dachte sie, als sie ins Bad ging, um sich das Gesicht zu waschen. Genau der richtige Zeitpunkt, um sich mit einer aufgespießten Leiche zu beschäftigen.

– ENDE –

DANKSAGUNG

Bei der Verwirklichung von *Phönixkinder* haben mir wieder einige Leute geholfen, bei denen ich mich ausdrücklich bedanken möchte. Als Erstes ist hier Bettina Steinhage von Bastei Lübbe zu nennen, die meine Arbeit durch ihre Ideen und Anregungen stets bereichert hat, immer Zeit für einen Gedankenaustausch fand und auf die ich mich immer verlassen konnte. Auch meiner Lektorin Lisa Bitzer möchte ich für die wunderbare Zusammenarbeit danken. Carsten Buchsbaum von der Kriminalpolizei Niedersachsen hat mir erneut wertvolles Hintergrundwissen über die Polizeiarbeit vermittelt, und Lars Kröner hat wieder sein forensisches Fachwissen mit mir geteilt – vielen Dank dafür!

Außerdem möchte ich Anke Hilbrenner, Elisabeth Meyer, Peter Käfferlein und meinem Mann Axel danken, die sich bereitwillig als Erstleser zur Verfügung gestellt und mir wertvolle Anregungen gegeben haben. Gleiches gilt für Conrad Bispinck, der mir in zahlreichen Gesprächen viel über Horstmar und das Münsterland erzählen konnte. Philipp Meyer danke ich für seine Unterstützung in allen kaufmännischen Dingen, und Jakob Beetz möchte ich für seine Hilfe bei technischen Fragen aller Art danken – und natürlich für die Erstellung meiner Homepage.

Schließlich gilt mein Dank dem Verlag Bastei Lübbe und seinem ganzen Team. Danke für die hervorragende Zusammenarbeit.